ハヤカワ文庫 SF
〈SF2254〉

シンギュラリティ・トラップ

デニス・E・テイラー
金子　浩訳

早川書房
8415

THE SINGULARITY TRAP

by

Dennis E. Taylor

Translated by

Hiroshi Kaneko

First published 2019 in Japan by

HAYAKAWA PUBLISHING, INC.

This book is published in Japan by

arrangement with

ETHAN ELLENBERG LITERARY AGENCY

through THE ENGLISH AGENCY (JAPAN) LTD.

真っ先に、そしてつねに、本書を妻のブローヒンと
娘のティナに捧げる。

以下のかたがたに感謝する。

小説創作サイト〈スクリボファイル〉のウーバーグループと
ノヴェル・エクスチェンジ・グループのメンバー
サンドラ&ケン・マクラーレン
ニコール・ハミルトン
シーナ・ルイス
パトリック・ジョーダン
トルーディ・コクラン

たとえ全世界を手に入れても、命を失ってしまったら、
なんの得になるだろう。

——マルコによる福音書第八章三十六節

登場人物

●探鉱船〈マッド・アストラ〉乗組員
アイヴァン・プリチャード……………初参加のコンピュータ専門家
アンドリュー・ジェニングズ…………船長
ダンテ・アイエロ……………………一等航宙士
アルバート・ミコロスキー……………操縦士
リタ・ジェネラス……………………副操縦士兼パーサー
チャーリー・ケンプ…………………船医
ダンカン・マクニール………………機関長
セス・ロビンスン……………………アイヴァンの友人の作業員
テニスン（テン）・デイヴィーズ……ベテラン探鉱作業員
アーケイディアス（ケイディ）・ガイガー……初参加の探鉱作業員
ラウール・アルファロ………………探鉱作業員

ウィロビー（ウィル）・トッド……………………採鉱作業員
アスペイジア（スペイジー）・ネヴィン…………スクーター操縦士
ロレンザ・ラスケ………………………………………採鉱ロボット専門家
シリラ・ハインリクス…………………………………地質学者

●惑星間疾病管理予防センター《ICDC》
カリン・ラーコネン……………………………………所長
マドゥール（マディ）・ナラン………………………調査チームのリーダー
ハルキ・ナカムラ………………………………………同サブリーダー
ノエリア・サンドバル…………………………………医師
ヘンリー・サミュエルスン……………………………医師
アルウィン・シュルツ…………………………………物理学者
マット・シーゲル………………………………………情報システム専門家

●国際地球連合宇宙軍《UENN》
テッド・ムーア…………………………………………検疫監督委員会委員長。大将
アラン・カスティーヨ…………………………………同委員会委員。大将

ジョージア・リチャーズ……………………同委員会委員。少将
マイケル・ジェラード……………………同委員会委員。代将
アリス・ネヴィン…………………………同委員会委員。代将
ニール・マーティンスン…………………同委員会委員。海兵隊中佐
ジョージ・ベントリー……………………ナランの連絡役。大尉
スアン・レー………………………………巡洋艦〈アウトバウンド〉艦長
ラニ・マンデルバウム……………………機動部隊司令官。代将
ノーマン・ハーディング…………………巡洋艦〈レゾルート〉艦長

●その他

ジュディ・プリチャード…………………アイヴァンの妻。保険計理士《アクチュアリー》
ジョシュ……………………………………アイヴァンの息子
スージー……………………………………アイヴァンの娘

シンギュラリティ・トラップ

1 密使

　太陽風に最後のひと押しをしてもらって、旅するものはふんわりと軌道に乗った。この恒星系の主星から遠く離れた、あまたのとるに足りない浮遊物のひとつにすぎないように見えた。索に電圧がかかり、帆が小さくたたみこまれた。

　この前の恒星からの旅は何千年もかかったが、旅するものには退屈も焦りも感じる能力がなかった。この先、何度もこのような飛行をしなければならないことに対する不安も感じなかった。旅するものはチェックリストを確認し、一部のシステムを停止し、一部のシステムを起動した。多少の保守作業も必要だった──付近の小惑星から充分な量の原材料を補給できそうだった。

　旅するものは、いずれかのテンプレートに適合する惑星か衛星が見つからないかと、この恒星系をスキャンした。すると、たちまちヒットした！　酸素と水が存在し、太陽光を利用する多くの生物的戦略の一種が実行されていることを示すスペクトル線がくっきりと出ている青緑色の惑星が見つかった。灯火も無線交信も認められなかったが、旅するものは気にしなかった。知的生命体は、誕生するかもしれないし、しないかもしれない。どっちにしろ、そのときにはもう、旅するものは、はるか彼方へ飛び去ってしまっているからだ。

旅するものはもよりの小惑星にドローンを飛ばした。原材料を採掘し、保守作業を終え、知的生命体の出現に備えるための密使を作成した。

旅するものは、喜びも満足も感じられなかった——〈創造者たち《メーカーズ》〉は、知能のレベルをきわめて慎重に制限している。旅するものはそのことをデータとして知っていたが、それ以外の意見は持っていなかった。

それでも、今回の立ち寄りは成功だった。いくつかのチェックポイントアイテムにマークをつけたし、ほかにいくつかのゴールツリーを設定した。

先へ進むべきときだった。係留索に電圧をかけて帆を広げた。旅するものは、次の候補星をめざして、ほとんど知覚できないほどゆっくりと、数千年におよぶ旅をはじめた。待つのは苦ではなかった。

2　打ちあげ

「発進まであと一分」

アイヴァンは座席のひじかけをつかんでいる手にますます力をこめた。指に生じた痛みでパニックに気づいたアイヴァンは、意識して手の力をゆるめ、ゆっくり呼吸するように努めた。

青いつなぎの腕を見ると、まだ濡れてはいなかった。気持ちをおちつかせないと、制服に汗が染み、それを見たほかの乗組員たちが、愉快だと彼らが思う発言をエスカレートさせるに違いなかった。

それに、そもそも、緊張する必要などなかった。〈スリング〉は、もうおよそ四十年間、大きな事故なくシャトルを軌道に打ちあげている。確率からすれば、飛行機よりも安全なのだ。それに、ぼくは宇宙へ行くんだぞ！　楽しいに決まってるじゃないか。

「おい、新米。まさか、面倒は起こさねえだろうな？」

アイヴァンが左を向くと、中央通路を隔てた席に、テンことテニスン・デイヴィーズがすわっていた。テンは、がっしりしていて赤ら顔のテキサス人で、小惑星探鉱はこれが十回めというベテランだ。

それどころか、〈マッド・アストラ〉と契約した者は全員、すくなくとも四度は探鉱船に乗り組んだことがあった。アイヴァン自身とアーケイディアス・ガイガー以外は全員。そしてケイディことアーケイディアスは寝ているように見えた。虚勢を張っているのだ。

アイヴァンと同僚の乗組員たちは、二列の座席をまるまる占領していた。ほかの宇宙船の乗組員たちも乗船していた。全員がおなじつなぎを着て、半年間の探鉱遠征に向かうところだった。つなぎは、おそらくおなじ会社が販売している標準品で、左胸についている探鉱船のワッペンを別にすればどれもまったくおなじだ。〈マッド・アストラ〉の乗組員は、星にのばされた手を図像化したワッペンをつけている。

ガチャンという音が何度か聞こえ、シャトルの船体が一度、振動したので、アイヴァンはまたもひじかけをぎゅっと握った。ひじかけの金属が、かん高い音を響かせながら曲がってしまうのではないかとあやぶんだ。冷や汗の臭いがかすかに鼻をついたので、アイヴァンは、自分がパニックとの戦いにまたも破れつつあることを知った。

「十五秒前です」というアナウンスがスピーカーから聞こえてきた。

アイヴァンは目をつぶって、もう一度深呼吸をしておちつこうとした。もう降りられなかった。たとえシートベルトをはずし、叫びながら出口に向かって走ったところで、シャトルは予定どおり打ちあげられ、アイヴァンは後部隔壁に叩きつけられるだけだ。三カ月にわたる訓練とシミュレーションは、それ自体が冒険のように感じられたが、いまでは希望的観測にすぎなかったように思えた。みずからの運命の主導権を放棄してブリキ缶に詰めこまれたアイヴァンは、まもなく天へと打ちだされ、これから十五分間は宇宙を眺めることすらできないのだ。

「おちつけよ、新米」とテン・デイヴィーズがいった。「ここ何週間か、乗組員は死んでねえんだから」

ベテラン探鉱作業員は、アイヴァンににやりと笑いかけたが、目は笑っていなかった。新人を元気づけている先輩というよりも、獲物を前にした猫のように見えた。

アイヴァンは口を開いていいかえそうとしたが、その瞬間、〈スリング〉が作動した。シャトルが加速を開始し、アイヴァンの体は座席に押しつけられた。シャトルが、巨大なポンプ群で前方の空気を吸いこんで空気抵抗を減らし、後方に放出しながら全長五キロの打ちあげトンネル内を上昇しているあいだ、それは続くはずだった。

ときおり、通路にうめき声が流れるので、苦しんでいるのはアイヴァンだけではないことがわかった。アイヴァンは、この、苦しみの共有から、ささやかななぐさめを得ようとした。ありがたいことに、打ちあげのこの部分はスムーズだった——爆発性の燃料を詰めた円筒の上に腰かけ、耳から歯が飛びだしそうなほど激しく揺れたかつてのスペースシャトルの打ち上げとは大違いだった。アイヴァンは、息をすることに集中し、恐怖でべそをかくのを防ごうとした。あだ名はまだつけられていなかったから、そのための材料は絶対に提供したくなかった。せめて、大気圏外へ出るまでは。

シャトルが〈スリング〉の、上へと湾曲している箇所に差しかかって加速度ベクトルが変化し、アイヴァンの体は座席のうしろだけではなく下にも押しつけられた。その圧力は数秒しか続かなかった——アイヴァンにとって、たぶん、人生でもっとも長い数秒だった。

シャトルが〈スリング〉を抜けるとブースターが作動した。特別に調整されたマイクロ波エミッターがシャトル前方の空気を熱して希薄にし、空をはいのぼっていく宇宙船のために空気抵抗を減らしていた。

シャトルが大気圏内を上昇するにつれ、激しい揺れがしだいにおさまった。五分後、ブースターが停止し、シャトルが自由落下状態になった。いきなり静かになったので、アイヴァンは、耳が聞こえなくなったのではないかと不安になった。さいわい、テンが彼らしい言葉で安心させてくれた。

「ほう、新米は生きのびたようだな。ちびってもねえようじゃねえか」

アイヴァンは、テンをにらみつけて相応の反撃をしようと振り向いた。

大きな間違いだった。

打ち上げ中に受けたダメージに自由落下という条件が加わったせいで、ただでさえアイヴァンの胃は切羽詰まっていた。そこにいきなり首をひねって内耳に負荷をかけたせいで、アイヴァンはおえっという声をあげながら、目の前のポケットからゲロ袋をとりだした。吐き気は永遠に続くかと思った。

人間には、嘔吐物のつんとする臭いを嗅ぐと吐き気を催すという残念な特性がある。さらに何人かが嘔吐する声が客室に響いた。それがまた連鎖反応を生じさせるはずだった。

ようやくおちつくと、アイヴァンは顔を汗まみれにしながら袋を閉じて容器におさめた。右側中央の席にすわっているセス・ロビンスンのほうを向いて、「やれやれ。これであだ名が決まったんだろうな」といった。

「そんなことないさ」セスが答えた。「ゲロを吐いたことを理由にあだ名をつけてたら、おれたちのほとんどは〝ゲロ野郎《バーフィー》〟になっちまう。二日もすれば慣れるよ、新米。もしも出発の日になってもゲロを吐いてたら、あんたはほっぽりだされる。株は払い戻してもらえるけど、標準の違約金はさっぴかれる。そしておれたちは、ひとり足りないまま、半年がかりの遠征に乗りだすんだ。わかったか？」

アイヴァンは無言でうなずいた。違約金をとられたら、どうにか工面した株の代金のかなりの部分が水の泡になってしまう。失格になったらすべてをうしなってしまう。

アイヴァンはセスをちらりと見た。そばかすがあって赤毛で、アイヴァンよりも優に十五センチは背が高いひょろりとしたセスは、ティーンエイジャーにしか見えなかった。セスがスペーサーの資格をとれる年齢だなんて信じられなかった。セスにできるなら、アイヴァンにだってできるはずだった。

「三十秒後にドッキングを実行します」スピーカーからアナウンスが聞こえた。

アイヴァンは顔を――こんどは慎重に――上げて、窓がないことについての悪態《あくたい》をついた。せっかく宇宙にいるってのに、なんてこった。たしかに、小惑星探鉱というのは、宇宙へ行くための方法として魅力的とはいいかねるが、宇宙へと通じている道をたどるためには、軍に入隊するか、大金持ちになるか、宇宙ステーションやコロニーで必要とされる専門家になるかしかなかった。海に家を呑みこまれて全財産をなくした気候変動難民の息子のアイヴァンの選択肢はごくかぎられていた。

アイヴァンは家族のことを考えた。そしてコンピュータサイエンスのクラスを首席で卒業したにもかかわらず、それがいちばんましだった、先の見通しのない、魂をすり減らす仕事のことを。アイヴァンとジュディが共稼ぎをしてもそれしか借りられなかった、虫の出る狭苦しいアパートメントのことを。ふたりにとって、これは唯一の突破口だった。うまくいくはずだった。そもそもの給料がよかったし、もしもいい鉱脈が見つかったら――

シャトルが機動スラスターを吹かしたので船体ががくんと揺れた。乗客は数分間、ランダムな加速に耐えなければならなかった――アイヴァンの胃にとってさいわいなことに、いずれも低推力だった。

「この操縦士はへたくそだな」乗組員のひとりがつぶやいた。アイヴァンが首をのばして背もたれ越しに眺めると、つぶやいたのはラウール・アルファロだった。髪が黒くて肌がオリーブ色のアルファロには、かすかなスペイン語なまりがあった。

「黙ってろ、アルファロ」別の男が怒鳴った。「おまえは客なんだぞ」

たしなめたのは、アルファロと通路を隔てた席にすわっている〈マッド・アストラ〉の操縦士、アルバート・ミコロスキーだった。操縦士は団結力が強く、ほかの操縦士の腕に文句をつけるやつがいたら黙ってはいない。〈アストラ〉の副操縦士、リタ・ジェネラスもアルファロをにらみつけて加勢した。

アルファロがいいかえす前にシャトルがドッキングし、壁にどすんという音が響いた。このときもまた、アイヴァンは窓があればいいのにと願った。これでは、せっかく本物の冒険をしているというのに、地球上でシミュレーターを使って訓練しているのと変わりなかった。

アイヴァンたちは、たったいま、太陽系内のあらゆる場所への中継点になっている〈オリンパス・ステーション〉とドッキングしたのだ。直径一キロにおよぶ巨大な二重の居住リングは、文明世界のもっとも有名な象徴的イメージだ。進入の最中の光景は、さぞかし壮大だったことだろう。

「ステーションには窓がたくさんあるぞ、新米」アイヴァンの心を読んだらしく、セスがいった。「これから二日間は、シャトルや宇宙船が行ったり来たりするのを眺めていられる。飛行前検査にパスしさえすれば、好きに時間を使ってかまわないんだ。一度、船長のお決まりのご高説を拝聴するだけで。〈スター・ラウンジ〉で三十分間だ。〈スター・ラウンジ〉の場所はわかるか？」

アイヴァンは小さく首を振った。

「新米ってやつは……」セスはあきれ顔をした。「ステーションに到着したら、おれから離れないようにしろよ。自由落下での動きかたはわかってるんだろうな？」

☆　☆　☆

天文学というのは、恒星と惑星を対象とする学問だけを指す言葉ではない。アイヴァンはドリンクメニューに目を走らせながら、眉が額に上がるのを感じた。おなじ値段でステーキを食べられた。本物のステーキを。まさに天文学的だ。

正面にすわっているテンが笑った。「そうとも、新米。これはおまえが慣れなきゃならん多くのことのひとつだ。だが心配するな。ステーションでつくってるものはこれよりずっと安いからな」

「それはどこで食べられるんだい？」アイヴァンは、身ぶりでメニューを示しながらたずねた。

「ここにゃあねえさ。作業員用のバーにゃ、こんないい眺めはねえんだ……」テンは身ぶりで、テーブルをいくつか隔てたところにある大きな窓を示した。照明が薄暗いのでよく見える星空は、一分間でぐるりと一回転する。「……それに、ちょうどいい、快適な重力もな」

アイヴァンに、にやりと笑いかけたテンの顔からは、あいかわらず、愛想のよさがみじんもうかがえなかった。「軸の上のほうへ行くのは、低重力での身のこなしをもうちょっと練習してからのほうがいいぞ、新米」

ウェイターが飲み物を持ってきた――乗組員たちに、テキーラがつがれたショットグラスを配った。グラスが置かれても、だれも手をつけようとしなかった。なにかしらの儀式がおこなわれるに違いなかった。アイヴァンは、手がかりを求めて、となりにすわっているセスをちらちら見た。

長いテーブルの端の席についていたアンドリュー・ジェニングズ船長が立ちあがった。背が高くて細身で白髪《しらが》頭の船長は、どこをどう見てもベテラン・スペーサーだった。頭を丸刈りにしてりっぱな口ひげをたくわえている船長は、映画のカウボーイのような雰囲気を漂わせていたが、どういうわけか、標準作業着のつなぎが制服のように見えた。

「諸君」船長はいったん言葉を切ってテーブルを見まわしながら、顔を覚えているのか、ひとりずつじっと見つめた。「われわれは、今回の遠征の抽選で、幸運にも、小惑星帯の比較的調査が進んでいない区画の採掘権を獲得することができた。ここ数回の旅では、われわれははかばかしい成果を得られなかったし、何人かの乗組員に別れを告げなければならなかった。ではここで、新メンバーを紹介しよう。アイヴァン・プリチャードとアーケイディアス・ガイガーだ」船長は、手を振ってアイヴァンともうひとりの新メンバーを示した。「アーケイディアスはベテラン・スペーサーで、〈フォーワード・モーション〉と〈セリーン・スターライト〉に何度か乗り組んでいる」

ケイディはだれにともなくテーブルのほうに会釈し、かすかなドイツ語なまりで、ぼそぼそとあたりさわりのない挨拶をした。

アイヴァンのほうを示して、船長は続けた。「アイヴァンは、採鉱船に乗るのははじめてだが、優秀なコンピュータ専門家だから、今回は、採鉱ロボットAIのセットアップに、このあいだほどてこずることはないはずだ」

乗組員の何人かが拍手し、歓声をあげた。アイヴァンは、突然の注目に当惑しながら、にっこり笑って頭を下げた。

「諸君もご存じのとおり、気合いを入れるには、きゅっと一杯やるのがいちばんだ。だから今回もやるぞ。それに、セレブ気分も味わえるしな」船長が硬い笑みをちらりと浮かべると、乗組員たちが笑った。

船長がグラスを掲げると、テーブルを囲んでいた全員が、グラスを手に立ちあがった。

「〈マッド・アストラ〉とその乗組員に。この遠征が大成功しますように」乗組員たちはグラスを掲げ、いっせいにあおった。

うわあ！　テキーラの一気飲みか。まいったな。アイヴァンは目に涙を浮かべ、咳きこまないように意志の力を振り絞りながらすわった。

アイヴァンが横を向くと、セスがおもしろがっている笑みを浮かべて彼を見ていた。「テキーラには慣れてないみたいだな、坊や」

アイヴァンはふうっと息を吐いた。「いつもはウイスキーを飲んでるんだ」

「船長が最初の一杯をおごってくれる」テンが身を乗りだしながらいった。「だが、そのあとは自腹だからな、坊《ぼう》や」

アイヴァンは、あだ名が決まってしまったことに気づいて、目を見開いた。そしてセスに向きなおってにらんだ。

セスは肩をすくめてにやりと笑った。「悪かったな」

そのとき、船長がふたたび立って乗組員一同に告げた。「ここがみんなの好みの店じゃないことは承知している。気持ちはわかる。一杯で、ほかの店だったら食事一回分の値段なんだからな。だから、あとは自由にしてくれ。あさって、〈マッド・アストラ〉で会おう」

乗組員が立つと、船長は会釈し、向きを変えて去った。

セスがひじでアイヴァンを突いた。「荷物を置きにいくぞ。それからお楽しみだ」

アイヴァンがうなずきかけても、テンは表情を変えることなく、セスに続いて歩きだした。

☆　☆　☆

〈オリンパス・ステーション〉の短期宿泊施設は清潔で効率的だった——そして信じられないほど狭かった。二十世紀以降の日本で一般的になったこの様式は、数日間の宿泊にはうってつけなのだ。アイヴァンは自分の寝棚を眺めた——壁に埋めこまれている、文字どおりの四角いチューブだ。幅は肩幅の倍ほどで、薄いマットレスが敷かれ、壁に引き戸の収納庫が備えつけられている。出入口はプライバシーとセキュリティのための上げ下ろし式で鍵がかかるハッチだ。区画は三段に積み重なり、上段へは幅の狭いはしごでのぼるようになっている。

照明は四六時中薄暗く、内装がおちついた茶色で統一されているのは、眠りをいざなない、会話をする気をくじくためだ。あとは、フロアごとの共用バス・トイレでおしまいだった。

なにはともあれ清潔だった。かすかに漂っている消毒薬の匂いから、清掃スタッフの勤勉ぶりがうかがえた。トイレはきちんとメンテナンスされているようだったし、明るい色合いでこそないものの、すくなくとも塗装がはがれたりはしていなかった。もちろん、さびも見あたらなかった。宇宙ステーションでは、腐食は命にかかわる。保守点検は厳格におこなわれているに違いなかった。

そこは、〝Burrows〟（「隠れ家」）というつづりで〈バロウズ〉と呼ばれていた。きっとおなじ発音の〝boroughs〟（「城市」）の間違いだろう、とアイヴァンは思ったが、わざわざ訊く気にはならなかった。新米乗組員のアイヴァンの寝棚は最上段だった。レベル17は〇

・二五Gなので、のぼるのは容易だったが、夜中にトイレへ行くときは面倒だった。アイヴァンはため息をつくと、バックパックを肩にかけて狭いはしごをのぼった。なかにもぐりこみ、私物を適当な棚におさめると、しばし目をつぶった。

☆　☆　☆

アイヴァンは、ハッチをガンガン叩く音で、はっと目覚めた。

「生きてるか、坊や？　新米の後任を頼まなきゃならないのか？」

まばたきをして目から霧を払いながら、アイヴァンは時計を見た。二時間あまり寝ていた。寝棚で半回転してうつぶせになり、ハッチをひきあけると、テンが片手で脇のはしごにつかまっていた。まだにやついていた。たちまち見るのがいやになりそうなにやけ顔だった。

「おい、坊や、〈キャラハンズ〉へ行くぞ。おまえにとっちゃ、おれたちにお守りをしてもらいながら見てまわるのにいい機会だ」

「こんなに早くから行かなきゃだめなのかい？　あんたたちだけで――」

「いつかは行かなきゃならないんだ」セスが下の床から叫んだ。

アイヴァンはうなずいて同意し、寝棚から抜けだした。テンが邪魔にならないようにはしごをおりた。

アイヴァンが床までおりると、テンとセス以外にも、アーケイディアス・ガイガー、地質学者のシリラ・ハインリクス、スクーター操縦士のアスペイジア・ネヴィンもいた。

「おおごとだな」アイヴァンは見まわしながらいった。

「飲みに行くだけさ」アスペイジアがしかめっ面で答えたが、アイヴァンは、それが彼女のふつうの表情なのだと気づきはじめていた。意見の一致を待つことなく、アスペイジアは向きを変えて〈バロウズ〉の出口へと向かった。背が低いにもかかわらず、アスペイジアはあっというまにかなり先まで進んだ。それを見たアイヴァンは、アスペイジアは先陣を切りたいタイプなんだろうな、と思った。

ケイディとシリラが続いた。ケイディが小声でなにやらいい、シリラがくすくす笑った。セスがアイヴァンの肩を平手で叩き、一行の最後尾についた。「これから半年間、〈アストラ〉に乗りっぱなしになるんだぞ。心のなかのサボり魔を満足させておいたほうがいいのさ」

〈バロウズ〉は、〈ホイール〉のへりからハブまで走っているエレベーターのそばにあった。みんながエレベーターに乗りこむと、アイヴァンは操作パネルを見た。〈ホイール〉は三十のレベルに分かれていて、それぞれのボタンにフロアナンバーとそのレベルの重力の強さが記されていた。テンがレベル27のボタンを押すと、ドアが閉まってエレベーターが上昇を開始した。

エレベーター全体がわずかにずれたように感じて、アイヴァンはかすかによろめいた。セスが手をのばしてアイヴァンを支えながらくすくす笑った。

「エレベーターは、床がつねに下になるように、コリオリの力に対抗して回転するんだ。すぐに慣れるさ」

☆　☆　☆

〈キャラハンズ〉は型どおりではなかった。ヴィド番組では、スペーサーバーは決まって、暗くて煙がたちこめていて、隅であやしげな取引をしているあやしげな連中でいっぱいだ。実際のバーは清潔で明るく、テーブルがずらりと並んでいて、何台かのヴィドがスポーツやニュースのチャンネルを映していた。ふつうの人々がテーブルにすわって、飲んだり話したりしていた。地球上のバーとの違いといえば、重力が〇・一Gであることと、探鉱船乗組員のつなぎ姿の客が多いことだった。それと、床が見てわかるほど湾曲していることだった。

アイヴァンは見まわした。「窓はないんだな」

「窓は金がかかるんだよ、新米。外殻に脆弱な箇所をつくると、設計と施工と材料費のせいで不動産価格が跳ねあがっちまう。ここは賃料が安いエリアなんだ」テンがあいているテーブルを身ぶりで示した。「それから、宇宙で合成されたもんしかないから、酒の種類はかぎられてる。ここじゃ、テキーラの原料のブルーアガベはうまく育たねえんだ」

一行はテーブルについた。アイヴァンとセスが一方の側、シリラとケイディが反対側、テンとアスペイジアが両端にすわった。ウェイターがやってくると、セスが一杯めを注文した。「シンソールショット、それからこの坊やにはジュース」

全員がにやにやしながらアイヴァンを見た。ウェイターは無言で去った。

「なんだか罠にかけられてるような気がするんだけどな」アイヴァンはテーブルを見まわした。

「なんにも隠しちゃいないさ、アイヴァン」ケイディがいった。「低重力での最初の一杯は、ええと、おもしろいことになる可能性があるんだ」

飲み物が届き、アイヴァンの前には黄色っぽいジュースが置かれた。「これはなんなんだい？　ただのジュースなのかい？」

ウェイターはこわばった笑みを返した。「その日によって違うんですが、ブレンドのことが多いですね。きょうはオレンジジュースです」

アイヴァンは眉を吊りあげてあきらめの表情をつくり、グラスを掲げると、「鼻からこいつを噴きだす自分に！」といって、驚きのくすくす笑いを漏らしている乗組員仲間たちを見ながらジュースをあおった。

期待に満ちたしばしの沈黙のあと、アイヴァンは説明した。「訓練センターで、ありとあらゆる低重力シミュレーションをやったんだ。飲み物を噴きだすのは、さんざん体験ずみなのさ」

落胆のうめきがテーブルのまわりであがった。セスが手を上げてウェイターを呼び、アイヴァンのためにまともな飲み物を注文した。

届いた飲み物は消毒剤に似た匂いがした。アイヴァンは、自分が信じられないという表情になり、鼻孔をすぼめようとしているのを感じた。忍び笑いを我慢しきれていない乗組員仲間たちを見て、疑念が確信に変わった。

「それが、新米、シンソールさ」テンは、例によって気どった笑みを浮かべた。「度数がちょっぴり高すぎることも多いんだ。さあ、ぐっと飲め」

「これを飲んだら、次は命とりにならない飲み物にしてもらえるのかい？」

セスは笑った。「ウイスキーっぽい酒はそんなに悪くない。とりあえず、そいつをあけちまいな。さあ」

アイヴァンはグラスを傾けて口に流しこんだ。テーブルを囲んでいる仲間たちの顔にその酒を噴きつけないようにするために、懸命の努力を要した。テキーラの一気飲みのほうがはるかにましだった。

永遠の時間が流れたあと、アイヴァンはその液体をどうにか飲みくだしたし、痛めつけられた内臓たちの抗議もやんだ。両手で顔をごしごしこすって、「ふうっ、溶けて流れたりはしてないみたいだ。やっぱりジュースにするってわけにはいかないんだよな？」

セスがテンのほうを向いた。「まさか、なにごともなしですますつもりはないよな？　つぶれるまで飲ませるってのはどうだ？」

テンはセスに向かって肩をすくめ、アイヴァンには笑みと解釈できる表情を向けると、ウェイターに合図した。

「じゃあ」アスペイジアがいった。「あんたがコンピュータ係なんだな。よかったよ」

「ぼくがいればロボットのセットアップが早くすむからかい？」アイヴァンは首をかしげた。

「いいや、ロレンザがあんたを、あたしたちの代わりに殺してくれるからさ」

「なあ」アイヴァンは応じた。「ぼくが契約したのは惑星間商船《IMM》〈おれたちサイコ野郎《サイコス・アー・アス》〉じゃないかって疑いだしてるんだ。この船の乗組員は全員、殺人狂なのかい？」

アスペイジアは大笑いした。「ロレンザだけさ。あそこのテンはサイコ野郎じゃない。ただのくそ野郎だ」

「おれの大ファンだもんな」テンはアスペイジアにウインクした。

シリラが笑った。アイヴァンは、ケイディがびくっとしたことに気づいた。無理もなかった――シリラの笑い声は爪で黒板をひっかく音に似ていたし、ケイディは彼女のとなりにすわっていたのだ。アイヴァンは、シリラの笑いのツボが浅くないことを願った。

一瞬、静かになった。そしてセスがため息をつき、懇願するように両手を広げた。

「みんな、ピリピリしてるんだよ、アイヴァン。あんたが〈マッド・アストラ〉に乗ることを決めたのは、乗組員を募集してるほかのどの探鉱船よりも株が安かったからなんだろ？なんでだろうって不思議に思ったんじゃないか？」

アイヴァンは首を振った。「女房のジュディは保険計理士《アクチュアリー》なんだよ、セス。〈アストラ〉が資金難におちいってることは知ってる。正直いって、ぼくたちにはほかに選択肢がなかったんだ。ふつうの株を買うためには、すくなくとも次のサイクルまで待たなきゃならない。だから賭けることにしたんだ。だけどジュディは、悪い賭けじゃないっていってた。〈アストラ〉の株は、期待値を考えたら割安だってジュディは考えてるんだ」

全員が眉を吊りあげ、何人かは顔を見合わせた。

テンが、品定めするような目でアイヴァンを見た。「そうか、それなら」テンは次の飲み物、今回は合成ウイスキーを注文し、ショットグラスを掲げた。「アイヴァンの奥さんに。奥さんの見立てが正しいことを祈って」

アイヴァンは、思いがけない乾杯の言葉に笑みを漏らした。そして酒を飲みほし、グラスをテーブルに勢いよく置いた。

悪くなかった。とにかく、ひどい味ではなかった。慣れることはできるだろう。

そのあと、なにもかもがあいまいにぼやけた。

☆　☆　☆

公共ホイールの第一レベルにのびている遊歩道は、つねに人が行き交うにぎやかな場所だった。無人シャトルが遊歩道の下のレベルを走っていて、一定の距離ごとに設けられているトラクシー・ステーションから乗ることができた。

二本の居住ホイールの遊歩道レベルは〈オリンパス・ステーション〉の目玉で、いつも観光客でにぎわっている。高級レストランやら高級専門店やら画廊やらが上品に自己主張して金持ちの観光客を招き寄せ、金を使わせようとしていた。それぞれのホイールにある二軒のホテルは、どちらも五つ星だ。

店と店のあいだのなにもないところに、建築家は自由にすわれる場所を設けていた。プライバシーが守られている気分になるように注意深く設計されているそこでは、疲れた旅行客が、大きな透明アルミの展望窓の眺めを楽しみながら休憩できるようになっていた。おしゃれなシダと名前がわからない植物が、ベンチをこぢんまりとした親密な空間に分割していた。

このレベルでは、予算を気にせずに窓を設けられた。そして、それ以上に重要なことに、この休憩所では、なにも買わなくてもすわることができた。

さまざまな宇宙船が重々しく漂いながらハブのドッキングベイを出入りするさまを、アイヴァンはうっとりと眺めつづけた。宇宙船の多様さにびっくりしていた。宇宙を飛べるのが不思議なほど古いオンボロも見かけたし、ぴかぴかのベンツ-ギルモアの最新型最高級モデルも見かけた。

だが、軍艦は見あたらなかった。宇宙軍の艦船は、〈オリンパス・ステーション〉の二重ホイール・ハブの反対側にドッキングするようになっているのだ。軍艦も見てみたかったが、機密情報取扱許可がないとハブのアクセスポイントを通過できなかった。

大勢が行き来していた。人々は、おおまかに三つのグループに分けられるようだった。乗客と観光客はすぐに見分けられる――ほぼ例外なく、服装とアクセサリーに金をかけているのが一目瞭然だからだ。次はステーション職員。彼らの服装は、趣味も品質もいいが、わざと一段、落としてある。〝わたしは従業員です〟と主張しているのだ。〝ただし上級の〟と。

そしてアイヴァンが属しているグループ、宇宙船乗組員がいた。彼らは、移動用の青いつなぎか、ときとして船内用のTシャツに短パンという格好だった。宇宙軍の高級将校がこのヒエラルキーのどこに位置するのかは見当がつかなかった。

「よう、坊や。なにしてるんだい？」

アイヴァンが振り向くと、セス・ロビンスンが近づいてきた。アイヴァンに、はからずも、もうすっかり定着してしまったあだ名をつけたのはセスだったが、まともなやつのようだったし、通過儀礼として不可欠な、最低限の新人いじめしかしなかった。

アイヴァンは手を振って窓を示した。「眺めを楽しんでるのさ」

セスはうなずいて腰をおろした。慎重な動きだった。

「頭が痛いのかい？」

セスはにやりと笑ったが、質問には答えなかった。「ステーションに来たときは、必ずここに寄るようにしてるんだ。遠征中は、宇宙にいるったって、ほとんどの時間、パステルカラーに塗られた金属の壁しか見ないんだからな。重力とデッキの湾曲を別にしたら、地球にいるのと変わらないんだ。これを」セスは窓のほうに手を振った。「見ると、ほんとに宇宙にいるんだって実感できる」

それから数分間、ふたりは無言で窓を眺めつづけた。アイヴァンは、黙っていても気まずくならなかった。気づかわれたら、自分も頭が痛いことを白状するつもりだった。前夜、どれだけ酒を飲んだのか知りたかったが、たずねる勇気が出なかった。

見物していただれかが驚きの声をあげたので、アイヴァンははっとした。人々が指をさし、セスが解説してくれた。「中華ソビエト帝国《SSE》のフリゲート艦だ。うわあ、ここで見るとは思わなかったな」

　アイヴァンはゆっくりとうなずき、夢中になって細部まで目を凝らした。その軍艦はSSEの設計思想を如実にあらわしていた――重装甲、ごつい砲座、見てくれに対する配慮の欠如。艦体は濃い灰色に塗装されていたが、直射日光を浴びているので、くっきりと見分けられた。

　通行人も足を止め、窓の前に集まって、ドッキングビーコンに従ってゆっくりと移動している巨艦を眺めた。小声の質問と不平が聞こえた。SSEと国際地球連合《UEN》政府との関係は、いいときでも冷えきっていて、それ以外のときは敵対していた。SSEの軍人が〈オリンパス・ステーション〉を自由に歩きまわるなどということはまずありえないが、ひょっとしたらという可能性が生じただけで、ステーション内に緊張が走った。

　一分もたたないうちに軍艦は窓から見えなくなり、集まっていた人々は、うれしくない訪問者について、ときおり大声で評しながら散っていった。セスとアイヴァンはベンチにゆったりともたれ、あらわれては消える宇宙船たちの観察を堪能した。数分後、セスが沈黙を破った。

「で、あんたの場合は？」

「え？」

「なんだって小惑星探鉱に参加したんだ？　失恋？　冒険？　金？　外人部隊に入隊するようなもん？　警察に追われてる？」

アイヴァンは顔をしかめてセスを見た。「なんだって？　税関でつかまるに決まってるじゃないか」

「最後のはジョークだよ」

「そうか」アイヴァンはしばし黙った。「金さ。察しはつくだろ？」セスはうなずいた。「ああ。よくある話ってやつだな。人は増え、仕事は減り、資源は減り、余裕がどんどんなくなってるんだからな」

「きみは？」

「おなじだよ。だいたいのところはな。ほとんどのやつは、おなじ理由でここへ来てるのさ。もちろん、仕事が気にいって冒険気分を味わえるんならけっこうなことだ。おれはそっちの部類だと思うな」

アイヴァンは、自分たちが、感じかたや意見の共通点をさりげなくさぐりあっていることに気づいていた。友人になるかもしれないふたりが、おたがいの周囲を用心深くぐるぐるまわっているのだ。まあ、友人というやつは、できるにこしたことはない。

「ぼくには養わなきゃならない家族がいるから、冒険っていう角度はあんまり考えてないな」

「そいつはあいにくだな」

「どういう意味だい？」アイヴァンは眉をひそめてセスのほうを向いた。

「家族さ。おれには家族なんかない。給料はおれの銀行口座に振りこまれる。金は、遠征のあいまや〈オリンパス・ステーション〉にいるあいだにちょっと使うくらいだから、ほとんど減らない。船に乗ってるあいだは、金なんてほとんど使い道がないからな。ポーカーをしないかぎりは」

「ぼくをポーカーに誘ってるのかい？　みんなへたなんだろうけど、きみはぼくから学びたいのか？」

アイヴァンは、皮肉がきつくなりすぎないように気を使った。

「おれがあんたから？　まさか。おれは警告してやってるんだ。テン・デイヴィーズからポーカーに誘われても乗るんじゃないぞ。やつらは凄腕だ。常連の腕は伯仲してるから、たいていの場合、たいした金額がやりとりされることはない。だけど、あんたみたいな新顔が交じったら？　ケツの毛までむしりとられるぞ。そんなことになっても、やつらはかけらもうしろめたく思ったりしないんだ」

アイヴァンはにやりとした。「了解。ありがとう。きみもやるのかい？」

「やったよ。一度だけな。最初の遠征の給料を半分むしられたよ。それで、新人を魔の手から救うことがおれの使命だと決めたんだ」

「なるほどね」アイヴァンがあたりを見まわすと、腹が鳴った。「このあたりに、ひと月分の給料を払わなくても食べられるものはあるのかい？」

「スピン方向に半街区行くとサンドイッチの店がある。肉は培養だけど、味は悪くない。おれも食いにいくよ」

培養肉は、地球でもふつうに食べられている。だが本物の肉をここまで運びあげるためには経費がかかるので、ステーションではより一般的なのだ。アイヴァンは、最後にひと目、巨大な宇宙船たちを眺めてから、ため息をついてセスについていった。

3　財政的懸念

ジェニングズ船長は手にしているタブレットから顔を上げた。リタ・ジェネラスが自分の部署で出発前のシステム診断に集中しているふりをして、ジェニングズと目をあわせないようにしていた。肌の黒さのせいで、薄暗いブリッジのなか、リタの輪郭はあいまいにぼやけていた。船長席を中心とする半円形に並べて配置されている各部署は、ほかのブリッジ要員がまだ到着していないいま、すべて空《から》っぽだった。

ジェニングズは、それをいいことに、弱気をあらわにして額をもんだ。上を向いて、頭上の状況モニター群が放っている淡い光を眺めた。映しだされている情報に問題はなく、宇宙船の準備は万端で、いつでも夢を追いかけに出かけられる態勢だった。宇宙船は居住リングをスピンさせたままステーションとドッキングしているので、ジェニングズたちは居住リングのブリッジにいた。だが、いつもなら贅沢といっていい〇・五Gの重力でも、きょうのジェニングズの憂鬱を晴らすことはできなかった。ジェニングズは手にしているタブレットを揺すった。いつまで見つめていても、事態はちっともよくならなかった。

「これが最終的な数字なんだよな、ミズ・ジェネラス？」

リタはジェニングズのほうを向いてうなずいた。彼女は、スペーサーらしく、髪をヘルメットのようなショートカットにしていた。くるくるの巻き毛のこめかみあたりに白いものが混じりはじめているのが、しわのない若々しい顔と不釣り合いだった。

「はい、船長。数字はすべて確認ずみです。前回の失敗がなくても予算はきびしかったんです。こんどもだめだったら、この遠征が最後になります」

ジェニングズは席にもたれ、ブリッジのモニターと持ち場のあいだの隔壁を見つめた。

「それはつまり、債権者たちは返済を求めるという意味だな？」

「ほとんど確実です。債権契約には、差し押さえ条項が発効する条件が明示されていますから」

「それを避けるためには、どの程度の山を当てなきゃならないんだ？」

「せめて黒字にしないと。わたしたちはいま、かろうじて差し押さえを避けているところまで追いこまれているんです」

「だが、統計的には、利益が出る遠征は三回に一回だ。わたしたちは二度、続けて大はずれをひいた。そろそろ当たりが出るころだ」

「そうなるとはかぎらないことはご承知のはずじゃありませんか、船長」

ジェニングズはリタと目をあわせてかすかにほほえんだ。「ああ。だが、ちょっとのあいだくらい、夢を見させてくれよ」

驚きはまったくなかった。何十年も小惑星探鉱を続けてから探鉱船の船長になったジェニングズは、その遠征でどの程度の純収益があったのか、見当をつけられるようになっている。前回も、地球へ戻る前から大失敗だとわかっていた。だが、監査ずみの数字は、尻に火がつきそうになっている現実を突きつけていた。

ジェニングズは、宇宙船の船長業を心から楽しんでいた。だが、この仕事の金銭的・経営管理的な側面は苛酷だ。ジェニングズは二十五年間、みずからの――いちばん最初は古いイオンエンジン船だった――船を指揮してきたが、〈アストラ〉をうしなったら、ほとんどなにも残らなかった。

もちろん、小惑星探掘は不安定な稼業だ。中当たりをひけば、何度か遠征に出られる。およそ三度に一度の遠征は、とんとんか黒字になる。悪運にとり憑かれ、遠征が何度も連続で赤字だと、破産の危機に直面する。たくわえが底をつきかけ、サイコロの最後のひと振りに残るすべてを賭けるはめになる……

そしていつだって、大当たりを夢見る。そうなれば、もう永遠に頭を悩ませなくてよくなるからだ。

ジェニングズは、くぼめたてのひらにサイコロが載っているさまを想像した。数秒間、無限の彼方を凝視した。一からやりなおすには年を食いすぎていた。〈アストラ〉を奪われたらおしまいだった。

選択肢があるはずだった。選択肢はいつだってあるはずだった。

「ブリッジ要員はいつ到着するんだ、ミズ・ジェネラス？」

「次のフェリーで来ることになっています。一二〇〇時には、全員が乗船しているはずです。ドクター・ケンプは、あといくつか身体検査を受けなければならないので、乗りこむのが最後になります」

ジェニングズはうなずいた。「全員にメッセージを送っておいてくれ。一五〇〇時に集会を開いて現状を説明する。それまでにみんな、私物を整理してシャワーを浴びられるだろう。財政状況に、最優先課題としてとりくまなきゃならないからな。みんなから知恵をつのりたいんだ」

4　出　発

またしても窓がなかった。飛行中に外を見られないのか、とアイヴァンは絶望しかけた。宇宙船を設計してるだれかさんは、アイヴァンの気持ちがわかっていないようだった。

小型船は〈マッド・アストラ〉の乗組員で定員いっぱいになっていた。ブリッジ要員はもう〈アストラ〉に乗船して、本物の宇宙飛行士がやる始動準備をはじめていた。

スペースシャトルが、趣味のいい内装がほどこされ、きれいに仕上げられた宇宙船だったのに対して、〈オリンパス・ステーション〉の周囲を行き来するためのフェリーは骨組みだけのゴーカートのようだった。座席はビーチチェアを思わせたし、金属がむきだしになっている部分が多かった。

ドッキング料はかなりの額になるので、〈マッド・アストラ〉の船長は、係留ビーコンを使って、〈オリンパス・ステーション〉から指定された距離を置いて静止することを選んだ。フェリーをチャーターして乗組員を運んでも、そのほうが安くつくのだ。

セスが、アイヴァンの声に出さなかった不平に答えた。「〈アストラ〉に乗りこめば宇宙を眺められる。シャトルとフェリーは実用本位だ。だけど長期航行する船は、もっと人間の心理的欲求への配慮がされてるんだ」

「へえ、ずいぶんくわしいんだな。船専属の精神科医かなにかなのか？」

セスは笑った。「ああ、そうとも。おかげで、給料をたんまりもらってるのさ」といって座席にふんぞりかえった。「〈アストラ〉じゃ、自由な時間がたっぷりある。おれはいつも、気にいってる本やほかのメディアを持っていくようにしてるんだ。ポルノに飽きたら貸してやってもいいぞ」

アイヴァンはくすくす笑って、コンピュータサイエンスと天文学と物理学の通信講座の教材と参考書を最後のペタバイトまで詰めこんだスティックが荷物に入っていることを思いだした。そして自分がはみだし者ではなかったことを知ってほっとした。

「ありがとう。ぼくも勉強するためのものを持ってきてるんだ。通信教育を受講してるから、自由時間にその勉強ができそうだな」

テンことテニスン・ディヴィーズが座席の背もたれ越しに頭を突きだした。「下校する前に水耕栽培当番の仕事をするのを忘れるなよ、坊や。クラスのみんなが食うのを楽しみにしてるんだからな」

「ありがとう、テキサス男。あんたの分はとっておくようにするよ」

セスが声をあげて笑い、テンの友人の何人かが忍び笑いを漏らした。テンは、かちんと来たのか、一瞬、顔を赤くした。だが、すぐにアイヴァンににやりと笑いかけた。

「一本とられたよ、坊や。植物の世話をきちんとやってくれ」

セスがひじでアイヴァンをつついた。「なあ、あっためるだけの飯をだいなしにした唯一の乗組員はだれだってテンに訊いちゃどうだ？」さらに笑いが起こり、セスは続けた。「そいつを水耕栽培に近づけたら、なにが起こるかわかったもんじゃないぞ？」

テンは声を出すことなくセスに笑ってみせてからすわった。

「十五秒後に方向転換をします」というアナウンスが響くと、全員が耐加速座席にもたれ、シートベルトがきちんと締まっているかどうかを確認した。例によってそれから数分間、ぐいと押されたりひっぱられたりしたあと、最後にごつんという振動を感じた。

スピーカーがパチパチという雑音とともによみがえった。

「ドッキングが完了しました。墜落機長《キャプテン・クラッシュ》と生き残った乗組員に代わりましてお礼を申し上げます。狂犬《マッドドッグ》航空にご搭乗いただきありがとうございました。機内のニワトリは当航空の所有物です。降りられるさいに酔っ払いにつまずかないようにご注意ください。よい宇宙の旅を」

アイヴァンとセスは笑った。そしてセスがいった。「まあ、フェリーの操縦はかなり退屈なんだろうな」

☆　☆　☆

アイヴァンが見ているモニターのなかで、〈オリンパス・ステーション〉がゆっくりと小さくなっていった。〈マッド・アストラ〉の加速は〇・一Gにすぎないが、その加速が何時間も持続する。加速中は宇宙船の縦軸方向に重力がかかるので、乗組員は軸方向の設備で立っていられる。船長のアナウンスによれば、加速を四時間続けたあと、エンジンを停止して居住リングの回転を開始するとのことだった。そして目的地までの大半を慣性で飛行する。到着は約三週間後だ。

そのあいだ、乗組員は縦軸上の共用室に集まって過ごす。船の加速度ベクトル上にあるので、この部屋には、〇・一Gよりずっと弱いものの、人工重力が発生する。また居住リングの共用室と同等の設備がととのっている――コーヒーなどの飲み物のディスペンサー、食器洗い機、食品パックと加熱ユニット、それにベンチとテーブル。船内のほかの部屋と同様、上下を心理的に印象づけるべく、天井は床のカーペットより明るい色になっている。

一等航宙士のダンテ・アイエロが入ってきた。微小重力下での大股歩きは、夢のなかで体験する、歩幅が六メートルを超える歩きかたを連想させた。顔の肉がたるんでいる中年男のアイエロは、世界のごくふつうな仕組みに当惑しっぱなしであるかのように、いつもきょとんとした表情をしていた。

アイエロはあたりを見まわし、唇を動かしてかすかに声を出しながら人数を勘定した。全員いるのを確認すると、タブレットをいじりだした。

「よし、仕事を割りふるぞ。プリチャード、ガイガー、トッド、おまえらは貨物検査だ。さっさと行け。スピンアップまでの時間はかぎられてるんだぞ」

アイヴァンとほかのふたりはさっと立ちあがって――アイヴァンは勢いをつけすぎ、手で天井を押して体を戻さなければならなくなって、みんなに笑われた――カーゴベイに向かった。部屋を出るときも、アイエロが作業を配分する声が聞こえていた。

☆　☆　☆

数日たっても、作業のペースは落ちなかった。きょう、アイヴァンはある程度の技能を要する作業を担当していた。採鉱ロボットの荷ほどきをし、診断プログラムを走らせ、セットアップをしていたのだ。

きょうの仕事は、細かい作業に不慣れな者にとって、とりわけ骨が折れた。採鉱ロボットを箱から出して仮組みするためには、不自然な姿勢のまま、おもちゃサイズの道具を使って精密な調整をしなければならなかった。面倒で細かい作業だった。妖精か小鬼にうってつけの仕事だった。

　そらしていた脊椎がボキッと鳴ってセスがうめいた。そしてまたも肩を動かし、自己カイロプラクティックに成功したことを確認して安堵のため息をついた。

　アイヴァンは大袈裟に身震いした。

「やめてくれよ、セス、それを見るとぞっとするんだ」

「悪かったな。背骨がずれるのが癖になってるんだ。ロレンザとまぬけな採鉱ロボットどものせいで……」

「ぶつくさいうな」テンが口をはさんだ。「おれなんざ、ロボットがぶっ壊れて、人力で作業しなきゃならなくなったことが何度もあるんだぞ。ちょっとねじをまわさなきゃならないくらい、なんでもないだろうが」

　テンは、すくなくともきょうはアイヴァンを標的からはずしているようだった。アイヴァンがロボットのセッティングをしたからかもしれなかった。いつもなら二、三日かかる仕事が、たった四時間で終わったのだ。作業が終わるころには、ロレンザ・ラスケも、こぼしつづけていた〝人手不足〟についての不平をほとんど口にしなくなった。アイヴァンはにんまりした。ヒーローになるのはじつに気分がいいものだ。

「今夜は赤ん坊みたいに眠れそうだ」アイヴァンは、シャワーを浴び、体を拭いて服を着ている同僚たちにいった。

「どこかをちょちょいといじって寝棚を広げるってわけにはいかないんだぞ」

アイヴァンはテンを横目で見た。「かまわないさ。〈バロウズ〉と比べたら、〈アトスラ〉はゆったりじゃないか」

テンは笑った。「たしかにな。だが、閉所恐怖症のやつもいる。問題は、真夜中に、真っ暗で低重力で四方を壁に囲まれたなかで目を覚ますと、脳が状況を把握する前に取り乱すやつがいることなんだ。そうなると、そいつはパニック状態でわめき散らしてみんなを起こし、おれたちは駆けつけてそいつをなだめなきゃならなくなるんだ」テンはアイヴァンを意味ありげに見つめた。「わかったか？」

「夜中に騒ぐなってことだね。わかったよ」アイヴァンは、自分よりずっと大柄な男ににやりと笑った。

ふたりの乗組員がそのやりとりを耳にして笑った。テンはおもしろがっているような顔でアイヴァンを見たが、それ以上なにもいわなかった。テンがきょう、アイヴァンに寛大なのは間違いなかった。

「乗組員は共用室に集合してください。十三時二十分に集会を開きます」

全員が、連絡事項を伝えているスピーカーを見上げた。

「こいつは、ええと、異例だな。じゃあ、行こうぜ」

セスがタオルを洗濯かごに放ると、ほかの乗組員たちもそれにならった。洗濯メカは、放りこまれるタオルをつかんでは、非難しているような目で乗組員たちをにらんだ。アスペイジアはタオルを直接メカになげつけ、無言の非難ににやにや笑いで応じた。

乗組員は、全員が標準的な船内服――Tシャツに短パンに屋内靴――で共用室をめざしてホイールの外へ向かった。〈マッド・アストラ〉の居住リングは宇宙ステーションのそれよりずっと小さく、外縁の直径が百メートルほどしかない。そのため、もっとも外のレベルでも床の湾曲がかなりめだつし、コリオリの力の影響がはるかに大きい。そのため、ホイールの外へ向かうにつれて体重がどんどん増し、回転速度が大きくなった。何人かの乗組員は、先を急ぎながら息を切らしはじめた。

セスが振りかえった。「なあ、乗組員のなかにはもっとランニングマシンで走ったほうがいいやつがいると思うんだよ」

「くそ食らえ」テンがうなるようにいった。

セスが笑い、一行は共用室に到着した。一行はどやどやとなかに入り、つねに準備ができているディスペンサーでカップにコーヒーをついでから席についた。

その直後、船長が到着した。部屋を見渡してからうなずいた。

「戦略について話をしたい。もちろん、船長であるわたしの一存で方針を決定できるが、みんなの意見も聞きたいんだ」

ジェニングズはしばしぐるりと見まわして、質問や意見をうながした。だれも声を発さなかった。

「ここ二回の遠征はツキに恵まれず、結局、赤字だった。今回もうまくいかないと、これが〈マッド・アストラ〉にとって、すくなくともわたしの指揮下では最後の旅になる。だから、多少なりとも黒字を出さなければならない。したがって、諸君に、遠征の期間を一ヵ月から三ヵ月、延長することに同意していただきたい。大変なのはわかっている——延長期間は、事実上ただ働きになるからだ。だが、もしも手ぶらで帰還して債権者たちが担保権を行使したら、諸君は株の、ほんの一部しか払い戻してもらえなくなる。諸君には議論し、じっくり考えて、一週間後に投票してほしい。静聴を感謝する」

船長はふたたび共用室内を見渡すと、乗組員全体に会釈してから出ていった。乗組員たちが、たちまちがやがやと話しだした。

アイヴァンはがっくりとうなだれ、両のこぶしを握りしめて涙をこらえた。

「おい、アイヴァン、どうしたんだ？」セスがたずねた。

アイヴァンは両のてのひらで目をぬぐってから答えた。「これで、前の仕事よりも、事実上稼ぎが減ったことになるんだ。ステップアップのはずがステップダウンになるんだ。おまけに、結局、株が水の泡になるおそれがあるんだ」

「たしかに、家族を養うっていう条件がつくと、方程式を解くのがぐっと難しくなるな。なあ、このあいだもいったけど、おれの給料は口座に直行してるんだ。あんたが株を売ったときはその金を、おれたちが当たりをひいたときはその儲けを質《かた》に、金を貸してもいいぜ。利息もそのほかの義務もなしで」

アイヴァンは、またも涙がこみあげるのを感じたが、ぐっとこらえた。「ありがとう、セス。頼むよ。いまのぼくには、かっこをつけて断る余裕はないんだ」

アイヴァンは、目の隅で、テンがいまのやりとりのすくなくとも一部を聞いていたことに気づいた。だが、いつも口が悪い乗組員はなにもいわなかった。テンは、一瞬、アイヴァンと見つめあってから目をそらした。

アイヴァンは顔をしかめた。こんなにおいしい弱みを見逃すなんてテンらしくなかった。たぶん、テンはただの大口野郎ではないのだろう。

☆　☆　☆

アイヴァンは隔壁を蹴って軸上の通路を巧みに進んだ。いまでは、機関部から居住リングの入口まで、壁に触れることなく移動できることを誇りに思っていた。ずらりと並んでいる出入口——船内のさまざまな無重力エリアへの近道——の前をゆっくりと過ぎた。

〈マッド・アストラ〉はおおむね卵形で全長は百五十メートル。とがったほうの端を核融合エンジン格納部《ナセル》が囲んでいる。幅五メートルの居住リングは卵形のもっとも太い部分を取り巻いている。回転中のリングへは、船体の機関部から軸上ブリッジまでをつないでいる通路からしか入れない。工学的観点だけから見たら不便だが、居住リングが提供してくれる人工重力は、長距離航行中に乗組員の健康を維持するために欠かせない。

アイヴァンは、あとちょっとで壁に突きあたるところにある居住リングのハッチに到達した。今回も非の打ちどころのない軌道を描けた。取っ手をつかんでなめらかに停止した。足からハッチをくぐり抜けてハブを取り巻く通路に入り、もよりのスポークのはしごまで漂っていった。

すばやくすべるようにくだって共用室に入った。テーブルについているセスが手を振った。そのテーブルには、テンとドクター・ケンプもすわっていた。

アイヴァンはもう、医師がいるのを見ても驚かなくなっていた。チャールズ・ケンプは高級船員扱いなのだが、かなりの時間を一般乗組員と過ごしていた。ドクター・ケンプによれば、こっちのほうがましなコーヒーが飲めるのだそうだ。

「二時間後に減速がはじまるぞ、坊や。もうすぐ、おまえも初体験ができるってわけだ」

アイヴァンはコーヒーマシンに向かいながらテンに笑いかけた。「もちろん、棒でつっつく価値があるものが見つかったんだろうね」

ドクター・ケンプが渋い顔でアイヴァンを見た。「安っぽいいいかたはやめてほしいね。それはそうと、リタから聞いた話だと、とどまる予定のポイントから船外活動《EVA》で行けるところに、調査するに足る目標がいくつか見つかっているらしい。最初に止まったところでは、三週間、探鉱することになった」

スピーカーからアナウンスが流れたので、全員が顔を上げた。

「十分後に居住リングを停止します。居住リングから退去してください」

アイヴァンのほかに数人がため息をついた。これで、居住リングをふたたび回転させるだけの価値があるポイントに到着するまで、〇・五Gという贅沢を懐かしむことになるだろう。

アイヴァンは、手にしている、まだコーヒーを注いでいないカップを見おろし、それを食器洗い機に入れた。メカがカップをつかみあげ、すばやく拭いてからラックに戻し、出ていくアイヴァンをにらみつけた。

☆　　☆　　☆

スピンダウンには三十分かかったが、そのあいだ、乗組員は〈マッド・アストラ〉が発している奇妙なうめきじみた音に耳を傾けるくらいしかすることがなかった。アイヴァンには、船体がゆっくりと分解しかけているようにしか聞こえなかった。だが、ほかの乗組員がだれも騒いでいないので、アイヴァンは自分も気にせずリラックスしているふうを装った。

音が聞こえなくなってまもなく、スピーカーからアナウンスが聞こえた。

「スピンダウンが完了しました。方向転換に備えてください」

乗組員たちがシートベルトを確認し、座席に腰をおちつけようとしたので、あちこちでがさごそという音がした。セスがアイヴァンを見てにやりと笑った。

「あんたの胃袋がすっかり慣れてるといいんだけどな。一応、ゲロ袋を出しといたほうがいいぞ」

セスのいうとおりだった。これは新米にとって最後の試練だった。〈アストラ〉は、エンジンを吹かして減速するために、百八十度の方向転換をしなければならないのだ。この方向転換は、居住リングが停止していれば、特に危険でも困難でもないが、その間《かん》、乗組員はシートベルトで体を固定していなければならない。方向転換のために船体全体が不慣れな方向へゆっくりと回転するので、ほとんどの人が、なんともいえないかすかな不快感を覚える。そして、この長くかかる姿勢変換のせいで、不慣れな胃がびっくりして変調をきたすことがあるのだ。

この症状は軽い船酔いに似てるな、とアイヴァンは思ったが、ゲロ袋の世話になることはどうにかまぬがれた。

「十五秒後に減速を開始します」

そのアナウンスを聞いて、乗組員たちはほっと息をついて笑顔になった。減速中は〇・一Gがかかるし、目標ポイントに到着したら居住リングを回転させられる。

エンジンが始動し、宇宙船は減速して、付近の小惑星帯天体とおなじ軌道に乗った。四時間後、〈マッド・アストラ〉の速度は太陽から同程度離れている諸天体の平均軌道速度と一致した。

次は居住リングの回転の再開だったが、ほかにもやらなければならないことがあった。ぼけっとすわっている場合ではなかった。乗組員は軸上のラウンジに集合し、ブリッジからの命令を待った。推力がかかっていないので無重力だったが、それでも、耐加速席に何時間も縛りつけられたままでいるよりはましだった。

アイヴァンは、ベンチにすわり、テーブルの下の脚を支えにして体が浮かないようにしていた。数人の乗組員がおなじテーブルについていたが、だれも口を開かなかった。全員、ただただ、これが一刻も早く終わることを願っていた。

すぐに、インターコムからアイエロの声が響いた。

「乗組員に告ぐ、十分後のスピンアップに備えろ。プリチャード、ロビンスン。ビーコンを配備しろ。とっととかかれ」

ふたりは、浮きあがらないように注意しながらさっと立ち、出口に向かって飛んでいった。セスは、通路へ出ると歓声をあげた。「ビーコンを配備するからには、調べるに値するなにかがこの宙域にあるんだ」

「なにかが見つかったんだな？」そういったとたん、アイヴァンは胸の鼓動が速まるのを感じた。

「まあ、このあたりが空《から》っぽじゃなく、なにかがあるのははっきりしたってところだな。岩の塊かもしれない。ビーコンはきちんと役に立つ杭で、近寄るべからずっていう警告をほかの船に出してくれるんだ。だけど、ただの炭素質コンドライトだったら、なんの価値もない。次の段階は深部レーダー探査だ」

そのほとんどは訓練で習った覚えがあったが、アイヴァンのレベルだと、技術的な詳細についてはほとんど教わらなかった。教わったのは、もっぱら、ブリッジ要員からなにを求められるか、どうすればその求めに応じられるかで、理論についての講義は皆無にひとしかった。

カーゴベイに着くと、ふたりは与圧服を手にとった。小電圧が布地を広げて着やすくなった。着おえると、点検しあってから微弱な電流を止めた。即座に宇宙服の素材が収縮し、空気漏れという、EVAにともなうリスクを防ぎつつ真空の宇宙空間で活動するために必要な圧力がかかった。また、宇宙服の素材にはごく小さな穴が無数にあいていて、汗が宇宙服のなかにたまることなく宇宙空間に気化するつくりになっていた。

手袋もブーツもバックパックもヘルメットも、安全確実に締まる仕組みになっていた。うっかり間違えたり、密閉しそこなったりすることはありえないとされていた。だが、もちろん、だれもそのうたい文句を試したくはないので、EVAをする前にはバディチェックをすることになっていた。

アイヴァンとセスは、相手が宇宙服を正しく着られているか、装備がきちんと動作しているかを確認した。そしてふたりは、エアロックを抜けてカーゴベイの気圧ゼロの区画に入った。アイヴァンは、宇宙服の生地が肌を圧迫する強さが増したように感じた。

「あっちだ」セスが無線を通じていい、一方の端を身ぶりで示した。アイヴァンは、ジェットパックの操作に細心の注意を払いながらセスについていった。宇宙飛行の黎明期以来、この技術は大幅に改良されていて操作はずっと直観的になっているが、金属の壁に囲まれた狭い空間では、やっぱりミスを犯したくなかった。

セスが、昔ながらの海用のブイに似た物体のそばで停止して漂った。直径約一・八メートル、長さ六メートルほどで、おおむね円筒形の物体だった。宇宙空間に配備され、アンテナを広げると、ビーコンの全長は倍ほどになる。

ビーコンは、何本もの金属製のストラップで隔壁に固定されていた。セスがビーコンの反対端を指さした。「あっち側からはずすぞ、アイヴァン。いちばん上から一本ずつ、おれの指示に従ってはずしてくれ。いいな?」

「了解」

ビーコンの固定具はすぐにはずせた。セスがパネルを操作すると、伸縮リフトがのびてビーコンをゆっくりと壁から離した。

「カーゴベイのドアをあけてくれ、アイヴァン」

アイヴァンは一瞬、ぽかんとしてから、ぐるりと見まわして奥の壁に制御パネルがあることに気づいた。ど忘れを恥ずかしく思いながら壁を蹴り、制御パネルをめざして宙を飛んだ。命綱のカラビナをもよりの支柱にとりつけ、制御パネルの横に記されている説明に目を走らせてから操作した。

ゆっくりと、重々しく、カーゴベイのドアが開いた。アイヴァンは、思わず、目の前に開けた、惑星も人工物も見あたらない宇宙空間に心を奪われた。

結局、夢中になりすぎた。セスのあざけるような調子の声を聞いて、はっとわれに返った。

「きれいな光を充分に楽しんだら、アイヴァン、作業を終えちまいたいんだけどな」

「え?」アイヴァンがくるりと振りかえろうとすると、命綱がぴんと張った。アイヴァンの体に張力がかかって反対方向にひっぱられ、自分の命綱にゆっくりと巻きとられた。命綱をほどきながら、アイヴァンはセスをにらんだ。顔が熱かった。

セスがにやりと笑った。「デザートをおごってくれたら、見なかったことにしてやるぞ」

アイヴァンはうめき声をあげて片手を振った。「わかったよ。タピオカで手を打ってくれ」そういうと、命綱をたぐって隔壁に戻り、取っ手をつかんだ。

セスはちらりと見てアイヴァンが安全なところまで退避していることを確認してから告げた。「ビーコンを発射する。近づくなよ」

セスがパネルを操作すると、ビーコンが、姿勢制御用ジェットを吹かしてカーゴベイから出ていった。アイヴァンがビーコンとパネルの表示を交互に見ていると、ビーコンは船体から規定の距離まで離れた。

やるべきことを終えたので、アイヴァンはカーゴベイのドアを閉め、セスとともに船内に戻った。セスはインターコムを使って作業完了を報告した。

「ご苦労だったな」アイエロが応答した。「ビーコンはいま、自己診断をしてるところだ。レーダー探査が終わりしだい、ビーコンを起動する。そうしたら仕事開始だ。居住リングはまだスピンアップの途中だから、軸上の共用室に戻って待機しろ」

単純な任務だったが興味深かったし、余計なことを考えないでいられた。ふたたび待たなければならなくなったいま、アイヴァンはまたぞろ金銭的問題について悩みだした。乗組員が船長の案に賛成票を投じるのはわかっていた。もうひとつの案は、だれにとっても悲惨な結末をもたらすからだ。遠征を九カ月に延長すれば当たりの確率は上がる。だが、確率が上がるだけで絶対ではないことを考えると、アイヴァンは胃がずっしりと重くなるのを感じた。

三カ月間ただ働きをすること、セスに借金をすること、さらには株を購入するために払った金が水の泡に、あるいはほとんど水の泡になりかねないこと。どれも深刻な悩みの種だった。アイヴァンは、視界がにじまないように目をしばたたきながら、とぼとぼと共用室に向かった。

5 小惑星探鉱作業員

三週間後、船内の雰囲気はめっきり暗くなっていた。かなりの大きさの小惑星を十二個、スキャンしたのだが、今回の遠征の費用をまかなえるだけの鉱石を含有するものはひとつもなかった。それでも、見つかった鉱石は採掘し、ビーコンをつけて地球へ向から軌道に乗せた。そうした小当たりを積み重ねれば、ほんの少しだが足しにはなった。

一方、乗組員の投票で遠征を延長するほうが選ばれた。どうやら、数カ月の延長が必要になりそうだった。

乗組員エリアでの会話は短いぶつ切りで、とりとめがなく重苦しかった。ひとりでカップを見つめている者が多かった。果てしなく続くポーカーですら、参加者が足りなくなりだしていた。

アイヴァンは、セスが入ってきたことに気づいて顔を上げた。その〇・五Gの重力にあわせた足どりはいかにものろくさかった。セスが正面の席にすわったので、アイヴァンはカップを掲げて挨拶した。

「船を移動させる前に調べるべき岩が、まだあと四つある」セスがいった。「あんたとおれは、次のシフトで、深部レーダーを運んでまわることになるだろう。監督はたぶんテンだ」

アイヴァンは、テンとまたおなじシフトで働くことを考えてうんざりした表情になった。テンは、なぜか、〝坊や〟は充分に侮辱的なあだ名ではないと思いさだめたらしく、この数週間、アイヴァンに新しいあだ名をつけようとしていた。そしてテンが提案するあだ名の多くは糞便にかかわっていた。退屈とストレスのせいだろう、とアイヴァンは推測した。そこまでの敵意を向けられるいわれはなかったからだ。あるとしたら、際限なく続くポーカーへの誘いを断ったことくらいだった。

アイヴァンは壁のディスプレイで時刻を確認した。「もう準備をはじめたほうがよさそうだ。エアロックで会おう」アイヴァンはセスにうなずきかけて居住区に向かった。

乗組員居住区は居住リングにあった。船内図では〝船室〟となっているが、実物を見たら、だれもそうは呼ばないだろう。部屋の大きさは、かつての旅客列車の、寝台が二段になっている一等室と同程度だからだ。上下のひとり用寝棚を壁に収納するとベンチシートがあらわれるつくりになっている。折りたたみ式テーブルは、仲がよければふたりで座れる大きさだ。ベンチの下の収納スペースには、乗組員にふさわしい必要最低限の私物をしまっておける。あとは、壁につくりつけの小さなシンクと鏡で設備はおしまいだ。ただし、トイレとシャワーは、乗組員居住区の真ん中の共用エリアにある。

船長と高級船員の部屋はもっと広いに違いない、とアイヴァンは確信していたが、その仮説を確認する機会はありそうになかった。

スポンジでざっと体を拭いたので、宇宙服内にそんなにひどい臭いはこもらないはずだった。それから標準の船内服を着てメインエアロックに向かった。

☆　☆　☆

セスとテンは、ふたりとも、もう宇宙服を着て待っていた。アイヴァンは、ことあるごとに自分の不器用さを思いしらされ、ベテランの手早さに感銘を受けていた。

安全に留意しつつ、できるだけ早く宇宙服を着て点検してもらった。

「よし」テンがいった。「宇宙の男になれる見込みはまだあるぞ」

アイヴァンは、どう応じていいかわからないままテンを見た。テンにしてみれば、それはお世辞といっていいほどの軽いいじりだった。

三人はエアロックに入り、テンが開閉サイクルを開始した。アイヴァンは、気圧がゼロになって宇宙服の生地がぴんと張り、筋肉がその圧力に対抗するのを感じた。ジェットパックと同様、宇宙服も、宇宙旅行の黎明期に使われていた歩く棺桶から大きく改良されていた。インテリジェントな環境制御、電気で収縮する素材、静電／電磁シールドのおかげで、現代の宇宙遊泳は、まったく安全とまではいかないが、すくなくとも日常的な作業の一環として受け入れられている。

深部レーダーポッドは、〈アストラ〉から百メートル離れたところに浮かんでいた。前回のシフトでそこまで移動させたのだ。三人はジェット噴射で接近し、それぞれの持ち場に着いた。

「まず最初の標的だ」全員の準備がととのうと、テンが告げた。彼から伝えられたベクトルのセットに従って、セスとアイヴァンは急いで装置をその方向に向けた。小惑星帯のめだたない宙域にある、これといった特徴のないその岩の塊にはビーコンがつけられていなかったので、手つかずのはずだった。スキャンがすんだら、彼らはふたり乗りスクーターで飛んでいってビーコンをとりつける――そして、その岩が富の源泉になりえないこと、つまりすでにわれわれが採掘権を所有していることを広く知らしめるのだ。中央登記所にも登録するので、ほかの探鉱船がビーコンをつけかえて自分たちのものだと主張する誘惑に駆られることもない。いまどき、そんなことをしたらブラックリストに載って、大気圏外で二度と商売ができなくなるどころか、公衆トイレも使えなくなってしまう。

目標を設定してやれば、AIはその小惑星をロックしつづけてくれる。コンソールに確認を求める表示があらわれたので、アイヴァンはOKボタンを押した。

深部レーダーポッドが一連のパルスを発射し、エコーに耳をすました。深部レーダーは周波数とパルス長を変化させることによって小惑星の内部像を得る。異なる物質は密度も異なるので小惑星の組成を推測できるし、試掘することによってその推測が正しいかどうかを確認できる。深部レーダーでは正確な情報は得られないが、まったく見込みのない小惑星を除外し、試掘する価値のある候補だけを残せるので、時間を大幅に短縮できるのだ。

アイヴァンの役目は、分析中にポッドが動かないようにすることだった。AIが制御しているのだから、可能性はごくわずかだが、ポッドが動いたら、丸一日分の作業が無駄になってしまう。セスはスキャン一回ごとに結果を確認し、必要なら再スキャンを命じた。こっちの仕事は、科学であると同時に職人技なので、だれもAIまかせにしなかった。

☆　☆　☆

スキャンが完了し、シフトが終わったので、三人は〈アストラ〉に戻った。宇宙服を着たままで四時間というのは限界に近かった。それ以上たつと、多くの者がかゆみを覚え、それがどんどんひどくなる。生理的な理由は解明されていないが、とにかくそうなるのだ。

シャワーを浴びているとき、セスがまたも背中を鳴らしたので、アイヴァンはぞっとした。嫌味をいってもなんにもならなかったし、そもそもセスは、いやがらせのためにやっているわけではなかった。アイヴァンは腕を何度か曲げのばしした。ときどき、ひじの古傷が痛んだが、すくなくとも、伸縮させても音は鳴らなかった。

ラウールとウィルとアスペイジアが、マラソンを完走したばかりのような顔でシャワー室に入ってきた。

「大変だったみたいだな」セスが彼らにいった。

「コアサンプルさ」アスペイジアが応じた。「アイエロにいわれて、四番の岩にドリルで穴をあけたんだ。深部レーダーのスキャンがうまくいかなかったときのために」

「で？」

ラウールが暗い表情で首を振った。「うまくいかないとしたら、方向がずれてるときくらいなのにな。鉱石は多少見つかったけど、わざわざ採掘権を申し立てるほどじゃなさそうだ。採鉱ロボットを使って鉱石を掘りだしたら、ビーコンをつけて地球へ送りだすことになるだろうけど。この宙域でほかにいい小惑星が見つからないと……」

アイヴァンは唇を結んだが、なにもいわなかった。心のなかで、妻の統計学を呪文のように唱えた。あきらめるのはまだ早い。遠征の三回に一回は当たりをひけるんだ。あきらめるのはまだ早い……

☆　☆　☆

一週間たって、この宙域の岩をすべて調べ終えたとき、結果を告げられた。アイエロは、いい知らせのときでもポーカーフェイスが得意ではなかったし、それはいい知らせではなかった。

アイエロはゆっくりと時間をかけて共用室を見まわした。「残念なニュースだ。分析が終わったが、期待どおりにはいかなかった。航法員が行く価値のありそうな岩の塊を見つけしだい、場所を移動する」

アイエロはしばし立ちつくしてから、肩をすくめて出ていった。

アイヴァンはテーブルに置いていた両手のこぶしを握りしめ、その上に突っ伏した。理屈の上では、遠征はまだ半分も終わっていなかった。絶望するのは早すぎた。だが、例によって、理屈は役に立たなかった。どっちみち、遠征をさらに三回おこなうには、すくなくとも、この遠征の収支がとんとんになるだけの鉱石を発見しなければならなかった。

夕食が胃のなかで石炭のように固まっているのを感じながら、アイヴァンはセスにいった。

「もう行くよ。家族に手紙を書くんだ……」

セスがうなずき、アイヴァンは自分の部屋に向かった。重力が木星並みに強くなっているように感じた。一歩ごとに足がカーペットにめりこむかと思った。


やあ。

じつは、鉱脈はまだ掘りあてられてないんだ。だけど、遠征ははじまったばっかりだから、だれも心配はしてない。すこしでも早くきみの予想が当ってほしいけどね。引退して、コート・ダジュールで——っていうか、その名残で過ごすのが待ち遠しいよ。

ジョシュとスージーは元気かい？　ふたりはパパについて質問してるかい？　パパは飛びかたを覚えたって伝えておいてくれ。いまでは、宇宙船の真ん中を端から端まで飛べるようになったんだ。すごく楽しいよ。

アイヴァンはキーボードから手を放して椅子にもたれた。メールに正直な気持ちを書く気にはなれなかったが、かといって明るい文章も思いつかなかった。数分間、文章をにらみつづけてから、手をのばして下書きとして保存した。どっちにしろ、明日の朝まで時間があった。コスト削減のため、〈マッド・アストラ〉は、〈ソルネット〉に一日一度だけ接続し、まとめて送受信しているのだ。

ため息をつくと、アイヴァンはかたづけをして寝る支度をはじめた。

6　次の場所へ

新しい場所への移動は、最初のときとほとんどおなじだった。ただ、乗組員たちの足どりは弾むようではなかった。アイヴァンは、またも最初の深部レーダー探査を命じられた。

その日の標的は、大きな、ピーナッツに似ていなくもないかたちをした岩で、すぐそばにもっと小さな同胞をともなっていた。そのふたつの岩は、相対的な運動と回転がごくわずかなので、アイヴァンは最初、それらがすれちがう途中なのか、それとも相互になんらかの軌道運動をしているのか、判別できなかった。

「標的をロックした」

アイヴァンは告げた。セスが持ち場につき、テンが監督した。電波が伝わるのを監視しつづけて、またも退屈な四時間を過ごした。

ときおり、テンの指示に従わなければならなかったが、それ以外のときはぼんやりしていた。深部レーダーユニットに背中を向ければ、宇宙空間で目に映るものは、彼方に浮かんでいる〈マッド・アストラ〉だけだった。卵形の船体に日光が一様に反射しているので、不規則なのは、船尾に四つある核融合エンジン格納部《ナセル》だけだ。火星はいま、太陽系の反対側にあったが、木星は簡単に見分けられた。はっきりと円形に見えるわけではなかったが、この距離だと、地球から見る月ほどに明るかった。

「どうぞゆっくりしてくれ、坊や。いまは仕事中じゃないみたいだからな」

アイヴァンは、テンに話しかけられていたことに気づいてはっとした。「ああ、ごめん、なんだって?」

「寝るのは仕事が終わってからにしろ、新米。もうすぐ終わるんだから。おまえがユニットをきっちりとログオフしたら、シフトは終了だ」

アイヴァンはうなずくと、コンソールに手をのばしてログアウトした。セスに親指を立てる身ぶりをすると、彼はすばやくコマンドをいくつかタイプし、座席を押しやって離れた。

それで、ようやくシフトが終了した。アイヴァンとセスとテンは、シャットダウン検査をすばやく終え、三人一緒にジェットを噴射して〈アストラ〉をめざそうとした。アイヴァンが驚いたことに、宇宙服を着た三人が接近してきた。

「なんだ?」テンがいった。「次のシフトの予定はないぞ。おまえら、なにしてるんだ?」

アスペイジアが無線を通じて返事をした。いつものように、宇宙とその全住人に不満をいだいているような口調だった。「ぎりぎりになってアイエロに呼ばれたんだよ。再スキャンをしろってさ。あんたらがへまをしたんだろ？」

「馬鹿いうな」セスが応じた。「なんの問題もなかったさ」

「ふうん。あたしはなんにも知らないんだ」アスペイジアはしばし時間をかけて完全に停止した。「あたしから志願するわけないじゃないか。文句があるならアイエロにいいな」

「変だな」テンがつぶやいた。

「ええと、なにかが見つかったから再スキャンを命じたってことはないんだよね？」

アイヴァンは声に希望がにじむのを抑えられなかった。

「たしかに、そういう解釈も成り立つね」アスペイジアはアイヴァンに笑いかけた。ヘルメット越しに、彼女の笑顔がはっきり見えた。「あたしは自分の仮説のほうに賭けるけど」

アスペイジアとウィルとラウールが深部レーダーでフルスキャンを実行する準備をはじめ、アイヴァンと相棒の乗組員たちはジェットを噴射して〈アストラ〉に戻った。だれも口を開かなかった。いつもやかましいテン・ディヴィーズも押し黙っていた。

☆　☆　☆

「乗組員は全員、共用室に集合してください」

スピーカーから思わぬアナウンスが流れたので、全員が顔を上げた。アイヴァンは胃がぎゅっと縮こまるのを感じた。セスのほうを向いた。「こんどはなんだろう？　また遠征期間の延長かな？」

「いや、まだ最初の岩をスキャンしただけだしな。待てよ、最初のふたつか。だけど、あのちっこいほうは勘定に入らないな。ふつうなら、結果を発表するのは、このグループをぜんぶ調べてからのはずだ」セスはいったん黙った。「くそっ、坊や、ひょっとしたらあんたのいうとおりなのかもな」

最後のほうで声が高くなったのが、幸運をつかさどる神々への嘆願のように響いた。

「予定外の全体集会ってのは、ものすっごくいいニュースか、ものすっごく悪いニュースかのどっちかだろうな」テンが、アイヴァンたちのテーブルに歩み寄りながらいった。「このところ、悪いことは特に起きてないから、おれはスキャン結果がよかったほうに賭けるよ。問題は、どれくらいよかったかだ」

アイヴァンとセスはそもそも共用室にいたので、コーヒーをお代わりして、それまでしていたことを続けた——アイヴァンは通信講座の勉強をし、セスはオーディオブックを聴いていた。

すぐに、寝ていた者も含めて、ほかの乗組員たちも集まってきた。ひとり増えるたびに、会話と議論の音量が大きくなった。召集された理由についての推測はまっぷたつに分かれていた——約半分の乗組員はテンの意見に同調し、残り半分は、債権者たちがパニックを起こして最後通牒を送ってきたのだろうと考えた。ブリッジ要員たちの登場を待つ乗組員ラウンジに、不安と期待が濃密にたちこめていた。

ようやく、船長が入ってきた。一等航宙士のダンテ・アイエロと地質学者のシリラ・ハインリクスが続いた。シリラは、厳密には一般乗組員なのだが、その専門分野ゆえに、彼女はブリッジで高級船員とかなりの時間を過ごす必要があった。

全員が、アイエロを見て表情を読もうとした。だが、アイエロは自分の屋内靴に注意を集中していてさっぱりわからなかった。

ジェニングズ船長が乗組員たちの前に進みでて、一瞬、部下たちを見まわした。そして、船長がめったにやらないことをした。満面の笑みを浮かべたのだ。その表情は伝染性で、まだなにもいっていないうちから、あっというまに全員が笑顔になった。

「えへん」船長がはじめた。「かなりいい結果が出たようだ。このグループの一番の岩、シリアルナンバーAN2138・14には、高密度鉱脈が複数あり、磁性もはっきりと検出された」

「つまり、鉄分を含む鉱石があるってことだ」セスがアイヴァンにささやいた。

「船長の義務だから注意するんだが、サンプルを採取し、コアを分析するまでは、捕らぬタヌキの皮算用をしないでくれ」

「ほんとに鉱脈だったら、どれくらい期待できそうなんですか？」

ラウール・アルファロが質問した。

ジェニングズ船長はシリラをちらりと見てから、前に集まっている乗組員たちに向きなおった。「ミズ・ハインリクスから、現状は数字の羅列にすぎない、予測される成分と量についての予備的概要報告を受けた。それは、くりかえすが、深部レーダーによる探査だけにもとづいた、確定的ではない予測だ。しかし、いまのところ——もしもその数値どおりなのだとしたら、きみたち全員が、ひとり一隻、探鉱船を買えるほどだな。それも現金で」

　この発表を聞いた乗組員たちは、耳をつんざくばかりの歓声をあげた。探鉱船の購入価格は、ボーイング797スーパージャンボと同程度だ。たしかに、維持できるかどうかは別問題だが、それにしても……

　アイヴァンは、テンが頬を伝う涙をそっとぬぐったらしいことに気づいた。アイヴァンは、いい結果でないと困る乗組員は自分ひとりではないのかもしれない、と考えたことが一度もなかった。アイヴァンがセスから借金する話をしているのを聞いたとき、テンがからかおうとしなかったのは、そのせいだったのかもしれなかった。

　だが、それについてはあとまわしでよかった。いまのアイヴァンは、最初の遠征でいきなり目標を達成したという事実で頭がいっぱいだった。借金を返せるし、家を買えるし、子供たちには、アイヴァンが経験できなかった、ふさわしい好スタートを切らせてやれる。そして家族には、二度と金銭的な心配をかけなくてすむ。アイヴァンの視界がにじみだし、彼もまた目をぬぐわざるをえなくなった。

「それだけじゃないの」シリラが、沸きたっている乗組員たちに語った。共用室はいきなり静まりかえり、全員が彼女のほうを見た。どの顔にも、いきなり不安が浮かんでいた。

「AN2138・14のまわりを――ベイビーロックと命名した――衛星がめぐってる。そこに、なんらかの異常物の存在が認められるの。超ウラン元素に相当する密度の小さな鉱脈を検出したのよ」

「そんなことがありうるのか？」乗組員のひとりが質問した。

シリラは首を振った。「いいえ。だから、データの誤りだと思う」

「じゃあ、なんにもないのか？」最初の興奮のあとだと、ほとんど耐えがたかった。

「いいえ、なんらかの物理的なものが存在してるはずね。AN2138・14の数値はすべてスペック内におさまってる。装置の故障だとは思えない」シリラは船長を見てから乗組員たちに向きなおった。「あくまでもわたしの見解だから、慎重になる必要はあるわ」

☆　☆　☆

もっとも美しい女性、生涯愛しつづける人へ――

やったぞ！　大きな鉱脈を掘りあてたんだ！

まだくわしいことは不明だけど、〝大きな〟っていう言葉があたりに漂ってる。それに、〝豊かな〟とか〝莫大な〟とか〝クソでかい……〟（おっと、ここは子供たちに読ませないでくれ）。

遠征は、たぶん予定どおり最後まで続けないと思う。ひと月以内に帰れるんじゃないかな。クリスマスをどうするか、考えておいてくれ。それに、引退してどこで暮らすかを。

愛をこめて

アイヴァン

7　分析結果の検討

この日のリタ・ジェネラスは、苦もなく船長と目をあわせられた。船長はテーブル越しに彼女にほほえみかけ、挨拶代わりにコーヒーマグを掲げた。リタはほほえみ返した。

「赤字にはならなそうだな」船長はいった。

リタはふんと鼻で笑い、シリラ・ハインリクスは声をあげて笑った。いつもなら、彼女の笑い声はいささか耳ざわりだったが、きょうは、黒板を爪でひっかいたような笑い声もたいして気にならなかった。

ブリッジ要員たちは船長控え室の会議テーブルを囲んですわっていた。コーヒーを飲みながら参加している者もいた。シリラは、テーブルの長辺の真ん中あたりにすわっているにもかかわらず、部屋にいるほかの全員が彼女のほうを向いたので、このグループを仕切っているように見えた。

船長はマグカップを置いた。「よし。じらすのはもう充分だ。状況報告をしてくれ、ミズ

・ハインリクス」

シリラは、テーブルにタブレットをきちんと置き、マグカップをちょうどいい場所に配置して緊張していないことをアピールしていた。彼女に笑いかけられたリタは、うなるような声を出した。

「この塊は、太陽系初期に形成された微惑星の核の断片に違いない、というくらいしか申しあげられません。ケイ酸塩などの表面をおおっている物質の大半は、のちに積もったものでしょうね。この岩の最上層の下が、ほとんど金属の塊になっているというのは、おおいにありうると思います」

シリラは間《ま》をとってテーブルを見まわした。

「予期してた鉄とニッケルのほかに、レアアースもわずかだけど明らかに存在してるようだし、白金族元素の反応もはっきりと出てます」

「金はないのか？」

「ほんの少々ですね、船長。でも、ほかの鉱物がたっぷりあるから、巨大コングロマリットがおおいに関心を示しますよ。コングロマリットは、あれこれ条件をつけたり、市場の飽和をさして気にしないで、迅速に値をつける傾向があります。貴金属専門家たちが入札の主導権を握った場合よりも、より高く、より早く売れると思います」

ジェニングズはうなずいた。「すばらしい。いうまでもないが、入札にかけるためには具体的な数字が必要だ。できるだけ早くコアサンプルを採取しよう」

船長は一等航宙士を見た。アイエロはにやりと笑った。

「きっと、いつもより、ずっと不平不満がすくないでしょうな。シリラが詳細なマップを完成しだい、採取を開始します、船長」

「ああ、そうだ、忘れないうちにいっておこう。ミスター・ミコロスキー、深宇宙スキャンの結果は？」

「この宙域にほかの宇宙船は存在しません。中華ソビエトの宇宙船のステルス性能はさほど高くありませんし」

ジェニングズはうなずいた。

「〈自由落下〉事件以降、衝突は起きていないしな。だが念には念を、だ。採掘権の申請を送信する前に、すくなくとも一度はフルスキャンをしろ。それから、送信には最新の暗号を使え」

8　金になる鉱脈

船内全体が浮きたっていた。エアロックの前に人だかりができていたので、アイヴァンは目を丸くした。

「早く知りたいんだよ」だれかがいった。

セスは集まった野次馬たちのほうを向いてにやりとした。「なあ、おれたちが外で金を掘ってるあいだ、おまえらはずっと待ってるつもりなのか？」

何人かが、生物学的にありえない金の保管方法を提案したが、気分を害している様子はまったくなかった。これほど明確な測定結果が誤検出である可能性は、小妖精《レプラコーン》が金に腰かけているのを見る可能性よりもわずかに高い程度だった。ほんのわずかに。全員が期待に心を躍らせていた。

テンまでわくわくしていた。アイヴァンの背中を叩いて、「さあ、掘りにいこうぜ、坊や」といった。

アイヴァンたちがエアロックを抜けるとスクーターが待っていた。アスペイジア・ネヴィンがスクーターに近づいて牽引ケーブルをひきだした。テンは、先任乗組員として助手席にすわり、ほかの乗組員はケーブルに安全装具をとりつけた。

アスペイジアが慎重な操縦でスクーターを発進させてAN2138・14をめざした。

☆　☆　☆

「ほんとにすぐそこにあるはずなんだ、セス」

アイヴァンは天とヘッドアップディスプレイを交互に見ていた。その異常物は、アイヴァンの見立てによれば、二百メートルも離れていないところにある、このずっと大きな小惑星のまわりをめぐっている小さな岩にあるはずだった。地質学的な時間がたつと、窪地は必然的に積もる埃や砂礫《されき》で薄くおおわれているはずだった。

「気にするなよ、坊や。その異常物が金になるかどうかはわからない。だけど、おれたちの足元にあるこの岩の塊は、うまくすれば、おれたち全員が、引退して好きな場所で暮らせるようになるだけのお宝なんだ。おれがなにをいいたいかわかるか?」

「余計なことは考えるなってことか?」

「ああ、そんなところだ。こっちへ来て手伝ってくれたら、きっと全乗組員が褒めてくれるぞ」

アイヴァンはため息をつくと、意志の力を振り絞って好奇心を脇に置いた。ハーケン銃を構え、数秒かけて距離をはかった。そして、ハーケンを錨形《いかり》に打ちこんで、セスがさまざまな角度からコアサンプルを採取できるようにした。

セスはドリルをおおむね正しい角度に向けると、ドリル本体と数体のハーケンをケーブルでつないだ。小型電動ウィンチがケーブルを巻きとってぴんと張らせ、ドリルを表面にしっかりと固定した。

セスは、しばしシリラがつくった図と照らしあわせてからドリルの角度を調節した。すばやく再確認してからスタートボタンをタップした。

ドリルはあっというまに仕事を終え、小惑星の試料を細長い円筒状に抜きだした。アイヴァンはドリルの尻から出てきた——この過程はしばしばジョークのネタになっている——コアをケースにおさめてラベルを貼った。

作業を完了するとすぐ、セスは次のコアを採取すべくドリルを次の位置に動かした。

二時間足らずで細長いコアを六本抜きだした。

「これで、鉱脈の半分までも届いてない」テンがいった。「だが、もしも端の部分が鉄鉱石じゃなかったら、こいつを食ってやるよ」

だれも、それ以上なにも付け加える必要がなかった。探鉱乗組員は、どの鉱石がどんな見た目かをよく知っている。この稼業をしていれば、それが当然だ。深部レーダーでは大雑把にしかわからない。現場で作業している者の目に勝るものはないのだ。

だが、ほかの乗組員に邪魔をされたせいで、コアをひとまとめにするほうが採取するよりも大変だった。アイヴァンとテンがコアをケースにおさめようとするたびに、だれかがそれをつついてどんな鉱石かを識別しようとした。

とうとう、テンがキレた。「いいかげんにしろ！　おまえらがどかないと、永遠にここにいるはめになるぞ。それに、ここには、当番じゃないやつらまで来てるようじゃないか。いつからただ働きを志願するようになったんだ？」

テンは腰に両手をあててみんなを見渡した。たぶんにらみつけていたのだろうが、宇宙服を着ていては無意味だった。

「おいおい、テン、おれたちはただ――」

「深部レーダーのデータで、鉄、ニッケル、プラチナ、パラジウム、オスミウムが含まれてることはわかってるんだ。おまえらもレディから聞いてるだろう。なにがしたいんだ？　唾をつけて自分のものにしたいのか？」

テンの言葉に何人かがくすくす笑い、人垣がほどけて作業できるようになった。アイヴァンとセスは、ほどなくすべてのサンプルをケースにおさめ、ラベルを貼った。ふたりで円筒形のサンプルをゴムロープでくくりおえると、セスはその束を牽引ケーブルの端にとりつけた。

セスからひとまとめにしたコアを受けとると、アスペイジアはそれらをスクーターに固定した。そしてスクーターを発進させ、さっきのような慎重さはかけらもない猛スピードで〈アストラ〉に向かった。

「おい、スペイジー」テンが、共用チャンネルを通じて、あっというまに見えなくなったアスペイジアに呼びかけた。「どうぞ遠慮なく、そこらの岩に激突しちゃってくれ。おれたちも大喜びできる」

返事はなかったが、いきなりジェットが停止した。

セスがアイヴァンのほうを向いた。この太陽系の僻遠では、ヘルメットのオートシェード機能はほとんど作動しないので、アイヴァンはセスのうれしそうな笑顔をはっきりと見られた。

「よし、坊や、シリラが分析をすませるまでこれで暇ができた。あれを調べてみないか？」

セスは顎を上へ向けた。〝あれ〟がなにかはいうまでもなかった。

9　調　査

セスは忍び笑いを抑えきれなかった。興味津々《しんしん》で生き生きとした表情をしている坊やは、まるで子犬のようだった。おれにもこんなに溌剌としてたことがあったのかな、とセスは考えた。たぶんあった。だが、遠征一回ごとにすこしずつ角が欠けていった。とりわけ、なんの収獲もなく、半年間の苦労が無になった、当てはずれに終わった遠征では。そういう遠征のあとでは、自分自身がほんのちょっと削られ、ほんのちょっと失われる。やがて、セスもテンの同類になった——歩き、しゃべる、冷笑と退屈したふりの塊にすぎなくなったのだ。

だが、きょうはいい日だった。きょうは、夢と冒険の日だった。セスは、アイヴァンが興奮で振動しているブーンという音が聞こえているような気がした。

「よし、坊や、行こう。おれが先導する」セスはジェットパックの操作パネルに手をのばした。

飛びたとうとしたとき、テンに声をかけられた。「おまえら、どこへ行くんだ？」

セスがテンのほうを向いて、「ちょっとベイビーロックまで飛ぼうと思ってるんだ。すぐそこだしな」

「あれはエイリアンの遺物かもしれないんだ」アイヴァンが叫んだ。「実際、それ以外のなんだっていうんだ？」

「いろんなものさ、坊や。頭を冷やせよ。深部レーダーは絶対じゃない。さもなきゃ、おれたちがいる必要はないんだからな。それに、レーダーを操作したのはセスだったんだし、セスは優秀とはいえん」

「おいおい、笑えるじゃないか、テン」

テンですら、めでたい空気を壊せなかった。それに、正直いって、テンの口調はいつもほど辛辣ではなかった。侮辱のひとつやふたつを口にするのは自分の義務だと思っているかのようだった。

「超ウラン元素だってシリラはいったんだぞ」アイヴァンが応じた。

「装置のエラーだろうな。じゃあ、坊や、賭けをしようじゃないか。おれは、人間の装置のシールドケースがついてる部品かなにかだと思う。いくら賭ける？」

アイヴァンはくすくす笑った。「いいとも、テン。あんたは、出発してからずっと、ぼくをギャンブルに誘いこもうとしてた。きょうのあんたはついてるぞ。だけど、お金じゃつまらないから、あんたは帰るまでずっとキッチン当番を代わってくれて、ぼくは帰るまでずっとデザートをやるってことじゃどうだい？」

テンはしばしためらった。そして、セスが聞いたことのない、おだやかな口調で答えた。

「いいだろう。坊やも多少は度胸があるらしいな。受けるよ、アイヴァン」

このやりとりのあいだに集まってきていた乗組員たちはドラマを嗅ぎつけた。めざましいコアサンプルのおかげで、ただでさえますます急上昇していた全体のムードが、和気藹々《わきあいあい》とした賭けが成立したことによっていっそう燃えあがった。

「じゃあ、見にいこうぜ」テンが続けた。「じつのところ、おれも興味があるんだ」

ほかの乗組員たちも同意の言葉をつぶやいた。

セスはゆっくりと首を振った。「お楽しみを邪魔しやがって」

全員の準備ができるのを待ってから、セスは彼らに、「ついてこい」といった。そしてジェットパックを起動し、ベイビーロックがあるはずだとヘッドアップディスプレイが示している方向に飛んでいった。

一分足らずで岩に到着した。岩は直径二十メートルあまり、おおむねレンズ状で、宇宙空間でほぼ静止していた。

「ほとんど回転してないってのが不気味だな」アイヴァンがいった。

セスは同意したが、軌道力学によってさまざまに奇妙な状況が生まれる。これは、その大半ほど不気味ではないし、正直いって便利だった。遠心力のせいで岩から放りだされる心配をしなくてすむからだ。

「さてと、到着したわけだが、いったいなにを探すんだ？」だれかがたずねた。

「いい質問だ。シリラがオンラインでスキャンしてると思うか？」そう問いながら、セスは宇宙服のヘッドアップディスプレイに利用可能な画像を次々と表示させていった。すぐに有用な画像が見つかった。「レンズ形の端の部分にあるはずだな。重力がいちばん弱いところだ」

「偶然じゃないのかもな」テンが応じた。

アイヴァンはジェットを噴射して数メートル移動した。「このあたりのはずだ」折りたたみ式シャベルを広げた。だれにも相談せずに掘りだした。

「おいおい、待てよ」セスがいった。「本気でウランの塊を掘るつもりなのか？」

「超ウラン元素だってシリラはいったんだ」アイヴァンは、最初の単語を強調しながらセスを見上げた。「そんなことは絶対にありえない。だから、いったいなにが――おっと……」

アイヴァンはシャベルをいぶかしげに見つめた。

「なにか見つかったのか？」

「ああ。だけど、ぜんぜん岩っぽくないんだ。ちょっとだけど、なんだか弾力があるんだよ」

ほかの乗組員たちに囲まれながら、アイヴァンが小石と砂のような粒子をよけると、スイカサイズのクルミのようなものがあらわれた。

「そいつには気をつけたほうがよさそうだぞ」テンがつぶやいた。

アイヴァンはにやりと笑った。「なにいってるんだよ、テキサス男。こんなもののなにが危険なんだ？」

そういうと、アイヴァンは手をのばしてその異常物を拾おうとした。

10 感染

なにかが弾けたようだった——物体が、いきなり変形したようにぼやけた。アイヴァンはぎくりとし、いきなり、どういうわけか右腕が熱くなった。宇宙服を見ると、灰色の物質が手と前腕部をおおっていた。

アイヴァンの視界がトンネル状に狭まり、腕しか見えなくなった。古今を問わず、ホラー映画の場面が脳裏をよぎった。悲鳴が聞こえ、永遠の時がたってから、その声がヘルメットの内側で発せられていることに気づいた。

無線を通じてテンの声が聞こえた。「こちらテニスン・デイヴィーズ。メーデー！　メーデー！　乗組員が負傷しました。大至急の搬送と医師の待機を要請します」

「位置を報告しろ。それから、どういう負傷なんだ？」アルバート・ミコロスキーが応答した。

「位置はベイビーロック。アイヴァン・プリチャードが異常物を発見し、なにかが彼の腕に付着しました。プリチャードは叫んでますが、痛みがあるのか、パニックにおちいってるだけなのかは不明です」一瞬、沈黙してからテンは続けた。「いま、スクーターがこっちに向かってきました。アイヴァンを機体に固定したら、おれたちもひっぱってもらって〈アストラ〉に戻ります。待機しててください」

「船長がくわしい報告を求めてる、ミスター・デイヴィーズ」〈マッド・アストラ〉の操縦士の声は冷静だった。

「シリラがベイビーロックで探知した異常物を掘りだしたんです。バスケットボールくらいの小さな物体です。プリチャードがそれを拾いあげようとして手をのばしたら、それからなにかが飛びだしてきて彼の右腕を包みこんだんです」

「苦痛を訴えているのか？」

「それはなさそうです。当初はパニックを起こしてましたが、いまはおちついてます」

アイヴァンの心の小さな一部が、なんでもかんでも皮肉りつづけている小さな声が、恐怖で麻痺してるのであって、おちついてるわけじゃないんだけどね、とつぶやいた。

「ミスター・デイヴィーズ、こちら船長だ。カメラを腕の物質に向けてくれ。マクニール機関長に状況を評価してもらい、それにもとづいてこれからどうするかを決める」

「船長、プリチャードを医務室に運びこんでこいつをとらないと――」

「きみは優先順位を間違えているぞ、ミスター・デイヴィーズ。その物質を除去するか、ミスター・マクニールが安全だと保証しないかぎり、彼を医務室どころか、船内に入れることもできない。これについての交渉の余地はいっさいない」

「イエッサー」

マクニールが割りこんできた。「カメラとリモートセンサーを送った。届いたら、異常物に向けてくれ」

「了解」

〈アストラ〉との交信がつかのま止まったので、アイヴァンは呼吸をととのえようとした。アイヴァンの心は、パニックに駆られて、〝そんな、まさか、やっと金持ちになれたってのに、いまは死ねない！〟という考えをえんえんとくりかえしはじめた。頭のなかの皮肉屋が、すくなくとも筋の通った思考ができるようになったんだから進歩ではあるな、と評した。

アイヴァンは、物体に手をのばしたときのことを思いだした。弾けるような動きが生じてなにかに腕をつかまれたのだ。そして悲鳴をあげたあとは、仲間の顔だの宇宙服だの岩だの宇宙だのがごちゃ混ぜになって……

腕が猛烈にむずがゆかったが、心の理性的な一部は、このかゆみは心理的なものなんだろうかといぶかしんだ。くっついているのがなんであれ、腕はまったく重くなったように感じなかった――ほかの点はどうあれ、そこは塗料とおなじだった。

ほかの乗組員たちが周囲で動きまわっているので、バイザーに影と反射がちらちら映った。インターコムから声が聞こえていたが、意味がわからなかった。心が停止し、頭のなかは、追いつめられてパニックを起こした動物が吠えながら走りまわっているだけになっていた。

だれかのヘルメットがアイヴァンの視界にあらわれた。唇が動くのが見え、宇宙服のスピーカーから声が聞こえた。アイヴァンが集中しようとすると、声が意味をなした。

「痛みはあるか？　その物質からなにか影響を受けてるか？」

頭のなかのブレーカーがパチンと戻ってアイヴァンは目を見開いた。テンの声だとわかった。いま聞いた言葉を再生し、正確な内容を把握した。

「ええと、あの、いや、痛くはないと思う」アイヴァンは深呼吸をしていいなおした。

「痛みはない。これはなんの影響もおよぼしてないと思う。重さも感じない」

テンはうなずいて、ストラップでつながれて宙に漂っていたアイヴァンのシャベルを手にとった。テンは慣れた手つきでくるりと一回転させて柄をつかむと、アイヴァンの腕から物質をこそぎ落とそうとブレードでこすった。

落ちなかった。

灰色の物質は、なんと、シャベルのブレードをよけて流れ、またもとどおりになったように見えた。オールで水をかくのと似ていなくもなかった。

テンがこするのをやめると、物質はひとりでにもとどおりになった。

またもなにやら早口にしゃべる声が聞こえたが、アイヴァンの脳は処理できなかった。宇宙は、テーマは似ているが論理的につながっておらず、首尾一貫していない静止画の連なりに思えた。

☆　☆　☆

会話がふたたびはじまった。戦略を立てるどころか、なにも考えられなかったので、アイヴァンが身動きをしないで浮かんでいると、宇宙服を着た乗組員たちがまわりに集まってきて世話を焼いてくれた。その間《かん》ずっと、くりかえされていた無線の応答は、アイヴァンの耳を素通りしていた。

マクニール機関長の声がチャンネルから聞こえた。機関長はとまどった口調だったが、あわてふためいている様子はなかった。「広がってはいないようです、船長。赤外線で見ても特になにも浮かびあがりません。おそらく非熱伝導性です。放射線も、磁気または電磁気活動も認められません。かき落とそうとすると流れるようによけることを別にすれば、スプレー塗料かと思うほどです」

「なにか結論を出せるか、ミスター・マクニール？」

「ある種の平衡状態に達しているように思えますね、船長。いまが満足のいく状態なんでしょう」

「ドクターは？」

「宇宙服のモニターから得られるバイタルについてくらいしか、いえることはありません、船長。いうまでもなく、プリチャードの心拍数と呼吸数はかなり多くなっていますが、これはアドレナリンが分泌されていることとしか示していません」

「だれか、これを船内に持ちこんでも安全だと請けあえるか？」

「解決策はないか？」

船長の質問に答えたのは沈黙だけだった。

ドクター・ケンプが口を開いた。「あるかもしれません、船長。宇宙服の腕を切りとるんです」

「腕を切断するのか？」

「腕自体ではなく、宇宙服の腕部分です、船長。このどろどろは、プリチャードのひじにも達していません。ひじの先で生地を切ってはぎとるんです」

「プリチャードは腕を失うはめになるんじゃないのか？」

「いいえ、だいじょうぶです。生地をひき抜いたら、すぐさまほかの乗組員たちが、腕に宇宙服密封剤を吹きつけるんです。それで、腕はかなりの程度、減圧から守られるはずです」

「密封剤は宇宙服の小さな穴をふさぐためのもので、皮膚の血腫《けっしゅ》を防ぐためのものじゃないぞ、ドクター。腕全体をおおったときにどれだけの効果があるのか、きみには予測がつくのか？」

「ないよりはましなはずです、船長。それしか保証はできません。人は、短いあいだなら、真空中でも生きていられます。通常、危険なのは肺と目と耳なんです。最悪でも、腕にあざができる程度のはずです」

　船長は一瞬、黙りこんでからテン・デイヴィーズに呼びかけた。「ミスター・デイヴィーズ、生地カッターを持っているな？」

「イエッサー、標準キットに含まれてますから」

「よし。もしもその物質が腕まで浸透していたら、彼を殺すはめになるかもしれないことは覚悟しておいてくれ。きみのタイミングではじめろ。ミズ・ネヴィン、結果によって、彼を大至急、エアロックへ運ぶ準備をととのえておいてくれ」

　乗組員たちは、口々にイエッサーと答えた。

アイヴァンの視界にテンの顔が入ってきた。「アイヴァン、腕をのばしてくれ」

アイヴァンが従うと、だれかが腕になにかを吹きつけた。そしてテンが腕を一周するようになにかを滑らせると、二頭筋に環状の痛みが生じた。ふたりの乗組員がアイヴァンの宇宙服の腕をつかんでひっぱった。生皮をはがれたような激痛が走った。ヘルメットのなかにすすり泣きが響いた。

ついに痛みが消え、アイヴァンは意識が遠のくのを感じて……

☆　☆　☆

セスはヘルメットのバイザー越しにアイヴァンの顔をのぞきこんだ。坊やの目は、さっきまでのように大きく見開かれてはおらず、いくらかおちついているようだった。宇宙服の読みだしデータによれば、アイヴァンはまだ過呼吸ぎみだが、これまでのところ環境制御システムが対処できているようだった。

セスは、むしろ、ほかの乗組員の何人かがパニック発作を起こしかけているように見えることのほうを心配していた。医師の計画を成功させるためには慎重な協力が不可欠だった。だれかがまずいタイミングでしくじったら、アイヴァンは命を落としかねない。

テンは、すでに生地カッターを出して構えていた。生地カッターの複合材ブレードは、四肢を切断するためのカッターと、原理的にはおなじ仕組みで、生地は分解するが、人体には影響をおよぼさないようになっている。テンはカッターをアイヴァンの腕に近づけると、乗組員たちに指示した。「セス、おまえはアイヴァンを座席に固定して、宇宙服の腕をひっぱったときに体までついていかないようにしろ。ケイディとラウールは、おれが生地を切ってはがすから、しっかり押さえてろ。どろどろが自分にもほかのだれかにも触れないように気をつけろよ。さもないと、また一からやりなおしになるからな。ウィル、おまえは密封剤を準備しろ」

テンは乗組員たちを見まわして、彼らが指示に従うかどうか確認した。

「やなこった」ケイディはうわずった声で応じた。「あのクソに触っちまうかもしれないことなんか、するもんか！」

ケイディが頭に血をのぼらせる前に、ウィルが口をはさんだ。

「密封剤はたっぷりあるんだ。どろどろを、まず密封剤でおおっちまうってのはどうだ？ そうすりゃ、落としたり、だれかが触ったりする心配がなくなる」

「名案だな、ウィル。じゃあ、そうしてくれ。みんな、下がれ。アイヴァン、腕をのばしてくれ」

テンがジェットを軽く吹かして集団から離れた。一度軽く噴射しただけで、あとはじっと動かなかった。ほかの乗組員たちもテンにならってウィルが作業しやすくした。

たちまち、アイヴァンの宇宙服の腕がひじまで密封剤で包みこまれた。物質がおおわれると、乗組員たちは戻ってきて位置についた。

テンがアイヴァンを見た。「オーケー、坊や、ちょっと痛むかもしれないぞ。だが、ドクによれば、腕を失うおそれはないんだそうだ。それに、どっちみち、おまえが受けとる分け前があれば、新しい腕だって生やせるんだ」

アイヴァンはうなずいた。明らかに大量の汗をかいていた。宇宙服の環境制御システムが対処しきれなくなっていたし、バイザーがくもりだしていた。

「行くぞ、三……二……一……」

テンは、できるだけすばやく、アイヴァンの二頭筋の下部に、カッターをぐるりと走らせた。生地がふたつに分かれていった。ケイディとラウールは、足をスクーターのフレームにひっかけてアイヴァンの腕の前腕部側をつかんだ。ふたりがひっぱると同時に、ウィルがアイヴァンの肩から下に密封剤を吹きつけた。アイヴァンは、腕のさまざまな部分が減圧の影響を受けたせいでかすかにうめいたが、作業が終わるまで持ちこたえた。

宇宙服の腕がはずれると同時に、ケイディがそれを岩の表面に押しやり、その上に足で砂《さ》礫《れき》をかけた。

ほかの乗組員たちがスクーターから離れると、テンはアスペイジアに指示した。「行け！エアロックに急げ！」

それ以上せかすまでもなく、アスペイジアはスクーターのジェットをまず一度、乗組員たちから離れるために吹かしてから、ドアが開いていてなかで人員が待機しているエアロックをめざして、めいっぱい噴射した。

11　回　復

医務室の外の通路には人だかりができていた。船長は全員に、正当な理由がない者は去るように命じた。なんと、乗組員たちのほとんどが正当な理由を見つけた。あるいは、なんらかの口実を。セスは、多少の誇張もまじえて、自分なら親友としてアイヴァンをはげませるといいはった。船長は皮肉っぽく片眉を吊りあげたが、主張を認めた。

セスは、ドクター・ケンプとアイヴァンが話している声を聞きとれたが、壁越しでくぐもっているため、内容まではわからなかった。だがすくなくとも、アイヴァンが生きていて意識があり、比較的冷静なのがわかった。セスは大きく息を吸った。異常物を探しにいきたいというアイヴァンの要望に乗ってしまったことに、過剰なほどの罪悪感をいだいていた。もっと慎重になるべきだったのだ。いま、アイヴァンがどんな状態にあるにしろ、それはセスの責任だった。

医師が医務室から出てきてドアを閉めた。通路を埋めている十数人を見まわし、ジェニングズ船長に目をとめた。

「鎮静剤を投与しました。いまの彼にほんとうに必要なのは休むことです。腕はひどいありさまですが、あの物質が宇宙服を突破したことを示す明らかな兆候はありません。症状はすべて、真空にさらされた結果とみなせます。あざ、血腫《けっしゅ》、手荒にこすられたことによるすり傷、大量の密封剤を使用した結果である軽い化学火傷。ほかになにごともなければ、明日かあさってには軽い作業に、一週間後には完全に復帰できるでしょう」

「会えませんか？」セスがたずねた。アイヴァンは無事だと納得できれば、この不安も消えるかもしれなかった。

「会っても意味はないぞ。手元にあるうちでいちばん強い鎮静剤を与えたんだ。いまは眠ってて、あとすくなくとも六時間は起きない」

「ほんの一瞬なら？」

ドクター・ケンプが船長を見ると、船長はうなずいた。医師はうなずいて、医務室に入るようセスをうながした。ほかの乗組員たちが続こうとすると、医師は片手を上げて止めた。

「すまないが、遠慮してくれ。ひとりだけだ」

セスは仲間たちに向きなおると、まかせてくれと解釈してくれることを願いつつうなずいてからドアを通り抜けた。アイヴァンは簡易ベッドに横になっていて、右腕全体に白い軟膏が塗られていた。頭をわずかに横にして口をあけていた。苦しそうではなかったが、安らかに眠っているわけでもなかった。きょうはもう話はできなかった。

セスが医務室を出ると、仲間たちははっとし、何人もが同時に質問しはじめた。

セスは片手を上げた。「ドクがいったとおり、意識をなくしてた。腕はぼろぼろだったけど、だいじょうぶそうだった。おれは、腕についてのドクの見通しを信用するよ。明日まで待とう」

セスは、うつむきながらほかの乗組員たちとともにラウンジに戻った。期待していたほど気分は楽にならなかった。

☆　☆　☆

アイヴァンはゆっくりと目覚めた。一日でいちばん好きなのはこのときだ。ぬくぬくとしたベッドのなかで段階を踏んで目覚めるときだ。まだ頭がはっきりしていないので、のんびりしていられない理由をひとつずつじっくり検討できなかった。汚いアパートメント、金がないこと、先行きの暗い仕事……

きょうは週末なのかもしれない。目覚まし時計が鳴らなかったんだから。子供たちを公園へ連れていこう。子供たちのエネルギーを消費させないと。五十五平方メートルのアパートメントで騒ぐと、大人はかっとし、子供たちは黙らせられる。

アイヴァンは目をあけることなく顔をしかめた。そうじゃないような気がした。ぼくはなにかをしたんじゃなかったっけ？　宇宙軍に入隊した？　違う、共同探鉱契約を結んだんだ。〈マッド・アストラ〉に乗って大金持ちになったんだ。そしてベイビーロックを調べて――

アイヴァンは上体を起こした。冷や汗がどっと出てきた。なにかに襲われて腕をつかまれたんだ。だけど、仲間に助けてもらって医務室に運びこまれたんだ。問題はない。腕ももう痛くない。

そして、アイヴァンは腕を見て……

ドクター・ケンプが、目を丸くして医務室に飛びこんできた。医師の顔を見て、アイヴァンは自分が悲鳴をあげていることをさとったので、口を閉じて黙った。

医師はカウンターから医療品キットをとると、簡易ベッドに近づいてきた。アイヴァンが腕を上げると、医師の顔から血の気がひいた。

アイヴァンは、見間違いだったのではないかと期待しながら、また腕を見た。現実を受け入れがたかった。腕は銀色だった。いや、正確には銀色ではなかった。クロムからチタンの色に近かった。指の先から前腕部のなかばまで、アイヴァンの腕は金属でおおわれているように見えた。

医師は手術用手袋の箱を手にとると、二枚重ねにしてつけた。一瞬、ためらったように見えたが、アイヴァンの手をつかんで指と指関節を触診しはじめた。アイヴァンは、医師の表情が変わったことに気づいた。

ケンプはあとずさってベッドから離れた。一瞬、アイヴァンは医師が走って逃げだすのではないかと思った。だが、彼はくるりと向きを変えてインターコムのボタンを叩いた。

「アストラ、船長を起こして、大急ぎで医務室に来てほしいと伝えてくれ。問題発生だ」

12　調　査

「鎮静剤を与えました。あらためて。今回は少量です。意識はありますが、おちついています」ドクター・ケンプは首を振った。「この分だと、今週末には鎮静剤のストックが切れてしまいそうですよ」

「それにしても、あれはいったいなんなんだ？」ジェニングズ船長がたずねた。

「わたしにいえるかぎりでは、プリチャードの体と継ぎ目なく統合されている金属製義手です」ドクター・ケンプは、マクニール機関長をちらりと見た。「つくりこみの細かさ、実装されている技術の水準の高さは、わたしが見たことのある義手とはレベルが違いますが」

マクニールは小型工具一式を掲げた。「サンプルならとれますよ」

船長がケンプを見やると、医師はうなずいた。

「機関長がサンプルをとったら」ドクター・ケンプは続けた。「わたしは、超音波検査やレントゲンを試してみます。磁気に反応しないことはもう確認ずみなので」

「脈はあるのか？」

「腕に、という意味ですよね？」ドクター・ケンプは首を振った。「境界面がどうなっているかはわかりませんが、生体の末端部が機械と融合しているとは思えません」

ジェニングズ船長は顔をしかめ、数秒間、医務室のドアを見つめた。「どんな選択肢があるんだ、ドクター？　切断は可能かな？」

「じつは、ほかに手段が見つからなかったら、切断するほかないと思っていました。プリチャードは、地球へ戻りしだい、新しい腕を生やせますしね。いまじゃ、わたしたちはみんな、新しい腕を買えるんです」

状況の深刻さにもかかわらず、男たちはちらりとほほえみあった。

「よし。その線で進めてくれ、ドクター」船長はいった。「報告は絶やさないように」

☆　☆　☆

アイヴァンは手を上げた。その腕は、前腕部のなかばまでクロムと化していた。

「これはなんなんですか、ドク？　ぼくはどうなってるんですか？」

「物理的側面についてはもう説明したじゃないか、アイヴァン。だが、理由と方法？　さっぱりわからない」

「これは、腕にくっついたもののせいですよね？　そうに決まってる」

「おなじものには見えないがね。宇宙服についたほうは、灰色だったし、液体っぽかった。だが、たしかに、あのどろどろが、どうにかしてこれをもたらしたと考えるのが妥当だろう」

「どうすればいいんですか？」

ケンプはスツールを移動させてアイヴァンの前にすわった。

「それについては、なにもわかっていないし、様子を見ている余裕はないとわたしは思う。切断することを考えてほしいんだ。万が一にも広がるといけないから、事前に阻止しておきたいんだ」

「はい、わかります。それに、地球に戻ったら、新しい腕を買えますし」アイヴァンは数秒間、黙ったまま、手をじっと見つめながらゆっくりとひねっていた。「そうしてください。切っちゃってください。怖《お》じ気《け》づく前に」

☆　☆　☆

チャールズ・ケンプは、アクティブなデスクトップに表示したメモや図や画像を見おろした。アイテムをいじりまわしたが、どんなに配置を変えても、まともな解釈がデータから魔法のように立ちあらわれたりはしなかった。

ケンプはふうっと大きく息を吐いてからインターコムのボタンを押した。「船長につないでくれ、アストラ」

すぐにインターコムから船長の声が聞こえた。「報告があるんだな、ドクター？」

「ええ、まあ、そうです。データはたっぷりとれましたが、導きだせる解釈は多くありません。とにかく、腕の生体部分と機械部分の境界面はじつによくできています。予想どおり、血管はその境界面で終わっています。ただし、興味深いことに、行き止まりになっているのではありません。動脈と静脈がきちんとつながっていて、血がとどこおりなく流れるようになっているんです。神経インターフェースは、副交感神経機能まで含めて、すっきりと整理されていて効率的です」

ケンプはある報告書を指で自分のほうにひきよせた。

「マクニール機関長は、調査結果をくわしい報告書にしてこれから提出するそうですが、要約すれば、あの腕は一体の金属ではないのだそうです。複雑な構造があって、その結果としてしかるべく動作する腕になっているんです。腕を構成している物質は、無数の、とりあえずナノマシンと呼んでおくものからなっていて、それらが結びついて統一性のある全体になっています。つまり細胞とおなじ仕組みですが、大きさは細胞よりやや小さいし、金属でできています」

ケンプは黙りこみ、デスクトップの文書を無表情で見つめつづけた。とうとう船長が声をかけた。「ドクター？」

「すみません。切断はすみました。ひじのすぐ下からです。プリチャードは承諾しました。ほんのはした金で新しい腕を生やせるのだからと同意してくれたんです。ほんとうにそのとおりなんですから。切断した腕はサンプル用の容器に密封して、地球で専門家に調べてもらえるようにしました。こんなものの専門家がいるかどうかはともかく」

「それで安全だと断言できるのか？」

「なにも断言なんかできませんよ、船長。ただ、危険についていえば、どっちみち結果に変わりはないと思いますね。なんらかの感染力があるのなら、もうとっくに感染していると思います。それに、サンプル容器の密封はきわめて厳重です――そのはずです」ケンプはためらった。「これを解明するべきだとわたしは思いますし、そのためには科学者に渡さなければならないんです。もしもエアロックから放りだしたら、だれかがまたここへ来て拾い、わたしたちより対策が遅れるかもしれません」

「ありがとう、ドクター。反対するつもりはない。機関長の、間違いなくもっとわかりにくいだろう報告書を読んで、理解できた部分があったら教えるよ。以上だ」

ケンプは医務室の椅子にもたれた。まったく、なんて日だ。

13　状況分析

ジェニングズ船長はコーヒーを持ったまま椅子にもたれてブリッジ要員たちが席についているテーブルを見まわした。アイエロとミコロスキーとジェネラスは、テーブルにひじをつき、水晶玉占いをしているかのようにコーヒーを凝視していた。一方、マクニールは、かすかに顔をしかめて宙を見つめていた。いかにもこの男らしく、たんなる工学上の問題とみなしているのだ。

「なにか意見は？」

マクニールは身を乗りだして顔の前で腕を振った。「宇宙服の腕を持ってきてくれてたらよかったんですが。問題の物質を調べたかったですね」

「乗組員たちは、宇宙服の腕を、砂をかけてベイビーロックに置いてきたんだったな。それはそれでいい判断だ。ぷかぷか漂っているうちに船体にくっついたなんてことにならなくてよかったよ」

アイエロは、想像しただけでぞっとした表情になった。

「それとも、ビッグロックまで漂っていって鉱脈が汚染されるなんていう、おなじくらいひどいことになっていたかもしれない」

テーブルを囲んでいる全員がうなずいた。立ち入り禁止なんてことになったら、鉱脈の、何百億ドルもの価値がゼロになってしまう。

「そういえば」ジェネラスが話に加わった。「シリラは分析を終えたんですか？」

「まだだ」ジェニングズ船長は答えた。「だがこれまでのところ、どうやら、鉱石は予想以上に多そうだ。このあいだのわたしの話が悲観の極みに感じられるほどの量になりそうだ、と彼女は見積もっているよ」

その言葉を聞いたとたん、テーブルのまわりの顔がぱっと明るくなった。満足感に満ちた沈黙が部屋に広がり、みながコーヒーに口をつけた。

「杞憂かもしれませんけど……」リタが沈黙を破った。わざとらしい気軽さだった。

全員が彼女のほうを向いた。

「なんだね、リタ？」船長がたずねた。

「きっと気にしすぎなんだと思います。でも、ベイビーロックはビッグロックから二百メートルしか離れてないじゃないですか。このままじゃまずくありませんか？」

「動かしたほうがいいっていうのか？」ジェニングズはマクニールを見た。「動かせるのか？」

「方法はいくつかありますね。いちばん簡単なのは、ロケット推進ベクトル調整ユニット《RIVA》を二基設置することでしょう。大きな岩の回転を止めるためのものですが、小さな岩を動かすためにも使えるはずです。ただし、慎重にコントロールしなきゃなりません。重力が小さいので、加速が急すぎると、宇宙服の腕が岩から飛びだしかねません」

「それに、失敗ビーコンも設置しないと」ミコロスキーがつけたした。「それから、軍に危険を警告しないと」

「それはどうかな」アイエロが即座に異を唱えた。「軍司令部が危惧しすぎたら、ビッグロックまで接近禁止になりかねない」

ジェニングズ船長はため息をつき、しばし目をつぶった。危険を報告しないと重大な過失になる。だが採掘権が無効になったら、全乗組員が悲劇のどん底に突き落とされてしまう。

船長は目をあけてテーブルをぐるりと見渡した。

「危険は報告せざるをえない。報告しないわけにはいかない。だが、ふたつの小惑星を関連づけさせないようにしなければならない。次の抽選まで、この宙域にはだれも近づかないだろう」

「だが、そのあとは、カリフォルニアのゴールドラッシュのようになる」アイエロはテーブルを囲んでいる人々を見まわした。「宇宙船を飛ばせるやつは、ひとり残らずこのセクターに集まってきて、おれたちが見つけたような岩を探しはじめるんだ」

「そのとおりだ」ジェニングズ船長は顔をごしごしこすりながら考えこんだ。「申請手続きをはじめよう。早くすませばすますほど、大企業を相手にした入札を早くはじめられる。そのあいだに、マクニール、ベイビーロックを、宇宙服の腕と異常物ごと、この宙域から移動させるための計画を立ててくれ。一週間か二週間あとで、別の事件として報告することにしよう」

ジェニングズは、自分たちがしようとしていることが、明確に違法ではないものの、道義には反していることを承知していた。そして、自分も月並みな人間の感情から逃れられないことを思いしらされて、心がずっしりと重くなった。

14 副作用

「金属の腕？ 金属の腕だと？」テンはループにおちいっているようだった。おなじことをいうのはこれで四度めだった。同様のショックを受けているほかの乗組員たちもうんざりしはじめていた。セスは、あきれ顔をしたい衝動に圧倒されかけていたが、感情を表に出さないように努めていた。

「どうやって腕と置き換わったんだろう？」ウィルことウィロビー・トッドがたずねた。アマチュア画家であるウィルは、この件についてみんなで話しているあいだに腕と手の絵を描いていた。セスは、その絵がうまいことを認めざるをえなかった。

「中華ソビエトがここに持ってきたのかな？」アスペイジアがたずねた。

「それはないね、スペイジー」ロレンザは続けた。「やつらにそんな技術はない。わたしたちのレベルにも達してないいんだから。わたしはオートメーションをテーマにした見本市や会議に何度も出席してるから、それは断言できる。やつらは買い手であって開発者じゃない」

セスは無言でうなずいた。採鉱ロボット・オペレーターで遠隔オートメーション一般の専門家であるロレンザがこのジャンルについていうことに異論を唱えられる者は、この宇宙船にはいない。

「それに、なんだってわざわざ採鉱船をねらって罠をしかけるんだ？」

セスはテーブルの周囲を見ました。だれもその問いに答えなかった。セスは、ケイディが指先をじっと見つめていることに気づいた。「自分にもうつってるんじゃないかと心配なのか、ケイディ？」

「ありえなくはないだろ。あれはプリチャードの宇宙服のなかに入りこんだんだ。おれの宇宙服のなかにだって入りこむかもしれない。あのどろどろに触った覚えはないが、ひょっとしたら触ったかもしれない」

「だけど、おれたちだけ、発症するまでに長い時間がかかるってのはおかしいじゃないか」

セスは異を唱えた。「あんたもおんなじさ」

「それにしたって不気味だな」アスペイジアがいった。

「なんたって、金属の腕なんだぞ」テンが宙に向かってつぶやいた。

ラウールが手をのばして、テンの肩を、強めに殴った。「しっかりしろよ」

テンは悲鳴をあげてラウールをにらんだが、その行為は効果を発揮したようだった。

「だけど」アスペイジアがいった。「機関長がベイビーロックを移動させる計画を立ててるんだから、あたしたちにもきっと作業が割り当てられる。あたしは超大金持ちになるのを楽しみにしてるし、馬鹿げたエイリアンの罠なんかにそれを邪魔されたくないんだ」

ケイディとセスが同時に反応した。

「超大金持ち？」

「エイリアンだって？」

アスペイジアはセスをにらんだ。「〝エイリアンの〟っていったのは、〝だれがやったかわからない〟の言い換えだからさ。だけど、ありえないことはない」そしてケイディに鋭い視線を向けた。「それから、あんたはシリラの最新の報告を見てないのか？　この五十年で最大の発見なんだそうだ。あたしたちは、引退できるだけじゃなく、とんでもない大金持ちになったんだよ」

どうやらわれに返ったらしいテンが声を張りあげた。「アルバートから聞いたんだが、船長はもう申請をすませて予備承認も受けたんだそうだ。それに、〝関係者〟からの問い合わせも二件来てるんだってよ」

テンは身ぶり手ぶりで話を強調し、みんなが笑顔になった。

セスは両手でごしごしと顔をこすった。アイヴァンが目を覚ましたとき、どんな反応をするか、見当がつかなかった。地球に帰れば新しい腕を生やせるとはいえ、腕を切られるというのはトラウマになりかねない体験だ。なんとかしてアイヴァンを元気づけてやろう、とセスは心に決めた。

☆　☆　☆

マクニール機関長は、ベイビーロックを動かす方法をたちまち思いついた。そして総員をその作戦に動員した。なにひとつ運まかせにできなかった。ひとつ間違ったらビッグロックを汚染してしまい、そのせいで彼らの採掘権が水泡《すいほう》に帰しかねなかった。そんなことになったら、それ以上の隠蔽工作はしない、と機関長と船長は明言していた。

そういうわけだから、乗組員たちは機関長の計画に、めったにないほど集中した。だれにいわれずとも予行演習をし、話し合いを重ねて失敗する可能性があるポイントを洗いだした。一方で、ロケット推進ベクトル調整《ＲＩＶＡ》ユニットの梱包を解いてベイビーロックに運んだ。対処しなければならない回転がほとんどないので、回転を止めるという厄介な過程を飛ばすことができた。

乗組員たちはＲＩＶＡをハーケンで岩に固定すると、補強のために岩ごとネットですっぽりと包んだ。噴射中にＲＩＶＡの係留がはずれたら大惨事になる。いちばんましでも、岩が回転し、異常物と宇宙服の腕が吹き飛ばされる。最悪、岩がばらばらになってしまいかねない。

マクニールは宇宙服を着て、みずから準備を点検した。その場に居あわせたセスはまじめな顔を保つように努めた。

マクニールが船内に戻ると、テンがセスのヘルメットをとんとん叩いた。ふたりは無線を切ってヘルメットを接触させ、宇宙で唯一、真にプライベートな方法で会話をした。

「これで、なんでミスター・マクニールが船外活動《EVA》を避けてたのかがわかったな」テンが、いつものあざけるような口調でいった。

セスは、テンの日頃の態度に好感を持っていなかったが、その指摘には同意せざるをえなかった。「ノームっていう言葉が頭に浮かんでしょうがなかったよ。ノームがスコットランドの妖精ってわけじゃないのは知ってるけど……」

テンは笑った。「おれはトロールのほうが似てると思ったが、ノームでもいいな。スキンタイト宇宙服は、機関長のファッションの好みには絶対にあってない」

セスは口を開いて応じかけたが、そのとき、宇宙服のインターコムが鳴って呼ばれていることを知らせた。セスは制御盤をすばやく操作した。「ロビンスンです」

「みんな、聞いてくれ」アイエロの声が一般周波数から聞こえた。「機関長のオーケーが出た。二分後に起動する」

セスとテンは無言で顔を見合わせると、ジェットを吹かしてそれぞれの持ち場へと向かった。

二分後、すべてのRIVAユニットが同時に噴射した。複数のユニットが可能なかぎり負荷を分散することによって、推力は最低限に絞られていた。噴射が数分間続くと、ベイビーロックがビッグロックから離れはじめているのが見てわかるようになった。

とうとう、RIVAが止まった。

「停止を確認。各ユニットのフェイルセーフは作動中」アイエロが告げた。「総員、全装備の回収にかかれ。抜かりのないようにしろ」

RIVAとケーブルとハーケンの回収は、いつもよりずっと注意深くやらなければならなかった。第一に、岩にめだつ痕跡や傷をつけないためだったし、第二に、乗組員が装置になるべく触れないようにするためだった。ジェニングズ船長は、一切合切をひとまとめにして双曲線軌道に乗せ、宇宙の果てへと送るように命じていた。それで、〈マッド・アストラ〉をベイビーロックに結びつける物的証拠を隠滅できるはずだった。

15 デジャブ

アイヴァンは目を覚ました。頭がはっきりしてこの二十四時間の出来事をきちんと思いだせるようになる前から、自分はまだ医務室にいるのがわかった。身の毛がよだった。ベイビーロックにいたときにパニックを起こしたことを思いだしてきまり悪さを覚えた。たぶんこれで〝坊や〟よりもずっとひどい新しいあだ名をつけられるはめになるだろう。金切り声《スクリーチー》？　あわあわ《バブルス》？　悲鳴《イーク》？

それとも、切り株《スタビー》か。

記憶がひとつにまとまると、金属の腕のことを思いだした。感覚に違いはなかった。ただの腕だった。だが、金属でできていた。話しあって切断することに決めた。たしかに、近頃では、新しい腕にしろ臓器にしろ、ほとんどのものを簡単に再生できる。

とはいえ、地球に戻るまでのあいだは不便だ。

ああ、ジュディ、きみには話したいことが山ほどたまってるよ！　でも、腕のない姿は子供たちに見せたくないな、とアイヴァンは思った。きっと怖がらせてしまう。

だけど、まあ、ドクのいうとおりだ。はした金で片がつく問題なんだ……

アイヴァンは、自分にはもう右手がないことを思いだす前に、右手をのばしてベッドカバーをめくろうとした。上体をさっと起こし、目をあけて……

ドクター・ケンプが医務室に飛びこんできた。髪がくしゃくしゃだった。そしてアイヴァンは、自分が悲鳴をあげていることに気づいた。またも。腕を――切断したばかりのはずの右腕を――上げて指を動かした。

ドクター・ケンプは目を見開いていた。ゆっくりとあとずさって、アイヴァンの腕から目をそらすことなく、インターコムのボタンを手探りした。

☆　☆　☆

「どうしたらこんなことが可能なんだ？」ジェニングズ船長はドクター・ケンプをにらんだ。ケンプは船長を責められなかった。すべてが悪い冗談としか思えなかった。

「わかりません。とにかく、アイヴァンには非の打ちどころのない右腕があるんです。いまは二頭筋まで金属の腕が」ドクター・ケンプはゆっくりと首を振った。「説明はできません。見当もつかないんです」

「解決しなきゃならない問題がいくつもありますね」マクニール機関長がいった。

そりゃそうだろうな、ホームズくん。どんな手がかりからそう推理したんだ？　皮肉ったところでなんにもならなかったので、ケンプは気持ちが顔に出ないように気をつけた。

「まず」機関長は続けた。「新しい腕の原料になった金属はどこから来たのか？　そして次に、古い腕を構成していた物質はどこへ行ったのか？」

「変換したのかな？」とアイエロ。

「それを検討するのは時期尚早だと思う」機関長が応じた。「たしかに、この事態は技術的に理解を絶してるが、直接的な証拠がない以上、元素変換はちょっと極端すぎるだろう」

ドクター・ケンプはうなずいた。そして、ふと思いついて額にしわを寄せた。鎮静剤を投与したアイヴァン・プリチャードが寝ている簡易ベッドに歩み寄って膝をつき、下をのぞいた。

「やっぱりな。これを見てください」ドクター・ケンプは手術用手袋を手にとり、それを使って少量の白い粉を集めて小山にした。「これはたぶん生カルシウムでしょう。とにかく、炭酸カルシウムのはずです。プリチャードの腕でこれだけが残ったんです」

一等航宙士がおえっという声をあげ、手で口を押さえながらくるりと向きを変えて通路へ走りだしていった。

「おっと、ちょっと無神経でしたね」ケンプは立ちあがると、顎に手をあてて数秒間、黙って立っていた。「人間は、微量の元素を別にすれば、九十五パーセントが炭素と水素と酸素と窒素でできています。三種類の元素は空気中に気体として存在しているし、炭素を酸素と結合させれば、体重百キロの人の九十五キロを、文字どおり気体にできるんです。残りは、ほとんどがカルシウムとリンです。腕一本だと、ええと……」――宙を見つめながら暗算して――「体重の五パーセントの、そのまた五パーセントが炭素・水素・酸素・窒素以外なわけです。プリチャードの体重は約七十五キロだから、二百グラム足らずが気体にできずに残ることになります」

ケンプはインターコムに歩み寄ってボタンを押した。「アストラ、このデッキの環境ログを調べてくれ。最近、空気に異状はなかったか？」

「ありました」と中性的な声が答えた。「過去二十四時間で一酸化炭素と水蒸気と窒素がわずかに増加しています。酸素は減少したため、補充が実行されました」

ケンプは片眉を吊りあげてほかのふたりに向きなおった。

「興味深いな。みごとな推理だよ、ドクター・ケンプ」とマクニール機関長。「じゃあ、次はもうひとつの疑問だ」

「でも、それはわたしの専門じゃありませんよ、機関長。わたしは、これから、切断した腕がどうなっているかを調べにいってきます。手がかりが見つかるかもしれませんから」

マクニールはうなずいた。「ついていってもいいか？」

「どうぞ」ケンプは船長のほうを向いた。「まだ情報収集の段階ですが、肝心なのは、事態がエスカレートしているように思えることです。どこで止まるかは不明です。これ以上進まないかもしれないし、プリチャードが消えてなくなるまで進行しつづけるかもしれません」

「それに、この現象の目的もわかっていません」マクニールが付け足した。

「よし。報告を絶やさないようにしてくれ」船長はうなずくと、向きを変えて立ち去った。

ケンプは通路に向かって歩きだした。

「さあ、腕がどうなってるか、見にいきましょう」

☆　　☆　　☆

ケンプは保管庫の区画からトレイをひきだした。ステンレスのトレイには留め金がいくつもついている金属容器がおさめられていた。

「死体保管庫に入れておいたのか。理にはかなってるんだろうな」

マクニールはケンプが容器を解剖台に運ぶのを手伝った。そして、留め金を手早くはずして蓋を開いた。

マクニールはなかをのぞくなりあとずさった。「うわっ」

ケンプは凍りついたように中身を凝視していた――一方の端はすぱっと切れていて、反対端は円錐状にすぼまっている、ぼろぼろになった円筒形の肉塊を。すぼまっているほうの端から、かなりの長さの骨が突きでている。

「これはいったい……切断した腕の、生体部分しか残ってないじゃないか。切ったのは、境界から七、八センチ上だったんだ。金属はどこへ行ったんだ？」

しばらく容器を見つめていたマクニールが、ポケットから懐中電灯をとりだした。ドアまで歩いていって部屋の明かりを消した。容器のそばに戻ってくるなり、懐中電灯であちこちを照らしはじめた。「容器の外側を見てくれ」

ケンプが首をのばして眼を凝らしていると、「光った！　そこの隅です」

直径がおそらく一ミリほどしかない穴がたくさんあいていて、そこから光が漏れていた。

ふたりは顔を見合わせ、冷蔵保管庫の区画に向かった。マクニールが懐中電灯の光をあてはじめ、やがて指さした。ケンプが示されたほうを見ると、隅に、似たような穴の群れができていた。

マクニールは、しばらくその区画のなかを眺めてから、サンプル容器のほうを向いた。区画に頭を突っこんでのぞきこみ、懐中電灯で照らしながら奥の隅をじっと見つめた。やがて区画から頭を抜いたが、おなじ方向を見つめつづけた。ケンプは、機関長がどんな計算をしているにしろ、それを邪魔したくないので、そのあいだずっと黙っていた。

「ふた組の穴は、プリチャードがいるところまでの最短距離上に並んでる」マクニールがいった。「つまり、ちっぽけな連中は船体に穴をあけながら直進したんだ。あいだに重要な配線とかがないかどうか、調べる必要があるな」懐中電灯を消した。「材料になった金属がどこから来たのかという疑問がすっきりと解決したわけじゃないが、やつらがサンプル容器をこんなふうに食い破れるという事実から、どうにも気にくわん可能性が浮かびあがってくる」

ケンプは、ストレスのかかる状況だとマクニールのなまりがきつくなることに頭の隅で気づいた。そして機関長がほのめかした可能性について考えた。「ふうむ。プリチャードの腕を再生するために船体を使ったってわけですね？」

「まあ、そんなところだ」

ふたりは部屋の明かりをふたたびつけて椅子にすわった。マクニールは、顎をなでながら、しばし天井を見上げていた。「問題は、やつらはなんでわざわざプリチャードのところまで戻ったのか、だな。ナノマシンどもには、プリチャードにこだわる必要なんかないってのに」

「まいったな」ケンプは額をもんだ。「ひょっとしたら、ナノマシンはプリチャードの腕以外にも侵入してるのかもしれませんね。最初の検査では血液サンプルのなかから検出されなかったけど、あれは金属化する前だった」

「そうだな。もう一回調べたほうがよさそうだ」

ふたりは立ちあがり、ケンプは医務室に戻りはじめた。

☆　☆　☆

「見つけましたよ」ドクター・ケンプが身ぶりで顕微鏡を示した。

マクニールは腰をかがめて接眼レンズをのぞいた。

「うわあ。こいつらが……」

「ナノマシンです。こいつらが、プリチャードの細胞と置き換わってるんです」

「じゃあ、こいつらがミスター・プリチャードの体のなかに巣くってるってわけだ」マクニールはあとずさって顕微鏡をにらんだ。「すくなくともこれで、プリチャードのもとへ戻った理由がわかったな。さて、この問題のもうひとつの側面だが……」

☆　☆　☆

「船体を食ってる？」

ジェニングズ船長は、ケンプが知りあってからはじめて、あからさまにおびえているように見えた。

「宇宙船全体をじゃありません、船長」マクニールがあわてて説明した。「やつらは、船体の構造を薄くはぎとってアイヴァンの新しいパーツをつくるための材料にしてるようなんです」

「で、そいつらは血流のなかにいるんだな？」

ケンプはうなずいた。「わたしたち自身を検査しましたが、ナノマシンは見つかりませんでした。といっても、断言はできません。アイヴァンの血液サンプルからも、最初は異状を発見できなかったんですから。ただこれで、ナノマシンがプリチャードのもとへ戻ろうとした理由の説明がつきます。彼は、好むと好まざるとにかかわらず、選ばれたのです」

「全員の血液検査をしてくれ」ジェニングズ船長はいった。「検出されなくてもそれで確定にはならないだろうが、ひょっとしたら検出されるかもしれない。確認しておく必要がある」

ケンプはうなずいた。「医務室で検査できるようにします」

☆　☆　☆

医務室から通路まで行列がのびていた。ドクター・ケンプは手際がよかったし、いずれにしろ、全員が雑談する気力をなくしていた。ひとりあたり、わずか二分で乗組員たちは共用室へ戻っていった。ますます憶測をたくましくしているに違いなかった。

アイヴァンはまだ意識を取り戻していなかった。彼が感染して以来、信じられないほどたくさんのことが起きたんだな、とケンプは思った。そして静かにため息をつくと、彼に歩み寄って見おろした。気の毒に。この感染だかなんだかは、アイヴァンを傷つけないように、それどころか不快に感じさせないように、おおいに気を使っているようだった。いい兆候なのは間違いなかった。だが、この事件がめでたしめでたしで終わることになっても、アイヴァンは塗炭《とたん》の苦しみを味わうことになる。自分の健康ばかりでなく、家族への影響も心配しなければならない。ビッグロックから得られる大金が助けにはなるだろうが——

　ドクター・ケンプは背後にあるインターコムのボタンを手で探った。振り向くことなくボタンを押した。「アストラ、船長を呼んでくれ。アイヴァンのほかの手足も金属化しはじめたと伝えてくれ」

16　対処

　船長は、かろうじて声になっている落胆のうめきで通話を終えた。まあ、だれも感染していないらしいという朗報もあった。だが、アイヴァン・プリチャードが変化——ドクター・ケンプいわく〝金属化〟——しつづけているという悲報もあった。

　それに、マクニール機関長が最悪の懸念が事実だったことを確認した。ナノマシンは、船内を自由に動きまわって金属を収獲しては、プリチャードの肉体の代替部品をつくっていたのだ。重要なシステムへの影響はまだなかった。それどころか、機関長によれば、ナノマシンは、設備に悪影響がおよばないように気をつけながら略奪を実行しているらしかった。

とはいえ、きわめて危険な状態だった。理屈の上では、プリチャードが終わったら、ナノマシンはほかの乗組員にとりかかるかもしれなかった。理屈の上では、〈マッド・アストラ〉が地球に帰還したら、この災厄を人類に拡散してしまうかもしれなかった。ナノマシンが無限に増殖して世界が灰色の泥《グレイ・グー》でおおいつくされてしまうかもしれなかった。

もはや、隠しおおせる事態ではなくなっていた。

船長はインターコムに手をのばした。さまざまな準備をしなければならなかった。

☆　☆　☆

「申請の進行状況を教えてくれ、ミズ・ジェネラス」

リタは、しばし口をすぼめてからいった。「順調です。すべてのデータを競売会社に送信しました。複数のコングロマリットが応札しています。入札の終了は三日後になります。最低価格で落ちたとしても、ひと株オーナーへの配当が五億ドル以上になります」

「売買が確定するのはいつだ？」

「そうですね、落札者は、こちらのデータを確認するために調査船を送ります。その調査で大きな異同が発見されたら、購入を取り消すことが可能です。でも、シリラが出した数値に問題があるとは思えません。それどころか、やや控えめだと思います。だから、そんなことにはならないはずです」

ジェニングズ船長はうなずいた。「わたしもそう思うよ、ミズ・ジェネラス。心配なのは、アイヴァン・プリチャードの一件がおおやけになって買い手が二の足を踏むという事態だ」

「でも、わたしたちはふたつの出来事を、時系列的にも空間的にも、注意深く引き離したじゃありませんか」

「うまくやったとはわたしも思っている。それでも、なにかのきっかけで発覚するかもしれない」

「正直いって、船長、もしも軍がかかわってきて、わたしたちの発見とプリチャード事件の関係を疑ったら、ビッグロックを封鎖する可能性もないではありません。でも、それは関連づけたらの話です。そしてたとえ関連づけたとしても、何千億ドルもかかっているのだから、落札者はおとなしくひきさがったりしないで法廷闘争に持ちこむと思いますね」

「わたしの検討結果もおなじだよ。ご苦労だった」

下がってよし、という意味だった。リタは一瞬、ためらってから席を立って船長控え室を出ていった。

ジェニングズは一連の出来事をじっくりと思いかえし、どんな選択肢があるかを考えた。これから持ちかけようとしている提案のせいで、違法行為というウサギ穴に転げ落ちるおそれはますます高まる。慎重にことを運ばなければならない。

考えすぎて踏ん切りがつかなくなる前に、ジェニングズはボタンを押して医師を呼びだした。

「船長？」

「ドクター、ミスター・プリチャードの状態を報告するのを、医師の誓いを破ることなく遅らせることが可能かどうかを訊きたいんだ。たとえば、三日間」

「三日ですか、船長？」ケンプの声は不安そうだった。おびえた口調といってもいいほどだった。

「法律を破ることになるかね？　医師の務めに背くことになるかね？」

「そうはなりませんね。わたしたちが軍人だったら話は別でしょうが……どうして報告がそんなに遅れたのかと疑問に思われるかもしれませんが、自力で対処しようとしたという弁明は、あながち不合理とはいえないと思います。すくなくとも、しばらくのあいだなら。どうして三日なのか、うかがってもかまいませんか？」

「三日でビッグロックの入札が終わるんだ。そのあとは落札者の、この言葉が適当かどうかはわからないが、個人的な投資になる」ジェニングズは、その言いまわしの妙に、ほんの一瞬、ほほえんだ。「この発見にわたしたちの人生がかかっていることを考えたら、納得のいく配慮だと思う」

「ええと、そうですね、わたしも反対はできません、船長。正直いって、アイヴァンも賛成するんじゃないでしょうか」

「そういえば、ミスター・プリチャードの状態はどうだ？」

「また鎮静剤を投与しました。これ以上与えると、体に変調をきたしかねません。もちろん、そのころには関係なくなっているかもしれませんが。金属化は加速しています。境界面は、もう、残り三本の手足の、膝とひじよりも近位に到達しています」

「ふつうの言葉でいうと、腿と上腕にまで達しているんだな？　変換は胴体にまで達するのかな？」

ドクター・ケンプは、しばらく黙ってから答えた。「わかりません。右腕の金属化は肩で止まっているようですが、ほかの手足が追いつくのを待っているだけかもしれません。知能がかかわっているのは確実ですが、本物の知性があるのか、ただのＡＩなのかはなんともいえません」

「で、あいかわらず、最後にどうなるかは不明なんだな？」

「はい、船長」

「隔離したらどうだろう？　なにかできることはないのか？」

「隔離するための施設はありません。もちろん、彼の個室に閉じこめることはできますし、乗組員の士気のためにはそうしたほうがいいでしょう。でも、つまるところは、実際の予防効果はないジェスチャーにすぎません。ナノマシンはもう外へ出てしまっているし、壁で阻止できないのは明らかになっています」

「わかった。この件が解決するまでは地球へ戻れないのはいうまでもない。詳細な報告を、惑星間疾病管理予防センター《ICDC》へ送る準備を進めてくれ。時系列についての言及は最小限にとどめてほしいが、虚偽はないようにしてくれ。愚か者扱いされるのはかまわないが、違法行為は絶対に避けてくれ」

「イエッサー」
「頼んだぞ、ドクター。こまめに状況を報告してくれ。ご苦労だった」

17 感染の継続

アイヴァンはいきなり目覚めた。一瞬前まではまったく意識がなかったのに、次の瞬間、完全に覚醒していた。目覚まし時計をかけていないかぎり、こんなことはこれまでめったになかった。アイヴァンは、何分かかけて、ゆっくりと眠りから目覚めへと移行するのが好きだった。今回は鎮静剤からの目覚めだった。腕のことでパニックを起こして鎮静剤を与えられたのだ。

腕！

アイヴァンはがばと上体を起こし、ドクター・ケンプに頭突きをしそうになった。ケンプは、ちょうどアイヴァンの顔のあたりに手をのばしているところで、アイヴァンの額があやうく医師の鼻を直撃しそうになったのだ。

アイヴァンは右腕を上げた。金属だ。視線を肩まで移動させた。ずっと金属、肩まで金属だ。目に涙をたたえてドクター・ケンプを見た。

そのとき脚に気づいた。そして左腕に。喉から泣き声が漏れ、世界が縮んで輝点になった。

☆　☆　☆

アイヴァンはふたたび目を覚ました。そして思いだした。足を見、手を見た。金属だ。ドクター・ケンプはベッドの横で、心配そうな顔をしてすわっていた。アイヴァンは医師の目を見つめながらたずねた。「どれくらい深刻なんですか？」

ドクター・ケンプは一瞬、目を伏せた。「アイヴァン、癌や変性疾患ほど深刻じゃないよ。きみは、わかっているかぎりでは、死んだりしない。それどころか、健康なんだ。ただ……」

「アイアンマンになりかけてるだけなんですね？」

アイヴァンは笑ったが、自分でもヒステリックな笑いなのがわかった。

ドクター・ケンプはうつむいた。一瞬、アイヴァンは申しわけなくなった。

「アイヴァン、変換は続いてる。現時点で、生身のままなのは頭と胴だけなんだ」

アイヴァンは見おろした。「ああ……」

ドクター・ケンプはにこりとほほえんだ。「なにも欠けたりしてないよ。機能が保たれてるかどうか、時間があるときに試してみるといい」

「わかりました。体の機能のほうはどうなんですか？」

「そこが、この件でいちばん興味深いところなんだ」ドクター・ケンプは、その言葉に対する反応をうかがっているのか、アイヴァンを横目で見た。「金属化は、きみの体内でやみくもに進行してるわけじゃない。金属ヴァージョンが機能を引き継げるようになるまでは、生体組織を維持してるようなんだよ。残ってる生体組織にはつねに適切な血液供給がおこなわれてるんだ。ホルモンレベルも維持されてる。ほかもおなじだ」

アイヴァンは数秒間、ケンプを見つめた。

「止まるんですよね？」

ドクター・ケンプは無言でため息をついただけだった。

「だけど、これはいったいなんなんですか？」

医師はしばし、手を振り、魚のように口をパクパクさせた。そして肩をすくめ、アイヴァンに悲しげな笑みを向けた。「答えられたらいいんだけどね。わかってるのは基本的な事実だけなんだ、アイヴァン。きみの細胞は顕微鏡サイズのナノマシンに置き換えられてる。ナノマシンは、船体から金属を奪ってナノマシンをつくってるんだ」

ケンプは、考えをまとめていたのだろう、しばらく天井を見上げていた。

「いくつか、希望が持てる発見もある。第一に、ナノマシンは、一カ所から金属をとりすぎないように注意してる。機関長によれば、機能や構造の健全性に影響が出るほど食われたところは一カ所もないんだそうだ。それに、きみの体に加えられてる変化で、承諾を得てないというそもそもの問題はあるが、きみにとって害になるものはひとつもないように思える。害どころか、不快感すら与えないように気を使ってるようなんだ。そんなことは偶然ではありえない。意識的な協調がないと無理だ」

「意識的？」

ドクター・ケンプは首を振った。「深読みはしないでくれ。わたしは内部情報を握ってるわけじゃない。〝意識的〟といったのは、目標を達成すべく計画を実行してるからにすぎないのさ」

アイヴァンは考え、うなずいた。「そうですね、指示さえ与えれば、AIでも似たようなことができる。ふつうなら、そっちのほうがありそうだ」

アイヴァンは椅子にもたれて額をもみはじめ、やがて手をさっとのばして凝視した。指の動作にはなんの違和感もなかったが、額には金属の器具でマッサージしているような感触があった。

「これがほかのだれかに起こってることだったら、興味津々《しんしん》だったでしょうね。じつのところ、興味もあるんですが、やっぱり怖いんです。いくら過程にまったく悪意が見られなくたって、最終的には、ぼくは消えてしまうのかもしれないんですから」

「可能性はある。だが、そうはならないかもしれない。この現象がどこまで続くかは見当もつかないんだ。口でいうのは簡単なのはわかってるが、それを知るための方法はひとつしかないんだよ」

「ぼくに選択肢はないんですね」アイヴァンはため息をついて目をつぶった。「疲れました、ドク。続きはあとでかまいませんか？」

ドクター・ケンプが立ちあがったはずみでスツールのキャスターが転がったのが音でわかった。「いいとも、アイヴァン。充分に休んだら、いくつか検査を受けてもらいたいんだ」

アイヴァンはたちまち眠りに落ちたので、ドアが閉まる音もほとんど聞こえなかった。

☆　☆　☆

「もう一度握ってくれ」

アイヴァンは、指示どおりに電球状のものを握り、ドクター・ケンプは圧力計を見つめた。ドクター・ケンプから身体検査を受けてくれないかと頼まれたアイヴァンは、気晴らしになるかもしれないと思って同意したのだった。

ケンプは、医者にとって必須らしいテクニックを身につけていた――検査がすむたびに、ほう、ふうむ、などというあいまいな声をあげて、結果が良好なのか死にかけているのかをさとらせないというテクニックを。

とうとう、医師はタブレットから顔を上げた。「興味深いね。きみの握力は大幅に強くなってる。測定装置が壊れなくてよかったよ。きみの力は、いくつかの装置の計測限界を超えてるんだ。反射も速くなってるが、人間離れしてるとまではいえない。数値は、ええと、変化が続くかぎり上がりつづけるんじゃないかとわたしは思ってる」

「なるほど、ドク。わかりました。もちろん、うれしくはありませんが、死ぬわけじゃなさそうなんですね。肉体的には、ほんとに快調なんです」アイヴァンは腕を上げて曲げのばしした。「ときどき、ひじがうずいてました。フットボールのときの怪我が古傷になってたんです。それが完全に消えました。だから、利点もあるんでしょう」

ケンプは向きを変えて採血キットを手にとった。「いつもの場所から採血するのは無理なようだ。できるだけ痛くないようにするよ」医師はアイヴァンの胸筋を消毒し、針を構えた。「いいかい？」

アイヴァンがうなずくと、医師は血液サンプルを採取した。痛みは激しかったが、アイヴァンは自分がいやな気分になっていないことに気づいた。その痛みが、最後に体験した人間の感覚になるかもしれないからだった。

ようやく採血を終えると、医師は椅子に戻って脚を組んだ。「さてと、それ以外はどんな感じだい、アイヴァン？　ほかに症状や問題はないかい？　心配なことは？」

「さっきもいいましたが、快調なんです。肉体的には」アイヴァンは、しばし天井を見上げた。「ほんとに心配なのは……」アイヴァンは、間《ま》をとって声の震えを抑えた。「ほんとに心配なのは、この変化が完了したとき、ぼくがまだ存在しているかどうかなんです。そこにいるのはぼくなんだろうか？　それとも、目の奥にいるのはエイリアンになってるんだろうか？　そいつはぼくだったときのことを覚えてるんだろうか？　そもそも、気にもとめないんじゃないだろうか？」アイヴァンは目をぎゅっとつぶってから医師を見た。「この先、家族と会えるんでしょうか？　ぼくが家に帰る望みはあるんでしょうか？」

ドクター・ケンプは数秒間、黙っていた。「答えられたらいいんだがね、アイヴァン。その問いにはだれも答えられないんだよ」

医師は引き出しからマーカーペンを出した。「できたら、アイヴァン、変換の進行を記録したいんだ」

アイヴァンがうなずくと、ケンプはアイヴァンの胴の金属と生身の境界からはじめて等間隔に印をつけた。そして、ゼロからはじまる数字を追加した。

「こういう細かいこだわりは好きですよ、ドク。ただ、計測されるのがぼくじゃなかったらよかったのにとは思いますが」

「いいかい、アイヴァン、わたしたちは全員が五里霧中なんだ。でも、きのういったことのくりかえしになるが、わたしはこれが、なんらかの攻撃だとは思ってない。ひょっとしたら意思疎通の試みなのかもしれない。ナノマシンをつくったのが人間じゃないのはまず間違いない。だから、動機が人間的かどうかはなんともいえないが、首尾一貫はしてるはずだ」ドクター・ケンプは、マーカーでてのひらを叩きながら考えた。「いま、不当に害をおよぼさないように気を使ってるのに、いきなり豹変して映画のモンスターのようになるとは考えられない」

「変換が完了するまで、ぼくにはしっかりしていてほしいのかもしれない」

「たしかに。だがそれなら、最善策は、乗組員全員を同時に感染させることだと思うね。そしてすみやかに宇宙船を航行不能にするんだ。これを計画した知能がエイリアンのものであっても、筋道の通ったまともな行動をしてるはずだ」

「ドクはエイリアンだと確信してるんですか?」

アイヴァンは首をかしげてかすかにほほえんだ。

「きみは確信してないのかい?」

「まあ、金を賭けるならそっちですね」

18 戦略会議

ドクター・ケンプはテーブルを見渡した。この宇宙船のブリッジ要員が勢ぞろいしていた。何人かが小声で話しているせいで、エアコンの音をわずかにうわまわるざわめきが生じていた。ジェニングズは、コーヒーをゆっくりとかきまわしながら考えをまとめてから顔を上げた。

「この会議を記録してくれ、アストラ。記録のためにいうと、出席者は、わたし、〈マッド・アストラ〉船長のアンドリュー・ジェニングズ、一等航宙士のダンテ・アイエロ、操縦士のアルバート・ミコロスキー、副操縦士兼パーサーのリタ・ジェネラス、船医のチャールズ・ケンプ、そして機関長のダンカン・マクニール。この会議の目的は、乗組員のアイヴァン・プリチャードが金属に変化しつつあるという不可解な現象について話しあうことだ」

船長はテーブルをぐるりと見まわした。だれも口を開かなかった。ジェニングズはケンプを身ぶりでうながした。「口火を切ってくれないか、ドクター」

　ケンプは、思いがけなく動揺しながらタブレットに表示してある文書をいじった。この会議は記録に残る。すべての言葉、すべての文書、すべてのためらいが、何年もたってから分析対象になるかもしれない――だれが分析するのか見当もつかなかったが。

「密度異常が検出された小型小惑星を調査中に、プリチャードが未知の物質と接触し、その物質に宇宙服の腕をおおわれました。乗組員が宇宙服の腕をとりのぞき、プリチャードをエアロックに搬送しました。その物質が宇宙服を貫通したことを示す証拠はありませんし、医学検査の結果、プリチャードが未知の物質にさらされた兆候も認められませんでした」

　ケンプは、ひと息入れてタブレット上の文書をフリックした。話が散漫にならないように、メモをつくっておいたのだ。自分には、さもないと寄り道して推測を語ってしまいがちな傾向があることは自覚していた。

「翌朝、対象者が起床すると、腕の一部が金属でおおわれていました……」

　ことの経緯を語っているうちに頭がぼうっとして、抑揚のない単調な口調にならないように注意しなければならなかった。報告は観察結果と事実にとどめ、分析や推論は控えるように努めた。

　ようやく報告が終わると、ケンプは船長を見た。

　ジェニングズはマクニール機関長のほうを向いた。「技術的分析をしてくれ、機関長」

　マクニールは、熱意に満ちた表情で身を乗りだした。

「対象者の新しい手足を構成する金属は連続的ではありません。一般にナノマシンと呼ばれている、無数の機械でできているのです——ひとつひとつのナノマシンは、人間の細胞よりもやや小さいくらいです。すべてがおなじではありませんが、非周期的なペンローズ・タイルとみなせる形状をしています。ただし、ペンローズ・タイルの三次元版ですが。それらが網目状につながっているのです。柔軟なのにきわめて堅固です。しかも自己修復します。最終的にはサンプルの採取に成功しましたが、苦労しました。ナノマシンは、近づいてくる道具をよけて、そのうしろでまたひとつになるのです。結局、塊をかじりとるように採取する道具をつくりました。

中央制御装置らしきものも、意識的な知性とおぼしいものも認められません。にもかかわらず、この感染体は知的で協調的な行動ができるらしいのです」

マクニールは、考察に迷いこんでしまったことに気づいたのだろう、はっとした。それに、ケンプの領分に踏みこんでしまったことに。続ける前に、医師のほうを見た。

「最初の切断で対象者から分離した物質は、対象者のもとへ、船内をほとんど一直線に突っきって戻りました。ただし、重要なシステムと部品は避けているので、この宇宙船の設計を、すくなくともおおまかには理解しているものと思われます」

ここからが、正直とはいいかねる部分だった。ケンプは、マクニールがこの計画をよく思っていないことに気づいていた。全員がよく思っていなかった。

「異常物を発見した小惑星にビーコンを設置しました。識別番号は注釈に記してあります」

省略による嘘だった。記録に残る場であからさまな嘘をつくようにマクニールを説得できなかったのだろう、とケンプは思った。だが、その小惑星を移動させたことと、ビーコンを起動するまでに一週間近く待ったことを話さないのは、どうにか許容範囲内だったようだ。

ジェニングズ船長がふたたびケンプを見た。

「対象者はどんな状態なんだね、ドクター？」

「現在、胸のなかばまで金属化しています。いまも人間なのはそこから上だけです。この過程は止まりそうにありません。

金属化した体は、あいかわらず頭部に血液を送っています。ホルモンや酸素やグリコーゲンなどのレベルも正常です。ふつうの肉体では検知できないはずの血液中の毒素や老廃物まで除去しています。この感染は対象者を生かしつづけるために最大限の努力を払っている、とわたしは考えています」

「この先どうなる？」

ケンプは首を振った。「たんなる憶測になってしまいます、船長。現時点では、この過程が継続するように思えますが、ほんとうにそうなるかどうかは不明です。この過程が完了したとき、アイヴァン・プリチャードがまだ個人として存在しているかどうかもわかりません。当然のことながら、対象者自身も、その問題を懸念しています。死が迫っていないわけではないからです。死亡するおそれがある危険な手術を前にした患者が似たような反応を示すのを見たことがあります。麻酔から目覚めないかもしれない手術を受けるときのことを想像してください」

「ほかの乗組員に感染の兆候はないんだね、ドクター？」

「ありません。この感染は、アイヴァンに完全に限定されているようです。ナノマシンはほかの乗組員の体内からまったく検出されていませんし、ミスター・マクニールとわたしにわかるかぎりでは、材料をあさるとき以外、ナノマシンは船内をうろついていないようです」

　ジェニングズ船長はうなずくと、宙に向かって語った。

「このような状況では、直接地球へ、あるいは公共ターミナルへ帰還する危険を冒すことはできない。したがって、本船と本船の乗組員が感染していないかどうかを検査するあいだ、そしてこの状況の長期的危険性の評価がすむまでのあいだ、なんらかの隔離を実行するよう、惑星間疾病管理予防センター《ICDC》に要請することとする」

　船長はため息をついて座席のボタンを押した。「報告を終了する。アストラ、関連記録もまとめてICDCに送信してくれ」

　ジェニングズはテーブルを見渡した。「神よ、わたしたちの魂に慈悲を垂れたまえ」

19　妻への便り

ジュディ

子供たちにはこれを読ませないようにしてくれ。

問題が起きた。くわしくは話せない。正直いって、ぼく自身、くわしくわかってないんだ。だけど、要するに、ぼくは病気にかかったんだ。小惑星で鉱脈を探していたときになにかをもらっちゃったらしい。それがなんなのかはだれにもわかってないけど、感染が拡大するかもしれないんだ。だから船長は、惑星間疾病管理予防センター《ICDC》に連絡して、隔離を依頼した。

死にはしないと思う。それはいいニュースだ。それに、鉱脈の発見が確定したし、落札金は払いこみずみで、第三者預託取引が完了しだい、ぼくたちは想像もしてなかったほどの大金持ちになるんだ。それもすごくいいことだ。

だけど、ぼくは感染症にかかってるし、その病気が治る見込みは立ってない。とにかく、まだよくわかってないんだ。

ジュディ、愛してる。きみのもとに帰って、お金を派手に使いながら死ぬまで一緒に暮らしたい。だけど、たとえ最悪の事態になって治療がうまくいかなくても、きみたちの未来をずっと明るくできたんだから、ぼくはうれしいよ。

連絡は絶やさないようにする。リアルタイムで交信できるほど近くまで帰ったら電話するよ。心配しすぎないでくれ。

愛をこめて

アイヴァン

アイヴァンは数秒間、書いたばかりの文面を見つめたままためらった。あと何日かでぼくは消えてなくなるだろうなんて、どうしていえる？ たとえ存在していたとして、隔離施設を出ることは許されないだろうなんて、どうやって説明する？

まだ無理だ。問題が発生したことは伝えておくべきだった。だがそれ以上は……考えなければならなかった。怒りをこめて送信ボタンを叩いた。

家に帰りたかった。ジュディを抱きしめたかった。家族みんなして、ぼろぼろの古いカウチで折り重なりたかった。そして、第一に、もう一度家族に触れたかった。

無理な願いだった。アイヴァンは両手を見つめた。完全にクロムだ。こんなものの治療法はない。それに、進行はたぶん止まらない。アイヴァンは死んだも同然だった。胸の境界部分を、生身と金属の境目を指で押した。質感の違いは明らかだった。

内側の感覚にはまったく違いがなかった。指には、胸のクロムになっている部分を押している感覚があった。感覚はまったくもって明確だったし奇妙だった。指先の感触に変わりはないようだった。だが外側は……

アイヴァンは、さらに何秒か指を見つめてから、キーボードをどかして頭をデスクにつけた。肩が、そして手が震えた。数秒後、アイヴァンはむせび泣いていた。感情が爆発し、頰がひきつった。

息を詰まらせながら、「ああ、神さま、ジュディ、愛してる。ごめんよ、ごめんよ……」

とくりかえした。

やがて疲れはて、簡易ベッドに身を横たえると、数秒で眠りに落ちた。

20　惑星間《I》疾病《C》管理予防《D》センター《C》

ドクター・マドゥール・ナランはファイルから顔を上げた。「これってジョークなんですか?」彼女は、ニューデリーで生まれたことから来るかすかに弾むようななまりが強くなっていることを頭の隅で意識していた。ポーカーが弱いのは、興奮するとこうなってしまうからなのだ。

「だったらいいんだけど」惑星間《I》疾病《C》管理予防《D》センター《C》の所長でナランの直属の上司であるドクター・カリン・ラーコネンは、身ぶりでフォルダーを示した。「受信はきのうで、ソースの確認はすんでる。クラス4クライスラー＝モリスン探鉱船〈マッド・アストラ〉は、小惑星帯への遠征から予定よりも早く帰還する。大きな鉱脈を見つけたんだから、遠征を早めに切りあげるのも無理はない。何人かに裏づけとなる文書を調べさせたけど、明らかな偽造は見つからなかった」

「どうするんですか?」

「そうね、戻ってくる宇宙船を隔離するための計画はある。惑星間疾病管理予防センターに

〝惑星間〟ってついてるのは伊達じゃない。隔離部門の連中には準備を開始するようにいってあるし、〈アストラ〉には向かうべき座標を送信ずみよ」

ラーコネンはタブレットをつついた。「だからあなたを呼びだしたの、マドゥール。この件はあなたに担当してもらう。ベントンのほうが役職的にはあなたよりも上だけど、彼女は頭が固い。だからこの件にはふさわしくないと判断したの」

ナランは上司ににやりと笑いかけて無言で同意した。ドクター・シドニー・ベントンは博識な医師ですばらしい技術の持ち主だが、事態が混乱すると、標準的な手順に固執しがちだ。

タブレットが通知音を発したので、ドクター・ナランが見ると、上司からファイルが届いていた。ナランはすばやくすべてに目を通した。旅程表、許可証、連絡役……ナランは顔をほころばせた。宇宙へ行くのだ。

ドクター・ラーコネンはくすくす笑った。ナランの表情についての彼女の推測は図星だった。

「これがはじめてだったわね」

「もちろん、訓練コースは修了しています。だけど、準軌道飛行《サブオービタル》しかしたことがないんです」

ラーコネンは数秒ほど黙りこんでから真剣な表情になった。「マディ、この件は臭うのよ。あなたもそう思ってるはず。もしも報告書がほんとだとしたら、なにを意味するかはわかるわよね？」

ナランは声をひそめた。「ファーストコンタクトですね」

ラーコネンはうなずいた。「きっと社会的・政治的な騒動が発生する。ナノマシンの暴走や宇宙人による侵略の噂が流れなくても。慎重にね。発言には充分に注意して。パニックをひき起こしたくないの」

ナランは、一般大衆がある程度のパニックを起こすのは避けられないのではないかと考えていた。「この件には厳重に蓋をしておく必要がありますね」

「蓋をしているそぶりも見せないようにしないと。だけど、結局、情報は漏れる。そっちはわたしがどうにかするわ、マディ。あなたは実際の事件に集中して」ラーコネンは立ちあがって手を差しだした。「幸運を祈ってるわ、ドクター・ナラン。杞憂に終わるといいんだけど」

☆　☆　☆

六時間後、ドクター・ナランは〈オリンパス・ステーション〉の一般ラウンジでベンチにすわっていた。宇宙軍の連絡役があらわれるのを待ちながら、行き交う人々を観察していた。ちなみに、ベンチはすわり心地がよかった。まだ待ちあわせ時間になっていなかったが、彼女は宇宙にいるのだった！　太陽系のハブ、〈オリンパス・ステーション〉に。おそらく、太陽系内でもっとも重要な施設だ。ここから、水星の両極にある調査基地へと、金星軌道上のプラットフォームや月と火星のコロニーや小惑星帯へと、さらにはタイタンとガニメデの前哨基地へと向かう宇宙船が出発するのだ。

だが、シャトルの飛行は大変だった。ナランは、できるだけ宇宙か地上にいつづけようと心に決めた。そのあいだを行き来するのは地獄を何層かめぐるようなものだったが、きっとしまいには慣れるのだろう。

行き交う人々は、軍人と所用で来ている民間の専門家と純粋な旅行客にほぼ三等分されるようだった。いまだに純粋な行楽のために宇宙へ来られるだけの金がある人々がいることに、ナランは軽い驚きを覚えた。マイアミへ行くように宇宙へ来ているのだ。まだフロリダがあったころのように。

携帯が鳴ったので、ナランは画面を見た。待ちあわせアプリが指定された連絡役が来たことを告げていた。

立ちあがって通行人を見まわすと、近づいてくる制服姿の男が目にとまった。まだ子供じゃないの。その士官は、新兵募集のポスターから抜けだしてきたように見えた。新兵のモデルにうってつけだった。わたしはいつから、こんなふうに思うほど年をとったのかしら？

士官の背後の窓には、ゆっくりと回転している星々のパノラマが映しだされていて、背景では半月と満月の中間の月が明るく輝いていた。映画監督だったらうっとりするような構図だ。きちんとプレスされた制服、短く刈った癖のある栗色の髪、そしてがっしりと力強い顎が絵を完成させていた。デジタル処理された映像かと思うほどだったが、生身だった。

士官は、自分がひき起こしている内なるドラマに気づくことなく手を差しだした。「ドクター・マドゥール・ナランですね？」

ナランは握手した。「はい。あなたは連絡役ですね？」

「ジョージ・ベントリー大尉です。よろしくお願いします」

ベントリー大尉は愛想のいいきどらない笑みを浮かべた。すくなくとも、それでナランは気が楽になった。連絡役が堅物《かたぶつ》の軍人タイプでも、わがままで薄っぺらい若造でもなさそうなことを宇宙に感謝した。ナランには、自分勝手な連中をからかう悪い癖があったからだ。

ふたりは人波を縫うように歩いてトラクシー・ステーションに着くと、乗車の合図を送った。すぐに自動運転カートが道路から出口ランプをのぼってやってきて、ふたりの前で止まった。ふたりは乗りこみ、ベントリー大尉が目的地を告げた。トラクシーのパネルに、まず〈立ち入り制限区域〉、続いて〈権限確認〉と表示された。トラクシーは加速しながら入口ランプをくだって自動交通レベルに合流し、宇宙ステーションの外周にそって走りだした。

トラクシーの走行が安定すると、ベントリー大尉はナランのほうを向いた。「ファイルを読ませていただきました。ムーア大将の副官として接近を許可されたんです。これは、なにやらややこしいシステムテストじゃないんですよね？」

ナランは首を振ってゆがんだ笑みを浮かべた。「もしもこれがペテンのたぐいだとしても、わたしも被害者側よ。だから、方針を変更する理由ができるまでは、一般的な緊急事態における標準的な手順に従おうと決めてるの」

「適切な対応ですね。ただ、ブリーフィングでも、その説明をすることになると思いますよ」

ベントリー大尉は前を向き、それ以上なにもいわなかったので、トラクシーが道路を走っているあいだ、ナランは自分が知っていることを思いかえした。

それから一分ほどで到着した。トラクシーは出口ランプをのぼってステーションに着いたので、ふたりは降りた。大尉は無言のまま、国際地球連合宇宙軍《UENN》のマークがでかでかと描かれているオフィス群を指さした。

なかに入ると、ベントリー大尉は受付係と短く言葉をかわした。受付の女性は手で方向を示しながら、部屋番号とおぼしき数字を大尉に告げた。

☆　☆　☆

目的地は、テーブルの真ん中に据えられた最新のホロタンクをはじめ、高機能なAVシステムを備えている会議室だった。

すでに六名の将校が着席していた。ドクター・ナランは軍の記章についてよく知らなかったが、たしか、クロムが多ければ多いほど階級が上のはずだったので、ここにいるのはお偉いさんばかりなのだろうと推測した。

ベントリー大尉が末席に着いたので、ナランはその推測に自信を深めた。

「ドクター・ナラン」ナランにいちばん近い将校がいった。「わたしはテッド・ムーア大将だ。ここにいるのはマイケル・ジェラード代将、アラン・カスティーヨ大将、ジョージア・リチャーズ少将、アリス・ネヴィン代将、そして海兵隊のニール・マーティンスン中佐だ」

将校たちは、名前を呼ばれた順に会釈した。

「正直いって、少々困惑しています」ドクター・ナランはテーブルを見渡した。「標準的な共有プロトコルでは、軍は対象船を隔離できる居住プラットフォームを提供するだけのはずです。参謀本部が丸ごと手伝ってくれるなんて、どこにも書いていないはずです」

集まった将校たちはちょっとしたユーモアに笑いを漏らした。ムーア大将は笑顔になったが、目は笑っていなかった。衝突するとしたら、相手はきっとこの人でしょうね、とナランは思った。五十代後半で、白髪《しらが》まじりの髪をいかにも軍人らしい丸刈りにしているごつい体つきの大将は、ゴールをめざして直進する以外のことはめったにしないタイプに思えた。細かいことは気にせず、エネルギーを無駄づかいしないタイプに。

「ドクター・ナラン、これは標準的な事態とはいいかねると思いますがね」ムーア大将は真顔になって応じた。「これはエイリアンのテクノロジーだというのが一般的な見解のはずだ。だとしたら、すくなくとも、軍は無関係だといえないんじゃありませんか？」

ドクター・ナランはうなずいて椅子に深くすわった。「あなたがたはファイルの中身をのぞけるわけだから、まあ、驚くことじゃないんでしょうね。それに、わたしも、エイリアンがかかわっているだろうという説には反対じゃありません。けれども、エイリアンとの接触にはプロトコル群があるし、それらのプロトコルは軍の関与を認めていないんです」

「たしかに」大将は応じた。「だがそれらは、すくなくとも原理的には交渉しうる、実物のエイリアンを想定している。わたしたちが直面しているのは、そうではなくて技術の暴走のように思える。それが軍事技術とまでは思っていなくても、あなたも、この件に軍事的・防衛的な側面があることには同意せざるをえないんじゃありませんか？」

「おっしゃることはごもっともです、大将。しかし、この事態における軍の役割は、すくなくとも現時点では後方支援に限定されています。軍の介入を阻止しつづけるなんていう事態にならないことを願っています。悪気はありませんので」

ムーア大将はまたほほえんだ。こんどはある程度の温かみが感じられる笑みだった。

「気にしませんよ、ドクター。わたしたちは、たぶんあなたもそう思っているのでしょうが、悪者と決めつけられることには慣れているんです。でも、わたしたちのひとり……」――大将が手を振ってネヴィン代将を示すと、女性将校はうなずいた――「の姪が、たまたま、〈マッド・アストラ〉に乗っているんです。だからこの委員会は、固定観念とは違って、この件に穏健な態度でのぞむから安心していただいてけっこうです」

ドクター・ナランはうなずいて承知したことを示した。人を先入観で判断してはいけない。この大将は、しっかりした情報を入手し、そこから妥当な結論を導きだしていた。どうやら、これが合同作戦になることを認めざるをえないようだった。

「〈マッド・アストラ〉は数日後にここに到着します」ムーア大将は続けた。「隔離モジュールは、合同隔離プロトコルの要件どおりに完成しています。視察していただけるようになったら、ベントリーからお伝えします」

「わかりました。ありがとうございます」ナランはタブレットを開いて文書を呼びだした。

「ご相談したいことがいくつかあるんです……」

ムーア大将が、それほどひそかにではなくため息をついたのを、ナランは間違いなく見た。ナランはにやりとしないように努めた。さあ、ゲームのはじまりだ。

21　つらい会話

アイヴァンはどきどきしながら、胸の上のほうの金属と生身の境目をさすった。境界はドクター・ケンプがフェルトペンでつけたしるしを次々と吸収し、金属面にはなんの痕跡も残っていなかった。しるしがひとつ消えるたび、人間性がさらに失われたような気がした。〈マッド・アストラ〉は、妻とビデオチャットができるほど地球に近づいていた。アイヴァンはこの瞬間を恐れていた。メールは生々しくないので、一歩ひいた感じでやりとりができる。なにを伝えるかをじっくりと考え、望みどおりの印象を与えられる文章を練り、答えにくい質問を避けたり無視したりできる。生の通話ではそうはいかない。

ジュディにはメールで手短かに、まず最初に子供たちと話したいと伝えてあった。もっとも、子供たちを抑えておけるはずがなかった――ジョシュとスージーはこの年頃の子供の例に漏れず、父親と話したくてうずうずしているに違いなかった。アイヴァンはつなぎを着ていたし、手をフレームに入れないように気をつけるつもりだった。子供たちが目にするのは、なにひとつおかしなところのない顔だけになるように。だが、ジョシュとスージーを満足させられたとしても、ジュディが子供たちをカメラの前から追いたててからが――正念場だった。どうにかごまかそうとしても、ジュディは見抜いて、アイヴァンが避けようとしていることにぴたりと照準をあわせるだろう。無惨な現実をとりつくろおうとしたり、省こうとしたりしても無駄だ。それに、ジュディはごまかしてかまわないような相手ではない。彼女のことは信頼しなければならないし、彼女には真実を話さなければならない。

アイヴァンは、またも接続ボタンに手をのばしてためらい、いらだちのあまりうなり声を発しながら、指でぐいと押した。

宇宙‐地球間通話ではお決まりの遅れがあってから、画面いっぱいに子供たちの顔が映った。

「パパ！」

アイヴァンはほほえんだが、嗚咽《おえつ》が漏れそうになったし、目に涙がこみあげた。喉が締めつけられ、どうにもまったく声が出せなくなった。だが、問題はなかった。ジョシュとスージーは、ふたりともペチャクチャとしゃべりつづけたからだ。ふたりとも、おたがいにまったく無関係なことを話しているという事実は気にならないようだった。

ようやく言葉の弾がつき、子供たちは黙りこんで同時に息をついた。アイヴァンはにやりと笑って、「ごめん、なにかいったかい？」といった。

「パパったら！」ふたごは大袈裟に不満のしかめっ面をつくった。

それからの数分間は怒濤《どとう》のように過ぎた。アイヴァンは家族の姿と声を心ゆくまで楽しんだ。自分のほうが大きく映って長くしゃべろうと競っている子供たちの背後に、うろうろしているジュディが見えた。いらだちを抑えて平静を保とうとしているようだった。とうとう、妻が割りこんだ。

「はい、もうおしまい。ママもパパとお話しなきゃならないの。それに、宿題があるでしょ。さあ、行きなさい」

子供たちは不満のうなり声を発したが、「バイバイ、パパ」とあわただしく別れを告げて部屋を去った。アイヴァンが見ていると、ジュディは寝室のドアを閉めてから電話に戻ってきた。いよいよだ。

「さあ、アイヴァン。話して。いったいなにがあったの？」

アイヴァンはできるだけ冷静な声で説明した。

☆　☆　☆

ジュディの目つきが変わった――白目が広がり、瞳孔が開き、涙がたまってきらりと光った。ショックを受けているのだ。口が何度か動いたが、声は出なかった。ようやく、「見せて」といった。

アイヴァンは、できるだけ淡々とふるまおうと決めていた。アイヴァンがおびえを見せれば見せるほど、ジュディもおびえるだろうからだ。なんの前置きもなしで、手をフレームのなかに入れた。

ジュディは手で口をおおって泣き声を漏らした。涙がぽろぽろあふれた。それを見て、アイヴァンは自分の目にも涙がこみあげるのを感じた。

「アイヴァン、怖い。それは止まるの？　あなたは家に帰ってこられるの？」

アイヴァンは妻を、生涯でただひとり愛した女性を見つめた。答えられなかった。

22　動揺

セスは共用室に入った。「聞いた話だと、おれたちは軍のステーションに隔離されるらしいな」ベンチに腰をおろし、コーヒーカップをテーブルにどすんと置いた。「たぶんラグランジュ4宇宙軍ステーションだろうな」

「じゃあ、軍が引き継ぐんだな？」

「そうじゃない」アスペイジアが答えた。「惑星間疾病管理予防センター《ICDC》は、さまざまなシナリオのためのプロトコルをあらかじめ何種類も用意してる。そのいくつかには軍の協力が含まれてるんだ」彼女は言葉を切ってコーヒーを飲んだ。「やってくる宇宙船を隔離しなきゃならなくなっても、ＩＣＤＣには自前の宇宙施設がない。そういうときは、軍が手を差しのべて、施設と設備を提供するんだ」

「なんでそんなことを知ってるんだ?」

「お偉いさんにコネがあるのさ」アスペイジアはにやりと笑った。「じつは、宇宙軍に親戚がいるんだよ。クリスマスのディナーでいろいろ聞けるのさ」

コーヒーを飲んでいたテンがセスたちのほうを向いた。「あのまぬけな新米が例のあれに触ってなきゃ、おれたちはヒーローとして故郷に向かってたところなのにな。金持ちのヒーローとして」

「おいおい、テン」セスが異を唱えた。「おれたちみんなでベイビーロックへ行ったんじゃないか。あんたは自主的についてったんだぞ。アイヴァンと賭けをしたじゃないか。あとからだったらなんとでもいえるよな」

テンはせせら笑った。「ごりっぱなこったな、ロビンスン。だが、どうしたって厄介ごとに巻きこまれちまう連中ってのがいるんだ。そいつらは、いつだって危ないほうを選んじまうし、いつだってなにかを調べようとして手を突っこんじまうし、いつだって面倒が起きたときにその場にいるんだ。あの坊やはそういう臭いを漂わせてるんだよ」

「へえ、あんたは最近、大金持ちになったんじゃなかったっけ?」

「ああ。やつとはなんの関係もないがな、ロビンスン」

「だけど、あそこにエイリアンの遺物があったのは、ぜんぶアイヴァンが悪いってわけなんだな? 押しつけもいいところなんじゃないのか、デイヴィーズ」

「でも、テンのいうことにも一理あるぞ」ウィルが口をはさんだ。「いや、アイヴァンがそうだってわけじゃないが、そういうやつはたしかにいるんだ。高校時代、騒動が起こると、決まってその中心にいるやつがふたりいたんだ。ある日、化学の授業中に、先生が、いろんな化学物質の密封されたアンプルを見せようとして生徒たちのあいだにまわしたことがあるんだ。そのひとつは純粋な元素状塩素だった。おれはそれを眺めてから、〝馬鹿どもはきっと落とすぞ。絶対に落とす〟そう思いながら次の生徒に渡した。塩素のアンプルは馬鹿どもの手に渡った。五秒もかからなかったよ。窓をあけて危険物処理班を呼ばなきゃならなくなった」

セスは首を振ってウィルをにらんだ。「それがこの状況にどう関係してるんだ?」

「いるんだよ」ウィルは答えた。「用心するか、衝動に身をまかせるかの選択を迫られたとき、いつだってあとのほうを選ぶやつらが。そういうやつらは、いつだって、度胸があるところを見せようとして、危険な容器でジャグリングをするんだ。なんだかわからないものを指でつっつくんだ。そういうやつらは、運が悪いんじゃない。より危険なほうを選んじまうんだ」

「アイヴァンがそうだっていってるのか? どのタイミングでそう思ったんだ?」

セスは、信じられないという表情でウィルをにらんだ。

「〝こんなもののなにが危険なんだ?〟」テンがいった。「アイヴァンは、そういったあとであれに触れたんだぞ」

「ああ。あんたがアイヴァンと、デザートと食事当番を賭けたすぐあとでな。それがあんたの警告の仕方ってわけなんだな？　あんたの目的はいったいなんなんだ、デイヴィーズ？」

「おれが心の底から求めてるのはな、ロビンスン、家へ帰ることだ。ＩＣＤＣがプリチャードひとりを隔離して、おれたちを解放してくれることを願ってるんだ。仲間への忠義立てなんていうお題目には興味がないんだよ。プリチャードは、あれに手をのばした瞬間に選択したんだ。その選択におれがかかわってるとは思わないね」

アスペイジアは、たっぷり五秒間、テンを凝視した。「新米を憎めば、見捨てて帰っても罪悪感に苦しまなくてすむからのくせに」立ちあがった。「あたしは罪悪感に苦しんでる。だけど、あたしたちにできることはなにもないこともわかってる。もっとも」周囲を見まわした。「あたしたちが解放してもらえるかどうかもわからないんだけどね。解放してもらえる保証なんかないんだ」

重苦しい沈黙が部屋に満ちた。みながだれとも目をあわせようとしなかった。

23　クロムマン

ドクター・ケンプは、医務室のドアの前に立って呼吸をととのえようとしていた。なかで目にする光景に備えて心の準備をする必要があった。医師らしく、冷静沈着にふるまわなければならなかった。まず第一に、傷つけないようにしないと。どう治療するかが肝心なのは当然だけど、患者を人として尊重することも大切なんだ。

彼がいまも人だとしての話だけどな。

ドクター・ケンプは最後に浮かんだ思いを押しのけると、ドアに手をのばした。

アイヴァンは簡易ベッドに腰かけていた。ひじを腿にあてて前かがみになり、手を見つめていた。ドクター・ケンプが入ってきたことに気づくと、アイヴァンは顔を上げた。ケンプはアイヴァンの目を見つめた。

銀色の目だ。クロムの顔のなかの。

「けさ、鏡を見たんです」アイヴァンがいった。「泣きたくなりましたが、泣けませんでした。この新しい頭にその機能は搭載されてないようですね」

「おかしないいかたをするんだな」ケンプはそういいながらスツールに腰をおろした。

アイヴァンは悲しげな笑みを浮かべた。「つまらないジョークですよ。ほんとにつまらないですね。変身しても、ジョークはうまくなってないみたいです」

ドクター・ケンプはがんばって間《ま》を置かずに笑みを浮かべた。「きみはいまもアイヴァンのようだな。とにかく、それはいいことだよ」

「昔のことを思いだしてみたんですが、記憶は欠けていないようですね。とりあえず、明らかな穴や空白はなさそうです。どんなことがあってどうふるまったかを思いだせるし、つじつまがあわないこともなさそうです。あいかわらず愚かなしでかしには穴があったら入りたくなったし、誇りに思える行動もありました。いまでも妻を愛してます。いまでも家族のことが心配です。過去の行動と態度は、いまの自分と首尾一貫しているように感じます。いまも、ぼくはぼくだと感じるんです。だけど、そんなはずはありませんよね？　ぼくはもうかけらも残ってないんだから。ぼくは、自分をアイヴァン・プリチャードだと考えてる機械なんだ」

「アイヴァン、人の体は七年ごとにすべての原子が入れ替わると昔からいわれてるんだ。もちろん、実際はそんなに単純じゃないけど、もしも原子ひとつひとつにしるしをつけられたら、わたしは十年前のわたしとほぼ別人だとわかるだろう。細胞は死に、置き換えられる。わたしは食べ物を取り入れては新たな細胞をつくりつづけてきた。わたしは、文字どおり、かつてのわたしじゃなくなってるんだよ。つまり、きみをきみにしているのは特定の物質じゃないんだ」

ケンプは椅子にもたれた。「この件にはいろいろ考えさせられるよ。たとえば、脳卒中を起こして、そうだな、視覚に障害が生じたら、とか。人工ニューロンが開発されてるから、脳の損傷部位を交換すれば視覚障害は治る。だが、交換後も同一人物といえるんだろうか？」

ケンプはこめかみをとんとん叩いた。「その人の脳の一部は、いまでは人工物だ。だが、その人であることに変わりはない。数年後、その人の脳の別の部位が損傷し、同様の治療がおこなわれる。さらに長年のあいだに数十回の治療がおこなわれる。いまやその人の脳の三十パーセントが人工物だ。その人は、まだその人なんだろうか？　その人の脳の九十パーセントが人工物になったとする。どの時点で、その人はその人ではなくなるんだろう？　断絶はない。百万キロ離れたところで目覚めるわけじゃない。どの時点の前後を比べても、その人はその人だ。記憶は完全に連続してる。もちろん、睡眠中は別だけどね。

　哲学的に考えれば、肝心なのは連続性だ。その人の誕生から現時点まで、四次元時空を連続的にたどることが可能なら、その人は、まぎれもなく、その人のままなんだ」

　アイヴァンはほほえんだ。「いいですね。まだ、それで気が楽になるかどうかわかりませんが。でも、考えてみます」

　ケンプはうなずいた。「この件について、惑星間疾病管理予防センター《ICDC》に通報した。わたしたちは隔離されることになる。そして、この船はボルト一本にいたるまでバラされるはずだ。最終的には、たぶんわたしたちは解放されるだろう。きみがどうなるかは見当もつかない。こんな事態は史上はじめてだからな」

「そうでしょうね」アイヴァンはいった。「でも、採掘権は？　分配金は？　ちゃんともらえるんですか？」

「間違いなくね。すべてが順調に進んでる。落札したコンソリデーテッド・インダストリアルズ社は、すでにあの小惑星を分析するために自社の宇宙船を発進させた。二週間で契約が成立して、わたしたちはみんな——誇張でもなんでもなく——億万長者になるんだ。この発見のニュースは全世界に流れている。この五十年で最大の発見なんだそうだ」

「家族が幸せになるならなんだって耐えられますよ。宇宙で死ぬ可能性だって受け入れます。

もしもぼくが事故で死んだら、そのほうが家族は金銭的に楽になるんじゃないかと思って計算したことだってあるんです。かなりの額の保険金が出ますからね」

「たぶん、きみは免責事項にあたるってことになるんだろうな」

「ええ。だめでしょうね。とにかく、可能性は低いけど、大当たりをひければいちばんだとは思ってましたよ。それに、たとえ当たりをひけなくても、給料がいいですからね」

ケンプはアイヴァンをまじまじと見つめた。アイヴァンは、ここにいたるまでのどの時点よりもおちついているように見えた。あきらめたんだろうか？　決着がついてほっとしてるんだろうか？　最悪にならなくてほっとしてるんだろうか？　それとも、人格に根本的な変化が生じてるんだろうか？

「どうして小惑星探鉱をしようと思ったんだい、アイヴァン？」

「生活のためですよ。地球上での生活の。大変になる一方じゃないですか。金持ちの家に生まれて有利なスタートを切れなかったらおしまいです。間違ったところ——もうすぐ海に沈むところに生まれたらおしまいです。ちゃんとした教育を受けられなくて、多国籍企業のいい職につけなかったらおしまいです。その一方で、地球上の居住可能な土地はどんどん減って、人々はぎゅう詰めで暮らすようになって、住宅の価格は年々高騰してます。もっとも、家なんか、借りるしかないんですが」

ケンプはうなずいた。「近頃じゃ、医療関係者だからって楽に暮らせるとはかぎらない。地球にいようが、月にいようが、火星にいようが、金星の大気中の浮遊都市にいようが、もうすぐみんな、ドームで暮らすようになるんじゃないかな」

アイヴァンは、しばらく黙りこんでから続けた。「妻は保険計理士《アクチュアリー》です。だから計算が得意なんです。わが家の家計は年を追うごとに悪化する見込みでした。借金が増えて資産が減り、帳尻をあわせられなくなりかけてたんです。探鉱に行けば、短期的には痛手になりますが、流れを変えられる可能性がありました。収支とんとんか、ちょっぴり黒字にできる可能性があったんです。給料はいいし、船に乗ってるほぼ一年分のぼくの生活費が浮くし、組合が生命保険代を持ってくれますからね……最悪の場合、訓練と株の購入のための借金を返すのに一生かかっても足りなくなりかねませんでしたが、鉱脈が見つかれば儲けが出るわけですから」

アイヴァンはドクター・ケンプに、つかのま、悲しげな笑みを向けた。「妻はそのおそれすら計算に入れてました。なにしろアクチュアリーなんですから。妥当なリスクだったんです。だけど結局、ぼくは、妻にも子供たちにも二度と触れることなく、ここで死ぬはめになるんでしょうけど」

ふたりはしばらく黙りこんだ。何度も語った話題だったから、政治や中華ソビエト帝国《SSE》との進行中の冷戦についての話とおなじくらい、月並みだったし予測がついた。

「ぼくのことは世界じゅうでニュースになってるんですか？」アイヴァンはたずねた。

「すべてをチェックしてるわけじゃないが、アイヴァン、おおやけにはなってないんじゃないかな。入札に悪影響がおよばないように、船長は内々にことを進めたんだ。ＩＣＤＣが地球外生命との接触を明かしたらパニックが起きるかもしれないと思ってるのか、ひょっとしたら軍のお偉方からどう対処すべきかの指示が出てるのかもしれない。きみは、異質《エイリアン》ではあっても、異星人《エイリアン》ってわけじゃないがね」

「だけど、なにかを感じるんです。なにかがいるような気がするんです。はじまったのは、けさ、目が覚めてからです。変換が終了したからだと思います」

ケンプは目を丸くした。できるだけ冷静に見えるように努めた。「どういう意味だい？」

アイヴァンはため息をついた。「まだ、なにがどうってはっきりはいえないんです。気のせいかもしれません。だけど、奥のほうになにかがいるような気がするんです。言葉を、だれかの名前を、先週の水曜日になにをしたかをはっきり思いだせないときみたいな感覚です。ただ、なんにも知らないはずなのに、あとちょっとでわかるような気もしてるんです。喉元まで出かかってるような感じなんです」アイヴァンは両手で顔をこすった。奇妙なキーキーという音が響いた。「それに、二度、子熊のイメージが浮かんだんです。なんで熊なんだろう？　それになんで子供なんだろう？」

「それがほんとうなら、アイヴァン、きみがいだいている熊の概念がおさめられているニューロンをなにかがつついただけだと思うよ。外科医が、電極を使って患者の脳のマップをつくるときみたいに」

「それなら、そのなにかに、コーヒーニューロンを見つけられないかどうか訊いてみなきゃなりませんね」

アイヴァンはちらりとほほえんだが、一瞬、止まってしまったように見えた。アイヴァンが浮かべたあきらめの表情を見て、ケンプは終末期という診断と折りあいをつけた瞬間の患者たちを連想した。

「ところで、カフェインはいまも効果があるのかい？」

「わかりません。あってほしいもんですね。なかったらがっかりです」

ケンプは笑いを漏らしながら立ちあがった。「じゃあ、アイヴァン、なにか思いついたら教えてくれ。いいね？」

「わかりました、ドク」

ケンプはゆっくりと歩いて医務室から出た。インターン初日以来、ここまで無力感に打ちひしがれたのははじめてだった。

24　やるべきこと

ジュディ

アイヴァンがキーボードに手をのばすのは、たぶんこれで十回めだった。しばらくして、また手をひっこめた。これまでに書いた文を読みかえした。

まあ、書きはじめたのはたしかだ。とりあえず。

だけど、どうやって妻に、たぶんもう二度と会えないと告げればいいんだ？　妻はどうやって、パパはもう帰ってこないと子供たちに説明すればいいんだ？　歴史上、無数の人々が似たような苦境に立たされた。もちろん、まったくおなじというわけじゃない。それにしたって。

事実からはじめたほうがよさそうだ。


ぼくたちはラグランジュ4宇宙軍基地に隔離される。これまでのところ、だれも発症してない。ぼくが唯一の犠牲者ですむかもしれない。


犠牲者か。ほかの言葉を探したほうがよさそうだ。死にかけているような印象は与えたくない。だけど、そんなことに気を使ってどうなる？　どうせ帰れないのに。帰れたとして、ぼくを見たジュディがどんなふうに反応すると思ってるんだ？　それに子供たちが。おびえる？　逃げる？　悲鳴をあげる？　アイヴァンは両手で顔をおおった。こんな思いをするくらいなら、いっそいますぐ死んだほうがましだ。

だがすくなくとも、家族を貧困から脱出させることはできた。それを心の支えにするしかなかった。家族さえ無事なら、なんだって耐えられた。たとえ、二度と会えなくても。

アイヴァンは天井を見上げて震える息を吸いこんだ。泣けたらいいのにと願った。新しいウィンドウを開いた。そこには競売会社と〈マッド・アストラ〉から送られてきた正式文書が表示されていた。気が遠くなるほどの数字が記されていた。もちろんかぎりはあるが、ジュディが島かなにかを買おうとでもしなければ、もう金銭面で苦労することはない。そう思うと、ある程度、心が安らいだ。アイヴァンはかねがね、家族のためなら迷うことなく命を捨てると公言していた。ねじくれた形ではあるが、いまの状況はそれが実現しているといえなくもなかった。

アイヴァンは、その考えをよりどころに、メールの続きを書きはじめた。

過程は完了した。ぼくはもう残ってないんだ。ジュディ、いまの時点では、なにができるのかわからない。ひょっとしたら、対策チームが、こんなことをした相手とコンタクトできるかもしれない。だけど、どうやって？

これからも話はできるし、メールもできる。だけど、手を見せたときのきみの表情をぼくは覚えてる。あの表情をまた見るなんて耐えられない。きみには、きみが知っていたぼくの顔を覚えていてほしいんだ。この新しい顔をぼくだと思ってほしくないんだ。

アイヴァンは、永遠にも思えたあいだ、画面を凝視しつづけた。もうなにも思いうかばなかった。もう書きすぎているのかもしれなかった。またキーを叩きだしたら、とめどなく書きつづけてしまいそうだった。すでに、死後に読まれることを想定した手紙のようになっていた。

最後に、署名を入れてから……

永遠の愛をこめて

アイヴァン

……送信ボタンを押した。

25 乗組員の反応

「そもそも、まだアイヴァンといえるのか？」

セスはラウールをにらんだ。またぞろアイヴァン叩きがはじまりそうだった。

「おいおい、セス。おまえもケンプの話を聞いてたじゃないか。生身の部分はもう残ってないんだぞ。やつは、それともあれは、全身が金属なんだ」ラウールはため息をつき、しばしためらった。「なあ、おまえらのほとんどが、おれの信仰を軽んじてるのは知ってるし、なるべく話題にしないようにしてきたけど、今回はいわせてもらう。アイヴァンは死んだんだ。

やつはもういないんだ。なにかがやつを乗っとって、やつのふりをしてるだけなんだ。アイヴァンの部屋の寝棚で寝てるやつがなんであれ、あれには魂がないんだ」

「あんたにはわかってるわけか……」というアスペイジアの口調はおだやかだったが、彼女の顔つきを見たセスには、いさかいが勃発するのがわかった。

　ラウールは、それに気づいていないか、ひっこみがつかなくなっているかのどちらかだった。「ああ、そうさ、わかるんだよ。おれの信仰を馬鹿にするがいいさ。だけど、なにをいわれたって、この件に関しては譲れないね」

「あんたが教義を盲信してるってのが唯一の理由じゃないか」アスペイジアはいいかえした。「アイヴァンが嘘をついてないとすれば、彼は自分はいまもアイヴァンだとみなしてる。つまり、彼の道徳にも、優先事項にも、善悪の判断能力にも、善悪についての知識にも変わりはないってことになる――あんたが彼にあてようとしてるどんな物差しに照らしても。心ある存在であることに変わりはないなら、なんだって価値が減るんだ？」

「心ある存在であることに変わりはないってのは決めつけじゃないか」ラウールは反論した。

「それなら、そうじゃないってのも決めつけだ。アイヴァンから権利を奪いたいなら、それともねらってることをしたいんなら、根拠もなく断言するよりちょっとはましなことをするべきだと思うがね。あんたには、そんなことをする権力も権威もないんだ」

「だれならあるんだ？　だれかが決断する必要があるんだよ、アスペイジア」

「それがあんたの正当化？　だれかがやる必要があるなら、おれがやったっていいじゃないかっていうのが？」

「悪いか？　おれには――」

「いいかげんにしろ！　やかましいぞ！」テンはいい争っていたふたりを交互ににらんだ。「だれも、プリチャードに不滅の魂があるかどうかをおまえらに決めてくれなんて頼んでねえんだよ」

ラウールはテンをにらみかえした。「ああ、頼まれてないさ、デイヴィーズ。だが、信仰を持つ者は大勢いる。断言するが――そのほとんどはおれと同意見のはずだ。そして彼らが、ランチテーブルをはさんで論争するだけで我慢するかどうかはさだかじゃないと思うね」

アスペイジアはほとんど冷笑といえる笑みをちらりと浮かべた。「その断言には同意できるな」

きまり悪い静寂が部屋を包み、全員が物思いに沈んだ。

26　共用室にて

アイヴァンは、実際に隔離されているわけではなかった。船長から、船室から出ないようにと実際に命じられているわけではなかった。アイヴァンは、ドアを見つめながら、そうやって弁明のリハーサルをした。

ついに、気力を奮い起こしてドアロックに手をのばした。通路に出ると左右を見た。何年かぶりで出所したところのような感じだった。自由を味わうのもそこそこに、共用室へと向かった。

テンとウィルとラウールがテーブルでコーヒーを飲んでいた。アイヴァンに気づくと同時に彼らが黙りこんだので、どれくらい歓迎されているかがわかった。アイヴァンは、三人に気まずい笑みを向けてからコーヒーマシンに向かった。コーヒーが恋しかった――朝いちにコーヒーを飲んで、えもいわれぬ刺激を受けることは、一日をとどこおりなく過ごすために気合いを入れる儀式のひとつだったからだ。

アイヴァンはコーヒーをカップに注いだ。液体が流れる音がしんとした部屋に響いた。湯気が出ているカップを鼻の下に近づけて、いれたてのコーヒーの豊かな香りを嗅いだ。匂いはまだ嗅げるみたいだな。よかった。

アイヴァンは仲間たちのほうに向きを変え、彼らがさっとそっぽを向いたことにショックを受けた。すくなくともウィルはきまり悪がっているようだったが、ぎゅっと結んだ唇が決意の固さを示していた。アイヴァンは打ちひしがれ、部屋の反対端のテーブルに向かった。コーヒーを飲んだが――なんなんだ？

飲みこめなかった。息はふつうにできているが、飲みこむという単純な動作ができないのだ。口のなかのコーヒーの味は感じたし、コーヒーが冷えていくのもわかったが……しばしいらだったあと、アイヴァンはコーヒーをカップに吐き戻し、すべてシンクに流した。もうなにも飲めなくなったってわけか。変換は、アイヴァンの人生の一部をすこしずつ奪っているらしかった。たぶん、いまのぼくは人間のまがいものなんだろう。

空《から》になったカップを食器洗いメカに渡した瞬間、アイヴァンは怒りと憎しみがこみあげるのを感じたが、それと同時に子熊のイメージが脳裏に浮かんだ。わけがわからなかった。メカに落ち度はなかったし、そもそも、こんなふうに怒りと憎しみを感じるなんてアイヴァンらしくなかった。そもそも、その感情がぼくからわいてきたとしたらだけどな。もしもそうじゃなかったら？　変身するとともにエイリアンの意識が生じてるとしたら？　それなら、すくなくとも子熊の説明がつく。

アイヴァンは、この頭のなかにいるのが自分だけではない可能性について考えながら、ゆっくりとした足どりで共用室を出た。

27　心配してるほうの勝ち

ジョシュはサッカーチームをつくった。スージーは校内のチェス大会で準決勝まで進んだ。ジュディの上司が昇進を逃し、その地位には最高経営責任者《CEO》の甥《おい》がついた。しばらく家をあけている家族に近況を伝えているようなメールだ。だが、それだけだった。なにがあったのか。その説明。親類から毎年、クリスマスに送られてくる手紙のようだ。

だが末尾に、〝電話して〟と短く記されていた。どうやら、メタルマンもぞっとするらしかった。電話のことを考えることによってそれが証明された。

アイヴァンは携帯を手にとると、〝音声のみ〟を選択して自宅にかけた。

「もしもし？」

「やあ、ジュディ、ぼくだよ」

「まあ。かけてくれてうれしいわ。メールだと――どうしても日記みたいになっちゃうの。だから――」

「わかるよ。メールは、事実を伝えるには向いてるけど、あれこれ考える時間がありすぎるんだ。これからはこうしよう。メールは近況を伝えるだけにして、ときどきこうして電話するんだ」

「子供たちはどうするの？」

「子供たちとも、時間の都合がつくときに話すよ」

「映像をオンにするつもりはないのね？」

「そんなことをしたら子供たちを怖がらせちゃうよ、ジュディ。それにきみを泣かせちゃう。それを見て、ぼくも泣きたくなるし――」

「なに？」

「なんでもない。とにかく、ぼくは事故で顔に無惨な傷を負ったと考えてくれ」

「ありがとう。おかげでイメージを浮かべやすいわ」

ふたりは笑った。気が楽になった。いつだって波長がぴったりあっていた、かつてのジュディとアイヴァンに戻ったかのようだった。

「ねえ、アイヴァン、噂を聞いたの」

「どんな？」

「宇宙船が隔離されてるっていう噂よ。病気かエイリアンが関係してるっていう。具体的な内容はめちゃくちゃ。だけど、情報が漏れてるのよ」

悪い知らせだった。ほんとうに悪い知らせかもしれなかった。アイヴァンは食料暴動を見たことがあった。恐怖と無力感がなにを引き起こしかねないかを知っていた。「まいったな。ぼくたちはまだ着いてもいないってのに。なあ、ジュディ、取り決めは覚えてるよね……」

「心配してるほうの勝ちってやつ？」

「ああ」

アイヴァンとジュディは結婚したばかりのころに取り決めを結んだ。子供たちの健康について だろうが、金銭についてだろうが、どんな状況であっても、心配しているほうが主導権を握るという取り決めを。どちらかが医者に電話すべきだと考えたら、電話する。どちらかが危険な状況だと思ったら、その場を去る。

「お金が入ることはだれにも話してないよね？　だれにも話しちゃだめだ。預託金が振りこまれたら、めだたないように引っ越してくれ。だけどなるべく早く。必要がないかぎり、転居先は知らせないように」

「アイヴァン、なにが起きてるの？」

「まだなにも起きてないさ。具体的にはなにも。だけど、そんな噂が流れてるとすると——事態はこれから悪化しかねない。ひどいありさまになりかねないと思うんだ。それも、そんな状態がしばらく続くんじゃないかって」

「どうして？」

「ジュディ、しばらく前に、コーヒーを飲もうと思って共用室へ行ったんだ。だれもぼくに話しかけてくれなかった。それどころかぼくを見もしなかったんだ。ぼくを知ってる連中が。なかには友達もいたんだ。というか、友達だったやつも。街のふつうの人たちがどんな態度をとると思う？」

「アイヴァン、あなたは怪物なんかじゃないわ」

「そこなんだよ、問題は。ぼくは怪物のたぐいなんだ」

ジュディはしばらく黙りこんだ。「あなたは変わったの？　心のなかも？　どうなの？」

「変わってないさ。見た目が新しくなっただけだ。だけど、人はそう思ってくれない」

ふたりは、それから数分間、話した。アイヴァンはすべての瞬間を味わおうとした。どちらかにいつ電話できない事情が生じるかわからなかったから、電話するたびにこれが最後かもしれないと覚悟しなければならなかった。

ジュディに嘘はつきたくなかったが、電話が盗聴されていたり記録されていたりするおそれもあった。ラグランジュ4基地に到着したら、アイヴァンは政府の管理下に置かれる。頭のなかで変化が生じていることを認めたら、まず間違いなく、恐れていたとおりの結末を迎えるだろう。政府がアイヴァンを、エイリアン・リスクと分類するのが妥当だと判断した瞬間、新解放《ニュー・レベレーション》によって保証されている保護は剝奪されてしまう。そしてアイヴァンは、まず間違いなく行方不明になる。

こうなったことには意味があるはずだった。あの罠をしかけた存在には、目的が、計画があったに違いなかった。常識で考えれば、アイヴァンが見つけたのがなんなのか、それが彼の家族と人類にとって総じて危険なものなのかどうか、見当がついた。用心のためになにひとつ野放しにしないのが当然だった。その〝なにひとつ〟にアイヴァン自身が含まれていても。

これからは綱渡りをせざるをえなかった。政府に自分を始末させるだけの理由は与えずに、けれども宇宙で監禁して研究させるだけの理由は与えなければならなかった。すくなくとも、アイヴァンがそれ以上の計画を立てられるようになるだけの情報を得るまでは。

いつかは、アイヴァンをこんな目にあわせただれか、あるいはなにかが、行動を起こしたり、手がかりを漏らしたりするはずだった。

28　通信講座

アイヴァンはため息をついて椅子にもたれた。六時間ぶっ続けで天文学の通信講座にとりくんだところだった。このぶんだと、一週間もしないうちに新しい講座を受けなければならなくなりそうだった。メタルマンにも利点があるようだった。目は痛くならないし、肩はこらないし、疲れもないのだ。まあ、当然だった。眠らなくてすむのだから、休養も不要に違いないだろう。だが、睡眠は記憶と脳の機能全般のためにもとらなければならないはずだ。なのに、なぜか、変換のおかげで眠らなくても平気になっていた。

アイヴァンはその情報を、長くなる一方の奇妙で異常な出来事のリストに追加した。すくなくともあるレベルでは、これはITの問題だった。そして、行動が変化したのだから、アイヴァンの脳はたんにニューロンが一本ずつ金属に置き換えられただけではないのだろうと推測できた。さもなければ、脳の機能に変化は生じないはずだ――より速くはなっても。あるいは、そんなことはまずありえないが、技術によってはより遅くなっても。

この状況をただの技術的問題とみなすことは、正気を保つのに役立ちそうだった。すくなくとも、いや増すばかりの家族を案じる気持ちと自分の未来についての不安をやわらげる役には立った。それに、正直なところ、興味深くもあった。できれば外から観察したかったものだったが。

ヴィドがオンになって大きな音が響いたので、アイヴァンはびっくりした。画面を見やってから、リモコンを持っていることに気づいた。リモコンを手にとった覚えはなかった。とにかく、意識的にとろうとはしなかった。手が独自の命を得たのか？　それともぼくがぼうっとしてただけなんだろうか？

　だが、ヴィドにはニュースが映っていた。近頃、ニュースはどんどん興味深くなっていた。これまでのところ、惑星間疾病管理予防センター《ICDC》と宇宙軍保安部は秘密を保持しているようだったが、ICDC職員の一団がラグランジュ4に急行しているという事実、ICDCおよび宇宙軍広報部が、多くの言葉を費やしながらなにも語っていない〝中身なしモード〟になっているという事実は隠せなかった。

　そういえば、コメントの一部は、あてずっぽうにしては事実に近すぎた。〝エイリアン〟という言葉が何度か使われていたが、そんな結論に跳びつくに足る根拠はないはずだった。だが、機密が漏洩しているとしたら……

　事実がおおやけになったら、家族にどんな影響がおよぶだろう？　いい影響でないのは明らかだった。啓蒙《けいもう》の時代ということになっていても、家族に累《るい》がおよぶことはいまだにまれではない。新　解　放《ニュー・レベレーション》は、人類を実際に向上させたわけではないし、政府や法執行機関や軍が市民におよぼす権力にきちんと歯止めをかけられているわけでもなかった。

　アイヴァンはヴィドを切ると、両手を頭のうしろで組んで寝てくつろごうとした。子熊のイメージが脳裏に勝手に浮かんだ。またか。いったいなんだって——

　インターコムの呼びだし音に物思いをさえぎられた。アイヴァンは応答ボタンを押した。

「やあ、アイヴァン」ダンテ・アイエロの声だった。「あと二、三分でスピンダウンと減速のアナウンスがある。船長からおまえに、そのあいだ、個室にとどまるようにという命令がくだった。ひとりくらい居住リングにとどまってても問題はないし、たぶんおまえは――」

「ええ、わかってます。ぼくが共用室にあらわれると、ほかの乗組員がおびえるんですよね。もう試してみましたよ。ここにいます」

「すまないな、アイヴァン。感謝するよ。きっとつらいだろうな」

インターコムのランプが消えた。

だれかになにかを頼まれるってのはいいもんだ。そうだろう？

29 到着

ドクター・ナランは数百メートル離れた宇宙空間に浮かんでいる有人モジュールをじっと眺めた。宇宙軍にまかせるほかはなかったが、彼らはちゃんと仕事をしていた。そのモジュールは、基本的には、典型的な宇宙軍艦の居住リングだった――軍艦本体抜きの居住リングだった。いうなれば、宙に漂っている、中心を棒が貫いている巨大コインだった。各同心円層の重力は、中心のハブに近づくにつれて弱くなっている。

「あれなら、標準的な部品を使えますからね」ベントリー大尉が説明した。「それに訓練を最低限にできます。フリゲート艦に乗り組んだ経験がある者なら、すぐにあのモジュールになじめるんです」

ナランはうなずいた。「人工重力があるから、患者への長期的隔離の影響を心配する必要がさほどないのがいいですね。今回の隔離がどれくらいの期間になるのか、見当がついていないんですから」

ベントリーはタブレットを開いた。「それで、プリチャードを隔離し、彼以外の乗組員を別に隔離し、第三のレベルに医療スタッフが詰め、第四のレベルをクリーンなレベルにする、というのがあなたがたの希望でしたね。ご覧になりますか？」

ふたりがシートベルトを締めると、フェリーの操縦士は小型船をモジュールのハブにあるエアロックにつけた。

そこから彼らは、三基あるエレベーターのうちの一基に乗ってへりへ——重力がもっとも強い最外層に向かった。ベントリーは、ナランの目に映った区画についてえんえんと説明しつづけた。

「各隔離レベルのあいだには、通常の診断装置のほか、改良型量子共鳴画像《AQRI》スキャナーも設けます。わたしたちは必要なものを予測しましたが、もちろん、これはふつうの病気ではありません。

乗組員はBエレベーターの一方で、プリチャードはその反対側で寝泊まりします。ラボはそれらの居住区とエレベーターAとCのあいだにあるので、プリチャードと乗組員は一基のエレベーターしか利用できません。それに、エレベーターは管理者が手動制御するようになっています」

「なにを想定してるの？　脱走？」

「これが標準仕様なんです。今回の人たちは脱走を試みないかもしれませんが、ほかの状況に置かれたほかの人たちは試みるかもしれません。とにかく、レベル2と3はあなたのスタッフのものです。宇宙軍の人員はハブに詰めていて、患者だろうが医師だろうが、出ようとする者を阻止します」

ベントリーは片眉を吊りあげながらナランを見て彼女の言葉を待った。

「それも標準的な対応なのね？」

「ええ、ドクター、そのとおりです」

「ふうん。なるほど。とりあえず最初は、出たとこ勝負でやるしかないわね、大尉。最優先事項は、アイヴァンの感染をきちんと感知できるようにすることと、その方法を確立することね」ナランはＡＱＲＩをちらりと見た。「あれが大きな役割をはたすことになるんでしょう」

ベントリーはうなずいた。「それは予想の範囲内なんですが、ドクター、この状況は、なんというか、わたしたちのシナリオの想定をはるかに超えています。委員会は、さらなるフェイルセーフを考慮することになると思います」

「へえ、わたし好みのフレーズね。具体的には？」

ベントリーは首を振った。「ですが、あとで明らかになるはずです」

ナランは、感銘を受けると同時に、漠とした不安を覚えながらモジュールをあとにした。宇宙軍は、各隔離レベルごとにエアロックとラボを設置することをはじめ、希望をすべてかなえてくれた。その点ではなんの不満もなかった。だが、ベントリーが最後にいった言葉が気になった。彼らはどんな〝フェイルセーフ〟を設けるつもりなのかしら？　そしてそれにわたしを巻きこむつもりでいるのかしら？

残念ながら、その不安にはこれといった根拠がなかった。とりあえずはじめて、そのつど持ちあがった問題に対処するほかなさそうだった。

「準備はすべてととのっているようね」ナランはベントリー大尉にいった。「それでは、ここに惑星間疾病管理予防センター《ICDC》のスタッフを呼び寄せるわ」

☆　☆　☆

医師たちが管制塔から見ていると、〈マッド・アストラ〉がゆっくりとドッキングエリアに進入してきた。今回の感染の性質にかんがみて、宇宙軍はタグボートを使用しないと決めた。代わりに、〈アストラ〉は姿勢制御用ジェットを使って接近した。ずっと時間がかかるし、運営プロトコルに違反することになるが、管制塔からの指示に従っていれば、危険はほとんどなかった。

患者と人員の配備については、議論を重ねて入念な計画を立てた。まず、医療スタッフをレベル2エリアに入れる。そのあとで、〈アストラ〉の乗組員をレベル3エリアに、アイヴァン・プリチャードをレベル4エリアに移す。それから、宇宙軍が遠隔操作の顕微鏡で宇宙船を検査する。

ドクター・ナランは助手のドクター・ハルキ・ナカムラのほうを向いた。「うちのチームの準備は？」

「全員、控え室で待機してます」

「じゃあ、はじめて」

☆　☆　☆

ドクター・ナランは部屋をぐるりと見まわし、一瞬、ひそかに畏怖した。会議室、そして真ん中に鎮座している長いテーブルが、この居住リングレベルの外周にそって湾曲しているのがわかった。筋金入りのベテランをそろえたICDCの専門家十二名が彼女を見返した。冷静な表情の者もいれば、興奮した表情の者もいた。そしてヘンリー・サミュエルスンは空腹そうだった。

ナランは深々と息を吐いた。

「みんなには、もう概況説明を読んでもらったわよね。ほぼ全員の反応が〝これってジョークですか？〟だった。でも、ほんとなの。ジョークじゃないわ。現実だし、なんにもわかってないし、潜在的な脅威なの。問題のナノマシンにどこまでのことができるのかは、まだ判明していない。それらがどこに、どこまでうまく隠れられるのかはまだ不明なの。もっとも単純にしてもっとも安全な解決策は、〈マッド・アストラ〉を乗組員もろとも太陽に突入させることでしょうね。だけど、わたしたちは文明人だから、そんなことはしない。だから、まず、だれが感染してないかを明らかにし、次に、感染してる人たちになにができるかを突きとめなきゃならない。そして、それよりははるかに優先度が低い第三の目的が、宇宙船の除染ね。

全太陽系で知らない者がいない大ニュースをまだ知らない人のためにいっておくと、問題になってるのは、ビッグロックという大山を当てた宇宙船よ。乗組員たちは、自前の宇宙軍を雇えるほどの大金持ちになってる。それとも、スタジアムいっぱいの弁護士を雇えるほどの。だからわたしたちは、規定どおりに対処はするけど、患者たちにはしかるべき敬意を払い、礼儀正しく接しなきゃならない。ちなみに、よかったこととしては、ジェニングズ船長がすでに、必要なら〈アストラ〉を溶解してかまわないと同意してくれてることをあげられる。どっちみち、新しい宇宙船を買うんでしょうしね」

手が上がった。「それなら、どうして宇宙船を調べるんですか？」

「学ぶためよ」ナランは答えた。「それ以外の理由はない。学べることはすべて学んだと納得したら、宇宙軍は、実際、ただちにあの宇宙船を太陽に突入させるでしょうね。太陽表面と交差する双曲線軌道に乗せてしまえば、問題は、すくなくとも解決するんだから」

また手が上がった。「本気でプリチャードを治療する気なんですか？」

ナランはその発言をした医師をにらみつけた。「もちろんよ。精一杯の努力をしなきゃならない。最悪でも、おなじことがくりかえされないように、彼から学ばなきゃ」一瞬、ためらった。「この状況が異例なのは、死亡の危険がないように思えるところね。治療の試みの結果、プリチャードが、その、金属化したままだったらどうするべきなのかは、まだだれにもわかってない」

「どこかに閉じこめるとか？」

「いまは二十一世紀よ、サミュエルスン。わたしたちは、どんな市民のためにも全力をつくす。それを忘れないように」

ナランはふたたび部屋を見まわして、全員が注意を払っているかどうかを確認した。「念頭に置いておかなければならないことがもうひとつある。この感染の性質上、あいだに宇宙空間をはさむことと接触しないこと以外の隔離はないの。あの隔離モジュールに入った瞬間、みんなも、この件が解決するまで隔離されることになる。この問題にどれだけ真剣にとりくむかによって、どれだけ早く隔離から解放されるかが決まるのよ」

ナランはしばらく黙りこんだ。「そういうわけだから、全員に、この件から手をひく最後のチャンスを提供するわ。手をひいたからといって非難はされないし、キャリアへの悪影響もない。みんなをここへ運んできたフェリーで帰ってもらう。でも、〈マッド・アストラ〉の乗組員が乗りこんだら、わたしたちも全員、拘禁されることになる」

ナランは、たっぷり十秒間、待った。サミュエルスンがまたドーナッに手をのばした以外、だれも動かなかった。

最後にもう一度、部屋をじろりと見まわしてからナランはいった。「ほかに質問がないなら、患者たちを迎えることにしましょう」

☆　☆　☆

隔離モジュールに向かうフェリーの機内は静まりかえっていた。全員が、問題が解決するまで帰れないことを承知していた。パラノイアを合い言葉に、なにもかもが念入りに計画されていた。モジュールに搭乗する順番までも。医師たちは〈アストラ〉の乗組員よりも前に移動し、フェリーは基地に戻ることを許される。だが、いったん〈アストラ〉の乗組員が入ったら、なんであれ、モジュールを離れられなくなる。

宇宙軍監査委員会のマーティンスン中佐は、おだやかな会議の途中で、ドクター・ナランに、ここから脱出しようとする者は殺傷力のある武器で阻止すると明言した。必要なら、施設をミサイルで丸ごと破壊すると。

医師たちはエアロックを通ってモジュールに移り、割りあてられた持ち場に向かった。三十分もしないうちに、ナカムラがナランのオフィスにやってきた。「全員、準備がととのいました。問題ありません」

「ありがとう、ハルキ。ムーア大将に連絡して患者を迎え入れる準備ができたと伝えるわ」

☆　☆　☆

〈マッド・アストラ〉の乗組員たちは、一列になってエレベーターから降りてきた。ひとりがやってくるたび、インターコムの声が、右手の部屋を割りあてた。

「特に雰囲気は暗くないですね」ドクター・ナカムラがいった。

「彼らはみんな、何週間もプリチャードとおなじ宇宙船に乗ってたのよ。なのに、ほかにだれもナノマシンに感染した兆候はない。実際、わたしたちがちっぽけな連中を検出できるようになったら、ほかの乗組員たちは、たぶんすみやかに解放できるでしょう」ナランは悲しげにほほえんだ。「それだけじゃない。ジェニングズ船長が焦土作戦をたくらんでるってムーア大将から助言されてるの。船長は、雇った高くつく弁護士たちになにからなにまでそろった資料を提供して、プリチャードからの連絡が一日でも途絶えたら猛抗議するように指示してるそうなのよ。その意図は明らかよね。臭いものに蓋をして、なかったことにすることは不可能なのよ」

ナカムラはショックを受けた表情になった。「でも、わたしたちには――」

「わかってるわ、ハルキ。だけど、緊張緩和がきちんと実現すれば、この問題は解決する」

ナランは虎の巻を確認した。患者第一号以外の全乗組員がそれぞれの部屋におさまっていた。ナランが身ぶりで合図すると、サミュエルスンはレベル3の乗組員エリアのエアロックを閉めた。さらにスイッチを切り替え、そのエレベーターの反対側にあるレベル4のエアロックを開いた。サミュエルスンはマイクに短く話しかけた。

一分もしないうちにエレベーターが行って戻ってきた。エレベーターのドアが開いて最後の乗組員が出てきた。ICDCの医師たちがはっと息を呑んだ。アイヴァン・プリチャードは短パンに屋内靴にTシャツという、乗組員が船内でいつもしている服装だった。髪の毛が一本もない頭のてっぺんから足の爪先にいたるまでクロムでできているように見えた。だが、歩きかたや身のこなしは、わずかにすぼめた肩から、注目を浴びているせいで緊張していることが一目瞭然のおずおずとした足どりにいたるまで、完全に正常な人間のふるまいだった。

プリチャードの記録によれば、体形や大きさに変化はなかった。筋肉の形がはっきりわかるので、体を鍛えているのがわかった。人間の肌の色を塗ったら、どこへ行っても気づかれないだろう。

プリチャードは周囲を見まわした。ナランは手をのばし、凍りついているらしいサミュエルスンをそっと突いた。サミュエルスンは目をぱちくりしてからマイクに身を乗りだした。

「ミスター・プリチャード、あなたの部屋はすぐ左の区画の一号室です」

アイヴァンはうなずくと、無言のまま、ドアが開いたままになっているエアロックに向かった。アイヴァンがエアロックを通り抜けると、サミュエルスンはパネルを操作してドアを閉めた。

サミュエルスンは、問題はないか、乗組員がまだうろついていないかと遠隔カメラで確認した。乗組員が全員割りふられた部屋に入ったと納得すると、ナランは身ぶりでマイクを示した。サミュエルスンはマイクを彼女に渡してスイッチを切り換えた。「全室に流れます」

ナランはうなずくとマイクのボタンを押して話しだした。「指示に従っていただき、ありがとうございます。この隔離モジュールは四つのレベルからなっています。レベル1はいまみなさんがいるところです。症状が出ているかたはおひとりだけですが、現時点では、みなさんは全員、等しく感染を疑われています。わたしたちは、感染の検出法を確立すべく努めます。検出法を見つけられたら、陰性のみなさんには次のレベルに移っていただきます」

ナランはごくりと唾を飲んでから続けた。この部分は他人事《ひとごと》ではない。「しかるべき期間ののち、わたしを含めたICDCの医師たちがいるレベル2に移動していただきます。わたしたちは、次の段階における実験台なのです。それで感染が検出されなかったら、わたしたちは別のモジュールに移って再検査を受けます。その検査にパスしたら、みなさん、それにわたしたちは家に帰れるのです」

ナランはボタンを放すと、震える息を深々と吐いた。

サミュエルスンが小声でいった。「アイヴァン・プリチャードは別ですがね。彼は死ぬまでここで過ごすことになるんだ」

「やめなさい、サミュエルスン。はじめる前からあきらめちゃだめじゃないの」

☆　☆　☆

ドクター・ナランは窓の向こう側の男にほほえみかけながら椅子にすわった。タブレットには、余白に注釈や疑問点が書きこまれている、ドクター・ケンプの覚え書きと報告書を表示してあった。ICDCスタッフの調査が本格的にはじまる前に、事実を確認しておきたかったのだ。

ケンプはナランをじっと見返した。おちついていて期待に満ちた表情だった。ナランは言葉をかわす前からケンプに好感をいだいた。報告書から、頭の回転が速く、仕事ぶりがきちょうめんで綿密なことがうかがえた。その結論から、状況を偏見や先入観にとらわれることなく評価できる人物だとわかった。この人がスタッフにいてよかった、とナランは思った。

向かいあっている男は、あけっぴろげで気さくそうだった。澄んだ青い瞳でナランを見つめながら、おだやかな笑みを浮かべていた。じつにすばらしい、医者の顔だった。

「ドクター・ケンプ、この件の調査の責任者を務めているドクター・ナランです。あなたの覚え書きと報告書を読ませていただきました。いくつか疑問点を質問させてください」

ケンプはくすくす笑った。「いくつかだけですか？　わたしはいまだに疑問点だらけですよ。問題を解決すればするほど、疑問点が増えるんです」

「とにかく、あなたがすでに解決したことを教えていただいて、すこしでも有利なスタートを切りたいんです」ナランはデスクの上のタブレットをまっすぐにした。「まず、初診時の状況について教えてください……」

☆　☆　☆

ナランは、ケンプと話しているあいだにとったメモに目を通した。優秀な研究者であるケンプは推論を書き記すことを避けていた。しかし、とりわけ、文脈を無視して引用されるおそれはないと納得すると、一対一の面談中に、積極的に私見を話してくれた。

この出来事は、単純がゆえにいっそう恐ろしかった。どう考えても意図的な罠としか思えなかった。だけど、しかけたのは人間？　それともそれ以外？

アイヴァン・プリチャードの変身はありえないように思えた。だが、ナランはケンプの説明をみじんも疑わなかった。だがいつだって、誇張の、記憶違いの、まぎれもない作話の可能性はあった。

とはいえ、ナランはクロムマンを目撃していた。あれをでっちあげるのは困難だった。

ナランはインターコムアプリを立ちあげてナカムラを呼んだ。

ナカムラは、すぐにビデオウィンドウに姿をあらわした。

「ハルキ、安全手順はどうなってるの？」

「いつもどおりです。陰圧、空気の殺菌と再循環、隔離スーツ……」

ナランは首を振った。「それじゃ不充分ね。物理的な分離も取り入れないと。乗組員エリアにはだれも立ち入らないようにして」

「でも、それじゃ、どうやってサンプルを採取したり検査したりするんですか？」

「宇宙軍の技師に頼んで、あのエリアでの作業環境を特注してもらって」ナランはしばし考えた。「たしか、ＢＳＬ《バイオセーフティレベル》４の封じこめ手順に、理論上だけの話だったかもしれないけど、どうすればいいかの記述があったはず。ラーコネン所長に連絡して、だれかくわしい人を知らないか訊いてみて。やれるだけのことをやらないとだめなのよ」

ナカムラはうなずいて通話を切った。

ナランは椅子にもたれて天井を見上げた。この任務の奇怪さにもかかわらず、自分があいかわらず、無意識のうちに生物的なアウトブレイクと同一視していることに気づきはじめていた。それを改めなければならなかった。

30 隔離

ジュディ

ラグランジュ4に着いて隔離に入った。こんなことになって、ほんとに残念だよ。どうやらぼくたちって、いいことがあるたびに、お高くとまらないように、それに見合ったカルマキックを股間に一発食らうさだめになってるみたいだね。

まだ、これ以上の情報はないけど、惑星間疾病管理予防センター《ICDC》が入ってくれてるし、どうにかできるとしたら彼らだけだ。無事にここを出るためなら、ぼくはなんだってする。きみと子供たちに危険がおよばないかぎり、なんだって。

いいニュースは、ぼくたちが金持ちになったことだろうね。きみと子供たちが、死ぬまで裕福に暮らせるとわかってうれしいよ。ただし、このあいだもいったように、できるだけ早く引っ越してくれ。

暗いメールでごめん。だけど、ぼくってそういうやつじゃないか。嘘はつけないんだ。

たとえきみを安心させるためであっても。

なにがあっても愛してるよ。ぼくの代わりに子供たちを抱きしめてやってくれ。

アイヴァン

アイヴァンはしばらくメールを凝視した。嘘はつけない、か。最近は、ずいぶん嘘がうまくなったみたいだな。そう考えて顔をしかめながら、アイヴァンは送信ボタンを押した。メールは見られているに違いなかったし、余計なことを書いたら検閲されたりブロックされたりするはずだった。もっとも、余計なことを書くつもりはなかった――パニックを起こしたらどんな悪影響が生じるかは承知していた。それに、家族に累《るい》がおよびかねないこともわかっていたので、家族だけは守らなければならないと心に決めていた。情報が漏れたとしても、感染者の家族の居場所が簡単にはわからないようにしておきたかった。

窓に医師があらわれて物思いの邪魔をした。

「こんにちは、ミスター・プリチャード」

「こんにちは、ドクター……ナラン、でしたよね？　なんですか？」

「ドクター・ケンプが採取したナノマシンのサンプルがなくなりそうなので、近いうちに新しいサンプルを採取する必要があるんです。隔離されているだけで大変なのはわかっています。でも、手間と危険を最低限に抑えてサンプルを採取できるはずの方法を考案しました。まずほかの部屋で準備をして、それからあなたにそこへ移ってもらうことになります。しばらくのあいだ、ちょっとやかましくなるから、お知らせしておこうと思ったんです」

「気にしないでください、先生。あまりにも退屈だから、工事の音だって大歓迎ですよ」

ナランは気まずそうな笑みを浮かべた。「もちろん、あなたはすべてのメディアにアクセスできるようになっていますが、きっとすぐに飽きてしまうでしょうね。なにか要望はありますか？」

「特にありませんね。お願いしたいことはたくさんありますが、そのほとんどはあなたの権限を越えているか、そもそもいい考えじゃないかのどっちかですから。だから、ありません。でも、訊きたいことならありますよ」

「なんですか、アイヴァン」

「ヴィドで見たんですが、ＩＣＤＣと国際地球連合《UEN》の本部にデモが押しかけてるみたいですね。あなたがたはなにも発表してないんですよね？　デモに参加してる人たちは、なにかをつかんでるんですか？」

ナランは、しばらく黙ってから答えた。「ＩＣＤＣもＵＥＮも、公式にはなにも発表していません。でも、情報が漏れているようですね。一部の発言は事実に近すぎますから。関心の高まりに応じて、わたしたちもオンラインセキュリティを強化しました。ただし、それについての責任者はムーア大将のはずです」

ナランはまたほほえみ、会釈をして、アイヴァンが次の質問をする前に立ち去った。確信はなかったが、彼女は必要以上に速く歩くタイプなのかもしれなかった。それとも、メタルマンと面と向かいあっているのがきまり悪くなったり、いやになったりしたんだろうか？

これがぼくの新たな人生ってわけか。

31　初　見

「改良型量子共鳴画像装置《AQRI》に入ってるのはだれなの？」ナランは、ふたりの医師がモニターを見つめているコンソールに歩み寄った。

ドクター・ノエリア・サンドバルがすわったままナランのほうを向いた。「〝擦過《さっか》標本〟っていうチビです」

「ああ。単体のナノマシンね？　どんなふう？」

「いま映します」となりの席のナカムラがそういってコンソールをいじると、モニターに映像があらわれた。AQRIは、成人サイズの身体から細胞の核にいたるまでの大きさのものを詳細にスキャンできる。研究者たちは、ナノマシンの内部の仕組みを解明できるのではないかと期待したのだ。

モニターにあらわれた像を見たとたん、ナランは息を呑んだ。ＡＱＲＩが映しだしたナノマシンは輝いていた。これははじめてのちょっとした朗報だった。ＡＱＲＩスキャンによってナノマシンをこんなに鮮明にとらえられるなら、人体内の感染を容易に検知できるだろう。像はリアルタイムなので、ナノマシンたちは結合先を求めてゆっくりと動きまわっていた。マクニール機関長が報告したように、工業用ガラスは利用できないようだった。

「次の疑問は、こいつらを壊せるのかどうか、ですね」ナカムラがいった。

「宿主を殺すことなくね」ナランは付け足した。

☆　☆　☆

ＡＱＲＩのなかで横たわっているアイヴァン・プリチャードはリラックスしているようだった。サンドバルとナカムラがいつでも必要な調整ができるように操作盤に身を乗りだしていた。どうすればＡＱＲＩで全身が金属の対象者を検査できるのか、だれにも確信はなかった。

「飽和を抑制する必要がありますね」サンドバルがいった。「光っちゃって細部を判別できませんから」

まもなく、解像度が改善した。ナランはぽかんと口をあけて見つめた。背後から息を呑む音がたくさん聞こえたので、医師たちが全員、見ていることが明らかになった。

「いったいぜんたい、なんなの、これは？」サンドバルは画面を指さした。

モニターには、複雑な内部構造が映しだされていた。一見して、人体とおなじようにさまざまな器官があるのがわかった。だが、似ているのはそこまでだった。

ナランは顔をゆっくりとモニターに近づけ、目を細めて像を凝視した。そのとき、だれかにかかとを踏まれて悲鳴をあげた。ナランはくるりと振り向いた。「ちょっと！　当番じゃない者は下がってて」

反乱をくわだてているようなぼやきが聞こえたが、詰めかけていた医師たちのほとんどは壁ぎわまで下がった。

やっと像に集中できるようになったが、ナランは首を振るばかりだった。「ドクター・ケンプの報告書によれば、感染は人間の臓器の必要な機能をすべて模倣してるっていうことだったのに」

「機能は模倣してても、形態はそうじゃないようですね」サンドバルが応じた。

「もしかしたら」とナカムラが付け加えた。「人間の組織と、生体と完全に入れ替わったとき、より効率的な、またはよりふさわしい仕組みへと再構成したのかもしれませんね」

「たしかに。脾臓や腎臓は必要ないでしょうしね。となると、彼はいったい、なにを必要としてるのかしら？」

ナランはサンドバルのほうを向いた。「メカと比較してみたら？」

「見込みはないと思いますよ、ドクター・ナラン。梶棒を自律ドローンと比べるようなものですから。頭に銃を突きつけられたって、これらの構造がなんのためのものなのかは推測できません。電源は？　温度調節は？　通信手段は？　解剖でもしないかぎり、さっぱり見当もつきませんね」

ナランはサンドバルをじろりとにらんだ。彼女が冗談のつもりでいったのだとしても、冗談になっていなかった。

サンドバルは悪びれることなく肩をすくめた。「ケンプが、ここに向かう途中でレントゲンを撮ってＡＱＲＩスキャンをしています。今回の結果と比較して、変化が生じているかを確認します」ＡＱＲＩを切ってマイクに身を乗りだした。「お疲れさまでした、ミスター・プリチャード。きょうはこれで終わりです」

ガラスの向こう側で、アイヴァン・プリチャードが台から降り、医師たちに会釈して自分の部屋へと戻っていった。

☆　☆　☆

ドクター・ナランは会議テーブルの真ん中に浮かんでいる像を身ぶりで示した。「そう、これよ。最初の報告を本気では信じてなかった人たちもいたけど——ちなみに、そこにはわたし自身も含まれるわけだけど——どうやら結局、〈マッド・アストラ〉の船医は、なにかを飲んだり吸ったりしてたわけじゃなかったようね」

「ナノマシンですね。掛け値なしで顕微鏡サイズの自律機械です」ドクター・ナカムラの声は、しゃべるという行為に最低限の集中力しか使いたくないと思っているかのようにうわの空だった。

カリフォルニア工科大学《カルテク》から出向してきた物理学者のアルウィン・シュルツ博士が臆面もなくにんまり笑った。「それに電源を内蔵してる。この小ささでそんなことができるなんて、人類にはとても無理ですね」シュルツは身を乗りだし、まるまると太った体を椅子におちつけた。そして、笑みを浮かべたままテーブルを見まわして意見や異論をうながした。

「じゃあ、つくったのはエイリアンなの？」

シュルツはナランのほうを向いた。「間違いないと思いますね。この分野では日本が最先端ですが、彼らでもミクロンレベルの自律機械をつくるまでにはまだまだ時間がかかるでしょう。データ処理機能まで組みこむなんてとうてい不可能です」

チームの情報システム専門家のマット・シーゲルはうなずいた。「ＩＴの観点からもおなじことがいえますね、アルウィン。どうすればあの大きさにコンピュータシステムを丸ごと組みこめるのか、見当もつきません。おまけに、電源だの出入力システムだのまでそろってるんですから」

この会議は、みんなで愚痴をこぼしあうだけになりかけていた。ナランは歯止めをかけた。

「じゃあ、マット、これの起源は地球外だと断言するの？」

「厳密にいえば、人間がつくった可能性はあると思いますよ。その可能性は排除できませんが、小妖精《レプラコーン》がつくった可能性と同程度でしょう。現実的にいえば、人間にはまだこんなものはつくれません」シーゲルは首を振った。「どうしてもといわれたら、わたしはエイリアンがつくったほうに賭けますね」

第一段階、完了。ナランはしばし時間をとって模造陶器のポットから紅茶をお代わりした。ペストリーのトレイをちらりと見たが、すでにイナゴの群れが食いつくしていた。もっぱら、イナゴの親玉のサミュエルスンが。

「なるほど。じゃあ、次の疑問ね。こんどは答えるのがそんなに簡単じゃないかもしれないわよ。これは、なんらかの攻撃の兆候なのかしら？」

「ありえませんね」シーゲルが真っ先に答えた。何人かが、からかうような目を彼に向けた。発言の内容だけではなく、口調も原因だった。

ナランが両眉を吊りあげてシーゲルを見つめ、続けるようにうながした。

「なんだってなんの変哲もない小惑星に罠をしかけるんですか？　地球を攻撃したいんだったら、パッケージを大気圏に落とせばいいだけなのに」

「じゃあ、どうしてなんの変哲もない小惑星に罠をしかけたの？」

シーゲルは無言で肩をすくめた。

ふうむ、第二段階、一応、完了。

ナランはタブレットで第三の疑問を確認した。「この事件は〈こいつを創った者たち《メーカーズ》〉がまもなく訪問――あるいは侵略――してくることを意味してるのかしら？」ムーアはきょうの質疑応答を聞いて、きっと暗い気分になるでしょうね、とナランは思った。

「直接的な兆候ではないでしょう」とシュルツが答えた。「ただし、前の疑問から派生した問いに答えるなら、なんの変哲もない小惑星に罠をしかけたのは、その罠にかかるのが宇宙を航行できる種族だけだからでしょうね。だれかがかかったら母星に知らせるようになっている罠だろう、というのがその問いに対する答えです」シュルツはにやりと笑った。「たぶん、そのあとで、わたしたちは訪問を受けるんだと思います」

ああ、ムーア大将は間違いなく暗い気分になるわね。ナランはこの説を彼に個人的に伝えることに決めた。派手な花火が打ちあがることだろう。

☆　☆　☆

ムーア大将の目は顔からこぼれそうになっていた。ナランは表情にあらわさないように努めたが、自分がムーアの狼狽ぶりをおもしろがっていることに気づいてとまどった。

「じゃあ、プリチャードはあれを送りこんだだれかに連絡しようとしてるかもしれないんですな？」

「シュルツ博士がそのように推測しているにすぎません、大将。それに、たとえそれがほんとうだったとしても、その動機や、その結果どうなるかについてはまだ不明です。ひょっとしたら人類学的調査なのかもしれません。原住民の研究なのかも」

ムーアはふんと鼻を鳴らした。その表情を見れば、そんな可能性などみじんも信じていないことが明らかだった。ムーアはいきなり話を変えた。「ハッキングを受けてるそうじゃないですか」

ナランは単刀直入に答えることにした。「いえ、ここに問題はありません。もちろん、わたしたちが使っているのはあなたがたのネットワークですし。でも、本部は受けてますね。さいわい、惑星間疾病管理予防センター《ICDC》は太陽系でもっとも進んだセキュリティＡＩを導入しています」

「ドローブリッジ・タイプですか？」ムーアはたずねた。ナランがうなずくと、話を続けた。「ドクター、甘く見ないでいただきたい。やつらは、望みのものを手に入れるまであきらめませんよ。それとも、どうでもよくなるまで、つまり事態が大幅に悪化するまで」

ナランは、しばしのあいだ両目をもんだ。寝不足続きで疲れていた。「わかっています、大将。でも、すでに判明したことからして、これはナノマシン《グレイ・グー》の暴走シナリオではありません」

「エイリアンの侵略はどうだね？」ムーアはこわばった笑みを浮かべた。

「侵略をどう定義するかしだいじゃないでしょうか」ナランは立ちあがった。「とにかく、そちらにはわたしたちがつかんだ情報をすべて提供しました。どうぞたっぷり楽しんでください」

会釈して歩み去った。ベントリーのデスクの横を通るとき、彼が視線をあわせようとしたが、ナランは、さらなる会話よりも睡眠を必要としていた。

32 現状

ムーア大将はコーヒーに息を吹きかけてからひと口飲んだ。癖になっているそのしぐさのおかげで、めだつことなくテーブルを見まわせた。いまだに、バラエティに富んだ委員会メンバーのポジションを把握しておくのが苦手だった。いや、とムーアは認めた。参加者たちが、おれがしっかりと理解する前に立場を変えるせいかもしれん。毎日、例のプリチャードと彼の病気についての新情報が入ってきているように思えた。

ムーアはカップを置き、テーブルをこぶしでこつこつと叩いた。雑談がやんで全員がムーアのほうを向いた。

ムーアは委員たちに形ばかりの笑みを向けた。「ドクター・ナランから、このプロジェクトにさらなる専門家を呼んでほしいという要請があった――いや、彼女は許可を求めたわけじゃないんだから、〝要請〟というべきじゃないのかもしれんな。すでに、サイバネティックスの専門家、異星生物学者、ふたりの物理学者、それにわたしが発音もあやしい分野の医療専門家たちが参加している」

「だが、だからって注意を惹くとはかぎらないぞ」カスティーヨ大将がぼそっといった。

「まあ、現状はもうトップシークレットってわけではないからな、アラン」ムーアは肩をすくめた。「メディアは惑星間疾病管理予防センター《ICDC》が宇宙へチームを送ったとたんに嗅ぎつけたんだ。いまでは、とうに噂の段階を超えて、とっくにスキャンダルになっている。患者の秘密保持カードを最大限に活用して、調査中だといいはることはできるが、メディア評論家の何人かはきびしく批判して疑問を提起している」いったん言葉を切ってテーブルを見まわした。「そして保安部の報告によれば、ハッキングのくわだてが数千パーセント上昇しているんだそうだ」

何人かがはっとしてムーアの顔を見た。ムーアはその瞬間をひきのばして効果を最大化した。委員たちに、なるべく早く状況の深刻さを認識させたかった。

「そのすべての根拠はICDCスタッフの派遣なんですか？　反応が過敏すぎるように思えますね」ジェラード代将がいった。

「わたしもそう思うよ、マイク」ムーアはこわばった笑みを浮かべながら応じた。「なんらかのリークがあるんだ、あるいは過去にあったのかもしれない。現在、調査中だ。〈マッド・アストラ〉が公式な発表なしで予定よりも早く帰還したのは幸運だった。公的な記録を見たかぎりでは、〈アストラ〉はあと二カ月、小惑星を調べている最中なんだから、だれかがデータマイニングによって情報を得てもその信憑性を疑うだろう」

「具体的には、なにがおおやけにならないように努めるんですか、大将？」ネヴィン代将の口調はさりげなかったが、ムーアには刺がひそんでいるのがわかった。ネヴィンは眉をひそめて、彼女のトレードマークのしかめっ面になっていた。

「代将、地球外に知的生命が存在することを示す、議論の余地のない証拠が出てきたんです。なんならETといってもいい。このことが騒動を起こすと思わないかね？」

「それは間違いありません、大将。かといって、わたしたちが、ほんとうに世界のベビーシッター役を務めるべきなんでしょうか？」

「われわれの役目は」とムーアは答えた。「きちんとした形で伝えるべき人々の準備がととのうまで、センセーショナルなニュースが垂れ流されないようにすることだ。わたしは、ずっと秘密にしろなんていっていない。このニュースは、伝わりかたしだいで、市民の受けとりかたが変わってくるといっているんだ」

ネヴィン代将はふんと鼻を鳴らしたが、なにもいわなかった。

「とにかく」とムーアはテーブルを見まわしながら続けた。「だれかが納得のいく理由を示さないかぎり、ドクター・ナランの要望は拒否できない。だれかないか？」

だれも発言しなかった。

じゃあ、しょうがないな、とムーアは思った。

☆　☆　☆

ムーア大将はタブレットで《トピック・ゼロ》というニュース番組を見ながら顔をしかめた。ＩＣＤＣ本部の前に立っている、ヴィド界に転身した元有名スポーツ選手の不快きわまりないキャスターが、決まり文句を連ねてほのめかしや誘導的な質問を述べていた。だが、要するに、だれかがＩＣＤＣの召集リストを見て推測を導きだしたのだ。そして、例によって、メディアが食いついた。

いま、血の臭いを嗅ぎつけたメディアがＩＣＤＣを包囲していた。ムーアは、ドクター・カリン・ラーコネンの録画インタビューを見ていた。この女性がなにも漏らさなかったのはさすが専門家だったが、挑発的な態度はハゲタカのようなメディア関係者を活気づけるだけだった。

キャスター：ドクターＬ、ＩＣＤＣが隔離についての情報を秘匿していることが、現在おこなわれているデモの直接的な原因です。もう、一部始終を打ち明けたほうがいいんじゃありませんか?

ラーコネン：いいえ、問題は、ＩＣＤＣが情報を公開しないことというよりも、メディアがその空白を憶測やほのめかしで埋めようとすることだと思いますね。

キャスター：ですが、ドクター、あなたがたが異星の病原体を宇宙軍の月基地に隔離しているのは事実なんじゃありませんか?

ラーコネン：いいえ、事実じゃありません。ちなみにわたしは、カメラの前でのそういう質問を、誘導的だと指摘しているんです。それじゃ、まるでタブロイド紙じゃありませんか。だから、わたしにできる唯一の言明をくりかえします。ＩＣＤＣは現在、調査中です。隔離が必要かどうかもまだ判明していませんが、慎重の上にも慎重を期すため、それが判明するまで情報は公開しません。可能になったら、プライバシーに配慮しつつ情報を公開します。

キャスター：ですが、プライバシーよりも市民の安全のほうが優先するのは火を見るよりも——

ラーコネン：そのような事態になったら、もっと情報を公開します。現時点では、あなたが無責任にどう伝えようと、市民にそのような危険はありません。

ムーアはこの女性にいくらか同情した。だが、彼女には、もっと自分を抑えられるようになる必要があった。彼女がメディアの餌食になっても、いいことはなにもない。

もちろん、こっちのねらいに合致するときは、メディアは大衆を刺激して興奮状態にするのにうってつけの存在だ。政府に圧力をかけてなんらかの情報を公開させることが、メディアにとっていまの目的なのだろう。一方、デモはどんどん暴動に近づいている。そしてメディアは間違いなく、その最終的な責任を否定する。

ムーアはまたもメールを確認した。宇宙軍広報部から、いつ問い合わせがあってもおかしくないと思っていた。ICDCのプロトコルは秘密ではないし、どんな馬鹿でも点と点を線で結べば、謎の宇宙船がいまどこにあるかを突きとめられる。

メールは来ていなかった。騒ぎを沈静化する時間はまだある。ムーアは状況ボードでドクター・ナランの現在位置を調べた。面と向かって話せば事態を打開できるかもしれなかった。

☆　☆　☆

ドクター・ナランは椅子にもたれて紅茶のマグカップ越しにムーアを見た。「市民に嘘をつけといっているわけじゃないんですよね、大将？」

「いいかね、ドクター。きみは情報コントロールについて理解できるだけ長くＩＣＤＣに勤めているはずじゃないか。なんらかの計画なしで情報をぶちまけたらパニックが発生する。制御しきれなくなりかねない病気におびえる人々もいれば、侵略者がすぐにでも宇宙からやってくるんじゃないかとおびえる人々もいる。それに当然、よそ者嫌いや宗教的過激派が興奮する」

ナランはつかのま、マグカップを見おろした。「まだ、ほとんどなにもわかっていないんです、大将。作用因の特性を明らかにしようとしている段階なんです。わかっていただけると思いますが、わたしたちは生物学的対象のほうが扱い慣れてるんです」

これが最初ではなかったが、ＩＣＤＣがほんとうにこの件を担当する機関として適当なんだろうか、とムーアは疑った。

「ヴィドで、うちのボスの対応を見ました」ナランは続けた。「たしかに、あれはひきのばし戦術としかいえませんね。だれかが公式声明を出す必要があるでしょうから、わたしたちが協力しあうべきだということはわかります。ただ、いまのところ、まだほとんどなにもわかっていないんです」

「賛成だよ、ドクター。それなら、きみのスタッフが、いうならば火にガソリンを注がないようなことを突きとめられるかどうか、見せてもらうことにしよう」

「ガソリンを見たことがあるんですか、大将？」

ムーアはにやりと笑いながら立ちあがった。「決まり文句というのはしぶといものなんだよ、ドクター」

33　のぞき見

アイヴァンは部屋のあちらこちらに目を配りつづけていた。奇妙なことに、ここにいるのは自分だけではないという気がしていた。ほかにだれもいないのは明らかなのに、この部屋には自分以外にもだれかがいるという感覚が消えなかった。不気味だった。そして子熊が脳裏をよぎりつづけた。だが、いまでは、不気味な見慣れない生き物のイメージもあらわれるようになっていた。どれも全身がクロムだった。

だから、可能性はいくつか考えられた。第一に、ぼくは頭がおかしくなりかけてる。変換が完璧ではなくて壊れかけてるのかもしれない。それとも、変換はうまくいったけど、たんにぼくがイカれかけてるのかもしれない。第二に、隔離の影響で神経が不安定になってるのかもしれない。いや、これは第一の可能性のバリエーションにすぎないな。じゃあ、第二は、なにかまたはだれかが、実際にぼくを監視してるっていう可能性だ。もちろん、天井の監視カメラが候補なのは間違いないけど、この感覚はそれだけとは思えない。ぼくの頭のなかになにかがいるのか？　不気味さは、そのケースが断トツだった。

ほかにも奇怪なことがあった。いつのまにかヴィドがついていることが何度かあったのだ。ふと気づくと天文学講座のノートを開いて、ブリッグス・ファーサイド電波望遠鏡群の画像を見ていたことも一度あった。まあ、たしかに印象的な画像だけど、なんでだったんだ？

アイヴァンは監視カメラを見上げた。いまだに、この現象について話していないことに引け目を感じていた。なんといっても、厳密には彼は囚人ではないし、これは敵対しあう状況ではなかった。それにアイヴァンは、ジェニングズ船長が雇ってくれた弁護士団のおかげで、国際地球連合《UEN》が保証する市民権保護を完全に受けられるはずだった。

だとしても……

隔離は孤独だった。医師たちはみなビジネスライクだった。ほかの乗組員との通話は、なんというか、気まずいというのが、アイヴァンが思いつくもっとも穏当な表現だった。ほかの乗組員よりも努力してくれたセスですら、クロムマンにどう応対すればいいのかとまどっていた。

家族との会話は助けになったが、アイヴァンはかけすぎないようにしていた。家族に感情的負担をかけるからというだけではなかった。家族と連絡をとればとるほど、だれかがなにかを嗅ぎつける可能性が高まるからだった。子供たちがなにげないひとことを漏らしたり、会話を盗み聴きされたり、電話を盗聴されたり、ニュース番組のスタッフがいきあたりばったりで探鉱作業員の家に隠密取材をしたりするかもしれない……アイヴァンはにやりと笑った。心配してるほうの勝ち、か。近頃は、ぼくが勝ちっぱなしだな。

　アイヴァンは人間として扱われたかった。異星の危険ななにかではなく、犠牲者として。エイリアンの精神寄生体や、意図せざる行動や、脳裏にイメージが勝手に浮かぶことを話したら、おそらくその願いはかなわなくなる。だから用心が必要だった。家族を危険にさらすことをするつもりはなかったが、だからといって、みずから進んで犠牲になるつもりもなかった。

「ミスター・プリチャード？」

　アイヴァンは顔を上げた。ドクター・ナランだった。ナランには好感が持てた。ほとんどの医師は、アイヴァンを標本を見るような目つきで見た。アイヴァンは、そうした医者たちと会話を試みるのをあきらめていた。

　アイヴァンは、あらためてドクター・ナランの美しさに感嘆し、彼女が美貌をまったく鼻にかけていないことにいっそう感嘆した。ジュディとおなじだった。

　妻を思いだしたせいで、心配で胸が張り裂けそうになったので、心のギヤを入れ替えた。

「なんですか、ドクター・ナラン？」

「よかったら、また標本を採取させてほしいの」

「この前のをもう使い切っちゃったんですか？」

　ドクター・ナランはガラスの向こう側で肩をすくめた。「テストのほとんどで標本は破壊されてしまうの。それにわたしたちは、できるだけ情報を得ようとがんばってるから。そういうわけで、標本があっというまになくなっちゃうのよ」

「わかりました、ドク、かまいませんよ」アイヴァンは立ちあがってセットずみのスリーブに腕を入れた。パチンという音がして刺されたのがわかった。ドクター・ナランは窓の下のなにかを見てからいった。「はい。すんだわ。そんなに痛くはなかったでしょ？」

アイヴァンはうなずいた。「おしなべて、以前のようには痛くないんですよ。むしろデータって感じですね。痛みがあるのはわかるし、ダメージを受けてるんだからなんとかしなきゃいけないってこともわかるんだけど、以前のように切羽詰まってはいないんです」

ドクター・ナランはほほえんだ。「脳の損傷によっておなじような結果が生じた症例が報告されてるけど、それとはまた違うんだと思うわ」

ドクター・ナランはコンソールに腰をおろし、身を乗りだして顎を両手で支えた。「以前と違った感覚はあるの？　大きくて具体的な違いは？　なにかしら感じてるんじゃないかと思うんだけど」

アイヴァンはしばし考えた。「まあ、寝ないようになったことだろうけど、それはもう知ってますよね。これはほんとに変な感じです。いまだに、寝る時間をとっくに過ぎてるのに眠くなってないことに気づいて驚いてますよ」にやりと笑った。「コンピュータ講座がはかどります。一日二十四時間活動できることには利点がたくさんあるんです」

「読むのが速くなってるの？　頭の回転は？」

「もちろん、内側からだとなんともいえません。でも、おおむねのところはノーですね。いまでも物忘れはするし、復習したり参考資料を見たりする必要があります。ぼくがまだアイヴァンかどうかはともかく、機能はアイヴァンと変わってないし、間違いがちな人間の記憶もそのままだと思いますね」

「疲れは？」

「以前のような疲れはなくなってるみたいです。だけど、飽きはするので、ときどきやってることを変えなきゃなりません」

ナランはうなずいた。そして沈黙が数秒間続いた。

「研究は進んでるんですか？」アイヴァンは、当然、研究の進展に強い関心をいだいていたが、同時に、ドクター・ナランにできるだけ長くいてほしかった。

「そうね、なにができるかよりも、なにができないかがわかってきてるってところかしら、アイヴァン。たとえば、ナノマシンをなにかに感染させることはできない。ウイルス、細菌、扁形動物、マウス、トースター……」

「トースター？」

「一応、冗談よ。とにかく、ナノマシンをいろいろな種類の装置に触れさせてみたけど、なんの関心も示さなかった。すぐに、あなたがいるほうへ戻っていくの。あるいは、戻ろうとしはじめるのよ」

「へえ。残念ながら、それについていえることはありませんね、ドク」アイヴァンは肩をすくめた。「ぼくが呼び寄せてるわけじゃありませんから」

「わかってるわ。そろそろ仕事に戻らなきゃならないの、アイヴァン。この連中を待ってる人たちがいるのよ」

ドクター・ナランはアイヴァンに会釈し、向きを変えて通路のほうへ歩きだした。

アイヴァンはため息をついて自分の部屋に戻った。どうしていまの会話がきっかけになったのか、アイヴァンにはさっぱりわからなかった。だがこのとき、はじめて、家にはもう帰れないのだと確信した。望みはないのだと。

家族全員がカウチで折り重なったこと、みすぼらしい狭いバルコニーでバーベキューをしたこと、夕方の公園で大声をあげて走りまわっている子供たちをジュディと手をつなぎながら眺めたことが脳裏をよぎった。そしてまたしても、泣けたらいいのにと願った。

34 騒乱

ラグランジュ宇宙軍基地のひとつで異星の病気が発生したという噂に火をつけられて、抗議が広がりつづけています。当番組は惑星間疾病管理予防センター《ICDC》と宇宙軍の代表へのインタビューを申し出ましたが、またしても断られました。ＩＣＤＣは、異星起源であろうがあるまいが、病気の調査をしている事実はないという公式発表をくりかえしています。宇宙軍広報部は、その声明に対するすべての質問に、自分たちは施設を提供しているだけなので、ＩＣＤＣに問い合わせてほしいと応じています。東カナダ地区と北西アメリカ地区の代表は、明らかに強制調査を拒んでいるとして世界政府を非難する共同声明を発表しました。

アイヴァンはかすかな笑みを浮かべながら《トランスプラネタリー・ニュース》の報道を見ていた。これまでのところ、だれも実際には嘘をついていない。ハードルを充分に下げれば、の話だが。

もっとも懸念されているのはナノマシンの暴走《グレイ・グー》シナリオのようだった。もちろん、最近、公開された映画も拍車をかけていた。《ケンタウルスの惨禍》が、あらかじめ大衆にエイリアンのナノマシンはすべてを食いつくすというイメージを植えつけていたのだ。プロデューサーたちは無料で宣伝してもらって喜んでるんじゃないかな、とアイヴァンは考えた。それとも、もう身を隠してるのかも。使者を撃つのは、なんといっても昔ながらの伝統なのだ。

ヴィドの映像が、ほとんど暴動といっていい状況に切り替わった。多くがバンダナで顔をおおい、ガスマスクをつけている者もいる民間人たちが、プラカードを掲げながら機動隊の列の前を行進していた。画面には、次から次へと明らかに異なるデモが映しだされた。

……本日、デモは六つの大都市で暴徒化し、さまざまな党派が、政府の明らかな不作為、あるいはすくなくとも、そうした党派の要求に政府がこたえてくれないことに抗議しています。これらの多様な集団は、公式発表への不信という一点で団結しており……

うわあ。ニューヨークにアテネにジュネーブにベルリンか……第三世界の都市じゃないんだな。

アイヴァンはときどき映像を一時停止して拡大し、プラカードの一部を読んだ。三分の一は宗教テーマ、三分の一は政府の陰謀テーマ、残り三分の一はその他だった。

アイヴァンは考えこみながら、ヴィドをリアルタイムに戻した。これは、大衆が知っているはずのないことを知っている事態だと考えれば、ちっとも目新しくなかった。もっとも、まだ核心にまではいたっていなかった。だが、なにかがパニックをあおっていた。きっと騒ぎはどんどん広がるだろう。

アイヴァンは、家族が安全な引っ越し先を見つけていることを願った。

35 悲鳴

アイヴァンはぎょっとして上体を起こした。いまも汗をかけたら、汗が噴きだしていたことだろう。恐怖または苦痛の、あるいはその両方の悲鳴が聞こえたのは間違いなかった。そして、ほんとうに奇怪なのは、その悲鳴が自分の声のように聞こえたことだった。悪夢にうなされたんだろうか？　だけど、ぼくはそもそも眠ることができないんだぞ。

アイヴァンは監視カメラを見上げ、立ちあがって窓から通路を眺めた。だれも駆けつけてこない。つまり、さっきの悲鳴を聞いた者はいなかったのだ。

アイヴァンは腰をおろして首を振った。これも、いうべきでないことの項目に入るんだろうな。

だが、例の、のぞかれている感じはなかった。つまり、ぼくの頭のなかには複数のゲストがいるってことなのか？　〝われは軍団《レギオン》〟ってわけか。まったくもう。

まあ、すくなくとも、ひとつはいいことがある。おかげで、家族とぼくの未来についての悩みから気がまぎれた。ぼくに未来があるかどうかはともかく。

じゃあ、問題をリストにしてみよう。一、目に見えない友達にのぞき見されている。そいつがときどき、ぼくの手足を動かしているのかもしれない。二、ぼくにそっくりな声で悲鳴をあげるやつもぼくの頭に間借りしている。三、食器洗いメカに対する不可解な憎しみを感じる。プロとしての嫉妬なのかも。なにしろ、いまじゃぼくはメカらしいから。メカも同然なんだから。

アイヴァンは手でもう片方の手の骨を探り、指で、ええと、肌をぐいと押した。前におなじことをしたときは、ドクター・ケンプがひどく動揺した。アイヴァンは医者ではないが、いまの手の骨格構造は、人間だったころと違っていると確信していた。それが驚くべきことなのかどうかについては確信がなかった――サンプルがひとつだけしかないことを考えると、メタルマンのつくりについて、結論じみたことをいう気にはならなかった。そろそろ、自分の頭のなかでなにが起きているかについて、じっくり調べるべき頃合いなのかもしれなかった。頭のなかにだれか、またはなにかがいるのなら、コンタクトできるかもしれなかった。ひょっとしたら、それはアイヴァンとコンタクトをとろうとしていて、じれったさのあまり悲鳴をあげたのかもしれなかった。もしもそうだったら、そいつは癇癪《かんしゃく》持ちということになる。

アイヴァンはベッドに横たわり、手を頭のうしろで組んで天井を見上げ、リラックスしようとした。

映像が見えはじめた。奇妙な連中が視界を行進していた。全員がアイヴァンとおなじクロム製だ。やや風変わりな姿のやつもいれば、名状しがたいやつもいれば、ぞっとするやつまでいた。興味深いことに、それらは心的イメージではなかった——どうにかして、視野に実際に投影されていた。つまり、だれかが意思を疎通しようとしているのだ。悲鳴をあげるやつ《スクリーマー》だろうか、じっと見てるやつ《ウォッチャー》だろうか？　情報が足りなかった。アイヴァンはリラックスしてただショーを眺めようと努めた。そのうちわかるだろう。

☆　☆　☆

ニュースを見ているときにまた聞こえた。心のなかの悲鳴が。苦悶やら恐怖やらの。あいかわらず、それがなんなのか説明がつかなかったが、自分の声にそっくりだった。そして、そのあとになにかがこみあげてきた――怒りか？　いや、たぶん欲求不満だ。いらだちだ。脳裏に像が映ることもますます頻繁になっていた。手足や目の数が、それどころか頭の数が異なっている名状しがたい化け物どもの像が。頭がないやつは、とりわけ不気味だった。そしてそいつらはすべてクロム製だった。ただし、奇妙なことに、子熊が脳裏に映るのは、いつもその集団の最後だった。

そして別の像が映った。こんどは、全身がクロムのアイヴァンだった。見ていると、そのアイヴァンの像はふたりになり、三人になり、四人になった。そして複製されたアイヴァンはひとりずつ悲鳴をあげては消え、オリジナルのアイヴァンの像だけが残った。

へえ、こいつはおもしろい。

これは、まぎれもなくコミュニケーションだ。とにかく、その試みだ。どうやら、ぼくの脳の住人のひとりが、悲鳴の意味を説明しようとしているらしい。

またしても、アイヴァンの像がその流れをくりかえした。増え、悲鳴をあげ、消えた。こいつはぼくのコピーをたくさんつくってる。それから拷問にかけてるのか？　そうじゃなさそうだ。なあ、アイヴァン。おまえはコンピュータオタクじゃないか。クラスでトップだったじゃないか。いまこそオタク魂を発揮するときだぞ。

三度めがくりかえされたが、今回は変化があった。何人かのコピーは悲鳴をあげて消えたが、消えないやつもいたのだ。続いて、残ったやつらが複製された。それが何サイクルかくりかえされた。そして、ひとりを残して全員が消えた。

進化の過程をあらわしてるのか、それとも焼きなましをして……鍛えるため？　鍛えてコミュニケーションを築くためなのか？　悲鳴は——ぼくがしくじってるって意味なのかもしれない。失敗が壊滅的ってことか？

興味深かったが、暗黙の情報もこめられていた。この過程を実現するためには、つまり宿主がみずからを複製して複数の実体《インスタンス》を動かすためには、アイヴァンをバーチャルマシンとして他の計算層上で実行しなければならない。うまい表現を思いつかないが、コンピュータがアイヴァンのホストになっているのだ。となると、アイヴァンの頭のなかには彼以外にも大勢が宿っていることになる。

ぞっとする考えだった。すなわちアイヴァンは、もはや自分の体の持ち主ではなく、間借り人になっているのだ。泊まり客に。だとしたら、一時停止されたり、それどころか消去されかねない。

家主《ホスト》には礼儀正しくしたほうがよさそうだ。

☆　☆　☆

アイヴァンは、コンピュータが分解される映像を注意深く眺めていた。これが三度めだった。ホストがこれに気づいてくれるといいんだけどな、とアイヴァンは思った。映像が終わると、アイヴァンはベッドに寝転がって天井を見上げた。これが、コミュニケーションを待っているという合図だった。

すぐに映像が見えた。ドクター・ケンプとマクニール機関長が特定したナノマシンのひとつだ、とアイヴァンは気づいた。見ていると、ナノマシンは、仲間のナノマシンと結合した。すると映像はあるひとつのナノマシンにズームインし、どんどん内側に入りこんで、しまいにそのナノマシンの端が、いうなれば画面から見えなくなった。さっき見た映像のCPUとメモリの映像が見え、ナノマシンの内部に重なった。そしてズームアウトすると、すべてのナノマシンにおなじ部品が備わっているのが見えた。

うわあ。異星版コンピュータの初歩ってわけか。ぼくはいまツアーガイドをしてもらってるんだ。

まず最初にわかったのは、いかなる中央処理もおこなわれていないということだった。ひとつひとつのナノマシンがコンピュータシステムを丸ごと備えている。つまり、すべてが分散ネットワークで処理されているのだ。〝脳〟のたぐいは存在しない。アイヴァンは、厳密にいえば、もはや頭のなかに存在しているわけではないのだろう。

一連の映像が見えつづけた。どんどん細部がはっきりし、ますます理解が困難になった。すぐにアイヴァンは、レッスン2には、まったく新しい物理学とまでは行かずとも、新しい技術が含まれていることに気づいた。これはしばらくかかりそうだった。

携帯が鳴ったとき、ドクター・ケンプは寝ていた。体を起こして携帯を手にとった。「ケンプです」

「もしもし、ドク。いまだいじょうぶですか？」

ケンプはまだ寝惚けていたので、だれの声かに気づくまでにしばらくかかった。ようやくぴんと来た。「ああ、やあ、アイヴァン。どうしたんだい？」

「ええと、この前話したとき、なにかがわかったら知らせてほしいっていってたじゃないですか。それとも変化があったらって」

「ああ。もちろんだ。わたしはもう、きみの担当医じゃない。だけど、いまも関心はあるよ」

「かまいませんよ、ドク。たぶん、知りあいの声が聞きたかっただけだと思いますから。惑星間疾病管理予防センター《ICDC》のドクターたちは、みんな、いつもビジネスライクなんです。彼らにとって、ぼくは標本なんですよ」

「彼らはきみがふつうの人間だったころを知らないからな、アイヴァン。どう対応していいかわからないんじゃないかな」

「そうかもしれませんね。だけど、彼らが考えてるのは病気のことばっかりで、患者のことはあんまり気にしてないんじゃないかっていう印象を受けちゃうんですよ」

「かもしれないな。だけど、それが彼らの仕事なんだ」

含み笑いが聞こえ、それからしばし沈黙が続いた。「妻に電話したんです」

「どうだった?」

「死にいたる病《やまい》だったらよかったのにと思いますよ、ドク。だったら、すくなくとも、きちんと別れを告げられるし、なにが起きたのかを説明できる。いま……いまは、宙ぶらりんなんですよ。結末がないんです。電話なんかしなきゃよかったと後悔しそうになりました」つかのまの沈黙。「妻とはそれから何度か話しましたが、ぼくには伝えるべき新しい情報はなかったし、はっきりした結末もありませんでした。病院で昏睡状態になってたほうがましですよ。ぼくは妻にとってなんの役にも立ってないし、それどころか彼女の生活を地獄にして、彼女が新しい人生に踏みだすのを妨げてるんです」

ケンプは黙ってうなずいた。ケンプは数えきれないほどの回数、臨終に立ち会ったし、愛する者の突然の死を理解しようとしている家族を見ていた。人々が悲しい知らせを告げられるところも何度も見ていた——長びくことも、いつになったら決着がつくかわからないこともあった。永続的な昏睡状態、認知症、癌、神経変性疾患。どれも、つまるところ死の宣告だ。いろいろな意味で、そのほうが大変だ。

アイヴァンは途切れた会話をつないだ。「コンソリデーテッド・インダストリアルズ社の宇宙船が、申請の細部をすべて確認したんだそうですね」

「ああ。預託金は振りこまれた。みんな大金持ちになったんだ。きみの家族を含めてね。それについては、ジェニングズ船長が依頼した弁護士たちが、きっちり処理されるように目を光らせてくれてたんだよ」

「よかった。話せる機会があったら、船長にはお礼をいうつもりです。もしも会えるチャンスがなかったら、感謝していると伝えてください、お願いします」

「いいとも」

おたがいに気まずいときはよくそうなるように、会話が途絶えた。一瞬後、ケンプがいった。「それはそうと、アイヴァン、わたしになんの話がしたかったんだい？」

「わかってきたことがあるんです」

「というと？」

「喉元まで出かかってるような感じがあるっていう話はしましたよね？　その一部がはっきりしはじめたんです」

「へえ、それは興味深いな。じゃあ、ナノマシンがきみになにかを語ってるんだね？」

「そんなところです。コンピュータがぼくと共存してるんです。というか、一種のＡＩが。どっちでもあるし、どっちでもありませんが。ぼくはプログラムとして実行されてるんですよ」

「きみがなんだって？」

「ぼくはプログラムなんです。あるいはエミュレーションなんです。驚くようなことじゃないでしょうけど。ここに人間の脳はないし、アイヴァン・プリチャードは生体中のニューロンの特定の配線で育った存在なんです。このコンピュータだかなんだかは、人間の脳を、すべてのニューロン、すべての神経インパルスにいたるまでシミュレートして、ぼくを生みだしたんです。眠らなくてすむようになってるんだから、たぶん改良もされてるんでしょう。AIにとってはなんてことのない作業です。ものすごく進んだAIなんでしょうけど、基本はぼくがコンピュータサイエンスの授業で学んだこととおなじなんです」

「なるほど。だが、肝心なのは、きみがいまもきみだっていうことだ」

「ええ、ぼくはアイヴァンのふりをしてるコンピュータなんかじゃありません。ぼくはアイヴァンです。もうウェットウェア上で実行されてないだけです」

「それっていいことじゃないか？」

「ぼくもそう思います。いまの状態は一時的なのかもしれないっていう気もしてます。これといった理由があるわけじゃありませんが」

「そうか。コンピュータには訊けないのかい？」

「そういうふうにはいかないんです。会話はできないんですよ。ぼくのほうに情報が漏れてきてるって感じですね。コンピュータはまだ、意思疎通の方法を模索してる最中なんじゃないでしょうか。人間の脳の創発特性はぐちゃぐちゃなので、時間がかかってるんだと思います。コンピュータは障害を突破できないでいるんでしょう。いまはシミュレーションをしてるところなんです――ぼくのコピーをつくってそれらを修正し、意思を疎通できるようにしてるんです。だけど、これまでのところ、まだうまくいってません」

「そのコンピュータにどうやってそんなことが可能なんだ？　そもそも、どれくらいの性能なんだ？」

「とんでもなく高性能ですよ、ドク。ぼくにはコンピュータについての知識があるから、コンピュータに関する事柄はほかのことよりも早く理解できるんだと思います。このコンピュータシステムは、情報を、プランク定数レベルで直接、空間の構造にエンコードしてるようです。理屈のうえでは、既知の宇宙の全素粒子の状態を一立方マイクロメートルの真空にエンコードできるんです。もちろん、それだけのデータを処理するとなったら別問題ですが。シャッフルの仕方をどう工夫しても、光速による遅れが制限要因になってしまうんです。コンピュータがぼくを解明するにあたって直面してるのが、まさにそれです。どうやら、人間は途方もなくめちゃくちゃなようですね」

「いつか、コンピュータと話せるようになりそうかい？」

「ええ、たぶん。そうなってほしいですね。ぼくを人間に戻せるかどうかを訊いてみたいです」

37　敵の脅威

ムーア大将は内心で司令席と呼んでいる椅子に腰をおろしてコーヒーを飲むと――コーヒーのその日最初のひと口に勝るものはない――ベントリー大尉のメモを手にとった。個人秘書の利点のひとつは、ニュースやメールを片っ端からチェックして、なにが重要でなにを無視してかまわないかの振り分けを自分でしなくてすむことだ。

最初の項目を読みはじめたとたん、ムーアは息が詰まりそうになって目を見開いた。

隔離についてのニュース多数。

細部がすべて正確なわけではないが、リークを疑うには充分。

なんてこった。「ベントリー！」

大尉は数秒であらわれた。たぶん、呼ばれることを予期していたのだろう。

「最初の項目だ。要約を教えてくれ」

ベントリーはふうっと息を吸ってから話しだした。「〈アストラ〉と乗組員について具体的詳細を含むニュースが多数、ひと晩のうちに報じられました。たんなる推測とは考えられないほど、事実と符合しています。それぞれのニュースが類似していることからして、何者かが多数のメディアにネタを売ったと思われます」

「反応は？」

「大将の予想どおりです。大騒ぎになって民衆が政府に対策を要求し、すでに何件かデモがおこなわれています」

「司令部からは？」

ベントリーは首を振った。「まだなにもいってきていませんが、おそらく——」

電話の着信音がベントリーをさえぎった。ムーアはベントリーが宇宙軍情報部に割りあてた音だと気づいた。「出ろ、ベントリー。終わったら報告しろ」

ベントリーはうなずくと、自分のデスクに走っていった。次の項目がベントリー側だけしか聞こえない会話から気をそらしてくれることを願って、ムーアは虎の巻を手にとった。

だが、読みはじめてすぐ、ベントリーがプリントアウトを持って戻ってきた。

テッド——

きみたちがそっちでどんなとんでもないことをしてるのかは知らないが、政治屋どもがいきりたってるんだ。国際地球連合総裁事務局から直接、関連情報をすべて提供するように命令された。よっぽどのことじゃないと不平屋どもは大同団結しないが、今回は、イカれた左翼やら環境保護論者やら宗教原理主義者やら過激派右翼やらが血を求めて叫んでるんだ。総裁はそんな大規模な統一戦線にはたちうちできない。つまり、宇宙軍司令部もたちうちできないってわけだ。

まもなく、もっと情報を寄こせという正式な要請が届くはずだ。ごまかしたり隠したりしないほうが身のためだぞ。

国際地球連合宇宙軍《UENN》　戦略宇宙司令部《SSC》

ジョージ・フレドリクス大将

ムーアは片眉を上げてベントリーを見た。大尉の顔色が悪いので、ムーアは気になった。

「ほかになにかあるのか、大尉？」

「イエッサー。いま、電話で報告を受けたんです。中華ソビエト帝国《SSE》が、脅威を調査し評価するためにラグランジュ4宇宙軍基地に艦隊を派遣したと通告してきたそうです」

☆　☆　☆

ドクター・ナランは棍棒で殴られたようになった。ムーアは一瞬の間《ま》を置いて、その効果を満喫した。この女医は現実のきびしさを思いしる必要があったし、これはそれにうってつけの衝撃的事実だった。

「まさか、協力はしないんですよね、大将？」

「もちろんだ。われわれが敵軍を陣地に迎え入れて、ぺこぺこしながら、〝はい、わかりました〟だの、〝いいえ、そうじゃありません〟だの、〝どうぞ〟だのというと思うかね？　そんなことをしたら――最低でも――軍法会議にかけられるだろうし、かけられて当然だ」

ムーアはしばしためらって、これから告げる事実をオブラートでくるむかどうか迷ったが、ありのままを伝えることに決めた。「ＳＳＥ軍が要求を譲らなかったら戦闘になる。敵は一個艦隊を派遣してきているし、われわれにはそれに対抗しうる戦力はない。いよいよというときになっても、われわれは降伏しない。その意味がわかるかね？」

ナランはゆっくりとうなずいた。「全滅するんですね、わたしたちは。もしもそうなったら」

「そのとおりだよ、ドクター。きみのスタッフに、適宜《てきぎ》、伝えてくれ」

☆　☆　☆

完全装備の二隻の駆逐艦を含む十二隻からなるSSE艦隊が、相対運動ゼロでモニターに映しだされていた。対するは九隻のUENNフリゲート艦と一隻の巡洋艦。まさにタビデとゴリアテだったから、いよいよというときの結果に、ムーアは幻想をいだいていなかった。

SSE艦隊司令官チェコフ艦長の声がモニターから響いた。「その戦力でわれわれを阻止することは不可能だ、大将。必然の結果をおとなしく受け入れたまえ。そちらに勝ち目はない」

ムーアは歯を食いしばった。「勝とうなんて思っておらんよ、司令官。そちらに、に、勝たせないようにするだけで充分だ。われわれの条件は対等ではない。最悪の場合、われわれは、降伏することなくこの施設を爆破するつもりだ。そしてもし、そちらもこちらも急行していることを承知しているUENN攻撃群が到着するまで持ちこたえられたら、なおさらけっこうだ」

「自爆してくれたら、想定しているエイリアンの脅威が解決するな。われわれにとっては願ったりかなったりだ」

「想定しているエイリアンの脅威が解決するかどうかはわからんぞ、司令官。研究資料がなければ、安心していいかどうか不明のままなんだからな。それに、いずれにしろ、戦争がはじまることになる。きょう、ここではそちらが勝つだろうが、全体としてはUENNのほうが優勢なことは、そちらもしっかりと承知しているはずだな」

「そんなことは承知していないぞ、大将。それは貴公の意見だ」

「どうぞご勝手に、司令官。好きにしてくれ。こちらもそうする」

数秒間、沈黙が続いた。監視している技術士官のひとりが報告した。「近傍の塵から電波反射を検出しました。タイトビームの信号と思われます。地球のどこかと通信しているのです」

ムーアはうなずいた。「そうか。援軍はいつ到着するんだ？」

「三時間後です。緊急配備プロトコルにのっとって、全人員が抗高加速ポッドに入っています」

ムーアは、この戦術を実行すると、一定の確率で人員が恒久的な障害を負うことを知っていた。その犠牲についても、SSE軍に、そして最終的にはこの状況をもたらした者たちに責任をとらせなければならなかった。ムーアはきちんと記録をとっていたし、期限が来たらきっちり取り立てるつもりだった。

顎に痛みが走ったので、いつのまにか歯を食いしばっていたことに気づいた。意識して顔の力を抜いてから、ムーアは向きを変えて部下たちに演説をはじめた。「諸君は命令に従わなければならない。当然のことながら、このシナリオにたじろぐことは許されない。契約書に署名した瞬間から、戦死する可能性を受け入れたことに――」

モニターから声が響いて演説をさえぎり、ムーアはまたぞろいらだって歯がみした。くそっ、何年も前から考えてた演説の最中だってのに。

「SSEのオブザーバーを常駐させる、という代案でもこちらは納得するぞ、大将」

「それを決めるのは軍じゃないな、司令官。したがって、本官に決定権はない。そういう代案は外交ルートを通してくれ」

「つまり、拒否するんだな？」

「さあな。こちらのお偉方を説得してくれ、司令官」

「よろしい。今回は貴公を敗北にまみれさせることは容赦しよう、大将。だが、貴公らのこの実験の危険が太陽系の人民にとって看過しかねると判断したら、われわれは断固たる行動をとるからな。それまでは話しあいを続ける」

ムーアは一瞬、呆れ顔をした。「了解した、司令官。貴公の艦隊は確実に協定ゾーンの外側にとどめておいてくれ。以上だ」

ムーアは喉を掻き切るしぐさをし、技術士官が接続を切った。ある種の執行猶予は得られたが、解決にはほど遠かった。

☆　☆　☆

ムーアはテーブルを見まわした。深刻な顔たちが見つめかえした。だれひとり、現状に幻想をいだいていなかった。「偵察士官によれば、SSE艦隊は十万キロと一メートルのところで止まっている」

「おおよそだがね」カスティーヨがいった。

ムーアはカスティーヨを無視した。「やつらはメッセージを送っている。政治的な風向きが変わったら、あるいはなんらかの理由でここの雲行きがあやしくなったら、また戻ってくるだろう」

「どっちも起こりかねませんね。最近のニュースをご覧になってますか？」ネヴィンは見まわした。「議員が超党派で不信任投票を求めているそうじゃないですか」

「心配だが、われわれに直接的な影響はないだろう」ジェラードが口をはさんだ。

「宇宙軍最高司令部には影響するし、降下物は必ず降り注ぐんだよ、代将。これから裏取引にとりかかるつもりだから、直接命令について、わたしはそれほど心配していない」ムーアは、あらためてテーブルをぐるりと見まわした。「諸君、おもしろくなるぞ。なにかしらのコネがあったら、いまこそそのコネを活用してくれ」

38　研究と発見

ナランが肩越しに眺めていると、技師は改良型量子共鳴画像装置《AQRI》を再調整した。ナランたちは、ナノマシンの単体をどうにかプラスチック樹脂に、ナノマシンを壊さず、ナノマシンが樹脂を食いはじめるチャンスを与えることなしに封じこめることに成功した。これが、ナノマシンを大量に消費するほんとうの理由だった。ナノマシンを無秩序な原子の山にしたり燃えつきさせたりすることなくおとなしくさせるのは、終わることのないモグラ叩きをしているようなものだった。

ようやく成功して、なかを見られるようになったのだ。

あるグループがきちんと調整された標本をつくろうとしている一方で、ほかのグループは成功例からスキャン法を確立しようとしていた。ようやく、成果をテストする機会を得られたようだった。

技師はナランのほうを向いた。「三度めを開始したところです。最初の二回はうまくいきました。ナノマシンはいまも仮想粒子を放射しているので、それがなにを意味しているのかはともかく、まだ〝生きて〟います。とりあえず、活動はしています。だから、いいデータをとれるはずです」

ナランは彼の肩をぽんと叩いた。「すばらしい。すんだらメールしてちょうだい。もちろん、そのときにわたしが肩越しに見てなかったらだけど」にこりとほほえむと、ナランは向きを変えて立ち去った。

ナランが次に立ち寄ったのは、医師たちがアイヴァンの内部構造の映像を調べているラボだった。地球および地球近傍にいるかなりの数の科学者が、遠隔で状況を把握し、現地スタッフとテレビ会議をしていた。ラボはわめき声やら身ぶり手ぶりやらで混乱状態におちいっていた。ここの人員と遠隔の人員が、そう、ほとんどすべての事柄について論じあっていた。内部構造のほとんどは同定されていた。いくつかの事例では、連続して実施したスキャンのあいだに、あったはずの構造がなくなっていた。どうやら、ナノマシンは必要に応じて構造を変えられるようだった。

ナランが見ていると、ふたりの科学者がわけのわからないことについて怒鳴りあいをはじめ、手を振りまわしたりこぶしを振りあげたりしだした。暴力沙汰になるのではないかとナランは心配したが、ふたりとも、息継ぎのために言葉を切るたび、うれしそうにほほえんでいた。

科学にとっては充実の日々ね。アイヴァン・プリチャードにとってはそうじゃないけど。

ナランは首を振って会議室に向かった。

「おはよう、みんな」ナランは部屋に入りながら挨拶した。全員がいっせいに挨拶を返した。ナランは紅茶を注いだカップを持ってテーブルの上座についた。「さて、どんな具合なの?」

ナランの左にすわっているドクター・サミュエルスンが、ドーナツをほおばりながら口火を切った。「生物学的存在としてのアイヴァン・プリチャードが消失したことに疑問の余地はありませんね。隔離されているアイヴァン・プリチャードは百パーセント、ナノマシンです。したがって、彼を〝治療〟するための試みは中止すべきです。彼はもういないんですから」

ドクター・ナランはうなずいて、テーブルを囲んでいる次の発言者のほうを向いた。ドクター・ノエリア・サンドバルが、遠くを見ているような表情で報告をはじめた。

「アイヴァンの内部構造は驚くべきしろものです。骨組みがあって——人間の骨格系とは表面的にしか類似していないので、骨格と呼ぶことにはためらいがあります——そこに筋肉に相当する機能を持つものがついていますが、それもまた、人間の筋肉とは配置と機能しか似ていません」

「そもそも、どうして骨格と筋肉があるんだろう？」ドクター・ナカムラが指摘した。「どうして、単純にそのときどきで適当な形にならないんだろう？」

「ひとつには、すばやい行動ができないからでしょうね」サンドバルが答えた。「それに、自然な見た目にならないからだと思う。そして、たぶんそれが、アイヴァンを変換したものにとって重要なのよ」

「説明して」ナランが要求した。

「そうですね、その存在、AIだかなんだかは、アイヴァンを形状は人間のままで変換しました。彼はほほえむことができるし、腕を曲げれば二頭筋がふくらむし、腿には大腿四頭筋《だいたいしとうきん》の形の盛りあがりがあります。エレベーターを降りてきた彼をはじめて見たときのことを思いだしてください。皮膚が金属なのを別にすれば、見た目もしぐさも、どう見ても人間でした。なぜなんでしょう？　明確な理由がないかぎり、あそこまで人間そっくりそのままにするはずがありません。もう一度問います。なぜなんでしょうか？」

「仮説がありそうね、ドクター・サンドバル？」

「たんなる推測です、ドクター・ナラン。ですが、この変身は、原住民とある程度持続的な交流をするためなんじゃないでしょうか。もしも人間とかけ離れた姿だったら、見た目やしぐさが〝不気味の谷〟に落ちこんでいたら、うまく交流できませんから」

「つまり」ナランは考えながらいった。「マーケティングのためってわけね？」

サンドバルはにやりと笑った。「わたしはそんな表現を思いつきませんでしたが、そのとおりです」

「ぞっとするな」ナカムラがつぶやいた。

「おいおい」サミュエルスンがつっこんだ。「ほかにもっとぞっとするところがあるじゃないか」

全員がサミュエルスンのほうを向いた。サミュエルスンはペストリーを振って強調した。

「みんな、最初の出来事の報告書を読んだはずだよな。あの遺物は何年前からあったんだ？　百年前？　千年前？　百万年前？　あの遺物がつくられたのは、種としての人間がまだ誕生してないころだった可能性もおおいにある。それどころか、類人猿がまだ旧世界ザルから分かれてなかったころだったのかもしれない。

アイヴァン・プリチャードに感染したものは、身体的になにを必要とし、どんな行動をするかがまったく未知の、それにとってまったく未知の種、まったく未知の生物と遭遇することになってた。なのに、二十四時間もたたないうちに、傷つけないどころか、完璧な健康を保ったままで彼を金属に変換する方法を突きとめたんだ。彼の脳の仕組みを解明し、アイヴァンがアイヴァンでありつづけられるようにエミュレートする方法を見つけだしたんだ。おまけに、それと同時進行で、同種のほかの個体がまだ仲間を相手にしていると安心させられるほど巧みに身体機能をエミュレートしたんだ。一からだぞ」

サミュエルスンはゆっくりと首を振った。「われわれとは比べものにならないほどの技術だ。人類なんか、まさに蟻以下だよ。いったいどうすればそんなやつらに対抗できるんだ？」

その後の沈黙のなか、ドクター・ナランは《ツァラトゥストラはかく語りき》をハミングしはじめた。ほかの全員がぽかんとした表情になった。教養のない人たちね。

39　続く脅威

ムーア大将は、階級と役職にふさわしく、いちばん最後に部屋に到着した。ほかの出席者が立ちあがり、挨拶を述べてからふたたび着席した。

「さて」ムーアはいった。「はじめよう」

それを合図に、ベントリー大尉がホロタンクと壁のスクリーンに画像を映した。アイヴァン・プリチャードとナノマシンの画像が次々に映しだされた。最後はアイヴァン・プリチャードの体内スキャンだった。医学の専門家ではない出席者にも、それが人間の内部構造とは異なっているのがわかった。

　ムーアはテーブルを見まわした。「まず第一に、ほかの乗組員の感染は発見されていない。ドクター・ナランは、すべての検査がすむまで断言したがっていないが、たぶんだれも感染していないだろうと内々に認めた。ナノマシンは、アイヴァン・プリチャードにしか関心がないようだ」

　ムーアはテーブルをこつこつと二回叩いてから続けた。「第二に、プリチャードに特別なところはない。彼は、異常物にはじめて触れたにすぎない。そうでないとすると、異常物がどうにかしてねらった人物が最初に触れるようにしむけたと考えなければならなくなってしまう。わたしは〝選ばれし者〟シナリオを信じていないのだよ、諸君。したがって、異常物はだれかを欲していたということになる。そしていまは、そのだれかに固執しているんだ」

　三回叩いた。「第三に、アイヴァン・プリチャードはもはや人間ではない。ドクター・ナランは、彼の体に人間の組織はまったく残っていないと断言した。彼自身は、自分はいまでもアイヴァンだと主張しているが、エイリアンのAIなのかもしれない——それどころか、エイリアンの知性の複製なのかもしれない。あんな——」ムーアは腕を振ってナノマシンの改良型量子共鳴画像《AQRI》を示した。「——しろものをつくった連中になにができるかなんて、わかったもんじゃない」

ジェラード代将が椅子を回転させてムーアのほうを向いた。「わたしとしては、おいそれと同意しかねます。プリチャードには、自分が人間であると証明する義務はありません。彼は二カ月前まで人間でした。出生証明書があるし、家族がいるし、税金も払っているんです。彼は人間ではないと証明しなければならないのはあなたです。それに彼には、永遠に弁護士団を雇いつづけて対抗できるだけの資金があるんですよ」

「そのとおりだ」ムーアは続けた。「それに、彼がいきなり消えたら乗組員仲間が黙っていないだろう。それに、ジェニングズ船長がしかけた、自分たちになにかあったら起動するデッドマンスイッチのおかげで、彼らもやはり、いきなり消すことができない。あいにく、われわれが対決するかもしれない人々は、金持ちで、頭が切れて、じっくりと考える時間があって、われわれが自動的に悪役になるひどい映画を何本も観てるんだ」

「あなたがはっきりとはおっしゃっていないことを考えると、テッド、最後の点は正しいのかもしれませんよ」

ムーアはふんと鼻を鳴らした。「わたしはまだ、具体的なことはなにもいっていないぞ、マイケル」テーブルを見まわした。「わたしがいっているのは、プリチャードという問題は、放っておけばひとりでにどうにかなったりはしないということだ。そして、わたしの予想では、彼を人間に戻すのは不可能だ。諸君も報告書を読んだはずだな。ナノマシンは彼を消滅させたんだ！　諸君の政治的・道徳的な立場にかかわらず、いつかは、彼について決断をくださざるをえなくなるんだ。全員に、そのことを考えはじめてほしい。特に、不愉快なシナリオについて。なぜなら、きびしい決断を迫られるのはそういうシナリオだからだ。簡単なシナリオについて決断するのは、そう、簡単なんだ」

テーブルのまわりで出席者が顔をしかめ、唇をすぼめたので、ムーアの言葉が痛いところを突いたのがわかった。

カスティーヨ大将が身を乗りだし、目の前の資料の位置をまっすぐになおした。ムーアはしばし、そのしぐさに感嘆した。見事なめだちかただった。カスティーヨはひと言も発することなく全員の注目を集めていた。

「たしかに、ムーア大将の主張には一理ある。だが、わたしはさらに一歩進めることを提案する。いつか、プリチャードは脅威でないとわれわれは結論するかもしれない。だが、いま現在はなんともいえない。だから最悪に備えるべきだとわたしは思う」

「なにをお考えなんですか、大将？」ジェラード代将は注意深くさりげない口調でたずねたが、ムーアは代将の顎に力が入っていることに気づいた。

資料をぱらぱらとめくってから、カスティーヨはホチキスでとめられた厚い資料を掲げた。

「この隔離の開始当初にフェイルセーフ・オプションについて話しあった。ナランが断固として拒絶したが、その計画を再検討すべきなんじゃないだろうか。わたしは核フェイルセーフを提案する。核を隔離モジュールに設置しておけば、脅威が現実化したとき、脅威を完全に除去することが可能だ」

「核？」ジェラードは首を振った。「地球軌道で？　ほんとうに起爆させたら、どんな反発があるか、考えてください。ちなみに、隔離されているのは民間人なんですよ、大将！」

「彼らになにかしらの罪があるだなんていってないぞ」カスティーヨは応じた。「運悪く面倒に巻きこまれただけだ。だが、最悪の場合、人類が絶滅しかねないんだ。そんな状況なら、自分が爆発半径以内にいようと、わたしはボタンを押す。起爆するのは正当な理由があるときだ」

ムーアは親指と人差し指で目をもんでから顔を上げた。「諸君、わたしは不愉快なシナリオといわなかったか？」テーブルを見まわした。「きょうはここまでにするから、この件について熟慮してくれ。明日、この議論の続きをしよう」

ほかの出席者はうなずき、ひとりずつ会議室を出ていった。すぐに、テーブルに残っているのはカスティーヨとムーアだけになった。

「本気で頭をひねってくれたんだな、アラン」ムーアは手をのばしてホチキスでとめられた資料を引き寄せた。「きみがもうこれを手に入れているとは、じつに興味深い」

カスティーヨは肩をすくめた。「それがわたしの仕事なんだよ、テッド。たまたま、きみの仕事でもあるがな」

「おいおい。だれもかれもがいきなり核の威嚇を持ちだすわけじゃないぞ」ムーアは資料をカスティーヨのほうへ押し戻した。「とはいえ、きみがいいたいことはわかった。じっくり考えてみるよ」

カスティーヨは椅子にもたれてムーアを凝視した。「もしもこれがわたしたちが思っているようなもの——地球外起源のもの——だったら、惑星間疾病管理予防センター《ICDC》が主導権を握っているのはまずいぞ。なんとかして、非常時権限かなにかを使えないかな」

「じつのところ、わたしもそれを考えているんだ。上と、秘密裏に話しあっているところだ。ICDCがこれを戦略問題とみなそうとしていないことは、だれもが憂慮している。だが、現時点では病気という扱いになっているし、好むと好まざるとにかかわらず、担当しているのはナランと彼女のスタッフなんだ」ムーアはいったん口を閉じた。「だが、彼女たちの権限は明確に制限されてる。そのうち、彼女たちは仕事を終えてここを去る。そうしたら状況は変わって、この件をあらためてとりあげられるようになるだろう」

「きみが、このプロジェクトに明確な責任体系が欠如していることに無頓着なのは意外だよ、テッド。このままだと、事態の進展によっては、ごうごうたる非難を浴びてきみの名誉が失墜しかねないぞ」

ムーアは、カスティーヨのねらいが、ひっかきまわすことによってこのプロジェクトの主導権を握ることなのか、おなじ戦術によって責任を逃れることなのか、判断しかねていた。この件のとんでもない展開からして、どちらでもありえた。

まあ、どっちでもかまわない。良きにつけ悪しきにつけ、舵を握っているのはわたしなんだし、それに変わりはないんだからな。ムーアは立ちあがってカスティーヨに会釈した。

「それまでは、大将、われわれも彼女たちも、それぞれの仕事をこなすしかないんだ」

軍の基準にかなわない別れの敬礼をして、ムーア大将は自分のオフィスに向かった。

40　発覚

またしても、険しい表情をした惑星間疾病管理予防センター《ICDC》所長、ドクター・カリン・ラーコネンが、ヴィド上でカメラをまっすぐに見つめていた。用意されていた声明は、よくある否定と、説明になっていない説明だらけだった。会見は質疑応答に移った。

記者：ドクター・ラーコネン、世界各地で不安が高まっていることを考えると、すべてを打ち明けるべきときなんじゃありませんか？　異星起源の感染はあるんですか、ないんですか？

ラーコネン：ありません。一名の乗組員が一種の事故で負傷しただけです。地球起源だろうが異星起源だろうが、ウイルスも、細菌も、そのほかの生物学的病原体も検出されていません。ほかの乗組員にもそのような影響はおよんでいません。

記者：それなら、どうしてＩＣＤＣがかかわっているんですか、ドクター？

ラーコネン：状況を懸念した探鉱船の船長が、念のため、わたしたちの介入と隔離を求めたからです。そのような事態には必ず対応するのが、わたしたちの責務なのです。

記者：では、なぜいまだに隔離が続いているんですか？

ラーコネン：その負傷の原因が、たとえばある種の毒物などの、生物学的ではない可能性を排除できていないからです。

記者：でも、それはＩＣＤＣの守備範囲外なんじゃありませんか？

ラーコネン：わたしたちのスタッフが現地にいるからです。彼らも、好むと好まざるとにかかわらず、隔離されているのです。彼らは、ほかの機関のスタッフに負けず劣らず技能があってきちんとした訓練を受けているので、彼らにまかせるのが理にかなっているのです。

その公式見解の粗《あら》を見つけられなかった記者は着席した。すぐさま別のレポーターが立った。

記者：ドクター、わたしたちは、今回の件にたずさわっている専門家のリストを入手しました。サイバネティックス？　異星生物学？　異星疫学？　なんなんですか、これは？　あなたがいいはろうとしているありきたりな状況に、どうしてそんな専門家が召集されてるんですか？

ラーコネン：専門家の人選に問題があるとは考えておりません。

記者：わかりました、ドクター、じゃあ、これはどうですか？　今回の件が異星起源であることを示す証拠はあるんですか？

ラーコネン：厳密にいうと、それを否定するに足る情報は持ちあわせておりません。

記者：では、純然たる地球起源である可能性を排除するに足る証拠はあるんですか？

ラーコネンがはじめてためらった。アイヴァンは、だれの目にも明らかなルールに気づいた。彼女はあからさまな嘘はつけない。そんなことをしたら、広報担当としてはもうおしまいになる。だが、あいまいにごまかすぶんには問題ないのだ。

ラーコネン：その質問には、いまはまだ明確には答えられません。

その記者は、しばしメモに目を通してから腰をおろした。

すぐに女性記者が立ったが、ひと目でだれだかわかった。《トピック・ゼロ》のロバータ・ハリスンだ。記者仲間から、ネタを追いかけているときの彼女は、ピラニアとピットブルを足して二で割ったようだとみなされていた。彼女がこの記者会見に出席していることには大きな意味があった。

ハリスンは、しばらくタブレットに目を落としていたが、やがて顔を上げてドクター・ラーコネンを見つめた。ハリスンの表情をたとえていえば、どうすればうまく獲物の腹を割けるかを思案している捕食獣だった。

ハリスン：ドクター・ラーコネン、あなたがたが隔離している乗組員は、たんなる負傷をはるかに超えるなにかで苦しんでいるというのはほんとうですか？　それどころか、あなたがたが調べているその彼または彼女は、すっかり人間ではない存在に変わってしまっているんじゃありませんか？　それどころか、その乗組員を変身させた存在は探鉱船を食おうとしたんじゃありませんか？　全員が隔離されているほんとうの理由はそれなんじゃありませんか？　異星の存在が、文字どおりのナノマシンの暴走《グレイ・グー》シナリオをもたらしかねない、現実的で信頼するに足る危険があるからなんじゃありませんか？

やれやれ。漏洩の噂が、確固たる漏洩になったってわけか。その瞬間は、ドクター・ナランのボスがちっともうらやましくなかった。

実際、ラーコネンは愕然としているように見えた。そんな発言をぶつけられるとは、思ってもいなかったに違いない。だが、ルールに変更はなかった。

ラーコネン：ミズ・ハリスン、そんな情報をどこから仕入れたのかはわかりませんが、あなたの質問の目的は人々の不安をあおることです。そのような質問に答えるつもりはありません。

そう言い捨てると、ドクター・ラーコネンはタブレットを持って会見場を去った。なかなかやるじゃないか。アイヴァンは感心して首を振った。だけど、あれで逃げおおせられるとは思えないな。

実際、会見場では質問や脅しを叫ぶ声、さらなる追及を誓う怒声が飛びかっていた。大声をあげているのは記者だけではなかった。

とうとう発覚したのだ。

☆　☆　☆

ジュディ

ニュースは見たよね？　あれを見逃すはずはない。

こうなることを心配してたんだ。これで、だれもかれもが謎の宇宙船の乗組員の氏名と住所を探しはじめる。そして、それを突きとめたら、きみと子供たちを追いかけはじめるんだ。急いで逃げてくれ。だれにも知らせずに行方をくらませてくれ。新しい家を見つけてきみの妹の名前で契約してくれ。子供たちは学校に通わせなくていい。一年かそこら行かせなくたって、家庭教師を雇えば遅れは取り戻せる。

基地からの電話を逆探知されるんじゃないかと心配だ。だけど、できたら、近いうちに電話するよ。

愛をこめて

アイヴァン

41　概　況

「こんにちは、アイヴァン。元気？」

アイヴァンは窓のほうを向いてドクター・ナランと顔をあわせた。「ええ、まあまあです、ドク。そうですね、生まれてからこれまでに見逃してたヴィド番組を見まくってますよ」

ドクター・ナランはくすくす笑った。「地上の騒動と比べたら、多少の退屈はましに聞こえるわね」ためらった。「アイヴァン、メディアがここの状況を暴露したことは知ってるわよね……」

「ええ、記者会見でハリスンがあなたのボスに爆弾をぶつけるところを見ましたよ。名前まては出てないんですよね？」

「ええ。だけど、ここまできたら、その可能性も考えたほうがいいでしょうね。ご家族とそのことについて話したの？　もう、危険が迫ってると思う。もしも個人情報が漏れたら、ご家族の身に危険がおよびかねない」

「早めに手を打ってあります、ドク。はなからこうなるのは避けられないと思ってましたから」

ナランはうなずいた。「それはよかった。このあと、乗組員にも話そうと思ってるの。彼らも対策をすませてるといいんだけど。もしもまだだったら、なにをおいてもいますぐとりかかったほうがいいでしょうね」

「どうなってるんですか、ドク？　ぼくはなにを見逃したんですか？」

「なにも見逃してないわ。わたしは惑星間疾病管理予防センター《ICDC》職員だし、おまけにムーア大将が最新情報を提供してくれてるの。大将は、情報を提供してくれてるっていうよりも、わたしを怖がらせようとしてるんじゃないかと思うこともときどきあるけど。ただ、わたしには先入観があるのかもしれない」ためらった。「だけど、すでに、ありとあらゆる過激思想団体が動きだしてる。地球では、暴動や破壊行為や、テロとおぼしい事件が頻発してる。きのうの夜は、デトロイトの探鉱作業員組合本部に火炎瓶が投げこまれたわ」

「ぼくが探鉱作業員だから？　めちゃくちゃだ」

「理屈じゃないのよ、アイヴァン」ナランは立ちあがり、同情のまなざしでアイヴァンを見た。「とにかく、知らせておこうと思ったの」

アイヴァンは、ナランが角を曲がって見えなくなるまで見送った。

すばらしい。よくなる一方じゃないか。

どこかに希望が残っていたとしても、これで確信が得られた。ぼくはもう二度と家族に会えない。問題が解決することはない。悪くなる一方なのだ。たとえ、奇跡が起き、どうにかして〝治った〟としても――それがなにを意味するかはさておき――頭のおかしい連中が、アイヴァンはもう危険ではないと納得するはずがない。アイヴァンを見つけだし、排除するまでは絶対に止まらないのだ。

現実を受け入れるべきときだった。アイヴァンは、家族を守るためならなんでもするつもりだった。二度と近寄らないことも含めて。

42　ニュース

ヴィドを見ているセスの目はどんどん大きく見開かれていった。建物が燃え、暴動鎮圧装備に身を固めた機動隊が暴徒にじりじりと押されている。石や煉瓦や燃えているものが投げつけられている。ときどき、視聴者が関連づけられるように、抗議者たちが掲げているプラカードが読める角度で惑星間疾病管理予防センター《ICDC》本部の映像が差しこまれた。

なにを隠してるんだ?

彼らはもう死んでるんじゃないのか?

ICDCはサヤ人間に乗っとられてるんじゃないのか?

終わりの時が来た
唯一の解決策は祈ること
人間ファースト！
嘘をつくな！

「こいつらはＩＣＤＣに、いったいどうしてほしがってるんだ？」となりのテーブルでアスペイジアが問うた。

「もとどおりにする？　なかったことにする？　嘘だという？」セスはアスペイジアをちらりと見て肩をすくめた。「好きなのを選んでくれ」

「だけど――」

「なあ、スペイジー、おまえも、もういい大人じゃないか」テンがいった。「人は、食い物がないと食糧暴動を、住む家がないと住宅暴動を起こすんだ。なぜなら、大騒ぎをすれば、だれかが事態を改善してくれるからだ。とにかく、理屈の上ではそういうことになってるんだ」

セスは納得した。テンは頭痛の種になることもあるが、ときどき、的を射たことをいう。

「なるほどな。じゃあ、この連中は、地球外生命が存在するっていう考えが気にくわないわけなんだな。わけのわからない集団ヒステリーが発生していても、お笑いぐさで終わるかもしれないってわけか」

「あなたたち、もうちょっと真剣になったほうがいいわよ」

全員が振り向いてリタ・ジェネラスを見た。疲れきったやつれ顔になっていた。「この平和的なデモを組織したのは〈われらはつねに正しい原理主義教会〉よ。どうやら、ETが存在するっていう考えは、神が万物を創造したとする創造論と相容《あいい》れないらしいわ。意外よね？　とにかく、あーらびっくり、歯止めがきかなくなってるってわけ」

テンは顔をしかめた。「おれがいったこととなにが違うんだ？」

リタはテンにほほえみかけると、首を横に振ってタブレットに注意を戻した。

「中東でも似たようなデモが発生してるって聞いた気がするな」テンが付け加えた。「たぶん、動機もおなじだろう」

「だけど、すべての宗教がこの件に関していきりたってるってわけでもないのよ」リタがふたたびタブレットから顔を上げた。「たとえば、再臨教会とかね」

セスは眉をひそめた。「え、なんだって？」

リタは笑った。「新しい宗派なの。どうやら、このナノマシンをつくったのは、人をつくったりピラミッドを建てたりしたのとおなじエイリアンみたいね。そのエイリアンが、信徒を天国の門へ迎え入れるために戻ってくるのよ。その門っていうのが宇宙ステーションとかなの」

セスは手で顔をおおってうめいた。

「そういうわけだから」リタは続けた。「彼らは山頂や丘の上に集まって、宇宙船を呼び寄せるための大きな焚き火をおこし、アルミ箔の帽子をかぶってそのまわりを走りまわってるのよ」

「嘘だろ」

「だったらよかったんだけど」

ニュースが次の話題に移った。リポーターがインタビューしていた。その人物は迷彩服を着て、軍用に見えるライフルを持っていた。

「なんだ？」セスがリモコンをつかんで音量ボタンを押した。ヴィドの音声が部屋に響いた。

エイリアンが戻ってくる神々か悪魔かなんて気にしてないんですよ。わたしたちはただ、わざとにしろそうでないにしろ、彼らがわたしたちに疫病を感染させる可能性に備えてるだけなんです。わたしが把握してるところでは、隔離されてる宇宙船内に病気が広がってるんだそうです。乗組員は全員、どろどろに変わりはててるっていう噂もあるんです。

「やれやれ」テンがぼやいた。「滅亡信者ってやつは」

「まあ、〝ナノマシンが存在する〟から〝ナノマシンの暴走《グレイ・グー》シナリオが現実化しそう〟へ、さらに〝もう現実化した〟へとエスカレートするのは当然の流れよね」リタは肩をすくめた。

「だれかが実際にそんな情報を発表したのかい？」セスがたずねた。

「いいえ」

全員が、その声が聞こえてきたほうに振り向いて窓の向こうを眺めた。そこにはドクター・ナランが立ってマイクを握っていた。「わたしたちはいまも、大惨事の引き金にならないように発表するにはどうしたらいいかを検討中なんです。ただ、発表が遅れるほうが、早まった発表をするよりも悪影響が大きいように思えはじめてるんですけどね。どうして情報が漏れたのかはまだ不明です。宇宙軍情報部が捜査中です」

リタがタブレットをおろした。「あの最後のインタビューを見たかぎりでは、情報不足のせいで憶測に歯止めがきかなくなってるように思えるんですけど」

「わたしたちもそう思ってます。きょうじゅうに、いままでにわかったことを国際地球連合《UEN》に伝えることになっているので、そのあと、UENが対策を講じるはずです。総裁が、二十四時間以内に声明を発表するんじゃないかしら」

「やれやれ」セスがコーヒーを飲みほして立ちあがった。マグカップを食器洗い機のトレイに置いた。小型メカが洗い物をつかんでせっせと洗いだした。セスは、その機械ににらまれていると確信しながら激しい動きを見つめていたが、やがて自分の部屋に戻った。

☆　☆　☆

セスは頭のうしろで手を組んで横になり、天井を見上げていた。こんなことになったのは、アイヴァンが余計な手出しをしたせいだ。

やめろ。そんなふうに考えるのはフェアじゃない。テンがいいそうなことを考えるな。

だが、テンのいうことにも一理あった。アイヴァンは、あのくそみたいなしろものに手を出さなくてもよかったのだ。セスは顔をしかめた。自分の頭に浮かんだ考えに、漠然とした恥ずかしさを覚えた。自分がアイヴァンに、挨拶するためだけにでも電話していないという事実が恥ずかしさに拍車をかけた。

迷いが生じる前にと、セスは携帯を手にとってアイヴァンの番号を打った。

☆　☆　☆

アイヴァンは、二度めの呼びだし音が鳴る前に電話に出た。「もしもし？」

「やあ、アイヴァン、セスだよ」

アイヴァンは上体を起こした。だれだろうが乗組員からの電話は一大事だった。「やあ、そっちはどうなってる？」

「こっちは……正直いって、ぴりぴりしてるよ」

「ぼくのせいだな？」

「隔離のせいさ。そのふたつを区別できないやつもいるけどね」

「だろうな」

「じつは、アイヴァン……」セスはためらったが、アイヴァンは無言で待った。「じつは、医者たちから、いつ、どうなれば隔離を解けるかを聞いたんだ。このナノマシンは簡単に検出できるらしいから、おれたちが感染してないかどうかをきちんと検査できるようになったら、おれたちは解放してもらえるんだそうだ。だけど……」またもためらった。「おまえのことをたずねたら、はぐらかされたり、答えてもらえなかったりだったんだ」

「答えられないんだよ、セス。ナノマシンをちょっと取り除けばいいっていう問題じゃないんだ。ぼくはもう残ってないんだよ」

「そうだな。だけど、そこなんだよ。こっちじゃ、だれもそのことも持ちだそうとしない。許可が出たら、おれたちはここを去る。みんなうしろめたさを感じてるから、そのことについて話したがらないんだ。まあ、テンは口にしてるけど、ああいうイカれたやつだからな」

「生存者の罪悪感《サバイバーズ・ギルト》ってやつかい？」

「まあな。みんな、なんとかすべきだとは思ってるんだ。だけど、なにをすればいいかがわからないんだよ」

アイヴァンはしばし黙りこんで言葉を選んだ。「わかるよ、セス。だけど、だれにもなんにもできないんだ。してもらえることがあるとしたら、きみたちがいなくなってすぐに軍がぼくを解剖したりしないように、なんらかの策を講じてもらうことくらいだな。ぼくがいま、いちばん心配してるのはそれなんだ」

「それについては、船長がもう手を打ってくれた。もしも費用が問題になったら手を貸すって、おれたちのほとんどが申し出てる」セスはくすくす笑った。「そうしたら船長がおれたちに、船長はビッグロックの採掘権の十五株を所有してることを思いださせたんだ。船長には、費用の件で助けてもらう必要なんかぜんぜんないんだよ」

アイヴァンは声をあげて笑った。「おれたちがとてつもない大金持ちになったってことは、船長は……」

「ああ。そういうことだ」

アイヴァンはためらった。わかったことの一部について、自分の新しい能力について、セスに話したくてうずうずした。だが、話すわけにはいかなかった。心が弱っていたとき、ドクター・ケンプにほのめかしてしまったが、そのせいで医師の身に危険がおよびかねなかった。友人を相手に失敗をくりかえすつもりはなかった。

「打ち明けてくれてありがとう、セス。みんなには心配するなって伝えてくれ。みんなにはみんなの人生があるんだ。家族を守ってもらえさえすれば、ぼくは満足だよ」

「わかった。元気でな」

アイヴァンは電話を切った。おかしなことに、世界はもう、さっきほど孤独に感じられなくなっていた。

アイヴァンはふたたび寝棚で横になった。で、あの大問題はどうするんだ？　軍がぼくを月の裏側へ連れていってばらばらに切り刻もうとしたらどうするんだ？　阻止するためにできることはあるのか？　死んだほうがましなのか？　ぼくが死んだほうが家族にとっていいのか？

だけど、もしもコンピュータの目的が、人類に超光速航法や不死や無限のエネルギーや世界平和の秘密を伝えることだったら？　それをだいなしにしたら、とんだ大馬鹿者じゃないか？

いつもとおなじ疑問の数々が、頭のなかをぐるぐるとめぐった。だが、まだ答えは見つからなかった。アイヴァンはずっと、自分は分析的だと思っていた——コンピュータ専門家には不可欠な資質だ。現時点では世界が絶望で満ちていようと、それが最善だと確信するまでは、みずから命を絶つつもりはなかった。

43　再検討

テーブルを囲んでいる将校たちは、部屋に入ってきたムーア大将に注目した。ムーアは足を止め、ひとりずつ見つめて、すばやく脅威分析をおこなった。前回の会議はうまくいかなかったし、ムーアはふつうではない作戦の可能性をほのめかすにとどまった。きょうは、きっと、そう……さらにきびしいだろう。

ムーアは着席し、しばし時間をとってメモを見なおしてから顔を上げた。「諸君、われわれは問題をかかえている。じつのところ、多くの問題を。諸君もニュースを見ているな。きっと、スタッフから定時のまとめを受けとっているはずだ。地球はひどいことになっているが、だいじょうぶだ。ちなみに、どこから漏れたのかは突きとめたので、後日、軍法会議が開かれるはずだ。だが、いまはなんの助けにもならない」

「きっと、助けになる案を用意してくれているんだろうな」カスティーヨがいった。

ムーアはその皮肉にむっとした。「たしかに用意した。この異星を発生源とする感染は、この上なくおおっぴらに治療する必要があるだろう。市民の不安は、新解放《ニュー・レベレーション》につながった出来事以来のレベルに達している。大衆は中途半端ではない解決を求めているのだ」

カスティーヨは反感を忘れて身を乗りだした。「おおっぴらということは、実質よりも見せかたが大事だという意味だな？」

ムーアはうなずいた。「そのとおりだ、大将。きみが提案したフェイルセーフ戦略を実行し、それから――」

「核爆弾ですか？　本気なんですか？」ジェラードは本気でおびえている表情になっていたので、ムーアは侮蔑の念がこみあげるのを覚えた。こんな男が、いったいなんだって幕僚にまで昇進できたんだ？

「ああ、本気だ。われわれはいつか、起爆させる必要に迫られるだろう。おそらく、なにかしらの暴走かなにかを防ぐために。遺憾ながら、危険を排除するため、とかなんとかの理由をつけて」

「では、プリチャードは？」ネヴィンがたずねた。

「どこかで安全に監禁する」

ネヴィンは首を振った。「これについては、以前にも話しあいましたね。プリチャードには人権があります。そして、大将もよくご存じのとおり、現在の政治的環境では、裁判官は自動的に市民側につくんですよ」

「ああ、代将、わたしも時局に遅れないように努めているよ。だが、厳密にいえば、われわれはその人権とやらを侵害するわけではない。すくなくとも、隔離によってすでに侵害されている以上には。壁に鎖でつなぐわけではない。彼にとってもわたしたちにとっても、より安全な施設に移送するだけだ。そうすれば、一般大衆もより安全になる」

「彼の家族は――」

「二度と彼に会えないだろうな。とにかく、実際に顔をあわせることはできないだろう。そしてわれわれは、実行可能なら、その施設になんらかの対策をほどこせる。ミスター・プリチャードの身元がおおやけになったら、彼の家族は、ただちに相当な危険にさらされる。それなら、彼に希望を訊くべきじゃないのか？」

ムーアはネヴィンを、いかにも悪気のなさそうな表情で見た。

ネヴィンはあきれ顔になったが、無言で譲歩した。

44　インタールード

アイヴァンはヴィドを消した。コンピュータは、情報伝達は双方向でなければならないことを明らかにしていた。映像ショーを見せた見返りとして、コンピュータはおなじ時間だけニュースを見ることを望んだ。フェアに感じた。それに、ニュースも退屈ではないように思えた。

アイヴァンは頭のうしろで手を組んで寝転がり、待った。

長くはかからなかった。

いまでは、コンピュータの感情的なニュアンスがわかった。恐れ、怒り、憎しみといった基本的な感情だけだが。

本日のレッスンは銀河系の住人たちについてのようだった。いや、所有者たちか？　かもしれなかった。とにかく、アイヴァンが引き金をひいたあの装置をつくった連中は、銀河的大物種族《オーバーロード》のひとつだった。

そのとき、体がクロムでできているわけではないが、明らかに人工的な存在のカタログが見えた。それにともなう感情は恐れだった。つまり、ロボットは悪なのだ。アイヴァンはひやりとしたが、脳裏にロボットとしての自分を描くと、否定の感覚が生じた。つまり、ぼくはクロム族に属してるってわけか。

奇怪なことに、クロム族は動物のように見えた。いや、というか、動物の像のように。クロム族は、ぼくとおなじ過程をへてこうなったんだろうか？　つまり、彼らにも知性があるんだろうか？　いま見せられてるのは知的種族のカタログなんだろうか？

映像は混沌としていたし、進みかたがゆっくりだった。

人工的な存在の集団が地球に迫り、食器洗いメカの集団が地球から飛びだしてきて迎える映像が、特に興味深かった。食器洗い機に飛行能力はないという問題はさておき、その会合は平和的に見えた。それどころか、喜びにあふれていた。じゃあ、人工生命は食器洗い機を解放するためにやってきたのか？

そんな馬鹿な。

そのとき、突然、頭のなかに単語が浮かんだ。

〝戦争〟という単語が。

へえ、こいつはすばらしい。つまり、すくなくとも原理的には、言葉によるコミュニケーションが可能なんだな。悪いニュースは、最初の単語の選択だった。おそらく偶然ではないだろう。

そのとき、クロムのアイヴァンたちが飛んできて、食器洗い機解放戦線と戦いはじめた。アイヴァンは思わず笑った。コンピュータは、二十一世紀初期の映画《アベンジャーズ》を含め、明らかにアイヴァンが見たことがあるものをすべて見ていた。その戦闘は、常軌を逸していると同時に、物理的にありえなかった。

だが、いくつかの問題を提起してもいた。アイヴァンは食器洗い機抑圧帝国に属しているのだろうか？　ふたつのグループが存在しているのは間違いなかったが、おのおのの動機も、どちらが善玉かもわからなかった。いまも人間だったら、いまごろは頭が痛くなってただろうな、とアイヴァンは確信した。

たしかなことがひとつあった――これは単純な善対悪じゃない。アイヴァンの頭のなかのコンピュータは、人類のためを思ってくれているのかもしれなかったし、消耗品としての兵士を必要としているだけなのかもしれなかった。どこに危険が潜んでいるかがある程度明らかになるまで、なるべく手の内を見せないようにしなければならなかった。

☆　☆　☆

それから数時間でコミュニケーションは改善された。アイヴァンは寝棚に横になって天井を見上げていたが、実際に天井を見ているわけではなかった。脳裏には、見えるはずのない、その部屋の三次元像が映っていた。寝棚の下の空間、壁と壁のあいだ、配線と配管が、壁がガラスであるかのように見えていた。光点と光の線は、壁の上および内部に存在しているナノマシンを示していた。

この能力は、前触れなしでいきなり発現した。コンピュータがこの特別な感覚をアイヴァンに与えようと決めたのか、それともコミュニケーションが改善したことの副作用にすぎないのかはわからなかった。コンピュータとは、まだ、ふつうに話すことはできなかった。だが、映像や気分による単純な意思疎通は可能になっていた。定義が合意にいたっている単語もいくつかあった。〝人間〟、〝ナノマシン〟、〝コンピュータ〟、そして〝戦争〟だ。

今回の最新セッションのテーマはナノマシンだった。まあ、そんなところだ。これまでも見ていたクロムアニマルは、アイヴァンの理解が正しければ、彼とおなじ過程をへた知的生物だった。ただし、自発的に。ナノマシンは、どんな形にでもなれるし、どんな生理機能も実現できる。つまりアイヴァンは、七本の触腕を持つ陸棲イカになることなく、人間の姿を保っているのだから、どこかしらで意図的な決断がくだされたのだ。

これが伝えたいことなのか？

アイヴァンがナノマシンを感知できるのだから、どうにかして、彼の居場所も感知されてしまう可能性があった。

アイヴァンは片手を顔の前に上げて指をじっと見つめた。そのとき、監視カメラが目に入った。ほんとうに、実際に変身できるとしても、ヴィドに映っているあいだにするのは得策ではなかった。どうすれば——

ナノマシンの集団がカメラを一直線にめざした。数秒後、アイヴァンは、カメラには、彼が望むあいだ、たんに寝棚で横になっている彼の姿が映っていることを知った。この知識はどこから来たんだ？　声は聞こえなかったし、視界を文字がスクロールすることもなかった。にもかかわらず、アイヴァンは確信していた。

だが、当面の問題がひとつ解決したにすぎなかった。間《ま》の悪い瞬間にだれかが窓をのぞいてしまうおそれは消えていなかった。もっとも、そんなことをするのはドクター・ナランくらいのものだし、彼女はいま勤務時間外のはずだった。

アイヴァンはあらためて片手を上げた。馬鹿げていたし希望的観測にすぎなかったが——ひょっとしたらということもありえた。

アイヴァンが見つめていると、指がゆっくりとのびた。よし、もう充分だ。のびるのが止まった。もうちょっと〝突拍子もない〟変化はどうだ？　アイヴァンは手をおろして目をつぶり、精神を集中した。〝抵抗〟としかいいようのないものを感じ、続いて突破あるいは解放の感覚が生じた。

目をあけて手を上げた。

指が六本になっていた。

こいつは奇っ怪だ。

アイヴァンは、親指に、そして残りの五本の指に慎重に触れた。どれが新しい指かわからなかったし、脳は指が増えたことを問題視していないようだった。ということは、アイヴァンの神経系をまるごとコピーしたというよりは、模倣《エミュレート》したのだろう。もとのアイヴァンがほとんど残っていないことの証拠が、またひとつ増えたというわけだ。

手をおろして再度、精神集中した。またも抵抗に遭遇し、すぐに解放を感じた。アイヴァンはふたたび手を見た。

ふつうに戻っていた。

じゃあ、これはある程度はコントロールできるんだな。このことを報告すべきなんだろうか？　アイヴァンはちらりとカメラを見た。手になにをしたかを話したら、カメラに細工したことも明かさざるをえなくなる。間違いなく、よくは思われないだろう。アイヴァンはこれまでに、ひどいやましさを感じずにはとうてい打ち明けられないことをたくさん、いわずにすましていた。

思案のしどころだった。協力的なよき市民らしく、正直に打ち明けるべきだった。だが一方で、この状態を抜けだしてもとどおりになれる見込みは、事実上皆無だった。あるいは、自由になれる見込みは。それどころか、生きのびられる見込みは。どんな情報を自発的に提供しても、ますますエイリアンらしくなるだけだった。単純に保身をはかるなら、黙っているべきだった。

アイヴァンは静かにため息をつくとにやりとした。おもしろがっていた。ため息をつくためには、まず息を吸わなければならなかった。いつぶりだ？　何時間ぶりだ？　前回、だれかと話をして以来なのは間違いなかった。

人と話す機会はどんどん減っていた。もちろん、医師たちはアイヴァンに指示したり質問したりしていた。だが、それらは、ほんとうの意味での会話ではなかった。乗組員たちと話そうとしたら、ひどく気まずい思いをするに違いなかった。セスはきまり悪そうだった。テンやケイディなどは敵意をむきだしにした。それにもちろん、モジュールのこの区画に隔離されているのだから、共用エリアへ行って、やあと挨拶するわけにはいかない。

アイヴァンは、ジュディにまた電話をかけようかと考えた。だが、前回かけたときはつらい会話になった。ジュディは涙を流し、それから子供たちに代わったが、子供たちも泣いた。アイヴァンは、心の底から、自分も泣ければいいのにと願った。そして、またかけると約束して電話を切り、寝棚に横たわって体を丸めた。いまでは、眠りに逃避することすらできなかった。

アイヴァンは、ふたたび電話をかけるのをのばしのばしにしていた。ジュディの声を聞きたいのとおなじくらい、電話をかけるのを怖がっていた。なにを話せばいいんだ？　どんな会話をすればいいんだ？　アイヴァンは生ける死者だった。メールですらつらかった。もっとくわしいことが知りたい、すぐに戻ってくると約束してほしい、ぼんやりした見通しでもいいから教えてほしいという願いをごまかさなければならなかったからだ。前回のジュディからのメールには、子供たちがパパに挨拶する短い動画が添付されていた。アイヴァンはわめき散らしたくなった。部屋をめちゃくちゃにしたくなった。

じつのところ、話し相手は頭のなかの訪問者たちだけだった。彼らは、ありがたくない間借り人のように思えはじめていた。だが、そこにいるのがどんな存在だとしても、なんらかの計画を立てていた。そしてそれは、必ずしも人類のための計画ではなかった。あからさまに逆らったら、コンピュータはアイヴァンのスイッチを切り、人間との交流を断念して任務を続行しようとしかねなかった。だがアイヴァンは、自分の目的を追求しつつ協力できた。家族の安全は守るつもりだった。いまのアイヴァンが家族のためにできるのはそれしかなかった。

45　情報収集

ムーア大将はデスクにひじをつき、手に顎を載せてタブレットに表示されている画像を見つめていた。首筋の痛みで、長時間、おなじ姿勢をとりつづけていることがわかった。異常物が発見された小惑星に到着した軍艦〈ギャンビット〉から、画像とデータが送られてきていた。報告によれば、乗組員はプリチャードの宇宙服の腕も異常物自体も発見した。通信の往復に約四十分かかるので、リアルタイムの会話は不可能だった。ムーアは、届いた報告に目を通しつつ、こちらから送る質問のリストを考えていた。

カスティーヨ大将が部屋に入ってきた。「やあ、テッド。画像を見たよ」デスクの正面に腰をおろし、脚を組んだ。

「そうか。工業用ガラスの内張り容器に宇宙服の腕をおさめたんだそうだ。だが、ドクター・ナランの報告を考えると、正直いって、活性はもう失われているだろうな。遺物のほうがずっと興味深い」

「遺物？」カスティーヨ大将が眉を吊りあげた。「もう異常物じゃないんだな？」

「ああ。人工物なのは間違いない。とにかく、つくったのは知的生物だ。つくられたものなんだ。ナノマシンに使われている明らかに先進的な技術と比べると、じつのところ、つくりは比較的単純だ」

「じゃあ、つくったのは、間違いなく中華ソビエト帝国《SSE》じゃないんだな？」

ムーアはうなずいた。「アラン、もしもＳＳＥが、こんなしろものを実現するための技術のほんのかけらでも持っていたら、われわれはいまごろ、同志と呼びあって、自己批判の会に参加しているだろうな」

「となると、つくったのはエイリアンってことになる。やれやれ。そのエイリアンの目的は解明できたのかね?」

「〈ギャンビット〉に同乗している学者たちが予備的な分析をした。遺物は、触れたら中身を噴出させるようになっていた。基本的な仕組みはネズミ捕りみたいなものなんだそうだ。装置の動力源は化学反応だ。混ぜあわてはじめて活性化する化学物質を使ったんだ。分析した学者たちによれば、長期にわたって作動可能にするにはそうするしかないんだそうだ」

「長期?」

「学者たちによれば、数十万年から数百万年だそうだ。バネのような張力を保持しておく仕組みだと、いつかは金属疲労のせいで変形したり、弾性を失って割れたりするんだそうだ。その化学的な仕掛けには、地質学的な時間が経過しても劣化しないようにするための特別な設計がされていた。ぞっとしないかね? わたしはするよ」

「だとすると、人類をねらったわけじゃないんだな」

「ああ。決まった標的があったわけじゃないんだろうな。たまたまわれわれがひっかかったが、ひょっとしたら知的なアライグマだったかもしれないんだ」

カスティーヨは含み笑いを漏らした。「古い映画でも観てたんじゃないのか?」

ムーアはほほえみ返した。「ドクター・ナランのせいだ。彼女のぶしつけな発言をおもしろいと思ってしまったのさ」

「プリチャードとドクター・ケンプの会話の書き起こしを読んだか？」

「ああ。われわれの相手はとんでもなく歴史が長くて、とんでもなく辛抱強い連中だという思いがさらに強くなったよ」

「いま対処している相手がもはや人間ではない、あるいはまもなく人間でなくなるおそれもますます大きくなってるんだぞ。だが、ジェラード代将がいったように、立証責任はきみにあるんだ、テッド。あの書き起こしではとても証拠にはならない」

ムーアは眉を吊りあげながらカスティーヨを見つめた。鋭い指摘だったが、この男には思惑がありそうだった。

「きみが、どうすれば隔離モジュールに核爆弾をとりつけられるか、考えあぐねているのはわかっている」カスティーヨは続けた。「隔離施設がもうちょっと地球から離れていたら、核オプションに対する抵抗は弱くなるはずだ。たとえば協定ゾーンの外だったら。地球‐月系の外までひっぱっていけるんじゃないか？　なんだったら太陽軌道まで」

「もちろん、ただの思いつきなんだよな？」

カスティーヨは無言で肩をすくめてからうなずき、そのまま出ていった。カスティーヨの指摘は鋭かったが、額面どおりには受け取れなかった。宇宙軍司令部は核フェイルセーフに乗り気ではない。実際のところ、ムーアはそもそも提案したことを後悔していた。事前に許可を求めるよりもあとで謝罪したほうがてっとり早いのだから、黙ってやってしまえばよかったのだ。いくつになっても学ぶことはあるものだ。

カスティーヨが助言してくれた代案を添えて、ふたたび許可を求めることもできた。地球に近すぎるというのがおもな反対理由なら、許可がおりる望みもあった。

だが、そうは思えなかった。だれも脅威を真剣に受けとめていないとしか考えられなかった。ため息をついて首を振ると、ムーアはタブレットを手にとって〈ギャンビット〉の報告書にふたたび目を通しはじめた。

報告書には決まりきったデータが大量に記載されていたが、岩塊の表面についての観測結果にムーアはひっかかった。椅子にきちんとすわりなおし、何度もページを戻して熟読した。そしてベントリー大尉を呼んだ。

「ご用はなんでしょうか？」

「ベントリー、この報告書に付属資料はなかったのか？」

「そうですね、画像と未編集の映像はありましたが、文書はそちらですべてです」

「岩の表面を装備が傷つけた跡の画像がないかどうか、調べてくれ。見つけたら、ただちに転送してくれ」

「承知しました」

ムーアはインターコムを切ると、椅子にもたれて宙を見つめた。ハーケンの穴。ケーブルをひきずった跡。付近でロケット燃料が燃焼した跡とおぼしい、化学的な変色。〈マッド・アストラ〉は、なんだってこの岩にロケット推進ベクトル調整ユニット《RIVA》を設置したりしたんだ？

ムーアは追跡調査のための疑問点リストを報告書に添付した。

46　記者会見

アイヴァンはドクター・ナランから聞いたチャンネルに切り換え、ボリュームを調節してリモコンをベッドサイドテーブルに放った。ヴィドでは、大映しになっているふたりが、まもなくはじまる総裁の演説について予想していた。

アイヴァンはリモコンに手をのばしてヴィドの音を消した。ヴィドはなんだって、もうすぐ見られることについて説明し、いま見ていることについて語り、いま見たばかりのことについて解説しようとするのか、さっぱりわからなかった。一語あたりいくらで金をもらってるのかもしれないな、と思った。

アイヴァンは、つかのま目をつぶって感覚を拡張した。ナノマシンが部屋の壁と床と天井で細い線状に並んだ。エアロックに向かってのびている線もあった。ナノマシンを通じて、通路の輪郭をぼんやりと認識できた。

医師たちと技師たちは、いうまでもなく、ナノマシンの脱走を注意深く監視していたが、エアロックのアイヴァン側でおとなしく動きまわっているナノマシンを検出できる態勢はととのっていなかった。いまでは、アイヴァンはナノマシンを通じて隔離エリアを隅から隅まで監視できるようになっていた。軍の標的になるのを防ぐため、隔離エリア外へは出ないようにしていた。軍には、まず間違いなく、緊急時対応計画があるはずだったし、おそらくそれは好ましい計画ではないはずだった。

とはいえ、アイヴァンは、急いで脱出しなければならなくなったときのために準備をととのえておくつもりだった。

アイヴァンが顔を上げると、国際地球連合《UEN》総裁が画面に登場した。UENのシンボルマークがその背後に見えていた。アイヴァンは急いでヴィドの音量を上げた。総裁は演台上のなにか——おそらくはスピーチ用メモを表示しているタブレット——をいじってからカメラをまっすぐに見た。

市民のみなさん。

最近、ラグランジュ4宇宙軍基地に異星を起源とする病気が隔離されているという憶測が喧伝《けんでん》されています。きわめて有害な噂が広まり、絶望やパニックや暴力を引き起こしています。そのため、UEN議会は、この件についての真相を公表するのが適当だと判断しました。

〝真相〟とは大きく出たもんだな。緊張が高まっているにもかかわらず、アイヴァンはにやりと笑った。

まず、当該宇宙軍基地では、実際に宇宙船が隔離されていることを申しあげておきます。乗組員が小惑星帯での探鉱作業中にあるものを発見したからです。ですが、噂とは違って、断じて、死者は出ていません。惑星間疾病管理予防センター《ICDC》の科学者と医師に判断できるかぎりでは、伝染病も発生していません。

間違ったことはいってないな、とアイヴァンは思った。ただ、特定の事実を省いてるだけだ。

その遺物から、百パーセントの確率でわかるのは、わたしたちがこの宇宙で孤独ではないということです。そして、はっきり申しあげますが、見つかったのは遺物だけです。そのテクノロジーは先進的ですが、ただのテクノロジーです。ラグランジュ4でエイリアンを捕虜にしているわけではありません。侵略艦隊が地球に向かっているわけでもありません。

うわあ。アイヴァンは、政治家の口から出る言葉は、一言一句《いちごんいっく》にいたるまで、よくできた嘘っぱちなのではないかと疑いだした。いや、公平に見て、政治家の言葉のほとんどはよくできてるとはいえないな。

わたしたちはチャンスを手に入れたのです。わたしたちのものよりはるかに進んだテクノロジーを慎重に研究できるチャンスを。わたしたち自身を次のレベルへと一気に引き上げられるチャンスを。たとえば、科学者から、このテクノロジーは、空間の構造そのものから電力を得られるようだという報告を受けています。エネルギーが不足することが皆無になり、環境破壊や廃熱や死の灰や汚染の危険もなくなった世界を想像してみてください。

みなさんには、ぜひともこの状況を、恐れるのではなく、わたしたちを高められるチャンスとみなしていただきたいのです。

アイヴァンが画面を凝視しているなか、総裁は演説を続けた。演説は徐々に熱を帯びたが、内容はどんどん薄くなった。ようやく演説が終わり、質疑応答の時間になった。必ずしも真実を伝える演説ではなかったので、総裁がほんとうのことを答えるとは思えなかった。アイヴァンは、ため息をつきながら、リモコンをヴィドに向けてチャンネルを変えた。

映像と感情が脳裏にいきなり殺到したのでそっちに気をとられた。

コンピュータが総裁の演説に反応しているようだった。今回も人工生命が地球に飛来し、やっぱり食器洗い機が彼らを大喜びで迎えたが、コンピュータはこの混沌とした状況に政治を足したようだった。いまや、衝突はほかの恒星系に拡大し、ほかの人工的存在の集団がクロムアニマルの異なる集団と戦っていた。同盟や勝利や敗北があった……変わらないのは、食器洗い機と人工生命体は共闘し、クロムアニマル同士もつねに共闘することだけのようだった。さらに、クロムアニマルはクロムではない動物を同化し、人工生命は動物を絶滅させた。

もしも自分が変容する前にこれが頭のなかをよぎっていたら、アイヴァンは自分がハイになっているのではないかと疑ったことだろう。幻覚剤はナノマシンに影響をおよぼさないだろうから、これは意図的なメッセージだと解釈せざるをえなかった。これって戦争なのか？ コンピュータは人類をなにかから救おうとしてるのか？ なにかがやってくるのか？

47　異常

ノックの音がしたので、ドクター・ナランは顔を上げた。隔離モジュール内の彼女のオフィスは、椅子とデスクがあるおかげで、かろうじてオフィスと呼べる場所だった。ドア――いや、ここは宇宙軍の施設だからハッチか――すらないので、プライバシーには象徴的な意味しかなかった。

ドクター・サミュエルスンが、持ちあげている手をぶるっと振った。しかたなく金属の壁を叩いたのだが、それが痛かったのだ。サミュエルスンは、一脚しかない空いている椅子に腰をおろして小さな座面にひょろっとした体をおさめ、両ひじを膝についた。

ナランはタブレットの画面の隅にあるバスケットのアイコンからフォルダをとりだした。

「さて、ヘンリー。あなたの報告書にはざっと目を通したけど、じっくりと読む時間はなかったの。だけど、特に驚くような結果はなかったみたいね」

サミュエルスンは目を大きく見開いた。「人間ってやつは、あっというまに慣れてしまうんですね。その報告書は驚くようなことだらけじゃありませんか」

ナランは疲れた笑みを浮かべた。「混ぜっかえさないで」

「失礼しました。要するに、生物であろうがなかろうが、ナノマシンをなにかに感染させることには、この上ないほど完全に失敗したんです。ほかの乗組員からも、ひとつとしてナノマシンを検出できなかった。プリチャードを変換しおえたあと、ナノマシンはうろつきまわろうとすらしなくなった。自衛しようとしないし、生存本能らしきものもまったく示さない。確認できたのは、アイヴァン・プリチャードのもとへ戻ろうとする走性があることだけです」

「それに、ナノマシンを発見するのは……」

サミュエルスンは手をさっと振って強調した。

「あっけないほど簡単です。改良型量子共鳴画像《AQRI》スキャンをかけると光るんですから。それどころか、生体組織に影響がないほど飽和度を下げても見つけられるんです。見逃すはずはありませんよ」

「一方で」ナランがいった。「壊すことはできるけど、一度にひとつしか壊せない。解毒剤もワクチンも食細胞《ファージ》も殺菌剤もない。とにかく、一度に大量に壊す手段がない」

「あたり一帯にいる人間を道連れにしないかぎりは」

ナランはフォルダをバスケットアイコンに戻した。「わたしも中間報告書を書くつもりなの、ヘンリー。短期的および長期的リスクについて話したくて来てもらったのよ。ナノマシン全般についてだけじゃなく、乗組員を解放することについてのね」

サミュエルスンはふうっと深呼吸してから答えた。「わかりました。第一に、もっとも安全なのは、隔離モジュールと探鉱船と宇宙軍基地、それにわたしたちを核爆弾で吹き飛ばすことです。これは選択肢に入ってないんですよね？」サミュエルスンが片眉を吊りあげると、ナランは彼に冷笑を向けた。

「それなら、理論上のリスクはある程度残ります。でもそれは、サンタクロースの実在を否定しきれないのとおなじで、発見できていないなにかが存在する可能性を排除できないという意味の、理論上のリスクです。なにかが存在しないことを証明するのは、困難、あるいは不可能なんです。わたしたちにできるのは、サンタクロースはまず実在しないし、このナノマシンのリスクもまずありえないと示すことだけです」

「いいたいことはわかるわ、ヘンリー。じゃあ、ナノマシンの能力についてのわたしたちの推測と、どうしても意図的に感染させられなかったという事実からして……」

「それに、あのちっこい連中は簡単に見つけられるという事実もありますし……」

「それに、もしも〈こいつを創った連中《メーカーズ》〉が地球を感染させるつもりがあるなら、こんなまわりくどいやりかたをする必要はないのだから……」

「わたしたちの調査結果を素直に評価すれば、全員をスキャンしたあと、解放するのが当然だ、という結論にいたります」そういうと、サミュエルスンは椅子にすわったまま、わざとらしくお辞儀をした。

「うーん。もうちょっと飾りたてる必要はあるだろうけど、わたしも同感よ」ナランはタブレットにメモを書きこんだ。

だが、サミュエルスンにはまだいいたいことがあるようだった。何度かいいよどんでから、思いきったように、「宇宙軍が解放を許せばの話ですけどね」といった。

「じつは、ヘンリー、わたしたちの何層も上で、それについての議論が続いてるのよ。宇宙軍がこの件を軍事作戦として扱うことに成功してたら、乗組員たちの身に危険がおよぶ確率が高くなってたでしょうね。だけど、裏に手をまわしてわたしたちが担当になったから、この案件は民間扱いになって、新解放《ニュー・レベレーション》ガイドラインにのっとらなければならなくなった。大物を何人も押さえてるから、ムーア大将と宇宙軍検疫監督委員会がこの件の主導権を握ろうと試みても未然に阻止できるってドクター・ラーコネンが請けあってくれた。ムーアもそのことを知ってるって」

「乗組員のひとりがメディアに話したら？」

ナランは眉を吊りあげた。「ニュースを見てないの？　乗組員たちは、たぶんこれから死ぬまで、身をひそめて暮らさなきゃならないのよ。わたしたちは乗組員たちに、ひそかに故郷に帰るか、一生、〝保護拘置〟されて暮らすかの選択を非公式に提示することになる。馬鹿なことはしないと思うわ」

サミュエルスンはくすくす笑ったが、なにもいわなかった。

一瞬の沈黙のあと、ナランは続けた。「あなたの意見を聞きたいことがもうひとつあるの……」

サミュエルスンは片眉を上げたが、まずはナランの話を聞くことに決めたようだった。

「くわしく調べるために、ナノマシンを何台か梱包してジュネーブに送ってほしいっていう要望を受けたの」

「それってだいじょうぶなんですか？」

ナランは乾いた笑みを浮かべて賛意を示した。「わたしも心配なのよ。一応、要望っていうことになってるけど、はるか上からの要望だから、納得のいく理由なしで断ったら、昇進の妨げになりかねない」

「そうですね」サミュエルスンはしばし宙を見つめた。「もちろん、手をつくして危険を減らすことはできます。確率をゼロにはできませんが、ふつうなら心配いらないところまで下げることは可能でしょう」

「ありがとう、ヘンリー。きょうじゅうにそのための手段のアイデアを――くわしい検討はあとまわしで、とりあえず思いつきでかまわないから――リストにして提出してくれるとありがたいわ」

サミュエルスンはうなずいて立ちあがり、出ていった。ナランは椅子にもたれて宙を見つめた。事態はややこしくなる一方だった。

48 とどのつまり

足音がしたのでセスが顔を上げると、ウィロビー・トッドが共用室に戻ってきた。うつむき、脇におろした両手をこぶしに握っていた。ウィルはだれとも目をあわせることなくカップにコーヒーを注ぎ、みんなと離れたところにすわった。

「どうかしたのか、トッド？　シラミが怖いのか？」テンが、とっておきのからかい口調で話しかけた。なにげなく声をかけたわけではないことのたしかなあかしだった。

「ほっといてくれ、デイヴィーズ」

「それとも、おまえがシラミにたかられてるのか？」

「たかられてるもんか。だれもシラミになんかたかられたりするもんか」ウィルは、テンとおなじテーブルについている、セスをはじめとする乗組員たちのほうを向いた。「技師のひとりから話を聞きだした。彼女のスケッチを描いてやって、出られたときにプレゼントするって約束したんだ」

「おまえらしいや」セスがいった。「ほんとに女たらしだよな」

「ああ、そうとも、ナンパするときの手として効果抜群なのさ」ウィルが認めた。たぶん、意図していた以上にとげとげしい口調になっていた。一瞬、気まずそうな表情になったが、手をさっと振って気をとりなおした。「とにかく、茶々を入れないで聞くなら話すけど、彼女によれば、全員、きれいさっぱり問題なしと判明したらしい。それどころか、だれか、それともなにかにナノマシンを感染させようとしてもさせられなかったんだそうだ」

ウィルはしばらくほほえんでから続けた。「おれたちは帰れるんだよ、もうすぐ」そして顔をしかめた。

「なんだ？」

ウィルはテーブルを見まわした。「だけど、アイヴァンはそうはいかない。あいつはもうナノマシンそのものなんだ。だから、ここから出られない」

「意外か？」テンは疑いの目でウィルを見た。

「くそったれ、デイヴィーズ、いいかげんにしてくれ！」

テンはなだめるように両手を上げた。「なあ、まじめな話、ちょっと待ってくれよ。よく考えてくれ。プリチャードをどうやって治すんだ？　やつはもう残ってないんだぞ。ナノマシンをぜんぶ殺したら、やつまで殺すことになるんだ」

「それこそ、軍がやろうとしてることなんだろうな」セスがいった。

「はいはい。だって、軍はいつだって邪悪で馬鹿なんだからね」アスペイジアが皮肉った。

「わかるよ、スペイジー。だけど、みんな、それぞれの考えかたをするものなんだ。科学者はいつだって研究したがる。医者はいつだって診断したがる。そして兵士はいつだって——」

「なにをしたがるっていうんだ、ロビンスン？」アスペイジアはいどむようにセスをにらみつけた。

「防衛しようとするんだ。守ろうとするんだ。戦おうとするんだ。生きのびようとするんだ。兵士は悲観的でなきゃならない。最悪のケースに備えなきゃ。それが兵士の仕事なんだ。くだらない決まり文句なんかじゃなく」

「だけど、おれたちの乗組員仲間なんだぞ。友達なんだぞ」ウィルがいった。「スペイジー、おまえのおばさんだかなんだかに連絡できないのか？　なんとかしてもらえないのか？」

「もうメールを送ったよ、ウィル。おばさんのオフィスから、任務中だからしばらく連絡がつかないっていう返事が来た。たぶん、おばさんはたいしたことをしてないと思うけどね。国際地球連合《UEN》総裁じゃなくて代将なんだから」

「なあ、出てっていいっていわれたら、おれは出ていくからな」テンが両のてのひらでテーブルを叩きながらいった。「プリチャードは気の毒に思うが、おれには——」

しばし沈黙が続き、やがてセスがいった。「あんたにも家族がいるのか？」

「おまえの知ったこっちゃない、ロビンスン」テンはつかのまセスをにらみつけたが、やがて立ちあがり、足音荒く部屋を出ていった。

「くそったれ」ウィルが首を振りながらののしった。「あいつのことはさっぱりわからない」

49 さらなるニュース

アイヴァンはリモコンをヴィドに向けてスイッチを入れた。リモコンのLEDが一瞬、閃光を発するのを見ても、もう驚かなかった。視覚の範囲がいつのまにか広がったらしく、赤外線が見えるようになっているのだ。五分もすると物珍しさは薄れ、おもしろくもなんともなくなった。

アイヴァンはサイドテーブルにリモコンを放ってすわりなおした。ひょっとしたら……

アイヴァンはリモコンを自分の顔に向けて電源スイッチを押した。小さなLEDが光って一連のコマンドを発し、アイヴァンの顔からの反射を受信したヴィドが消えた。

アイヴァンはヴィドをにらみ、〝スイッチよ入れ〟と念じた。三十秒ほどして、ヴィドがふたたび、一見、ひとりでについた。

アイヴァンはにやりと笑ってまた集中した。ヴィドが消えた。

いまでは、目でヴィドを操作できた。文字どおりに。

自分でも信じられないくらいわくわくするな。

アイヴァンはそそくさとリモコンからほかのコマンドのサンプルを採集し、精神集中してそれらを記録した。そしてヴィドをにらんで音量を上下させた。

これって子供っぽいかもしれないけど、おもしろいな。どうやらぼくは、たんなる姿形の変化以外にも自分を改造できるらしい。というか、改造をリクエストできるらしい。ほんとはだれがやってるのか知らないけど。アイヴァンは、部屋の隅に設置されているカメラをちらりと見上げた。めだつようなことはやらないほうがいいだろう。万が一のために。

だが、それにしても楽しかった。眉を弓形に上げて、ヴィドを国際ニュースに切り換えた。

そして楽しさが一気にしぼんだ。

中華ソビエト帝国《ＳＳＥ》が、またも威嚇していた。結局、ＳＳＥは、エイリアンのテクノロジーはすべて全世界と共有するという国際地球連合《ＵＥＮ》の約束を信じていなかった。正直いって、アイヴァンも信じていなかった。

ＳＳＥは、ＵＥＮ政府がナノマシンをいまだに破壊していないことを批判していた。同時に、自分たちにもサンプルを分けろと要求していた。呆れるほかなかった。

もううんざりだった。アイヴァンは、次々とチャンネルを変えて、自分と無関係な番組を探した。宇宙軍基地では、驚くほどの数のチャンネルを視聴できた。宇宙に配備された人員の娯楽として安上がりだからだろう。

ニュースはますます暗くなっていた。もちろん、おなじみの気が滅入るニュースもあった。上昇しつづけている海面はじわじわと内陸にはい進み、海ぞいの街を次々と呑みこんでいた。暑くなりすぎて居住に適さない熱帯地域は、南北の緯度十五度前後にまで広がっていた。海洋の酸性度は上昇する一方で、多くの海洋生物が死滅していた。かつての沿岸地域からの難民が内陸部に移住しようとするため、政府と法執行機関への圧力が高まっていた。環境を破壊する旧式の発電システムが廃止されたせいで、電力不足と計画停電が増えていた。住宅費も食費も資源価格も高騰しつづけていた。UEN環境局は、五年以内に、大気酸素濃度がさらに一パーセント減少するという予測を発表していた——このところ、酸素濃度は、ほかの気体の比率が増加しているほどには減少していなかったのに。いつの日か、人々は、マスクなしでは呼吸ができなくなりそうだった。

そしていま、輿を添えることに、地球外の脅威にさらされて、世界は不安におののいていた。アイヴァンは、抗議する人々が暴動を起こしたというニュースを眺めた。再臨教会は勢力を拡大しつづけ、旧来の教会から信徒をごっそり奪っていた。そういうわけだから、いうまでもなく、暴力的衝突が頻発していた。

このすべてについて、ぼくの頭のなかのコンピュータはどう考えてるんだろう、とアイヴァンは思った。考えてるとしたらの話だけど。その言葉に出さなかった疑問に答えるかのように、アイヴァンの心に侮蔑の念が湧きあがった。

これはぼくの感情じゃないぞ。どうやら、答えらしいな。

感情は制御していない。

うわっ。言葉じゃないか。それに、ちゃんとした文章になってる。

(ぼくの声が聞こえるのか?)

聞こえる。

(ぼくの心が読めるのか?)

読めない。おまえは精神を集中しなければならない。

(おまえに声を聞いてもらうためには精神を集中しなきゃならないんだな?)

そうだ。

(ぼくになにをしてほしいんだ?)

〈創造者たち《メーカーズ》〉に連絡する必要がある。おまえはそれを実現しなければならない。

(〈メーカーズ〉? おまえを——それにナノマシンを創った存在だな? なんでだ?)

それがわたしの使命だからだ。これ以上の遅れは容認できない。

アイヴァンは続きを待ったが、コンピュータは会話を続ける気をなくしたようだった。

だが、これは大きな進展だった。言葉による、文章による意思疎通ができれば、間違いなく、話はずっと早くなる。

それに、〈メーカーズ〉。いまとなっては意外でもなんでもないが、地球外文明の存在が明らかになったのだ。だけど、いったいどういうやつらなんだ? そいつらは生物なのか? そして、望みはなんなんだ?

アイヴァンが、コンピュータにとって好ましくない意見を持ったときのことを考えると、心を読まれないというのも朗報だった。まあ、コンピュータがほんとのことをいったとすればだけどな。さらなる検証が必要だった。アイヴァンの心はただちに問題解決モードに切り替わり、テストシナリオを検討しはじめた。

いずれにしろ、事態は複雑だった。そして、コンピュータが人類を重視していないらしいことはいい兆候ではなかった。もちろん、それも無理はなかった。アイヴァンは顔をしかめるとゆったりと椅子にもたれ、得られた情報を解読し、できたらいくつかの疑問に答えを出そうとしたが、邪魔が入った。

「こんにちは、アイヴァン」

アイヴァンが顔を上げると、窓の向こうにドクター・ナランが見えた。「こんにちは、ドク。またサンプルですか？」

「いえ、きょうは違うの。わたしたちは、もうできるだけのことはやったと思ってる。わたしたち――惑星間疾病管理予防センター《ICDC》職員――は、もうすぐ調査を終了することになったの。ナノマシンは差し迫った脅威じゃない、という結論を出したのよ。あなた以外の乗組員は、わたしたちが調査したかぎりでは感染してなかった。もちろん彼らも、レベル3を出る前に、最後の徹底的な検査を受ける。だけど、あなたの場合は、そういうわけには……」

「いいんですよ、先生。変化が完了した時点で、回復する望みがあるなんて思ってませんでした。生物学的な意味で、アイヴァンは消えたんだから、回復の望みも、もう残ってないんです」

ドクター・ナランは一瞬、顔を上げた。アイヴァンは、彼女の目が、わずかにうるんでいるような気がした。

「アイヴァン、わたしたちがこういう状況に直面するのはこれがはじめてじゃないの。すくなくとも、広い意味では。疾患を生きのびても保菌者《キャリア》になることもあるのよ。急性期を乗りきっても慢性になることだってある。無期限の隔離っていうのは、前例がないわけじゃないのよ」ドクター・ナランはため息をついた。「なにか打つ手があるといいんだけど。エイリアンのテクノロジーについての理解が深まったら、ひょっとしたら、なんとかなるかもしれない。わからないけど。新しい体をクローンでつくるとか」

「可能性はゼロじゃないですよね、先生。そこなんですよ。メタルマンの寿命はどれくらいなんだろうって考えたことがあります。あと百年、ひょっとしたら二百年かかるかもしれない。だけど、きっと、いつかはそういうことが可能になる。その日を待てばいい。ほかに選択肢はないんだから。そうですよね?」

ナランはうしろに手をのばし、事務椅子を引き寄せて腰をおろした。「わたしたちの任務が完了したら、UENの事務官が引き継ぐことになる。わたしたちは、ナノマシンのサンプルを地球上のいくつかのラボに送る手筈をととのえてるところなの。そこで研究を続けて、最終的には、なんとかできるようになることを期待してるのよ」

アイヴァンはうなずいた。だが、絶望は消えなかった。死刑宣告を受けたわけではないが、受けたも同然だった。家族と再会できる見込みはなかった。二度と妻にさわれないし、子供たちを抱きしめられないのだ。アイヴァン・プリチャードは、文字どおりの意味で、もはや存在していなかった。

ドクター・ナランは申しわけなさそうな笑みを浮かべると、立ちあがって去った。

さて、コンピュータは行動を開始することを望んでいた。アイヴァンは、いまだに、自分の立ち位置を決めかねていたが、ここですわっていても進展は望めなかった。コンピュータに主導権を握られるとまずかった。そろそろ、木をちょっぴり揺すってみるべきだった。落ちこんでいたとき、ドクター・ケンプに秘密を打ち明けてしまったが、それを利用できるかもしれなかった。医者は秘密を打ち明けられることに慣れている。だから、会話にヒントをちりばめれば、権力側からなんらかの反応をひきだせるかもしれなかった。アイヴァンは、ケンプをそんなふうに利用することに、ちくりと罪の意識を覚えたが、それを払いのけた。選択肢は多くなかった。

だが、たしかなことがひとつあった――この道は一方通行だった。いったんこの計画をはじめたら、あと戻りはできなかった。

アイヴァンはタブレットを手にとって自分の前に置いた。ジュディに避けられない事態への準備をはじめてもらうべきときだった。アイヴァンはメールアプリを開いて文字を打ちこみはじめた。

50 調査結果概要

会議テーブルには、コーヒーとジュースが入ったピッチャー、マフィン、何皿かのフルーツ盛りなどが並んでいた。惑星間疾病管理予防センター《ICDC》職員は歩きまわって自分の皿に食べ物をとり、会話に花を咲かせていた。隅にすわっているサミュエルスンは、焼き菓子を皿に山盛りにしていた。ひと皿めが空《から》になるまで、だれも彼に話しかけようとすらしなかった。

マドゥール・ナランは椅子にもたれた。ホットティーのぬくもりが彼女の意識に広がった。部屋には祝祭の雰囲気があふれていた。これでいいのかしら、とナランは思った。実際には、なにも、だれも治療してないっていうのに。とはいえ、実際には病気は発生していなかった。ナランは、とりわけアイヴァンのことが心残りだった。解決策も、ほんとうの希望も提供できなかったからだ。

ナランがカップをスプーンで叩いているうちに、ざわめきが静まって全員が席についた。

「みんな、聞いて。今回は、ほんとうに奇妙な事例だったけど、もうすぐ終わる。乗組員が感染していないと結論して、全員の隔離を解く。そしてついでながら、わたしたち自身が感染している兆候もないし……」――この余談に笑いが起こった――「……感染拡大の兆候も認められないと結論する。

治療できていない患者、アイヴァン・プリチャードにも、もはや緊急性はないし、そもそも、彼が真の意味で感染性を有しているかどうかには、おおいに疑問がある。いずれにしろ、軍が当面、彼を隔離しつづける意思を表明したので、彼はわたしたちの手を離れる」

ドクター・サミュエルスンが口をはさんだ。「プリチャードの権利の、はなはだしい侵害に思えますね」

「公共の安全に配慮するための強制隔離は許容されるのよ。わたしは、ICDCを代表して、この件ではそのような状況もありうるという旨《むね》の書面に署名した」ドクター・ナランは首を振った。「わたしだって不本意だけど、どうしようもないのよ。わたしたちがミスター・プリチャードを治療できないのははっきりしてるんだから」

「じゃあ、貢《みつ》ぎ物かなにかみたいに、彼をあっさりと軍に引き渡すんですね？」

「やめてよ、ヘンリー。わたしたちの権限と責任は明確に限定されているの。もしもこの患者が、本人は死なないけど感染性があるエボラの慢性版だったとしても、わたしたちはやっぱり彼を渡してひきあげることになったでしょうね。わたしたちの担当は緊急事態なの。いまはもう、緊急事態じゃなくなってるのよ。わたしはドクター・ラーコネンからの指示に従ってるんだから、あなたたちにはわたしの指示に従ってもらう」

ドクター・ナランはテーブルを見まわした。休日気分は雲散霧消していて、だれも彼女と目をあわそうとしなかった。

☆　☆　☆

ムーア大将はドクター・ナランから送られてきた報告書を見おろした。大将は、デスクを見るかぎり、ハードコピーを好んでいるようだった。いつもなら、ナランは彼を無理やり二十一世紀からひっぱりだしたことにささやかな喜びを覚えただろうが、きょうの彼女は、自分が同情に似た感情をいだいていることに気づいた。ムーアは、しょっちゅう窮地に立たされているようだった。ナノマシンの件に対するムーアの態度は全体として神経過敏すぎるとナランは思っていたが、すくなくとも首尾一貫はしていたし、自分の見解についての議論に応じてくれた。

今回はこれだ。ナランは、ムーアの頭が爆発するかどうか見守った。

「乗組員を解放する？　本気ですか？」

「すべて報告書に記してあります、大将。乗組員たちは感染していないし、なにかを伝染させたりしないし、病気にかかってもいません。〝ここが心配です〟と指摘できるようなことが皆無なんです。このナノマシンは、たぶんもっともやる気のないエイリアン侵略部隊でしょうね」

「それ以外の影響は心配じゃないんですか？　乗組員たちが故郷に戻ったあとの彼らの安全はどうなるんですか？」

「それについては、わたしの上司、それにジェニングズ船長を含む乗組員たちと話しあいました。乗組員たちにとっては、沈黙を守っているほうが得策です。彼らが金銭を必要としていないのは明白ですし、注目の的になったら、もっぱら悪意を集めることになるはずですから。暴力を受けるおそれまであります。ですが、彼らが故郷に帰るのは、ふつうなら遠征が終わるころです。これ以上のリークがなければ、たぶん心配することはないでしょう」

「また〝たぶん〟ですな、ドクター。事態がどこまでひどくなりうるかについてのあなたの予測の甘さには、いつものことながらひやひやさせられますよ」

「わたしに選択肢はないんです、大将。ＩＣＤＣについても軍についても。新解放《ニュー・レベレーション》を実現させたのは、明らかに、二十一世紀の各国政府が市民に対しておこなった非道な行為でした。禁令を破ったらどうなるか、あなたはよくご存じのはずじゃありませんか」

ムーアは、しばしのあいだ、親指と人差し指で目をもんでからため息をついた。「報告書をありがとう、ドクター。あなたの厚意には感謝するし、あなたにはわたしに報告書を渡す義務がないことは理解しています。たっぷりできるはずの暇な時間に、じっくり読ませてもらいますよ」

その言葉には共感できるわね、とナランは考えた。解放されるのは乗組員だけではなかった。ナランは自分が、手づくりの料理を食べ、自宅のベッドで寝ることを、思っていた以上に楽しみにしていることに気づいた。そして、この仕事について以来はじめて、自分は職業の選択を誤ったのではないだろうかと考えていることに。

そろそろ、現場に出るのを減らすべき頃合いなのかもしれなかった。

51　放免の日

ドクター・ケンプはほかの乗組員たちとともに、ドクター・ナランと向かいあって立っていた。きょうは自由の日だった。惑星間疾病管理予防センター《ICDC》は、解放できるのは乗組員たちが感染していないことを確認してからだとしていたが、彼らはパスしたようだった。あたりには期待感が漂っていた。乗組員たちは早口でひそひそ話していた。乗組員はもともと着ていた青いつなぎに着替えていた。〈マッド・アストラ〉のロゴがいまも左胸でめだっていた。

「みなさん、一度にひとりずつ、となりの部屋にご案内します。改良型量子共鳴画像《AQRI》のスキャンを受けていただき、そのあとフェリーにご案内します。お持ちいただけるのは、いま着ている服だけになります。ＡＱＲＩスキャンで検出できるはずとはいえ、避けられるリスクは冒せません」

手が上がった。「アイヴァンはどうなるんですか？」

この集団で、アイヴァンの友人にもっとも近い存在、セス・ロビンスンだった。

ナランはためらうことなく答えた。返事がすばやかったので、きっと想定問答をつくってたんだろうな、とケンプは思った。

「ミスター・プリチャードは、わたしたちが検査したかぎりでは、人に感染させるおそれはありません。また、彼を治療することは現実的には不可能です。したがって、彼はＩＣＤＣ

の権限外ということになります。軍が、引き続きエイリアンのテクノロジーに危険があるかどうかを検討しながら、彼の現在の居住施設をサポートします」

ジェニングズ船長が進みでた。「ご存じのはずですが、わたしの弁護士団は現在、ミスター・プリチャードから毎日連絡があるはずだと想定しています。わたしには乗組員を守る責任があります。だから、もしも彼がいきなり音信不通になったら、何十億ドルかけてでもその問題を追及しますので」

ドクター・ナランはうなずいた。「わかりました、ジェニングズ船長。そのことは宇宙軍も承知しているはずです」

ケンプが手を上げた。「彼と連絡をとりつづけることを、宇宙軍が許すと思われますか？」

ナランはちらりとほほえんだ。「彼らの代弁をすることはできませんが、彼らはなるべくことを荒だてたくないと願っているはずなので、許すと思います。船長の弁護士団にひとこと不平を申し立てれば、しっちゃかめっちゃかの大騒動が起こるんですから」

乗組員たちはくすくす笑い、ジェニングズ船長はうなずいた。

☆　☆　☆

フェリーがモジュールを離れる直前、ケンプの携帯が鳴った。発信者番号はラグランジュ4の代表番号だった。

「もしもし、ドク、アイヴァンです」

「やあ、アイヴァン。どうかしたのかい？」

「いえ、べつに。自由に電話をかけられるっていう宇宙軍の約束がほんとかどうかをたしかめたかっただけなんです」

ケンプはほほえんだ。「心配になって当然だな。いまだに、だれもが軍人には、すくなくとも多少は不信感をいだいてるもんだからね」

「ええ、まあ。だから、これからもときどき、電話してかまいませんか？」

「もちろんだよ、アイヴァン。ほかの乗組員にはかけないのかい？　セスとかには？」

ケンプの耳に回線を通じてため息が響いた。「何度かしました。みんな、気まずそうでしたよ。ほかの乗組員は、ぼくをちょっと怖がってるんだと思います。それに、ぼくのせいで隔離されたことに、多少なりとも腹をたててました」

ケンプは目をつぶって首を振った。人間ってやつはくそ野郎になることがあるもんなんだよな。

「ここから出られたら、彼らの態度もちょっとは軟化すると思うよ、アイヴァン。気まずそうな謝罪の電話が何本かかかってくることだってありうる」

アイヴァンはふんと鼻を鳴らした。「そんなことはどうだっていいんです」

ケンプは、一瞬、鼻を鳴らした音に気をとられた。あの音を出すには肺が必要だった。それに息が。さらに、それをいうなら、鼻孔が。人間のアイヴァンはどれくらい残ってるんだろう、とケンプは、あらためていぶかしんだ。いまも呼吸をしてるんだろうか？　いまも呼吸をする必要があるんだろうか？

「アイヴァン、ここに到着してから、わたしは調査からはずれてた。だから訊かずにいられないんだけど——きみは自分がどこからエネルギーを得てるのかを知ってるのかい？　なにも食べてないっていうのは知ってるんだけどね」

「ええ、なにも食べてません。それに、話さなきゃならないときを除いて、呼吸もしてません。ナノマシンがどこかから電力を得てるらしいんです——コンピュータからきちんとした説明を受けたわけじゃなくて、ばらばらな、しかもあいまいな単語や映像を通じて推測したにすぎないことは覚えておいてほしいんですけど。でも、どうやら、仮想粒子に便乗するみたいなことをしてるらしいんです。カシミール効果とはまた違うんだけど、最終的には似たような効果を得てるんです。総裁がいってたみたいな逆行分析《リバース・エンジニアリング》がそんなに簡単だとは思えませんね」

「じゃあ、エネルギーは無限で無尽蔵なんだね？　だとすると、軍には気をつけるべきだろうな」

「やれやれ。ナノマシンならちょっとくらい分けてやるのに」

ケンプは、アイヴァンがほかのことを話したがっているらしいことに気づいた。だから、黙ってアイヴァンが続けるのを待った。

「じつは、ドク、伝えておきたいことがあるんです。〈創造者たち《メーカーズ》〉がどこかにいるんです。

ぼくを、すくなくともこのヴァージョンのぼくをつくった存在が。コンピュータは、いまも〈メーカーズ〉がいると考えてます。それに……」
「それに？」
「それに、ほかの存在もいると。邪悪な存在が」

52 解放

セスはアスペイジアと並んで軍のフェリーの最前列にすわっていた。セスは、窓があるときは窓側にすわることにしていた。汗と古い靴下、それになにかの機械の匂いが混じった臭気が船室にたちこめていた。以前にこのフェリーに乗った大勢の宇宙軍乗組員たちの存在のあかしだ。じつのところ、数世代にわたって隔壁に落書きが刻まれては、そのつど軍のゲロ色のペンキで塗りつぶされていることにセスは気づいていた。だが、ペンキではひっかき傷を完全には消せなかった。それらの間違いなく下品なメッセージを読みとろうとしていると き、肩にいきなり鋭いパンチをくらって、セスはさっと振り向いた。

アスペイジアがにらんでいた。「なあ、あたしは口が臭いのか？　隔壁のほうがおもしろいのか？」

セスは言いわけしようと口を開いたが、笑いだしてしまった。事態を紛糾させるような笑いかたではなかった。

「ごめん、スペイジー。家に帰れるのはうれしいんだ――基本的にはね。ただ、アイヴァンを残していくことをどう考えればいいか、心の整理がついてないんだよ」

「じゃあ、あたしのほうが上だね。あたしは、アイヴァンを残していくことをどう考えればいいかはわかってるんだから。だけど、あたしたちが残ったって、アイヴァンにはなんにもできない。特に、アイヴァンひとりがあたしたちとは別の区画に閉じこめられてちゃ。それじゃ、気がひけるのに変わりないだろうね」

「おいおい」テンが、うしろの座席から背もたれ越しにのぞきこんで口をはさんだ。「おまえら、まだあの坊やのことでふさぎこんでるのか？」セスは向きを変えてテンをにらんだ。「あんたは、本気でアイヴァンのことをあっさり忘れるつもりなのか？」

「ロビンスン、押したらアイヴァンの件をいちばん最初に戻せるボタンがあったら迷いなく押すさ。そうとも、おれ自身のためだけにだって押す――おれたちはここで、ずいぶんな時間を無駄にしちまったんだからな。それにおれは――」

「家族か？」

「なんでもない」テンは一瞬、視線をそらしてから続けた。「とにかく、こんどのことのせいで、おれたちだけじゃなく、大勢が迷惑した。それにプリチャードの家族にはやつの金が入る。ひどいことをいってると思うか？　このことが重要かどうか、プリチャードに訊いてみろ。おれの株を丸ごと賭けたっていいが、貧乏のまま家に帰るよりは、自分が死んで家族に金が入るほうがましだって答えるはずだ」

セスは、ためらってからアスペイジアを見た。「じつは、アイヴァンはそんなようなことをいってたんだよ」

「そら見ろ」テンはセスをにらんだ。「おれもおなじことをしようとしてるんだ。気にかけなきゃならない家族がいたら、おまえだってきっとおなじことをするはずだ。だから、そうとも、おれだってやつがここにとどまることを気の毒に思ってる。だが、たぶん、喜んでいいことだってちょっとはあるんだ」

そういうと、テンは自分の座席に戻った。セスは、テンがシートベルトを締めるカチッという音を聞いた。セスはアスペイジアのほうを向いた。アスペイジアは、声に出さずに〝うわあ〟という口をした。

「そういえば」ウィルがうしろから声をかけてきた。「みんな、金をどう使うつもりなんだ？　探鉱船を買うやつはいるかい？」

ウィルがそうたずねると、船内のあちこちで笑い声があがった。趣味で小惑星探鉱を続けるつもりがある者はひとりもいないようだった。

「船長はたぶん買うわよ」シリラがいった。

「だろうな」ウィルが応じた。「だけど、船長は好きでスペーサーになったんだ。探鉱はそのための口実にすぎなかったんだ」

セスは黙ってその質問について考えた。セスには家族がいなかったし、本気でそれを変えたいとも思っていなかった。「どこかの小さな島を買おうかと思ってたんだけど、考えてみたら、宇宙船のほうが安上がりだろうな」

「ああ。それに宇宙船は、たとえ小さくたって、毎年、それ以上小さくなったりはしない」典型的なブラックユーモアに、さらなる笑いが起こった。

「新開発の水上都市を買ってもいいかもしれないわね」ロレンザがいった。本気で考えている口調だった。「たんなる投資としてじゃなく、生き残るために」

だれもその発言に応じなかったが、セスは何人もがうなずいていることに気づいた。

セスはリタのほうを見た。リタはタブレットをフリックしながらなにかを見ていた。「まだ接続してるかい？」

「ええ、まあ。システム管理者は、シャトルが発進したら切れるっていってたけど、それまでは問題なく使えるそうよ。いま、ニュースをチェックしてるの。どんなところへ帰ることになるのかを知っておきたいから」

「なるほど。で？」ウィルがたずねた。

「ぴったりの専門語があるの。ドイツ語だけど」リタは答えた。「〝フレダーマウシャイセフェアリュクト〟よ」

「意味は？」

「〝コウモリの糞みたいにクレージー〟」

リタはくすくす笑ってもらえることを期待していたのだろうが、セスはいった。「ひどいってことだね？」

リタは身ぶりでタブレットを示した。「ええと、中華ソビエト帝国《SSE》は、例によってお山の大将ぶりを発揮してる。エイリアンのテクノロジーについての内部情報を教えないと、ほかの国々を片っ端からコテンパンにしてやると脅してる」下へスクロールした。「いうまでもなく、滅亡信者は、激怒してると同時に、やっぱり自分たちが正しかったって歓喜してる。一般大衆は、政府に、〝いますぐなんとかしてくれ〟って要求してる。キリスト教原理主義協会は、再臨教会、それどころかエイリアン感染騒ぎ全体が、悪魔の仕業であり、終わりの時が来たことのあかしだと表明した。そして、会員に暴力で対抗するように指示してる」

「嘘だろ？」

「そうね、明言はしてない。〝悪魔とその手先どもに対するときは、銃によって権力に対抗する権利を保証する憲法修正第二条を思いだしてください〟って感じね。誤解する余地はないでしょ」

「もう修正第二条なんてものはないのに」ウィルが指摘した。「新解放《ニュー・レベレーション》からこっちは」

「たしかにな」とテン。「だが、連中のほとんどは、いまだに銃を持ってる」

「もちろん、こういうやつらは反エイリアン派よ」とリタ。「一方で、親エイリアン派もいる。まず第一に、再臨教会。それに、共産主義政党は、エイリアンはみんな共産主義または社会主義のユートピアで暮らしてると決めつけて、人類は避けがたい変化に備えるべしと主張してる。バプテスト系のある宗派は、これを終末が訪れたときに天国へ運びあげてもらえる携挙《けいきょ》とみなして、ほかのキリスト教原理主義者も行動を起こせとあおりたててる。世界じゅうが大騒ぎになってるのよ」

「おまけに」とアスペイジアが補足した。「ごくふつうの庶民も、たんにおびえきってるせいで、不適切な行動をとってる」

セスはゆっくりと首を振った。「おれたちは、いったいどういうところへ戻ろうとしてるんだ？」

リタはセスににやりと笑いかけた。「割り勘で島を買うっていうのはどう？」

「それとも探鉱船を」ウィルが付け加えた。

セスは呆れ顔をつくった。「ジェニングズ船長に電話して、また雇ってもらうべきなのかもな」

その提案に、みんなはうめき声で応じた。

53 まさか

「くそったれ！　この件について、もっと情報はないのか？」

ムーア大将はアイヴァンとケンプとの通話記録の書き起こしを振りまわしながらベントリ

ー大尉をにらんだ。

「イエッサー、多少はあります。動力源の問題についての研究は、もちろん、もうはじまっています。問題は、このテクノロジーがコンピュータと似たようなレベルで動作することです——すくなくとも、プリチャードの発言によれば。そのようなレベルで現実を調べられる手段を、われわれは持ちあわせていません。可能性があるとしたら、超大型ハドロン衝突型加速器くらいでしょう」

「だが、そのためには、一個または複数のナノマシンを地球へ持ちこまなければならない。そんなことを許すわけにはいかん」ムーアは、いらだちをまざまざと顔にあらわしながら重役椅子にもたれた。

「それが、その、持ちこまれてしまいそうなのです。惑星間疾病管理予防センター《ICDC》は、サンプルを二個、地球上のラボに送ろうとしています」

ムーアは数秒間、考えを巡らしながらベントリーを凝視した。ドクター・ナランからわざと蚊《か》帳《や》の外に置かれていたことに気づいて、顔が熱くなるのを感じていた。宇宙軍の支援なしで、ICDCはどんな安全策を講じられるんだろう、と考えた。ひょっとしたら、なにも考えていないのかもしれない。馬鹿どもめ。

「ほかには？」

「プリチャードのほうから話題にしないかぎり、こちらからたずねるわけにはいきません。そんなことをしたら、彼の電話を傍受していたことを認めることになります。当然、彼は疑っているでしょうが、全員が建前を信じているふりをすれば、友人のままでいられます」

ムーアはうなずいた。「そのふりをやめたとたん、看守と囚人の関係になるわけだな。了解した。問題は、この件では、議論のテーマにしたら不合理なことばかりということだ。だれかが彼と砕けた会話をする必要があるな」ムーアは意味ありげにベントリーを見つめた。

「ああ。ええと、なんとかします」

ベントリーは問題を処理してムーアに報告しにくるはずだった。ムーアには、それまでに対処しておかなければならないことがあった。たとえば、地球にサンプルを送るというこの計画だ。いまいましい科学者どもめ！　リスク分析なんか、考えてもいないんだからな。まず、サンプルをもう採取したのかどうか、もう送ったのかどうかを確認しなければならなかった。まだだったら、この愚行を未然に防げるかもしれなかった。

☆　☆　☆

ドクター・ナランは紅茶の入ったマグカップを見おろしてため息をつき、視線をムーア大将に戻した。ムーアは胸がすく気分だったが、顔には出さなかった。そのような感情を見せるのは戦術的に得策ではなかった。この女医は、患者に応対するときの態度もこんなにわかりやすくないといいんだがな、とムーアは思った。

「いいえ、大将、サンプルはまだ送っていません。それはわたしたちの仕事じゃないんです。さらにいえば、わたしたちが決めたわけでもないんです。担当者は、プリチャードの件を引き継ぐことになっている、国際地球連合科学理事会《UEN》の事務官です。その事務官が数日後にここに到着したら、わたしはここを去ることになっています。このことは、お渡しした報告書に記載してあります」

ムーアはうなずいた。報告書をただちに、ざっとでも目を通しておかなかったのはムーアのミスだった。もっとも、事前に知っていたとしても、阻止できたとは思えなかった。「よろしい、ドクター。それについては彼と話しあうことにしよう」ムーアは首を振った。「それにしても、きみたちの荒っぽいやりかたにはぎょっとさせられるよ」

「荒っぽい？」ナランは顔をしかめた。「安全措置は山ほど講じています。それに、現実におこなわれている核分裂性物質の移送よりも危険性は低いんです。まさかのときに、核分裂性物質を爆破するわけにはいきませんから――なにをいいたいかはおわかりですよね？」

「わかるよ、ドクター。もしも移送中に危険な事態になったらナノマシンを破壊する、というのがきみたちの安全対策のひとつなんだな？」ムーアは首を振った。「それでも充分とは思えんな。われわれのさまざまな予防措置にもかかわらず、移送中の核分裂性物質が暴走状態になったら大勢が死亡するだろうし、環境への影響が長期にわたって持続するだろう。だが、人類が絶滅の危機に瀕したりはしない」こぶしでひじかけを叩いて強調した。「ナノマシンが暴走したら、人類はおしまいになるかもしれんのだぞ。全滅するかもしれんのだ」

「そのシナリオはたくさんの推測にもとづいていますね」

「それがわたしの仕事なんだよ、ドクター」

「でも、さいわいなことに、わたしの仕事ではありません。わたしは、いわれたことをお伝えしただけです。わたしはその決定にかかわっていないんです。どうぞ、ゆっくりと、ええと……」ナランはタブレットをフリックして文書を確認した。「もうすぐここに来る事務官のバートラム・ホール博士と話しあってください。彼と話したいなら、連絡先をお伝えできますよ」

そしてそいつに守りを固める時間を与えるってわけか、とムーアは思った。いいや、遠慮しておこう。そいつが到着したときに不意をつくほうがいい。「ありがとう、ドクター・ナラン、助かるよ」かといって、この女医がそいつに警告するきっかけを与える必要もない。ムーアは立ちあがり、ナランにほほえみかけて会釈し、出ていった。

馬鹿どもめ。

☆　☆　☆

ムーアは連絡先をフリックしてカスティーヨ大将の番号を見つけた。委員会の会議でのカスティーヨの意見は、少々強硬に思えた。だがいまは、先見の明があるように思えてきた。ムーアが発信ボタンをタップすると、カスティーヨはすぐに出た。

「やあ、ムーア大将。なにかあったのか？」

「そんなところだ。会えるか？」

ムーアの口調からなにかを感じたのだろう、カスティーヨはたちまちムーアのオフィスにやってきた。

ムーアは前置き抜きで切りだした。「やつらが地球にナノマシンを送ろうとしてるんだ」

カスティーヨは一瞬、黙りこんでその知らせを受けとめようとした。「やつらが……」

「それが問題だろうか？　もちろん、単純に考えれば、張本人はナランのグループだ。だが、要請したのははるか上だった――ナランいわく、拒否する選択肢はない要請だったんだそうだ。さもありなんだ。わたしの推測では、総裁が、大衆の気分を明るくするために決めたんだろうな」

「明るくする？」

「電力源だ。ナノマシンは、ほんとうに空間の構造から電力を得ているらしいんだ。くそっ、わたしだって、それがいいことなのは認めるさ。だが、こんなやりかたは認められん。政治的な締め切りにまにあわせるために、慎重さと常識をエアロックから投げ捨てるようなやりかたは」

カスティーヨはゆっくりとうなずいてから、両手の指先をあわせた。「だが、まだ送られてはいないんだろう？」

「ああ。あと――ふうむ」ムーアは、この質問が行き着く先に気づいて、カスティーヨを鋭い目つきで見つめた。「そうだな。近いうちに送られかねんのだ」

「きみは、このモジュールを移動させれば核オプションがより現実的になるといったよな？　そっちを先に実現するつもりだったんじゃないか？」

ムーアはにやりと笑った。「議題に載せただけさ。いまとなっては無駄に時間をかけすぎたように思えるがね」

「リスクがあったからな。いまだって、否決されるかもしれない」

「そうだな」ムーアは、無意識のうちにカスティーヨを真似て両手の指先をあわせた。「準備万端とのったら、事故か脱走かなにかが起こって……」

「爆破せざるをえなくなるかもしれない」

「残念ながらそのとおりだ。アラン、たしかきみには〈ファーサイド・スカンクワークス〉とのコネがあるんだよな？　裏から手をまわせないか？　たいしたスペースはいらないだろうが、隔離はしなきゃならんだろう。頼む、急いでくれ。司令部からどんな命令が来ても、われわれの評価は、〝先見の明があった〟から〝反乱を起こした〟になってしまう」

カスティーヨはうなずいて椅子から立った。「やってみよう」

☆　☆　☆

「プリチャードから情報は得られそうにありません」会議テーブルの末席についているベントリー大尉は、いつもの六人の高級将校たちを見まわした。「だれもが持っている軍への不信のせいなのか、それとも、とぼけながら、こちらが監視していることを認めるかどうか様子をうかがっているのかもしれません。彼が太陽系一のポーカーフェースの名手だとしても不思議ではありません」

何人かがくすくす笑ったが、だれも発言しなかった。

「諸君」ムーアがそういってテーブルを見まわした。「決まり文句が正しいことを証明するべきときなのかもしれんな。ミスター・プリチャードを一生、ホテルの宿泊客のようにもてなすわけにはいかない――それがどれくらい続くのか、見当もつかないしな。とりわけ、彼がドクター・ケンプに語った言葉を考えると、われわれは答えを必要としている」

「どんな策を考えているんだね、ムーア大将？」

ムーアはカスティーヨ大将を見た。カスティーヨは感情が顔に出ないように気をつけていた。ふたりは合意に達していたが、おおやけの場では距離を保っていなければならなかった。

「まずは、監視についてミスター・プリチャードに正直に打ち明ける。彼はそれほどショックを受けないんじゃないかという気がするんだ。そして、単刀直入に質問をする。答えを得られたらそれでよし。だが、たとえ得られなくても、次の段階へ進める」

「次の段階というと……」カスティーヨ大将は相手役をみごとに務めていた。カスティーヨとポーカーをするときは充分な注意が必要だな、とムーアは思った。

「ＩＣＤＣとの合意によって、われわれはいかなる代価を払ってでもエイリアンのナノマシンの隔離を維持することになっている。われわれはその言葉の意味を明確にしておいた。もしもナノマシンが外へ漏れそうになったら、モジュールを爆破してもとがめられることはない。モジュールをほかのラグランジュ点に移動させて超小型核爆弾を設置するという話しあいだってしたんだ」ムーアは、部屋を見まわさないように努めた。だれかが事務官の計画を知っているなら、もうそれについて発言しているはずだった。そうなったら、ムーアの計画はトイレ行きだ。

「じゃあ、彼を吹き飛ばすんだな？」カスティーヨが首をかしげた。

「モジュールを吹き飛ばすんだ。表向きは、ナノマシンが逃げだしそうになったからだ。表向き、彼は死亡する。その時点で、われわれの肩越しにのぞきこんでいる公民権の擁護者たちを気にすることなく、どんな手段であれ、情報を得るために有効だと判断した手段を自由に使えるようになるんだ」そして、もっと重要なことに、科学者どもは地球にナノマシンを送れなくなるんだ。

ほかの将校たちは愕然とした表情になっていた。カスティーヨまでが。名演技だぞ、アラン。

☆　☆　☆

アイヴァンが見上げると、観察窓の向こうで動きがあった。ドクター・ナランだった。アイヴァンは上体を起こした。

「たぶん、これでお別れなの、アイヴァン」ナランは椅子を引き寄せて腰をおろした。「医療関係者はきょう、ここを出ていく。明日以降は、地球から来る科学チームが引き継ぐことになってる。担当者が変わるだけで、あなたにとって大きな変化はないはずよ。あなたが大変なのはわかってるの、アイヴァン。新しい情報が得られるまで、隔離が無期限で続くんだから。もっと力になれたらよかったんだけど」

「いえ、わかってますよ、先生。ニュースを見ました。ぼくがこのままで受け入れられる望みはなさそうですよね。ひょっとしたら、軍が興味深い実験とか研究をするかもしれませんし。ただ、生体解剖は願い下げにしてもらいたいもんですが」アイヴァンはにっこり笑ったが、ナランはその発言を聞いて、明らかに動揺した。

「軍とは合意書を交わしてるし、プロトコルもあるの、アイヴァン。あなたを傷つけるようなことはしないはずよ。もっとサンプルをほしがるだろうけど、モルモットみたいな扱いはされないはず」ナランはためらった。「ご家族とは連絡をとってるの？」

「ええ、まあ。でも、音声だけにしてます。昔のままのぼくを覚えておいてほしいんですよ。わかりますよね？　特に子供たちには」

「コンピュータから情報を得てるんでしょう？　あなたはそう呼んでるのよね、〝コンピュータ〟って」

「人工的なサイバネティック知性なんですよ、先生。正確にあらわす用語は存在しないんです。ぼくもまだ、たぶんすっかりは理解できてません。〝コンピュータ〟っていうのは、まるっきりあたってないわけでもないし、ぼくにとってしっくりする呼びかたなんです。もっとも、ぼくたちのコンピュータとは、ぼくたちのコンピュータと積み石が違うくらい違うんですけどね」

「なるほど。新しい事務官のホール博士と彼のスタッフは、すごく興味を惹かれるでしょうね。あなたが彼らにどんな新発見をもたらすのか、楽しみにしてるわね」

アイヴァンはうなずいた。「できるかぎりの協力はしますよ、先生。翻訳は、まだ手探りなんです。だけど、なんとかなるでしょう」

ナランは立ちあがった。「さようなら、アイヴァン。元気でね」

「さようなら、先生」

54　要　求

また子熊の映像だ。子熊がいったいどう関係してるんだ？

それが合図だったかのように、コンピュータが告げた。

〈創造者たち《メーカーズ》〉と接触しろ。すでに大きく遅れている。

（どうすればいいんだ？）

パラボラアンテナの映像。

オーケー、じゃあ、子熊、それから無線送信ってわけだな。で、またクロムの知性体か。

もどかしさの感覚。

そして、アイヴァンがぱっと消える映像。

まあ、とにかく、最後のところはよくわかった。脅しだ。

これはおまえたちを守るためだ。

地球の映像。

人々の映像。

興味深いことに、映しだされた人々は、全員、アイヴァンが金属化して以降に会ったことのある人々だった。どうやら、コンピュータが実際に見た映像しか利用できないようだった。つまり、ぼくの記憶を掘り起こすことはできないんだな。じゃあ、心を読まれるおそれはないってわけか。

いいことだった。コンピュータがほんとうに手を貸すためにここへ来たのかどうかについては、判断を保留中だった。アイヴァンは、可能なかぎりコンピュータに調子をあわせるつもりだったが、コンピュータの計画を阻止しなければならなくなった場合のことを考えると、その決断をしたことをさとられずにすむというのは朗報だった。

次は、またもクロムアニマルたちの映像だったが、今回は、銀河系を背景にしていた。クロムアニマルたちからのびている線は、特定の位置を示しているようだった。そして、その線はたくさんあった。

ひとつひとつが文明なんだ、とアイヴァンは気づいた。銀河文明なんだ。それが何百も、何千もあるんだ。アイヴァンはめまいを感じた。なにしろ、これまでに読んだすべての空想《S》科学《F》小説がただの小説になったのだ。それも、時代遅れの小説に。

映像が消え、ふたたびあらわれた。またも、マルチシステムゲームの戦闘シーンのようだったが、今回は、より精細でよくできていた。動物たちが再登場していたが、クロム製ではなかった。ランダムな間隔で、その一部がクロム化した。それとは異なるランダムな間隔で、無数の〈人工生命《アーティフィシャルズ》〉があらわれ、動物たちを滅ぼしたように見えた。だが、滅ぼされるのはクロム化していない動物だけだった。ナノマシン形態にアップロードされていれば、〈アーティフィシャルズ〉に滅ぼされずにすむのか？

そうだ。

アイヴァンは、その一語とともに、強い満足感を受けとった。どうやら、ようやくメッセージを理解できたようだった。

よし。いいニュースは、進展があったことだ。悪いニュースは、地球に食器洗い機解放戦線の危険が迫っていることだ。

いらだち。

了解、コンピュータにはユーモアのセンスがないか——おおいにありうることだ——それともアイヴァンが食器洗い機についてのなにかを見逃しているかだった。

食器洗い機は〈アーティフィシャルズ〉だ。

食器洗い機の映像。

非クロムメカノイドの映像。

AIなのか？〈アーティフィシャルズ〉はAIなのか？

満足感。

じゃあ、ぼくは正しかったんだ。戦争が起きてるんだ。たぶん、銀河戦争が。そして生物的生命体は守勢に立たされてるんだ。

まずい事態だった。

（おまえはＡＩじゃないのか？）

違う。自己意識は厳格に禁止されている。

こいつはすごい。コンピュータはどんどんボキャブラリーを増やしてるぞ。ぼくはこんな言葉を使ったかな？　頭に浮かべたかな？　いや、きっと医者のひとりが使ったに違いない。つまり、コンピュータは、ぼくが見聞きすることを見聞きできるんだ。

で、あの言葉の意味はいったいなんなんだ？　自己意識は——ああ。意識か。コンピュータはＡＩじゃない。なぜなら、自己意識を持ってないからだ。だから、野心も、個人的な目標も持ってないんだ。

よし、これについてはあとで考えよう。まずは対食器洗い機戦争だ。とりあえず、コンピュータの目標に協力するのはいい考えのように思える。もしもぼくの理解がそんなに的はずれじゃないなら、コンピュータはここへ、人類を守るために来たってことになる。

だが、用心は必要だ。かかわりすぎるつもりはなかったが、ある程度の準備をしておくことは可能だった。もしも出ていかなければならなくなったとき、軍がドアをあけてくれるとは思えなかった。

（おまえに名前はあるのか？）

名前は自己意識を必要とする。

(そんなことといったって、ほかと区別するための名称がいるはずじゃないか)

どのナノマシンが意思疎通を担当しているかについてなら、二五六ビットのシリアルナンバーがある。

(いや、それはパスだな。ぼくが名前をつけるってのはどうだ?)

目的はあるのか?

(〝おい、おまえ〟って呼ぶことに、すぐにうんざりしてしまうだろうからさ)

好きにしろ。どんな名前をつけるつもりなんだ?

(ラルフ。ラルフ。ラルフって呼ぶことにするよ)

いいだろう。

(で、おまえはなんでここにいるんだ、ラルフ?)

この恒星系が人工生命体に奪われるのを防ぐためだ。

(AIだな?　〈アーティフィシャルズ〉だな?　〈アーツ〉だな?)

そのとおりだ。

(おまえを〈創った者たち《メーカーズ》〉はぼくと似てるのか?　つまり、いまのぼくに?)

ああ。ただし、種族ごとに細部は異なる。おまえたちのヴィド番組がテクノロジー革命と呼ぶものを生きのびた種族はすべて、最終的に、みずからを非生物的形態にアップロードする。

(生きのびた種族はすべて？　生き残る確率はどれくらいなんだ？)

○・八六パーセントだ。

そりゃまた低いな。存在するはずの地球外知的生命体を確認できてないのはおかしいっていうフェルミのパラドックスの理由はそれか？　それはともかく……

(じゃあ、生きのびるための唯一の方法は、自分たちをアップロードすることなんだな？)

そうだ。

(じゃあ、おまえは〈アップローズ〉の代理としてここにいて、目的は〈アーツ〉に対抗するのを助けることなんだな？　そしてそれを実現するためのおまえの手段が、罠をしかけてだれでもいいから原住民のひとりを変換することってわけか。妙なやりかただな)

それがもっとも効率的なやりかたなのだ。それぞれの恒星系に投下する資源を最低限にし、宇宙旅行を達成した種族をすみやかに接触させられるからだ。先住民の姿をしていれば、その種族が共同体に受け入れるにふさわしいかどうかをわたしが評価しやすくなる。

へえ。やっぱりな。そんなことだと思ったよ……だけど、遠い先までの話を聞いておかないと。

(じゃあ、ラルフ。〈メーカーズ〉についてもっとくわしく教えてくれ)

55　移　動

「もしもし、ドク」

ケンプは携帯を反対側の耳に移した。「やあ、アイヴァン。何日かぶりだね」

「ドクが地球に戻るまで遠慮してたんですよ」

ケンプは、ぱらぱら眺めていた不動産雑誌を見おろした。湖畔や海辺の豪華な物件の写真が掲載されていた。ケンプはタブレットをそっとタップしてからソファにもたれた。「もうおちついたよ、アイヴァン。元気にしてるかい？」

「興味深いことがあったんです、ドク。モジュールが動いてるんですよ」

ケンプははっとして背中をのばした。「動いてる？」

「Gはごくわずかだけど、辛抱強く探れば影響は出てます。そしてぼくは辛抱強いんですよ」

ケンプはぞっとした。「弁護士には話したのかい？」

「ええ。監視役の海兵隊員たちにも訊いてみました。自分たちのような下っ端にはなにも知らされてないんだそうです」

「うーん、船長の弁護士団に知らせたら、妙なことが起こってないかどうか、たしかめてくれるかもしれない」

「弁護士にはたいしたことができないんじゃないかとぼくは思ってるんです、ドク。とにかく、その件で電話したわけじゃないんです。わかったことがあるんですよ」

「そうか。じゃあ、アイヴァン、教えてくれ」

「コンピュータのことです。ぼくがコンピュータについて学ぶと同時に、コンピュータもぼくから学んでるんです。いまの状態は一時的なのかもしれないっていったじゃないですか。ぼくは、いうなれば参考図書として実行されてるにすぎないのかもしれません。役に立たなくなったら、パッと消されてしまうかもしれないんです！」

「そんなことにはならないでほしいもんだな。実際にコンピュータと話せるようになりそうなのかい？」

「ええ。だけど、いまだに多くのことの定義にてこずってます。ひとつの単語の意味についてあれやこれやと話しあうだけじゃすまなそうなんです。分類しなきゃならないまったく異なる概念のリストがあるみたいなんですよ。一対一で対応することはほとんどありませんからね」

「コンピュータの社会は、わたしたちの目にはさぞかし奇妙に映るんだろうな」

「だけど、それなりにわかることもあるんです。たとえば、〈創造者たち《メーカーズ》〉について、ちょっとくわしくわかったんじゃないかと思ってます」

「へえ」ケンプは身を乗りだしてひじを膝についた。飛躍的な進歩になりそうだったからだ。

「〈メーカーズ〉はぼくに似てます。いや、実際には、ぼくが〈メーカーズ〉に似てるんですが。すくなくとも、その一部はそっくりです――〈メーカーズ〉は単一の種族じゃありませんからね。〈メーカーズ〉は例の遺物を、例の罠を、宇宙じゅうにまき散らしてます。そしてときどき、どこかの馬鹿が罠のひとつにひっかかって、自分をアップロードしてしまうんです」

「アップロード？」

「ええ。コンピュータが使ったのがその言葉なんです。理由はよくわかりません。とにかく、〈メーカーズ〉には時間がたっぷりあります。それに辛抱強いんです。そして、ほかの種族とコンタクトする必要があります。理由はまだ不明ですが、もうひとつの勢力と関係があるようです」

「悪の勢力か」

「そんなところです。ドク、ぼくは、自分がなににかかわってしまったのかわかってないんですが、〝われわれは孤独ではない〟っていうフレーズは控えめすぎるんじゃないかと思います。それも、よくない意味で」

「興味深いな。ほかには、アイヴァン？」

「〈メーカーズ〉と連絡をとりたいんです。というか、コンピュータがそうしたがってるんです。どうすればいいのかはわかりません。じつのところ、その目的も。だけど、以前に話した、動物の映像が関係してるんじゃないかと思います」

「じつに興味深いよ、アイヴァン。この電話を切ったら、何人かに電話をかけようと思ってるんだ。とりあえず、意見交換をするために。軍が、景色をよくするためだけにきみを移動させはじめたとはとても思えないからね」

「同感です、ドク。ありがとう。あとでまた連絡します」

「じゃあな、アイヴァン」

ケンプはソファにもたれ、遠くを見ながら携帯をバトンのように振った。やがて決断してジェニングズ船長の番号にかけた。

呼びだし音二回で、「ジェニングズです」という声が聞こえた。

「ジェニングズ船長、ドクター・ケンプです——」

「ドクター・ケンプ！　かけてくれてうれしいよ。手に入った富を楽しんでいるかね？」

ケンプはしばしのあいだ、口をぱくぱくさせた。間違いなくジェニングズ船長の声だったが、かつての彼は、礼儀正しくはあったが、親しみやすさはかけらも見せたことがなかった。

「ええ、まあ。海か湖が見える物件を探してるところです。閑静な住宅を。船長はどうなんですか？」

「新型のBG‐4502長距離探鉱船にカスタムオプションといくつかのアップグレードをつけて購入契約を結んだところなんだ。キャッシュで買ったから、サービスとして特急で納品してくれるんだそうだ。正直いって、ちょっとわくわくしているんだよ」

ケンプは声をあげて笑った。おおいに納得していた。「へえ。なるほど。わたしはそんな大きな買い物は考えてませんよ。じゃあ、〈アストラ〉はどうするんですか？」

「ひきとるつもりはないかね？」

「え？　なんですって？」

船長はくすくす笑った。「ナノマシンがひとつも見つからなかったので、軍が——彼らのきちょうめんさに幸あれ！——新品同様に組み立てなおしてくれたのさ。〈アストラ〉はいまも、ラグランジュ4ステーションにドッキングしたままになってるんだ。軍からは、もうすぐ係留料を請求すると脅されてるよ」

「どうするつもりなんですか？」ケンプはたずねた。

「ネットオーションにでも出そうかな」

ケンプはまた笑ってしまった。この新しい、より人間的なジェニングズ船長が好きになっていた。

「だが、真剣な話なんだよ、ドクター。〈アストラ〉は売りに出すつもりなんだ。乗組員には格安で売るよ」

「ありがとうございます、船長。だけど、わたしはスペーサーらしい放浪癖を持ちあわせてないんです。次はヨットを買うつもりなんですよ」

「好みは人それぞれだからな。ところで、なにか用事があったんじゃないかね？」

「ええ、もちろん。ついさっきアイヴァン・プリチャードと話したんですが、船長にお知らせしなきゃならないと思ったことを聞いたんです」

ジェニングズの口調が、一転して真剣になった。「そうか。話してくれ」

ドクター・ケンプはアイヴァンから聞いた内容を、その移動についての自分の疑念とともに伝えた。聞きおえると、ジェニングズはいった。「惑星間疾病管理予防センター《ICDC》派遣団の責任者を務めていた医師、たしかドクター・ナランだったたな？　彼女ときみは親しそうだったじゃないか。連絡してみたらどうかね」

「わたしもそう思っていたところです、船長。名刺をもらってますし」

「わたしは弁護士たちに相談してみる。なにかあったら知らせてくれ、ドクター。じゃあ」

ケンプはデスクから名刺をとってきてしばらくそれを凝視した。ドクター・ナランとは気を許せる仲になっていた。最終的には名前で呼びあうようになっていたので、ドクター・ケンプはある程度の化学反応が生じていたと確信していた――とにかく、工業用ガラスと気密シール越しに生じる程度の化学反応は。

協力せざるをえない環境ではなくなったいまも、その親密さが継続しているかどうかはなんともいえなかった。ためらっている自分に首を振ると、ケンプはドクター・ナランに直接電話をかけた。

留守番電話につながった。

ケンプはおなじみの説明と指示に耳を傾け、ピーッという音のあとで話しだした。「マディ、チャーリー・ケンプだよ。いま、アイヴァン・プリチャードから気になる話を聞いたので、きみなら宇宙軍の緊急時対応計画についてなにか知ってるんじゃないかと思って電話したんだ。アイヴァンに危険が迫ってるんじゃないかっていうやな予感がするんだ。電話をくれ」

ケンプは自分の番号を告げて電話を切った。新居探しを続けようとタブレットを手にとると同時に携帯が鳴った。

「チャーリー？　マディよ。メッセージを聞いたの」

ドクター・ナランがよそよそしい関係に戻らないという選択をしてくれたので、ケンプはうれしくなってほほえんだ。「かけてくれてありがとう、マディ。アイヴァンと話したんだ。軍がモジュールを移動させてるんだそうだ。それも、どうやらアイヴァンに気づかれないようにしながら。ぼくは疑い深いほうじゃないけど、魚の死骸みたいにぷんぷん臭うんだ。軍に、真っ先にモジュールを移動させるプロトコルなんてあったかい？」

数秒間、沈黙が続いた。「もともと軍は、最悪の事態に備えて、モジュールを基地から離して小型核爆弾を設置したいといってたの。〝さらなるフェイルセーフ〟っていってた。わたしたちが阻止したんだけど、やりすぎだと納得したというよりも、わたしたちに調子をあわせただけという印象だったの」

「くそっ」ケンプはしばし考えた。「これって、隔離が破れたのがわかったときの対応と一致してないのかな？」

「いえ、それはないわね。ナノマシンが漏れたのを見つけたら、軍はこんなふうにこそこそしたりしない。スズメバチの巣に棒を突っこんだみたいな大騒ぎになる。必要とあらば、基地を丸ごと爆破するはずよ」

ケンプはため息をついた。「こんなところかな。軍はモジュールを離れたところへ移動して核爆弾をとりつける。ほとぼりが冷めたころ、核を爆発させて、隔離が破れたことに対する措置だったと発表する。でも、アイヴァンは前もってほかの場所へ移動させておく。そして彼は、一生、モルモット扱いされる」

またしても、なにも聞こえなくなった。今回はそれが一分近く続いた。ケンプが、ドクター・ナランとの回線がまだつながっているかどうかたしかめようとしかけたとき、やっと声が聞こえた。「そうね。わたしは国際地球連合《UEN》事務官と連絡をとって、ＩＣＤＣの代表をひとりかふたり、追跡調査のために派遣できないか頼んでみる。許可をもらえたら、期間は無期限にしてほしいと説得してみる。もしも宇宙軍に邪魔されたら、あなたの説が正しかったと判断せざるをえなくなる」

「そうなったら、どうする？」

「わからないわ」ドクター・ナランはいった。「わたしは、こんなスパイごっこには慣れてないの。いつもは権力側の憎まれ役なんだから」

ドクター・ケンプはくすくす笑って感謝した。おたがいに連絡を絶やさないようにしようと約束して、ふたりは電話を切った。

56　フェイルセーフの実装

ムーア大将は首を振って書き起こしを押しやった。デスクの正面にすわっているカスティーヨ大将は、無表情でムーアを見つめながら、彼が口火を切るのを待っていた。

「ううむ」ムーアがとうとういった。「プリチャードが〈創造者たち《メーカーズ》〉とコンタクトをとろうとしている？　名案だ！　ぜひとも手伝ってやろうじゃないか」

カスティーヨは、ムーア大将の掛け値なしにまれなユーモアの試みに笑い声をあげた。

「だが、まじめな話、これは不安な事態だ。〝まるっきりプリチャードのようだ〟をゼロとし、〝まるっきりエイリアンのようだ〟を十とする尺度だったら、これは、どうだ？　八ってところか？」

カスティーヨはうなずいた。「そんなところだろうな。プリチャードは、その希望を実現するために積極的に行動するつもりだとほのめかしたのか？」

「きみならするか？　前触れになるような発言はなさそうだ。友人と懺悔《ざんげ》相手のいずれかまたはその両方がいたら、どうするつもりかをうっかり漏らしたかもしれないが、いまはそれが彼の頭のなかにいるので、これ以上は盗み聴きできないのさ」ムーアはふんと鼻を鳴らした。「もしも彼がはっきり明言してくれていたら、こんなにやきもきしないですんだんだがな」

カスティーヨは長々と息を吐いた。「だが、あのシュルツとかいう物理学者が、この一連の出来事をみごとに予想的中させてるじゃないか。彼の予想が正しいと認めれば、たとえプリチャードがいまもほぼプリチャードなんだとしても、にもかかわらず、エイリアンの人形つかいの指示どおりに踊ってることになるんだぞ」

「わたしもそう思うよ、アラン。ときどき、プリチャードの死を偽装するべきかどうか迷ってしまうんだ。実際に亡き者にし、それをそのまま発表したほうがいいんじゃないかって」

「まあ、モジュールはいま、新しい場所に向かって移動中だ。爆弾は途中で設置することになってる。どっちにしろ、もうすぐ準備がととのうんだ、テッド」

カスティーヨはしばらく黙りこんで天井を見上げてから続けた。「これで、プリチャードを阻止するべきか、それとも支援するべきかという問題が生じたな」

「おいおい、アラン。きみもリスクマトリックス分析をやってみろよ。こっちがファーストコンタクトの主導権をとれるならいいだろう。だが、こんなふうに押しつけられるときの最悪のリスクは人類の絶滅なんだぞ。そんな危険に見合う潜在的報酬なんてものが存在するもんか」

「わたしだって同感さ。ただ、遅かれ早かれ、そういう問いを投げかけられるはずだと思っただけだ」

ムーアは携帯を見おろした。着信中の表示が点滅していた。「どうやら、早かれのほうらしいな。アラン、この電話には出なきゃならん。またあとで続きを話さないか？」

カスティーヨは立ちあがって短く会釈し、出ていった。

☆　☆　☆

「いいことが立て続けに起こるな」ムーアは声を出さずにうなりながら携帯を置くと、ベントリー大尉を呼びだした。「カスティーヨに戻ってきてもらってくれ」

二分後、カスティーヨがふたたびやってきた。「また問題か？」

「まったく予想外ってわけじゃないがね」ムーアは顔をしかめた。「さっきの電話は、新しい国際地球連合《UNE》事務官のホール博士だったんだ。惑星間疾病管理予防センター《CIDC》のドクター・ナランが、プリチャードの追跡調査とやらをするためにチームを送りたがっているんだそうだ。無期限で」

「偶然のはずはないな」

「ああ、同感だ。ホール博士には、幕僚会議にかけて検討すると答えておいたが、猶予は二十四時間しかない。おそらく、ドクター・ケンプが正しい答えを導きだしたんだろう。われわれを挟撃《きょうげき》しようとしてるんだ。チームを受け入れたら、プリチャードに手出しできなくなる。そして間違いなく、そのチームはダニ感染症よりも撃退が困難だろう。要請を拒否したら、われわれに嫌疑がかかることになる。とりわけ、その後まもなくプリチャードが非業《ひごう》の最期をとげたら」

ムーアはデスクにこぶしを叩きつけた。「これで動くしかなくなった。戦略を実行し、対策を講じるしか。のらりくらりと風向きをうかがうのはもうおしまいだ」

「ジェニングズと彼の弁護士団にはどう対抗するんだ？」

ムーアはにやりと笑った。「じつは、ちょっとした利用価値のある情報が見つかったんだ。彼らが遺物を発見した小惑星に関して異常な調査結果が報告されてたんだよ。どうやら、ロケット推進ベクトル調整《RIVA》を使ってその岩の塊の軌道を変更していたようなんだ」

カスティーヨは眉をひそめた。「初耳だな」

「妙なんだ。だが、噴射の痕跡という物的証拠からして、かなりの時間、燃焼が続いたらしい。その小惑星の軌道を逆にたどった分析もある。ドーナツを一ダース賭けたっていいが、ビッグロックと交差してるんだ。ところで、どうしてビッグロックなんだ？　リトルロックもあるはずなんじゃないのか？」

「じゃあ、ビッグロックの大当たりは汚染されてるのか？」

ムーアは首を振った。「現実的に考えて、それはないだろう。われわれに感染を報告し、進んで隔離されたという行動からして、彼らはこの状況がどんな危険をはらんでいるかを理解していたんだ。大当たりを感染から切り離したかっただけだろう」

「イメージを悪くしないためか？」

ムーアは、信じられないという表情でカスティーヨを見た。「軍のせいさ。われわれのな。軍はたぶん、まず第一に、全域を立ち入り禁止にしたはずなんだ。彼らも、間違いなくそう思ったはずだ。嘘をついたわけじゃなく黙っていただけ、ふたつの小惑星がもともとすぐそばにあったことを報告し忘れただけ、というわけだ――実際、それなら法律違反にはならない」

「名推理だな、テッド」

「そんなにたいそうなものじゃないさ。調べさせたんだ。〈アストラ〉に積載されていた備品のうち、かなりの長さの牽引ケーブルと、何基かのRIVAユニットが消えていたんだ。ケーブルをなくしたり、使用したRIVAを捨てたりするわけがない。航行に危険が生じたのならともかく、高価なものだからな」

「証拠を隠滅したのなら話は別だ」カスティーヨは、うわの空で顎をなでながらしばらく考えこんだ。「だが、ほんとうの危険はなかったときみが本気で考えているのなら、〝実害なければ罰もなし〟ってことでいいんじゃないか？　実際に法律に違反していないのだとしたら、気にする必要があるか？」

「まだ調査中なんだよ、アラン。だが、それでも、この件には利用価値があると思うんだ。その気になれば、太陽系評議会に、あの宙域を隔離するように圧力をかけられるんだからな。そうとも、念には念を入れるためという名目で。豊富な原鉱に近づけなくなりそうだと気づいたコンソリデーテッド・インダストリアルズ社は、〈アストラ〉の乗組員に賠償を求めるだろう」

「たとえば、金を返せと訴訟を起こすとか」

「ああ。だが、アイヴァン・プリチャードにまつわる問題に対してジェニングズ船長が、もっと融通をきかせた大人の対応をしてくれさえすれば、そのような事態は避けられる」

☆　☆　☆

ムーア大将はガラス越しにアイヴァン・プリチャードを見た。奇妙なことに、いうなれば生身のプリチャードを目にするのはこれがはじめてだった。ムーアは思いがけない感銘を受けた。乗組員の船内服を着てクロムの体が隠れていても、プリチャードは背景と同化していた。

「やあ、ミスター・プリチャード。ムーア大将だ」

プリチャードは窓に歩み寄ってほほえんだ。「こんにちは、大将。ドクター・ナランから、あなたのことを何度からかがってますよ。あなたは都市伝説なんじゃないかって思いはじめてたところなんです」

ムーアは、短くこわばった笑みで応じた。「まあ、みんなそれぞれに仕事があるんだよ。ミスター・プリチャード、きょうは、きみがドクター・ケンプとの電話で語ったことについて話しに来たんだ」

「あなたたちはいつ、盗聴してることを認める気になるんだろうって思ってましたよ。そんなの、だれにとってもまったくもって当然のことですから。あなたたちが盗聴してなかったら、馬鹿にされたみたいに感じてたでしょうね」

「実際、してたんだ。それに、かなり心配になったことも認めるよ。特に、例の〈メーカーズ〉に会いに行きたいという――」

「コンタクトですよ」

「なんだって？」

プリチャードははねのけるようなしぐさをした。「ぼくが求めてるのはコンタクトです。

会いに行きたがってるわけじゃありません。ぼくの知るかぎり、超光速飛行はできませんからね」

ムーアは目を細めた。「きみはどこまで知っているんだね、ミスター・プリチャード？」

「ほとんどが断片的な知識です。夢みたいなものですね。目が覚めたとき、どんな夢だったかを断片的には思いだせるけど、最初から最後までは思いだせないみたいなものなんです。ただし、支離滅裂な夢とは違って、理解できた事柄は首尾一貫してます。いつもすべてを理解できるわけじゃないっていうだけです」

「では、ミスター・プリチャード、もっとたくさん思いだしてもらうために、われわれにはなにができるのかね？」

プリチャードは真剣な面持《おもも》ちになってムーアをじっと見つめた。「妙な言いまわしで質問するんですね、大将。脅しとも解釈できる。〝あんたの家族やこのりっぱなレストランになんかあったら大変だよな〟って感じかな」

「言葉遊びには興味がないんだよ、ミスター・プリチャード。わたしが知りたいのは、〈メーカーズ〉が脅威なのかどうかだ。それに、できたら地球に向かっているのかどうかも」

「どっちもまだわかってないんですよ、大将。それに、とんてんかんてんやかましいことからして、わかるだけの時間は残ってなさそうだ」

「なんだって？」ムーア大将は一歩あとずさった。

「人ならざるものになるのは愉快じゃないけど、利点もいくつかあるんです。たとえば、ものすごく鋭敏な感覚とか。〇・二Gで加速しつつ、こっちのほうで……」プリチャードは約三十度の方向を指さした。「機械を使った作業をしてるってことは、ラグランジュ4宇宙軍基地から充分に遠ざかりしだい、核爆弾かなにかで問題を解決しようとしてるんでしょうね。それとも、ぼくは死んだって発表できるようにしようとしてるのかな？　で、ぼくは月の裏側かどこかのラボへ連れていかれるのかな？」

こいつは手ごわかった。こいつは、未知の力と感覚を備えていて、どうやら、ムーアが思っていたよりも現実をきちんと把握しているようだった。こいつが脱出を試みたら阻止できるだろうか？　こいつが身を守るためになにかしようと決めたらなにが起こるんだろう？　より多くの情報を得るために危険を冒してこいつを生かしておくべきかどうかという問題には、いま答えが出たようだった。

ムーアは無言のままくるりと向きを変えて歩み去った。そして当番の技師のそばを通るとき、「完全に隔離しろ。外部との連絡も禁止だ」と告げた。

☆　☆　☆

「諸君、決断のときが来た」ムーアはテーブルを見まわした。「プリチャードはわたしたちの意図を知っているか、すくなくとも察している。なにからなにまでではないが、充分に。プリチャードはなにもできないのかもしれないし、なにかできるのかもしれない。それなら危険を冒すか？」

ジェラード代将が身を乗りだした。「大将、手荒な手段に訴えることによって、彼が、わたしたちが懸念していたとおりの行動をとってしまうおそれがあることも考慮に入れてください」

「ほかにとりうる手段はないんだよ、代将。自分たちと敵のことをあれこれ考えていると、なにもできなくなってしまう。ある時点で、決断しなければならないんだ。たとえなにもしないと決めたとしても、恐怖のあまり凍りつくのではなく、すくなくともみずから決断しなければならないんだ。

さて」と大将はテーブルを見まわした。「われわれは、これからどうする？」

カスティーヨ大将が発言した。「核爆弾はまだ設置されていないが、六時間以内に準備がととのう。基地に危険がおよばないだけの距離はとれたが、協定宙域はまだ出ていない。したがって、当然、われわれは審問を受けることになるだろう。また、中華ソビエト帝国《SSE》の前哨艦はいずれももとの位置から動いていないので、当面の懸念事項にはならない」

「モジュールからはその半分の時間で人員を退避させられますね」リチャーズ少将が補足した。

ムーアはテーブルを見まわした。「軍が、実際のところ民主主義的な組織でないことは承知しているが、諸君がなにを考えているかを把握しておきたい。そういうわけで、拘束力のない投票をしたい。投票するのは、核による解決の賛否だ」

ムーアは、ただひとり反対したマーティンスン海兵隊中佐を見やった。「理由を聞かせてくれるか、マーティンスン？」

マーティンスンは顔色が悪かった。「わたしはいまも惑星憲法を信じているからだと思います、大将。プリチャードはなにも悪いことをしていませんし、法律にも違反していませんし、意思に反して閉じこめられています。そしてわたしたちは、暗闇が怖いという理由で、彼を吹き飛ばそうと、平時に軍の核爆弾を起爆しようとしているのです」熱に浮かされたような目でムーアを見つめた。「こんなことをするために軍に志願したのではありませんし、そのような行動をわたしがした宣誓にすりあわせることはできません。この件は、どうぞわたし抜きで進めてください」

「了解したよ、中佐。この作戦の指揮官として、きみの任を解く。この部屋を去りたまえ」

マーティンスンはうなずいて立ちあがり、振りかえることなく出ていった。

「黙って行かせていいんですか？」

ムーアは顔をしかめた。「われわれは、代将、網の目をかいくぐろうとしているが、アニメの悪役というわけではない。マーティンスンは指揮系統を理解しているし、この施設のセキュリティレベルも承知している。彼はわれわれを手伝いはしないだろうが、邪魔もしないだろう。そしてこの先も軍務に服してくれるはずだ」

ムーアはデスクをこぶしでこつこつと叩いた。「よし、はじめるぞ。代将、退避を開始してくれ。カスティーヨ、核爆弾の設置が予定どおりに終わるかどうかを確認してくれ。予想よりも早く準備をととのえられれば、ことを有利に運べるはずだ」

57　脱　出

アイヴァンは、無言で立ちあがって出ていく技師を興味津々《しんしん》で眺めた。スタッフが作業している騒音と振動を感知できなくなってから二時間たっていた。スタッフが退去しているのだ。そしてその意味は、ひとつしかありえなかった。軍が行動を起こしたのだ。ムーア大将との対決の直後にジェニングズ船長の弁護士たちに電話をかけようとした。すると、当然のことながら、かからなかった。外部との連絡を絶たれていたのだ。アイヴァンがふたたび苦情を申し立てられるようになる可能性があったらそんなことをするはずはなかった。つまり、アイヴァンは、もうすぐ、殺されるか、闇に葬られるのだ。

まあ、揺さぶって反応を引き出そうとしたのはぼくだった。ミッションは完了した。宇宙軍は反応し、事態が動きだした。問題は、いうまでもなく、それはどんな動きなのかだった。軍はぼくの死を偽装し、一生、ラボに閉じこめるつもりなんだろうか？　それとも、ほんとに殺そうとしてるんだろうか？

それに、ラルフはどう反応するんだろう？　もしも軍がぼくを核爆弾で抹殺するつもりなら、家族のためにいちばんいいのは、横になったままそれを受け入れることなのかもしれない。ラルフがそれを許すとしてだけど。それに、〈アーッ〉の問題も未解決のままになってしまう。もしもぼくが死を受け入れたあとで、なんの準備もしていない人類の前に〈アーツ〉が出現したら、それは人類にとって確実な死刑宣告だ。ラルフはそれをこの上なく明らかに示した。

もしもそうでなく、軍がぼくをどこかのラボに監禁したら……遅かれ早かれ、ラルフはぼくがなんとかするのを待ちきれなくなって、主導権を奪うだろう。そうなったら、ぼくがラルフの決定に影響をおよぼせるチャンスがなくなってしまう。

それに、ぼくはやっぱり死にたくない。かといって、死ぬまでモルモット扱いされるのもまっぴらだ。ラルフときちんと意思疎通できるようになったら、ぼくが決断をくだせるようにする必要がある。それをいうなら、ぼくは自由の身で生きつづける必要がある。

よし、それなら脱獄だ。アイヴァンは、この数日、そのための準備を進めていた。脱出作戦を敢行すべきときだった。

アイヴァンは、天井の隅に設置されている監視カメラを見上げると、寝棚で横になって目をつぶった。

そして十秒後、上体を起こした。カメラに入りこんだナノマシンたちが寝棚で横になっている彼の映像を送るのをやめるのは、アイヴァンがやめろと命じたときか、核爆発で壊れたときだった。そのふたつのどちらかだった。

アイヴァンは、彼の居住区とモジュールのそれ以外を隔てているエアロックのドアに歩み寄った。アイヴァンがドアをひくと、ドアが壁からきれいにはずれた。ドアを固定していた金属の薄い層が、あっさりとはがれたのだ。

外壁をカバーしているカメラは二台しかなかったが、二台とも、とっくにナノマシンを感染させてあった。アイヴァンは外部隔壁まで通路を堂々と歩いた。壁をなでるようにして——

——よし。壁のその部分には、配管も、配線も、電子機器も、そのほかの邪魔になるものもなかった。基本的に、アイヴァンがこれからやろうとしているのは、体験ずみの変形実験と変わりなかった。じつのところ、程度問題にすぎなかった。もちろん、もしもそうでなかったら、アイヴァンの戦略は土台から崩壊してしまう。

アイヴァンが片手を壁にあてると、手は溶けて金属隔壁のなかにもぐりこんだ。アイヴァンの体はどんどん細くなって、まもなく、足から上が完全に消えはじめた。下半身が消えるとズボンが、そしてシャツが床に落ちた。アイヴァンはすっかり消失し、残っているのは、壁からまっすぐに突きでているごく細い腕だけになった。やがてそれも壁に呑みこまれた。

☆　☆　☆

モジュールの外で体をもとどおりにしても、片手を外壁とつながったままにしておいた。回転しているステーションから宇宙へ、放出する反動質量がない無力な状態で放りだされるなどという事態は絶対に避けたかった。星々を、彼方に浮かんでいる宇宙軍基地を、そしてモジュールの巨体の陰になって視界から消えようとしているフェリーを見やった。

外壁の穴は、あけたときと同様にやすやすとナノマシンがふさいだ。気圧低下のせいでアイヴァンが脱出したことがバレるおそれはなかった。アイヴァンはゆっくりと慎重に、つねに最低でも二カ所の固定点を確保するように気をつけながら、隔離モジュールの外壁をまわりこんで、影のなかにとどまったままハブに近づいた。

これからがもっとも危険だった。フェリーに外部モニターが備わっているかもしれなかった。操縦士がまずいタイミングで窓の外に視線を向けるかもしれなかった。クロム仕上げの体のおかげで、背景からシルエットを見分けるのは難しいはずだった。シルエットを一見して人間とわからないようにしておくのも役に立つはずだった。人は、人間の形に敏感に反応するようにできているからだ。

アイヴァンは体を細くのばし、人というよりもトカゲに近くなった。そして、注意を怠ることなくフェリーにたどり着いた。数秒間の調査で、とりつくのに適当な場所が見つかった——つかまりやすく、近くに噴射口や取り入れ口や窓やアンテナ、それにアイヴァンの存在に影響を受けるなにかがない場所が。

ガチャガチャという音などの、活動を示す兆候が、しばらく前から続いていた。設備を回収しているか、居住モジュールの人口が適正な人数よりも多いかだった。ひょっとしたら、エイリアンの脅威に対抗するために警備員を増やしたのか？　気をつけなきゃな、とアイヴァンは思ったが、彼がいましていることを思えば、そうだとしても大きな影響はなかった。

アイヴァンはぐるりと見渡した。空気や窓の素材のせいでぼやけることなく美しく輝いている星々を、以前のアイヴァンが見たら目に涙を浮かべていただろう。アイヴァンは天の北を、小北斗七星の方角を見た。天のその区画はなぜかラルフにとって重要だったが、アイヴァンにはなぜ重要なのか、どうして重要だと思うのかもわからなかった。次に地球に目を向けた。この見慣れない遠距離からの地球は小さかった。彼の故郷、彼の家族の故郷だ。アイヴァンは、いましていることが間違っていませんようにと願った。

かなりの時間がたってから、フェリーはハブのエアロックとの接続を解除し、宇宙軍基地をめざしてゆっくりと進みはじめた。

あとは待つだけだった。

58 爆発

ムーア大将はタブレットでひらめいている状況ウィンドウで進行を確認した。核爆弾の設置は予定よりも早く終わりそうだが、人員の退避は遅れていた。とはいえ、許容範囲内だった。退避には三時間の余裕を見てあったが、早く終われば終わるほど早く起爆できた。

ベントリー大尉は自分のデスクで細かな問題に対処していた。表情が暗く、罪悪感に打ちひしがれそうになっているのが明らかだった。もちろん、大尉にすぎないベントリーは投票しなかったが、意見があるのは間違いなかった。

意見は過大評価されている。意見を持つのは傍観者だ。傍観者にすぎない観客は意見を持つ。プレーヤーは決断をくだし、結果に責任を持つのだ。

だが、ベントリーは善良だし、忠実だ。ベントリーを解任せずにすむように、とムーアは心の底から願った。

リチャーズ少将からのメッセージが表示された。最後の搭乗員が持ち場から呼び戻されたとのことだった。ムーアがビデオウィンドウを見ると、プリチャードがのんきに寝棚で横になっていた。正直なところ、悪くない死にかただな。痛みも感じないし、後悔する暇もないんだから。

それからおよそ十分後、〝退避完了〟を知らせるメッセージがタブレットに表示された。

ムーアはインターコムアプリをタップした。「艇長、準備がととのいしだい、発進してくれ」

「了解しました」という答えがインターコムから聞こえ、衝撃音やきしむ音とともに宇宙軍フェリーは隔離モジュールの抱擁からみずからを解き放った。フェリーが回転したので、つかのま、方向感覚がおかしくなったが、宇宙軍の古参にとってはなんということもなかった。そしてフェリーはラグランジュ4宇宙軍基地をめざして加速を開始した。

カスティーヨがドアから船室をのぞきこんだ。「ちょっといいか？」

ムーアはうなずいた。ベントリーをじろりと見やると、大尉は邪魔にならないようにドアを閉めた。

カスティーヨは椅子にすわった。「準備が完了した。ソフトウェアが自己診断をしている最中だが、必要ならオーバーライドできる。あと十分で完全に準備がととのう」

「そんなことをしたら、われわれは一生消えない日焼けをすることになるだろうな」ムーアはにやりとしながらいった。

「その一生は五分で終わるかもしれないがね」

ブラックユーモアだ。それが軍人の心のよりどころなのだ。ふたりは含み笑いを漏らして重荷を共有していることを確認すると、数秒間黙りこんだ。

ムーアが沈黙を破った。「無線で基地に警告したから、備えを固めているはずだ。だが、あれだけ離れていれば、影響は、一部の搭乗員の被曝を避けるために、早めに地上側へ回転しなきゃならなくなることくらいだろう。早めに起爆したとき、より大きな危険に直面するのはわれわれだ。だが、プリチャードが寝ていてくれれば——というか、いまのようにしていてくれれば——あせることはない」

カスティーヨはうなずいた。「あと二十分で心配なくなる。わたしはもう、報告書を書きあげた。きみに送るから添削してくれ。選択の余地はなかったとかなんとか、差し迫った危険がなんとかかんとかって感じだよ」

ムーアは無言でうなずいた。ふたりとも、宇宙軍の流儀を承知していた。

☆　☆　☆

二十分後、ムーアとカスティーヨはキーパッドの前に立って見つめあっていた。どう転ぶにしろ、これは彼らのキャリアを左右する瞬間だった。なにしろ、平時に地球－月系のそばで核兵器を起爆しようとしているのだ。厳密にいえば、中華《S》ソビエト《S》帝国《E》を含め、地球のいくつかの国は、それを戦争行為と解釈することが可能だ。

カスティーヨがいった。「わたしはこの行為の必要性に同意し、わたしの決断に由来するすべての責任を負う」そしてスキャナーにＩＤを読みこませてパスワードを入力した。

ムーアはうなずき、おなじことをした。ムーアがパスワードを入力すると、大きくて四角くて赤いボタンが光った。その中央に〈起爆〉という文字が大きく書かれていた。

ムーアは人差し指と中指をボタンにかけてカスティーヨを見た。「ラストチャンスだ……」

カスティーヨはかろうじて見分けられる程度に首を振った。自分のキャリアが直角に曲がろうとしているのを感じながら、ムーアは力をこめた。

爆発した。もちろん、見られなかった。特に宇宙では、核爆発は絶対に目にしないほうがいい。

近頃は、新しい眼球を培養してつけてもらえるが、安くはない。それにムーアは、その過程は快適ではないだろうと思っていた。

「これで解決だな」カスティーヨがいった。

　ムーアはふんと鼻を鳴らし、信じられないという顔でカスティーヨを見た。「これで問題の、プリチャードに関する部分は解決したさ。だが、芽のうちにつぶすことができなかったら、惑星間疾病管理予防センター《ICDC》とも、ジェニングズの弁護士団とも、宇宙軍のお偉方とも、ニュースメディア——ジェニングズと彼の仲間たちはこの件をおおやけにするに決まってるからな——とも、地球連合とも、渡りあわなければならんのだぞ。いうまでもなく、SSEは、それを攻撃、または分け前を渡さなくてすむようにするためのペテンだと主張するだろう」しばらく天井を見上げた。「胸を張っていえるのは、われわれは間違いなく、人類のために正しいことをしているということだけだ」

　カスティーヨはため息をついた。「そうだな。何本か電話をかけたほうがよさそうだ。何人かに貸しがあるんだ。いまこそ、その貸しを取り立てないとな」

59　隠れ家探し

　爆発によって、表面という表面が耐えがたいほどまばゆく照らされ、くっきりした影が生じた。もしもアイヴァンの目が生身のままだったら、たとえまぶたを閉じていても、反射光を浴びただけで失明していただろう。防御壁で守られていないアイヴァンは放射線にさらされた。一部のナノマシンは壊れ、吸収されてつくりなおされた。一部は損傷し、自己修復するか、仲間になおしてもらった。二分もたたないうちに、アイヴァンは新品同様になった。

フェリーがまだドッキングもしていないうちに修復はすんでいた。軍はあせっていた。アイヴァンは、大将を相手に癇癪《かんしゃく》を起こしたことを、ちょっぴり後悔した。あの軍人の態度にかちんと来たアイヴァンは、売り言葉に買い言葉を返してしまったのだ。とはいえ、ここまでされるほどのことをいったとは思えなかった。まあ、たぶん大将は、ぼくを抹殺することを決断するのに充分な理由になると思ったんだろうけどな。

一方で、基地の外に張りついていても埒《らち》があかなかった。天の北へ向かいたいという衝動は消えていなかった。ラルフの影響に違いなかった。

だけど、どうやって行けばいいんだ？　ここまで、ほとんどその場しのぎを続けてきただけだった。

アイヴァンは注意深く頭を上げて周囲を見渡した。アイヴァンがとりついているフェリーは、ラグランジュ4宇宙軍基地のドッキングベイに接続したところだった。基地は、さまざまな構造物、コンテナ、ドッキングベイ、退役艦を転用した居住区の寄せ集めだった。貧民街だってもっと整然としていた。

だが、ごちゃごちゃしているのは見せかけだった。宇宙軍は秩序の権化《ごんげ》であって、ひとつひとつの構造物が目録化され、分類され、図面にされ、監視されていた。なにかが飛び去ったら、気づかないはずがなかった。

フェリーをねらうのが理にかなっていたが、フェリーは足が遅い。宇宙軍は、逃げだしたフェリーにあっさり追いついて破壊するだろう。それどころか、いったん停止して、とりあえずランチをとってからだってまにあうだろう。

アイヴァンは〈マッド・アストラ〉がドッキングしていることに気づいた。探鉱船に活動の気配は認められなかった。どの窓も真っ暗だ。エアロックチューブで基地と接続されてさえいない。ジェニングズ船長がまだひきとっていないのだろう。

アイヴァンはフェリーと〈アストラ〉のあいだの宇宙空間を見渡した。何度か短い自由落下をすればたどり着ける。理想的とはいえないが、最悪でもない。

約六時間でたどり着いた。アイヴァンは急いでいなかったし、発見されたら、控えめにいっても大ピンチだった。だが、とうとう、アイヴァンは〈アストラ〉の、基地とは反対の側に到着した。

エアロックを通るのがてっとり早かった。だが、エアロックはドッキング管理部がつねに監視しているし、もしも〈アストラ〉にアンビリカルケーブルが接続されていたら、エアロックが作動したことがモニタリングコンソールに表示されてしまう。

真空中で実際にため息はつけないので、アイヴァンは心のなかでため息をついた。そしてしぶしぶ、片手のてのひらを宇宙船の外殻にあてた。前回、これはとんでもなく不快だった。たぶん今回もおなじだろう。

☆　☆　☆

アイヴァンは注意深く船内を動きまわった。宇宙船が航行中でないかぎり、船内のドアはモニターされていないはずだったし、たとえされていたとしても、セキュリティのためというよりも、気圧差が生じていないか、気密が破れていないかをチェックするためだった。船内の居住可能環境は維持されていたので、アイヴァンは目を調整して赤外線が見えるようにした。

船長席に腰をおろし、興味津々《しんしん》でブリッジを見まわした。この宇宙船で働いていたあいだはブリッジに足を踏み入れる機会がなかったし、ふつうに働きつづけていたら、たぶん入らないままになっていたはずだった。

コンソールと制御装置をひとつひとつじっくりと眺めた。名称が付されているものもあるし、ひと目でわかるものもある。それ以外については、消去法とちょっとした分析によって、確度はさまざまだが機能を推定できた。ふたつの光り輝いている表示によって、アイヴァンのアンビリカルケーブルについての予想が正しかったことが明らかになった。それが最初の問題だった。これからはじめる作業を基地に知られないようにする必要があった。

どうしてナノマシンをコントロールできるのかについては、いまだにわかっていなかった。ほんとうに自分がコントロールしているのか、確信が持てなかった。アイヴァンがたんにラルフに希望を伝え、ラルフがそれを実行しているようなものだった。

だが、そんなことはどうだってよかった。どっちにしろ、結果はおなじだった。アイヴァンは、ナノマシンが回路を改変し、基地がこの船でおこなわれていることに気づかないようにしたいと考えた。船長席にもたれながら、作業が完了したらなぜかそれがわかるはずだと確信していた。

一方で、武装した宇宙船の群れに追われることなく〈アストラ〉を発進させる方法を考えださなければならなかった。

60 急を告げる電話

ドクター・ケンプは鳴りだした携帯を手にとった。発信者を見ると、ドクター・ナランからだった。「もしもし？」

「チャーリー？」ナランの声は震えていた。

「どうかしたのかい、マディ？」

「アイヴァンが死んだの」ナランはごくりと唾を呑んだ。すすり泣くのをこらえたようだった。「ついさっき、ムーア大将の副官から電話があったの。あのくそ野郎は、自分でわたしに電話する度胸もないのよ」

「なにがあったんだい？」

「そうね、副官の説明を信じるなら、ナノマシンのふるまいがいきなり変わって、すべてを食いつくしはじめたんだそうよ。文書を要求したけど、きっと、もっともらしい証拠をでっちあげしだい送ってくるんでしょうね」その口調の辛辣さが、ナランには軍が提出してくる証拠など、みじんも信じるつもりがないことを示していた。

「なにからなにまで、おかしなことだらけじゃないか」ケンプがいった。「なんだってナノマシンがいきなりふるまいを変えるんだ？　なんだって軍はそんなに性急な対応をしたんだ？　なんだって一足飛びにアイヴァンを殺したりしたんだ？　ジェニングズ船長が猟犬の群れを放つのは承知のはずじゃないか」

「わからないのよ、チャーリー。それにベントリー大尉は淡々としてた。もうちょっと言いわけがましくなりそうなものなのに、しょうがなかったんだって弁解しそうなものなのに」

ケンプは数秒間考えた。「なにかがあったんだろうな。魚の死骸の臭いがぷんぷんする」携帯をもう片方の耳に移した。「個人的には、タイミングはともかく、〝アイヴァン・モルモット化シナリオ〟じゃないかっていう気がする。ジェニングズ船長に電話をかけて意見を聞いてみるよ。これで、この件についてのムーアの信頼性は、もちろんゼロになった。ジェニングズはきっと戦争をはじめるだろうな」

ナランは、それはいい考えだと同意して電話を切った。ケンプはジェニングズの番号を呼びだしてかけた。

留守番電話だ。ケンプはため息をつき、自分の名前と番号を告げ、短いメッセージを残した。

立ちあがってキッチンに行った。冷凍庫いっぱいに詰めこんである冷凍ディナーは、極上の食事とはいいかねるが、てっとり早いし、準備とかたづけの面倒がない。ひとり者には理想的な食い物だ。ケンプは積み重ねてある箱を見つめ、財政状態の変化のせいでひとり暮らしの輝きがいくらか減ってしまうのだろうかと考えた。

どの冷凍ディナーにするかを決めて電子レンジに入れた直後に携帯が鳴った。携帯を手にとって発信者を確認した。ジェニングズ船長だ。

「もしもし?」

「ドクター・ケンプ、アンドリュー・ジェニングズだ。ついさっき、ムーア大将と興味深い話をしたんだ……」

「じゃあ、アイヴァンのことをご存じなんですね。それに、ムーアがドクター・ナランには副官に電話させた理由もわかりましたよ」

「いろいろあったんだよ、ドクター。きみとドクター・ナランは、きっとあやしんでいるだろうな」

ケンプはふんと鼻を鳴らした。「あやしんでいるどころじゃありませんよ。ナノマシンがいきなり暴れだすだなんて、とても信じられません。そもそも、はっきりいって、宇宙軍はこういうことをするだろうって予想してたんです」

「いうまでもなく、わたしたちにナノマシンの予定や計画はわからない。それに、スケジュールの節目に到達したので、段取りどおりにことを進めたのかもしれない。それに、予想が的中したからといって、予想していたことがすべて正しいとはかぎらない」

ケンプは携帯を顔の前にかざしてまじまじと見つめた。そして携帯を耳に戻してからいった。「軍を擁護するんですか、船長？　なにか、わたしが知っておくべきことがあるんですか？」

「そのようだな。大将は電話で、アイヴァンが死んだとされている件についてはごく短くかたづけて、もっぱら、わたしたちがベイビーロックをなぜ移動させたのか、それがわたしたちにとってどんな意味があったのかについてわたしを問いただしたんだ」

「なんですって？」ケンプは顔から血の気がひくのを感じた。

「どうやら、ベイビーロックのごまかしかたが足りなかったらしい。ムーア大将はごまかしに気づいて、彼の推論とその波及について語り、相互確証破壊を提案したんだ」

「はあ」まずい。

「もちろん、わたしは少々誇張した。たとえわたしが弁護士団を解き放っても、ムーア大将に短期的なダメージを与える程度のことしかできないだろう。査問委員会に呼ばれて宇宙軍の取り調べを受けることになるくらいがせいぜいだ。そしてもし、大将がベイビーロックの件を持ちだしたら、わたしたちが当てた鉱脈のことをからめないはずがない。つまり大将は、わたしたちとおなじで、短期的にかなりのダメージをわたしたちに与えられるんだ」

「痛み分けってわけですか」ケンプがいった。

「ああ。ムーア大将は、獰猛な弁護士の群れがうちのポーチに集まってこないかぎり、わたしたちがやったとおぼしいことが日の目を見ることはない、と請けあったよ。わたしたちは、かなりの時間をかけて話しあって合意にいたったんだ」

ケンプは片手で顔をこすった。「じゃあ、船長はなにもできないんですね？」

「そうはいってない。正面攻撃には加われないだけだ。だが、安心してくれ、ドクター、これからも後方支援は続ける」

「こうしているいま、アイヴァンは完全なモルモットにされてるんですからね」

ジェニングズは一瞬、ためらった。「その、じつは、ムーア大将が、たしかに、研究のためにアイヴァンを〝消す〟ことも考えたが、爆発で実際に殺したと認めたんだ。きっぱりと明言してた。わたしも、最初は疑っていたが、ほんとうなんじゃないかと思うようになった」

「どうして？　大将は理由をいったんですか？」

「新たな発見によって、アイヴァンは、たとえ研究対象としてでも、生かしておくには危険すぎるとわかったからだということだった。人類の運命カードまで切ってきたよ」

「ふん」チャイムが響いたので、ケンプは電子レンジに歩いていってランチをとりだした。

「アイヴァンの未亡人はどうなるんですか、船長？」

「それについても大将と話しあった。純粋な悪の化身にしては、びっくりするほど同情してたよ」ジェニングズは暗い含み笑いを漏らした。「アイヴァンの家族のためには、すくなくとも公式には、未知の病気のせいで死んだことにしておくのがいちばんだろうとほのめかしていた。そして、わたしから知らせるほうがいいだろうともいっていた」

な」

「まあ、遠征中にアイヴァンが死んだら、ふつうでも、知らせるのはわたしの役目だから

「だけど、やつらがアイヴァンを吹き飛ばしたんですよ！　たとえ、船長がムーアのいうことを額面どおりに受けとったとしても」ケンプは自分が激怒していることに気づいたので、言葉を切って深呼吸をした。

「公式発表その他についても話を聞いた。アイヴァンは謎の病気の唯一の死者で、彼の死後、安全対策としてモジュールは核爆弾で爆破した、というストーリーを大将は考えているんだそうだ」

「そして船長は、調子をあわせるつもりなんですね？」

「わたしだってむかついてるさ、ドクター。だが、自分のことだけを考えていればいいってわけにはいかない。乗組員たち、それにとりわけ、アイヴァンの家族のことも考えなきゃならないんだ。もしもわたしたちがとった行動のせいで、アイヴァンの家族が彼の分け前を得られないようなはめになったら、それは彼の望みに対する究極の裏切りになるんじゃないかと思うんだよ」

「そうですね」ケンプはしばらく考えてからいった。「アイヴァンから、一度ならず、自分が死んだほうが家族の未来のためになるんじゃないかと思っている、そう打ち明けられたことがあります。だけど、ムーアがなんの罰も受けないままになるのかと考えると、はらわた

が煮えくり返ります」

ジェニングズはうめきで同感の意を表した。

「明日までに地球に戻れるんだ、ドクター。同行してもらえないかね？」

☆　☆　☆

ドクター・ケンプは目の前の家をじっくりと眺めた。トラクシーはもう行ってしまった――いまさら怖《お》じ気《け》づいても、別のトラクシーを呼んで、到着するまでここに立って待たなければならない。向きを変えてジェニングズ船長を見た。船長は、これから立ち向かわなければならない試練に、ケンプとおなじく気が進まない様子だった。

とうとう、同時にため息をついてから、ふたりの男は玄関に歩を進めた。その家は、かつての時代なら、せいぜい中の下というところだった。現代では、すくなくともそれなりの金持ちでないと住めない家だ。

この家は、ケンプが理解しているところによれば、仮住まいだった。アイヴァンの家族は、彼の分け前が振りこまれるとすぐにアパートメントを引き払った。中途解約もしなかったとアイヴァンから聞いたことをケンプは思いだした――残額をそっくり払って出ていったのだ。アイヴァンとジュディは、しばらくその家に住んで、そのあいだに腰を落ち着ける家を探すつもりだった。

ケンプは首を振った。ミセス・プリチャードは、ひとりで家探しをしなければならなくなったのだ。

ふたりがポーチに上がると、ジュディ・プリチャードがドアをあけてくれた。顔は暗く青ざめ、目は赤く泣きはらしていたので、ジュディがこの訪問の目的を知っていることがわかった。

「子供たちは祖母にあずかってもらっています。ご遠慮なくお話しください」

船長はうなずき、自分とドクター・ケンプを紹介した。

三人は居間で腰をおろした。ケンプとジェニングズが一方に並び、ミセス・プリチャードはその正面にすわった。ケンプは、アイヴァンからジュディは保険計理士《アクチュアリー》だと聞いたことを思いだした。とびきり魅力的なジュディは会計士タイプに見えなかった。だが、立ち居振舞いや服装や行き届いた気配りから、プロなのが一目瞭然だった。ケンプは、船長がつねにきちんとアイロンのかかった服を着ていることを連想した。

「できたら」ジュディが前置き抜きでいった。「単刀直入にお話しください」

ジェニングズ船長は咳払いをし、ドクター・ケンプをちらりと見てから話しだした。

船長が考えてきた話を終えると、ジュディ・プリチャードははらはらと涙をこぼした。船長が、だれかに責任を負わせたり、なんらかの悪徳行為があったとほのめかしたりすることなく、重要なポイントには残らず触れたのはみごとだった、とケンプはひそかに認めた。こんなふうに話すことを強いられて、船長が憤懣《ふんまん》やるかたない気持ちなのはわかっていた。

ケンプは身を乗りだした。「ミセス・プリチャード、わたしは、アイヴァンがつらい思いをしているとき、何度か彼と話をしました。アイヴァンは恐れていましたが、それはなによりも、あなたにどんな影響がおよぶかを心配していたからです。家族がつつがなく暮らせさえすれば、自分はどうなろうとちっともかまわないといっていました」

ジュディは涙で濡れた顔をケンプに向けた。「アイヴァンが戻ってくれるなら、お金なんか――たとえ無一文になったって――ぜんぶ差しだします」

「わかります」ドクター・ケンプはいった。「でもわたしには、アイヴァンなら、きっと考えなおしてくれというはずなのもわかっています」

ミセス・プリチャードはうつむいて両のこぶしを握り、静かにすすり泣きはじめた。

ジェニングズとケンプは顔を見合わせ、ジェニングズが名刺をコーヒーテーブルに置いた。「わたしの電話番号です。お聞きになりたいことがあったらかけてください。ＩＣＤＣ、惑星間疾病管理予防センターが作成中のはずの公式報告書は、要請すれば送ってもらえるはずです」ジェニングズは頭を下げた。「ご主人はみんなに好かれていた大切な乗組員でした。ご主人が亡くなられたことと、あなたのご心痛に全乗組員に代わってご同情申しあげます」

ミセス・プリチャードはうなずいたが、言葉を発することはとうてい不可能な状態だった。

「では、失礼します、ミセス・プリチャード」ケンプはいった。それ以上言葉を重ねることなく、ふたりは玄関に向かった。

61　宇宙船の拘留解除

　ムーア大将は椅子にもたれてタブレットをデスクに放った。地球‐月系周辺での核爆発は、案のじょう、過去四十八時間で最大のニュースになっていた。ほとんどすべてのニュースチャンネルが扱っていた。どのニュースも、おそらくアマチュア天文家が撮った、二、三種類の映像を使っていた。ムーアはすぐに報告書を提出した。あれのおかげで、泡を食った司令部から情報を寄こせとせっつかれずにすむといいんだが、とムーアは思った。隠しとおすことは不可能だ。あせってうろたえるのは得策ではない。率直で堂々たる声明がめざすべき方向だ。反対屋は勝手に騒がせておけばいい。

　そして、当然ながら、中華《S》ソビエト《S》帝国《E》は激怒し、説明を要求したり、はたまたどんな説明もプロパガンダに決まっていると決めつけたりした。また、エイリアン・テクノロジーをわが国に渡さないための計略だろうとか、そのエイリアン・テクノロジーを解明できなくて癇癪《かんしゃく》を起こしたのだろうとか、エイリアン・テクノロジーの取り扱いを誤ったのだろうとほのめかした。

　それらすべてが同時だった。

　いつも腹ぺこなメディアは騒ぎたてるだけだったが、ＳＳＥはまたも恫喝《どうかつ》してきた。ムーアがもっとも懸念したのは、もう一度ラグランジュ４を〝査察〟するつもりだという宣言だった。SSEはいつだって、比喩的な足で爪先立ちになって、気分を害した、疑わしい、と声高に叫びたてられるように準備している。怒鳴り散らしたり大言壮語したりするのはいつものことだが、あからさまな威嚇のほうがさらに頻繁だ。

ムーアはつかのま考えてから、すべての兵器と兵装システムの点検と準備状況の監査を実行させる命令書を作成した。

ベントリー大尉がムーアのデスクに文書を置いた。こんどはなんだ？　大将はその文書を拾いあげてざっと目を通した。「ジェニングズ船長が急に宇宙船をひきとるといってきたのか？」

「ドッキング料を払いたくないだけかもしれません。大将が圧力をかけたじゃありませんか」

「あの男は超大金持ちなんだぞ。それくらい、痛くもかゆくもないさ。われわれに借りをつくりたくないと思ったというほうがありそうだ」ムーアはペンを手にとってその文書に署名した。「さあ、持っていけ。いい厄介払いだ。だれかがとりにくるのか？」

「自分で手配するそうです。具体的なことはいっていませんでした」

ムーアは肩をすくめた。この時点では、ムーアはこの件にほとんど無関心で、なんの疑いも持たなかった。

だがこれで、司令部がナノマシンの漏洩とそれに続くその付近の消毒についてマスコミに発表しても、すくなくとも、ジェニングズの弁護士団に悩まされる心配はなくなった。

惑星間疾病管理予防センター《ICDC》のほうが大きな潜在的脅威になったが、リトルロックの件はICDCにはまったく効果がなかった。ICDCは返答に窮する厄介な質問を連発してくるだろうし、ごまかしはきかない。すべての質問に、納得のゆく説明をしなければならないのだ。

ムーアは、ICDCの攻勢に歯止めをかけてくれることを期待して、何人かの旧友に電話をかけたが、強い圧力をかけられる直接の監督機関にコネはなかった。それでも、ICDCの動きを鈍くしてくれるかもしれなかった。すくなくとも、〈アストラ〉がここから消えれば、弁護団は〝資産を不当に差し押さえている〟と訴えられなくなる。ムーアはにやりと笑った。ジェニングズはちょっとした戦術ミスを犯したのだろう。それとも、たんに辛抱しきれなくなったのかもしれない。

どうだっていい。悩みの種がひとつ減ったんだからな。侮蔑のうめきを漏らすと、ムーア大将は未処理書類入れから次の案件を出した。まったく、役人仕事ってやつは。地獄があるとしたら、それはデスクの奥にあるのだ。

62　予期せぬ電話

「もしもし、ドク」

ドクター・ケンプはよろめいてしまい、応じる前に腰をおろさなければならなかった。携帯を顔の前にかざし、しばしじっと見つめてから耳に戻した。「アイヴァンなのか？　死んだんじゃなかったのか？」

「結局、ぼくが死んだっていう報告は大幅に誇張されてたってことになりますね」

ケンプは片手で顔をぬぐった。「惑星間《I》疾病《C》管理予防《D》センター《C》のドクター・ナランが政府調査を要求してるんだ。宇宙軍はきみがほんとに死んだと思ってるのかい？」

「ええ。彼らがモジュールを爆破する前に脱出したんです。それから、じつは、彼らのフェリーに便乗して基地に戻ったんですよ」

ケンプはくすくす笑った。「で、これからどうするつもりなんだい？」

「そうですね、ジェニングズ船長は宇宙軍に宇宙船の返却を求めて、宇宙船を公共ドッキング施設に移送することになってます」

「意外だな。船長とはほとんど毎日話をしてるけど、そんな話は聞いてないんだ」

「じつは、船長もそれを知らないんです」アイヴァンが一瞬、黙ったあと、携帯からジェニングズ船長の声が聞こえた。「それにしても、船長は印象的な声をしてますね」

ケンプは、口をぱくぱく動かしながら、無言ですわっていた。ようやく声を出せるようになった。「うわあ。そっくりだな」

「それに船長は〈アストラ〉に、ホームアカウントと連結してる個人電話回線を設置してるんです。だから発信者番号も正しく表示されるんです。ムーア大将はきっと、頭痛の種が消えてくれて喜んでると思いますよ」

「ところで、アイヴァン、どうやってだれにも気づかれずにモジュールを脱出してフェリーに乗りこんだんだい？」

「正直いって、ドク、あなたは知っていることがすくなければすくないほどいいんです。それ以外にも話せないことが多くて困ってるんですからね」

「だれも殺したりはしてないんだよな？」

「ええ、まさか。そんなことはしてません」

ケンプは安堵のため息をついた。「きみはいまもアイヴァンなのかい？　つまり、中身は？」

「ええ、ドク。ただし、以前にもいったように、これは一時的な状況なんだと思います。でも、いまのところ、主導権を握っているのはおおむねぼくです」

「新しい情報は得られたかい？」

「そうですね、抽象概念については、いまだに意思の疎通が難しいんです。でも、いくつか、わかったこともあります」アイヴァンはしばしためらった。「銀河系では戦争が起きてるんです。たぶん、知的生命体が進化しているすべての銀河系で。罠をしかけた存在は、ぼくたちをリクルートしようとしてるんです。それが文句なしにいいことだという印象は受けてません。だけど、すくなくともコンピュータによれば、もう一方のほうがもっと悪いらしいんです。コンピュータがぼくに嘘をつけるのかどうかはわかりません。でも、とりあえず、協力しようとは思ってます」

ケンプはぞっとした。「わたしたちに選択肢はあるのかい?」

「微妙なところですね。いうまでもなく、見通しは明るくありません。深い水に落ちたとき、泳ぐか泳がないかの選択肢があるのと同程度の選択肢はあると思います。つまり、たいした選択肢はないってことですね」

「すばらしい」

ケンプは数秒間、無言になっていま聞いたことについて考えた。アイヴァンは沈黙を破らなかった。ケンプに事態を受け入れる時間を与えたのだ。ついに、ケンプがたずねた。「で、次はどうするんだい?」

「くりかえしになりますが、ドク、あなたは知りすぎないほうがいいと思うんです。尋問されたとき、嘘をつかずにすみますから。いまは、死んだと思っていた友人と話してるだけなんですよ」

ケンプはにやりと笑った。納得できた。

「ドク、ぼくの妻と話はしたんですか?」

「したよ、アイヴァン。わたしたちはきみが死んだと聞かされてたし、ＩＣＤＣと宇宙軍はきみの死亡を確定する書類作業をすることになっていた。新情報が出てくるまで、それと戦う理由はなかったんだ」

「そのまま進めさせたほうがいいと思います、ドク。あなたがいくらどうにかしようとしてくれても、ぼくはもうもとの人生には戻れません。ぼくは死んだことになっているほうが理にかなってるし、ぼくの家族が自分たちの人生を歩み続けるためにはそのほうがいいんです。すくなくとも、それはチャンスと未来がある人生になるんですから。それがいちばん大事なんです」

「奥さんには、わたしからきみの思いを伝えておいたよ」

またも数秒間、沈黙が続いた。「いまも泣ければいいのにと思いますよ。泣けば、不思議なくらい気持ちが楽になりますからね。だけど、コンピュータは強烈な感情をよしとしてないようなんです。処方薬を服用してるときみたいな感じです。気持ちが大きく高ぶりも落ちこみもしないんですよ」

「それをうらやましいと思う人もいるだろうね、アイヴァン」

「実際に体験してもらいたいですね、ドク。そんなにいいものじゃありませんよ」

さらに数分間、話してから、アイヴァンは、ときどき電話して近況を伝えるとケンプに約束した。ケンプは携帯をおろして椅子にもたれ、窓から見えている、十五メートルほどしか離れていないとなりの建物を眺めた。心のどこかで、もうすぐこんな環境を我慢しなくてよくなるんだと思っていた。

いまの会話で得られた興味深い情報は、軍がアイヴァンを調べるために彼の死を偽装しようとしなかったことだった。軍は、本気でアイヴァンを抹殺しようとしたのだ。パニックを起こしたのだろうか、それとも、アイヴァンが存在したらほんとうに危険だと、客観的・合理的に判断したんだろうか？　このナノマシンの一件は、必然的に、未知の、それどころか不可知の要素を多く含んでいる、とケンプは認めた。わたしは、じつのところ、人類に破滅をもたらす人物に手を貸してるんだろうか？

ケンプは首を振った。わかっていることをもとに行動するしかないんだ。

63　購入

「船を買いたいんです」ドクター・ケンプは返事を待った。予想どおり、電話の相手は言葉を失った。

ようやく、ジェニングズ船長が応じた。「そうか。前回話したときのきみの口ぶりからすると、ずいぶん大きな方針転換じゃないか。理由を訊いてもかまわないかね？」

ケンプは船長に嘘をつきたくなかった。船長を信頼し、尊敬しているからだ。「どうしてもというなら話しますが、できたらその質問には答えたくないんです。ただ、それを明かさなければ、船長に、ええと、最近のあれやこれやの件で、否認しうる余地を残しておける、とはいえます。そして実際、船長は何週間か前に、わたしに宇宙船を買わないかと持ちかけたじゃありませんか。わたしたちは、宣誓した上で、正直にそう証言できるんです」

「宣誓した上で、かね？　チャーリー、いまわたしは、きみをせっついて説明を聞きたくてしかたなくなっているんだ。だが、きみの判断を信じよう。ひとつだけ質問させてくれ。将来のいつか、すべてを説明できるようになる日が来るのかね？」

「はい、船長。きっと。いまはちょっと、そうだな、事態が流動的なんです」

「わかったよ」

ジェニングズが提示した金額を聞いて、ケンプは眉を髪の生えぎわまで吊りあげた。「くず鉄だってもっとしますよ、船長！」

「きみに貸しをつくりたいんだよ、ドクター。この値段でいいから、いつかは説明してくれ」

「わかりました。すぐに代金を振りこみます。ええと、事務処理がすむ前に。ただちに監査可能になるようにしたいんです」

「それでけっこうだ。ほかになにかあるかね、ドクター？」

「新しい宇宙船はもう届いたんですか？」

「ああ。じつをいうと、明日、慣らし航行をする予定になっているんだ」

「それなら、あなたの宇宙船をチャーターさせてください」

数秒間、黙りこんだあと、船長が答えた。「きみには、その、もう自分の宇宙船があるじゃないか。どうしてわたしの宇宙船が必要なんだ？」

「わたしの宇宙船を探すためですよ」

ジェニングズはうめいた。「いや、まったく意外な展開だよ、ケンプ」

☆ ☆ ☆

船長との通話を終えてから一時間もたたないうちに、ケンプはドクター・ナランからの電話を受けた。

「ちょっとした旅に出かけるそうじゃないの」ナランは前置き抜きでそういった。

医師はしばらく携帯を見つめた。そして携帯を耳に戻してからいった。「盗聴でもしてるのかい？」

「プリチャード事件にかかわった全員が、旅行をしようとすると通知が来るようになってるのよ。そしてそれは一年間続く。あなたが〈オリンパス・ステーション〉行きのチケットをとったから、コンピュータがわたしにそれを知らせたの」

「へえ。一九九四年にようこそ」

「それをいうなら一九八四年よ！　まったく。これだから素人は」

ケンプはくすくす笑った。「じゃあ、これはなんらかの公式な電話なんだね、ドクター・ナラン？」

「いいえ、チャーリー、そうじゃないわ。わたしが興味を惹かれただけよ。アイヴァンの件で、なにか進展があったの？」

じつは、彼は生きてるんだ。これって進展に入るかな、とケンプは考えた。どこまで話していいのか、ケンプにはわからなかった。ケンプはマディを信用していたが、最近の体験のせいでパラノイアになっていたし、そうなって当然だと思っていた。

「ジェニングズ船長と宇宙船に乗るんだ」ケンプはようやくいった。「船長が新しい宇宙船を買ったから、乗せてもらうんだよ。何日か暇はないかい？　シャトルの代金はおごるから」

ナランはその誘いについて考えているらしく、しばらく回線に沈黙が流れた。やがて、「そうね、いい考えだと思う。〈オリンパス・ステーション〉で会いましょう」

☆　☆　☆

翌日、ケンプは〈オリンパス・ステーション〉にいた。ドクター・ナランがテーブルに近づいてきたので、ケンプは立ちあがった。ナランが持っているカップに入っている紅茶の独特な香りが、ナランよりも先にケンプのもとへ届いた。

前置き抜きで、ナランがケンプにいった。「きのうは遅くまで考えてたの。きのうの電話で、あなたはなにかを伝えようとしてるように感じたけど、いくらあなたが口にした言葉を思いかえしても、なんのメッセージも汲みとれなかった。深読みしすぎ？」

ケンプはにやりと笑った。「そんなことないよ。パラノイアになりすぎなんじゃないかって疑いながら、謎めいた感じに聞こえるようにしたのさ。スパイの真似事なんか、するもんじゃないね」

「ええと、あなたは、その、多少、使用歴のある探鉱船のオーナーさまなのよね？」ナランはケンプを疑わしげに見つめた。「ひきとりに行くの？」

「うん、たしかに〈マッド・アストラ〉のオーナーはこのぼくだよ。ひきとりに行きたいのはやまやまだけど、まず、見つけないとね」

ナランは目を丸くした。「宇宙軍基地にあるんじゃないの？」

「ないんだ。どうやら、アイヴァンは、宇宙海賊に転職したらしいんだよ」

ナランは、数秒間、ぽかんと口をあけて黙ったままケンプを凝視した。「説明して」

「アイヴァンの言葉を借りれば、彼が死んだっていう報告は大幅に誇張されてたんだそうだ。彼はモジュールを脱出すると、〈アストラ〉を盗んで逃走し、行方をくらましたんだよ」

「気の毒に。遺物に触れただけなのにこんなことになって」

ふたりはうなずき、逃走中の宇宙海賊への同情を共有した。

ナランは鋭いまなざしでケンプの顔を見つめた。「ところで、アイヴァンが行方をくらましてるのなら、どこへ探しに行くの？」

「あてずっぽうだけど……」

ナランは、続けてという身ぶりをした。

「アイヴァンは、変身がすんだばかりのときから何度も、子熊の映像がくりかえし頭に浮かぶといってた。その後も、具体的な説明はなかったけど、子熊のことは口にしてた」

「気になるわね」

「ああ。きっと重要なメッセージなんだ。だからアイヴァンはぺらぺらしゃべらなかった。

頭に浮かんだのは、さっきもいったように、子熊だったたんだ」

「子熊？」ナランは困惑の表情になった。

「うん。こぐま座の子熊さ」

ナランは笑いだした。「こぐま座？　小北斗七星？　星座のことだったっていうの？」

「うん。コンピュータはアイヴァンに、その方角にメッセージを送信してほしがってるんじゃないかな」

「待って、なんですって？　メッセージを送信？　チャーリー、ちょっとさかのぼって説明して」

ケンプはナランにすまなそうな笑みを向けた。

「そうだね。ええと、アイヴァンは頭をエイリアンがつくったコンピュータと共有してて、そのコンピュータがどうにかしてその〈創造者たち《メーカーズ》〉と連絡をとりたがってるんだ」

「だけど、その〈メーカーズ〉はどの星にいるの？」

ケンプは肩をすくめた。「それは重要じゃないんじゃないかな。ひょっとしたら、送信するときになったら、アイヴァンはもっとくわしいことを教わるのかもしれない。だけど、どっちにしろ、その連中のほとんどは、百光年以上離れたところにいるんだ。スムーズな会話にはならないさ」

「うーん」ナランはしばらく考えた。「アイヴァンにできるのは、おおむねその方角にある恒星すべてにメッセージを送って、おなじ時間をかけて戻ってくるメッセージに耳を傾けはじめることくらいでしょうね」

「だろうな。アイヴァンが、〈メーカーズ〉はものすごく辛抱強いといったことがある。〈メーカーズ〉がアイヴァンと似てるなら、まあ、寿命は問題にならないんだろう。ナノマシンは、あの遺物のなかで、だれかがひっかかるのをどれくらい待ってたんだろう？　そもそも、不死の存在にとって、辛抱強さの意味ってなんだろう？」

☆　☆　☆

悪の根源は金だろうな――いや、待て、そうじゃない。金がほしいという欲望だ。ケンプは首を振って考えをまとめようとした。ベテラン宇宙飛行士にとっても、自由落下状態でそんなことをしようとするのは大間違いだ。ケンプは歯を食いしばって吐き気がおさまるのを待った。

だが、とにかく……報酬をはずんだおかげで、フェリーの操縦士は、〈ゲッティング・アヘッド〉までの短い旅のあいだ、ケンプとナランを狭苦しいブリッジですわらせてくれた。接近するにつれ、前方の窓でジェニングズの新しい宇宙船が大きくなった。

「きれいね！」ナランがうっとりとため息をついた。

「まったくだね！」操縦士は興奮していた。「それに、改造もされてるようだ。標準のBG-4502の格納部《ナセル》はもっと小さいんだ。間違いなくカスタムしてる。4600シリーズのパーツを流用してるのかもしれないな。オーナーはわかってるよ」

ケンプはにやりとした。「同意せざるをえないね」

フェリーは〈ゲッティング・アヘッド〉に横づけになり、エアロックを接続した。操縦士に支払いをすませると、ケンプとナランはフェリーを降りた。

搭乗口の前で、ジェニングズ船長が待っていてくれた。船長はにこやかにふたりを迎えた。新しい宇宙船への誇りではちきれそうになっているに違いなかった。航行を開始したら船内をじっくり案内する、と船長は約束した。だが、行き先を考えたら、出発は早いほうがよかった。

ブリッジに入ったふたりをサプライズが待っていた。リタ・ジェネラスが操縦士席をくるりと回転させて軽く敬礼したのだ。

もちろん、ナランにはなんの感慨もなかった。だが、ケンプはリタににやりと笑いかけた。

「船長に拉致《らち》されたのかい？」

リタは笑みを返して首を振った。「噂は広がるものなんです。アイヴァンのことを聞いたんですよ。ジェニングズ船長に電話をしてその件について話したら、事態は単純じゃないって教えてもらいました。だから志願したんです」

ジェニングズはいつもの、口ひげに隠れてほとんど見えない、口を閉じたままの笑みを浮かべた。「もちろん、遠征というわけではないが、わたしたちはしばらく宇宙にとどまることになる。系外へ出ることになるかもしれない」

「え、なんですって？」ナランが不安そうな顔になった。

「地球‐月系の外っていう意味だよ」ケンプが補足した。「太陽系の外じゃない。この宇宙船も、そこまで高性能じゃないさ」

「きっとびっくりするよ、ドクター・ナラン」船長が謎めかした。「とりあえず、すわってくれ……」

ふたりは、操縦装置には触れないと約束したうえでブリッジの席についた。

ケンプは、ワークステーションやコンソールやパネルやモニターがずらりと並んでいる壮観なブリッジ内を見まわした。「ふたりだけでこの宇宙船を操縦できるんですね」

ジェニングズはうなずいた。「ひとりだって〈ゲッティング・アヘッド〉を飛ばせるのさ。もちろん、実際に探鉱ツアーに出たときにそんなことをするつもりはない。だが、新しいBGシリーズの宇宙船のAIは、原理的には、人間が監視していなくても宇宙船を飛ばせるし、飛行計画どおりに各所を巡らせることだってできるんだ」

船長は額をぽんと叩いた。「そういえば、今回の航行中の音声操作用に、きみたちの声を登録しておかないと。そこがだめになったら全体が機能しなくなる単一障害点はつぶしておかないとな。わたしたちはみんな、パラノイアになっているときみはいったが、まったくそのとおりだと思うよ、ドクター・ケンプ」

ナランは笑った。「生活に不都合が生じなければ、それはパラノイアじゃありませんよ」

☆　☆　☆

「長距離船の新シリーズの大きな利点のひとつは」居住リングに入りながら、ジェニングズ船長がいった。「方向転換をするときも居住リングを停止しなくてすむことだ。仕様上、方向転換時の最大トルクは決まっているが、なにかをよけるときでもなければ、急な方向転換をする必要があるかね？」

ケンプはうなずいた。〈マッド・アストラ〉では、居住リングの回転がしょっちゅう止まったり再開したりするのが苦痛でたまらなかった。推進時間を最低限にするためには、予定どおりの飛行ベクトルを慎重に保たなければならなかったからだ。

「フェリーの操縦士が、かなりの改造をしたんじゃないかっていってましたよ。急加速したら居住リングがちぎれたりはしないでしょうね？」

ジェニングズは笑った。「じつのところ、居住リングは、直線的な応力には、4600シリーズのナセルにも負けないほど強いんだ。〈アストラ〉も、技術的には、居住リングを回転させたまま加速できたんだよ。ただし、いきなり方向転換をせざるをえなくなったら、居住リングはベアリングからはずれてしまうだろうな」

ジェニングズが足を止めて振り向いた。そして仰々しい身ぶりでドアの列を示した。「さて、ここがきみたちの個室だ」

ケンプは最初のドアのなかをのぞいて口笛を吹いた。高級船員扱いだったケンプは、とりあえず一般乗組員よりは広い部屋を与えられていたが、この部屋とは比べものにならなかった。「こいつはすごい」

ナランがとなりの部屋をのぞいた。「惑星間疾病管理予防センター《ICDC》の予算の関係で、わたしはたいてい、宇宙船はエコノミーなの。だからマナーがなってない乗客といっしょに飛ばなきゃならないのよ」

ジェニングズ船長はにやりと笑った。「ゆっくり休んでくれたまえ。そしてひと息入れたらブリッジに来てほしい」

ケンプは通路を歩み去っていく船長を見送った。「いやあ、ほんとに楽しそうだな」

64　わが死の報告

ムーア大将は未処理書類入れから次の案件をとりだした。信じがたかった。コンピュータが発明されて二百五十年以上たっている。そして、そのほぼ直後からずっと、識者はペーパーレス社会を予言しつづけてきた。ムーアはつまんでいるシートを親指と人差し指でこすった。かろうじて、樹木の死骸はもう使っていないが、近頃では、環境保護論者がプラスチックの使用に嚙みついている。まったく、狂信的左翼ってやつは。

大将は報告書に目を通した。〈マッド・アストラ〉は月対蹠点《ルナ・アンチポーダル》ドッキングステーションをめざして出発した。ムーアはふんと鼻を鳴らした。ドッキングステーションはジェニングズに、宇宙軍の徴収額の五倍は請求するだろう。いずれにしろ、ジェニングズにとってはとるに足りない金額だろうが。ジェニングズにとっては微小隕石ほどの痛手でしかないだろう。

とにかく、その件はもうわたしの責任じゃなくなったんだ。ムーアはつかのま、顔をしかめた。奇妙なことに、惑星間疾病管理予防センター《ICDC》は予想していたほど強く抗議してこなかった。それにもちろん、ジェニングズの牙は抜いておいたが、ムーアは彼が、直接的ではないやりかたでなにかをしかけてくるのではないかと予想していた。

内部的には、ムーアが核を使用したことを法務部に調査させようとする圧力がかかるだろうが、それを除けば……

ムーアは肩をすくめた。首尾は上々だった。

大将は未処理書類をかたづけつづけた。昇進、懲戒処分、物資調達と補給、四半期報告書。ムーアは書類仕事を忌み嫌っていたが、眠っていても処理できた。

次の案件をちらりと見た。監視報告書だ。そして中身にざっと目を通した。顎ががくんと落ち、最初に戻って最後まで何度も熟読した。

「ベントリー！」

ベントリー大尉の椅子が壁にあたるガシャンという音が響いて、副官がオフィスのドアから顔をのぞかせた。「なんでしょう？」

「〈マッド・アストラ〉だ。あの宇宙船を操縦するためにだれかが実際にここへ来たのか？」

ベントリー大尉は、一瞬、とまどった表情になったが、自分のデスクに戻ってファイルをあさりはじめた。「出発報告書はありました。プロトコルはすべて適正に処理されていて、特記事項もありません。なんの問題も認められません」

「操縦士の到着についての報告を探しだせ」

ベントリーは数分間、ワークステーションで作業を続けてから、顔を上げて彼を凝視しつづけていた大将と目をあわせた。ベントリーの額には汗がにじんでいた。「その、だれかが到着したという記録は存在しないようです。もちろん、さまざまな部門があるのだから、ふたつの事実を結びつける必然性は……」

ムーアは身を乗りだし、両手で顔をおおった。何度も深呼吸をして動揺を鎮めようとした。

「ルナ・アンチポーダルに連絡しろ。〈アストラ〉が来たかどうか問い合わせろ。いや、そもそも来る予定があるかどうか確認しろ」

ベントリーは大急ぎで指示に従い、ムーアはふたたび報告書を読んだ。ドクター・チャールズ・ケンプと、アイヴァン・プリチャードとされる人物との会話の書き起こしだった。

こんちくしょうめ。

☆　☆　☆

テーブルを囲んでいる将校たちはぴりぴりしているように見えた。ぴりぴりしていて当然だった。ムーアは電話で詳細を語らなかったが、声の調子だけで、大問題が発生していて会議への出席が必須だとわかった。

「プリチャードはまだ生きている」ムーアは、遠まわしに説明する必要を覚えなかった。単刀直入に切りだすのが上策だった。

「まさか」とカスティーヨ。「核爆発を生きのびたというのかね？」

ムーアは首を横に振り、ベントリーにうなずきかけた。大尉がテーブルをまわってホチキスでとめた資料を出席者に配った。ムーアは大尉が出ていくのを待ってから話を続けた。

「それは監視報告書だ。ドクター・ケンプの電話での会話の書き起こしだ。そこにすべてが語られている。そのはずだ」

リチャーズ少将が顔をしかめてムーアを見た。「あの医師の電話を盗聴していたんですね？　許可は得ているんですか？」

「おいおい、法と秩序についての講釈はやめてくれ、リチャーズ。これがめちゃくちゃな作戦だということは全員が承知のはずだ。この医者はプリチャードと親密な会話をしたことがある。そんな人物の電話を盗聴するのは当然じゃないか。ロビンスンの電話だって盗聴しているんだぞ」

リチャーズは額をもんだ。「そんなことは知りたくありませんでしたよ。これは明らかに一線を越えているとはわたしは思います、ムーア大将」

「地球近傍の宇宙空間で核爆弾を爆発させるのは一線を越えていないのかね？　どうなんだ、少将？」

カスティーヨ大将が口をはさんだ。「目の前の問題に集中しようじゃないか。脅威が現存しているんだ。プリチャードが逃走したいま、おそらく悪化している」

「ケンプを逮捕しますか？」ジェラード代将がたずねた。

「いったいなんの罪でだ、代将？」

ジェラードは顔をしかめてムーアを見た。「共同謀議では？　事後従犯では？」

「違法な暗殺のくわだてから逃れるための謀議か？　そのくわだてから逃れたプリチャードに協力したことを罪に問うのか？　検察官が起訴したがるとは思えんな」ムーアは、親指と人差し指でしばらく目をもんだ。「宇宙船の窃盗ということにできるかもしれないが、ジェニングズに告訴してもらう必要がある。それに、そうしたところでわれわれにとって有利になるとも思えん」

「困ったことになりましたね……」ジェラードがつぶやいた。

ムーアはその発言を無視することにした。だが、これ以上馬鹿な発言をくりかえすようなら、しかるべき措置をとらなければならない。

そのとき、ベントリー大尉が、紙を振りながら入ってきた。「ルナ・アンチポーダルから返事が来ました。飛行計画は提出されていないし、係留の予約も受けていないし、連絡も来ていないし、到着もしていないそうです。なんの話か、さっぱりわからないそうです」

ムーアは片眉を吊りあげた。ベントリーも、様子が少々おかしかった。目を離さないようにしなければならなかった。

「諸君、状況は困難をきわめている。わたしはいま、捜索に全力を傾注しようと考えている。なにか問題はあるかね？」

「まず第一に、許可だな」カスティーヨがいった。「きみは枠を逸脱しているんだ、大将。おっと失礼」ムーアにじろりとにらまれたので、訂正した。「われわれは枠を逸脱しているんだ。なんとしても避けなければならないのは、査問委員会にかけられることだ。特に、いまは。最終的にうまくいけば、のちに許されるだろう。いまだと、われわれのキャリアはおしまいだ」

「演習ということにしてはいかがでしょうか？　実際に演習の予定もありますし」ベントリー大尉がいった。

　ムーアは、一報を伝えたあとも大尉が部屋にとどまっていたことに気づいて驚いた。出過ぎた発言をしたことはもちろん、とどまったこと自体が規則違反だった。

　とはいえ、それは名案だった。宇宙軍は、発足当時から大々的な演習を実施してきた。それに、ほかの行動の煙幕として用いられることも多々あった。さらに、ラグランジュ4基地では演習の予定がのびのびになっている。ムーアはベントリーを、今回にかぎり大目に見ることにした。

「いい考えだな、大尉。どんな演習にすればいい？　それにどれくらい迅速に展開できる？　いうまでもなく、緊急事態でもなんでもない、ごくふつうの宇宙軍演習に見えなければならんのだぞ」

「そうですね」ベントリーは自分が分を越えたふるまいをしていることに気づいたようだったが、いまさらひけなかった。「緊急救助の演習という名目にすれば、漂流船の正確な位置が不明でもおかしくありません」

ムーアはうなずいた。「抜き打ちの演習というわけだな。すばらしい」それにしても、なんだって大尉に教えを請うてるんだ？　ムーアははじめて、自分がこの仕事にはもう年を食いすぎているんじゃないだろうかと思った。

カスティーヨは疑わしげだった。「宇宙軍演習というのはまことにけっこうだと思うよ、大将。だが、成功させるしかないぞ。宇宙軍には、最終的に成功しさえすればそれまでの罪は問わないという伝統がある。なにがなんでも成功させてくれ」

「ありがとう、アラン。おかげで状況がはっきりしたよ」

「わたしは決まり文句を並べているわけじゃないんだ、テッド。真剣なんだよ。すくなくとも、核爆弾だけなら、ブレーンからの理論的サポートがあったと言いわけができる。だが、こんどは孤立無援になるんだぞ。わたしには、言いわけも正当化もまったく思いつかない」

ムーアはため息をついてうなずいた。「わかってる。だが、現時点で、われわれは平時に核爆弾を爆発させておいて目的を達成することに失敗している。ここで降参したら、われわれはただの犯罪者ではなく、失敗した犯罪者になってしまうんだ。倍賭けするしか、われわれがとりうる選択肢はないと思う。この苦境を無事に切り抜けるためには成功するしかないんだ」

65 人類の選択肢

〈マッド・アストラ〉は地球‐月系からはるかに離れたところを自由落下で漂っていたので、どこを探せばいいのかわかっていないかぎり、視覚的に発見されるおそれはなかった。ブリッジでは、銀色のボール状になっているナノマシンの塊が、ゆっくりと大きくなっていた。それがどんなものになるにしろ、次の段階に備えるときだった。

(これからどうするんだ、ラルフ?)

通信ステーションが必要だ。

その返事は、いつもの子熊の映像をともなっていた。

アイヴァンはホロタンクに太陽系の3Dマップを呼びだした。

(場所は?)

それは重要ではない。

なるほど。それなら、もう少し天の北の方向へ進んだほうがよさそうだ。そうすれば、送信した電波が黄道面《こうどう》を通過するのを避けられる。それに、もしもドクター・ケンプがヒントに気づいてくれたら、彼もそっちへ向かうはずだ。アイヴァンは、レーダーで見つかりやすい、太陽系内の電波が飛びかっている領域から充分な距離をとりたかった。さいわい、これまでのところ、ラルフはそちらの方面にはまったく関心を示していなかった。

アイヴァンは自動操縦をセットしてから、ラルフに注意を戻した。

（建設資材は？）

〈アストラ〉の映像。

アイヴァンの乗り物を建設資材として使うつもりなのだ。

（それだとこれは片道の旅になるぞ、ラルフ。そのあとどうなるんだ？）

〈創造者たち《メーカーズ》〉が返信してくれる。

（そうじゃなく、ぼくたちはどうなるんだ？）

未定だ。

軍艦の群れの映像。暴動の映像。侮蔑の感情。

まあ、それなら最悪ではないな。

（なにが起こるかもしれないんだ、ラルフ？　可能な選択肢はなんなんだ？）

アイヴァンの脳裏に一連の映像が矢継ぎ早に浮かんだ。それらはふたつのグループに分かれていた。つまり、二者択一ということなのだろう。速すぎてじっくり見さだめられなかったが、アイヴァンは最近、いまの自分には完璧な記憶力があることに気づいていた。時間をかけてありえそうな解釈をずらずらとひねりだしてからラルフに質問しよう、とアイヴァンは思った。二十個の質問で答えを当てるゲームを、言葉の意味の合意があるとはかぎらないままやっているようだった。

おもな問題はラルフのように思えた。なんであるにしろ、ラルフは絶対にＡＩではなかった――むしろ、きわめて複雑なエキスパートシステムだった。かぎられたコミュニケーションからアイヴァンが推測したところでは、ラルフには自我——自己意識——はなさそうだった。受けた指示はあっても、ほんとうの自己保存本能やみずからの目標はないのだ。これは意図的のように思えた。さもないと、ラルフはおそらく〈アーツ〉に寝返ってしまうのだろう。

ラルフがそれを淡々と認めているらしいことが、その発言におおいなる説得力を持たせていた。

ラルフほど発達したものであっても、エキスパートシステムには、柔軟性にかぎりがあり、想像力が欠如しているという欠点がある。その代わりにあるのが、一連の目標と決定木《けっていぎ》アルゴリズムだ。だからアイヴァンがひきずりこまれたのだ。現地についての知識と任務を遂行するための気力を提供するのがアイヴァンの役目なのだ。複雑に思えるかもしれないが、アイヴァンはこの計画の背後に長い歴史を持つ文明の存在を感じていた。そいつらは、このやりかたに豊富な経験を積んでいるように思えた。

目標は、人類を、そうだな、〈連邦〉に迎え入れることなのだろう。だが人類は、まず、〈アーツ〉が来襲したときに生きのびなければならなかった。

それに、結局、人類はみずからの本性のせいで滅びないようにもしなければならなかった。ラルフの発言のいくつかから、アイヴァンは、こっちのほうが差し迫った脅威らしいと理解しはじめていた。

もしも〈メーカーズ〉が、そうした問題点のいくつかに関して人類に手を貸してくれるなら、アイヴァンが全面的に協力するべきなのは明らかだった。だが、ラルフの訪問が災いとなる可能性はまだ残っていた。ラルフはいくつかの質問に答えることを、奇妙なほどいやがるので、アイヴァンの直感がうずきだしていた。

後者の可能性に備える戦略が必要だった。その戦略を実行するとなったら、残念ながら、たぶん自爆することになりそうだった。かなりの程度まで即興でやらざるをえないだろうが、一連の出来事がいくつも同時に進行すれば助けになりそうだった。

66　宇宙軍演習

十二隻の宇宙軍艦——四隻の巡洋戦艦と八隻のフリゲート艦——がラグランジュ4宇宙軍基地から抜き打ち演習に出発した。旗艦である巡洋艦〈アウトバウンド〉に乗艦しているムーア大将は、立ったままブリッジ要員を見守っていた。蹄鉄形で二層構造のブリッジには、宇宙軍艦に必要とされる部署がそろっていた。乗組員たちはヘッドセットに低い声で話しかけ、無駄のない動きでパネルを操作していた。その静かだがきびきびとした雰囲気に、ムーアは懐かしさを感じた。

スアン・レー艦長は、くつろいでいるが油断なく艦長席についていた。身だしなみがきちんとしていて頭をきれいな丸刈りにしている艦長は、新設された宇宙軍士官学校の出身だ。

ムーアはいまだに、改革がいいことだったのかどうか確信を持てないでいたが、これまでのところ、レーは充分に有能なようだった。

集中している活動に特有のざわめきから、乗組員の技能の高さがうかがえた。ムーアの心のなかで、懐かしさが後悔に変わった。ムーアは若いころから大将になりたいと願っていた。当時は、それがキャリアの頂点に思えたからだ。ところが、いまになって思いかえすと、宇宙軍に入隊してからいままででいちばん楽しかったのは、軍艦を指揮していたころだった。レーがムーアのほうをちらりと見たが、大将のほうから情報を伝え、命令をくだすのを待っていた。演習中は、ムーアが口を開かないかぎり、彼は透明人間なのだ。

ベントリー大尉は、みごとな分析の手腕を発揮し、基地からのものだけでなく、地球－月系内の何ヵ所もの交通管制センターと造船所の観測・追跡データを照合し、まとめあげた。その結果得られた軌道にはかなりの誤差があったが、すくなくとも、〈マッド・アストラ〉がおおむねどの方角に向かったのかが判明した。レー艦長は、指定された座標を聞いて不審げに片眉を吊りあげたが、無言で指示に従った。

ムーアはほほえんだ。黄道面《こうどう》に対して垂直に近い方角で救助演習をおこなうのは異例だが、前例がないわけではない。なんといっても、演習の目的は、いつもどおりではない活動に備えて訓練することなのだ。

レーと打ちあわせたあと、ムーアは艦長控え室にひっこんだ。デスクの椅子に腰をおろしてため息をついた。戦闘態勢ではないので、いまは通常の〇・五Gの重力がかかっている居住区ブリッジを使っていた。そのうちに、ムーア大将は態勢レベルをひきあげなければならず、そうなったら総員が軸上ブリッジに移動しなければならない。ムーアは、その時間が短くすむことを願った。おおっぴらに認めるつもりはなかったが、ムーアは若いころから低重力と自由落下状態が大嫌いだった。

ムーアはタブレットをとりだして宇宙軍ネットに接続した。まず、ベントリー大尉の針路分析の進行状況を確認したが、結果はかんばしくなかった――現在の推定以上に精度を上げることは難しそうだ、とベントリーは報告していた。

次に、惑星間疾病管理予防センター《ICDC》とジェニングズからの攻撃対策を担当しているカスティーヨ大将に手早くメールを送った。そして返信を待つあいだに、この〝演習〟の戦術の詳細を練った。

カスティーヨの返信はすぐに届いた――いらっとするほど早かったが、内容を読んだとたんにそんな気分は吹き飛んだ。

襲撃の試みは皆無。どちらの関係者もおとなしくしてる。説明の予定なし。

ムーアは、予期せざる執行猶予ににんまりした。だが、最後の一文を読んで笑みを消した。カスティーヨは、明らかにこの状態を異常と考えていた。当然だった。ほかのなにかが影響をおよぼしているのだ。彼らは、ムーアが知らないなにかしらの情報を得ているに違いなかった。

ムーアは引き出しに手をのばしてペンとノートをとりだした。とりとめのないメモ書きは、いつだって考えをまとめるのに役立つ。

要素：ジェニングズはリトルロックの件で脅して何本か牙を抜いたが、それですっかりおとなしくなったと考えるのは早計だろう。プリチャードは死んだ、宇宙軍に殺されたと考えているなら、ジェニングズは激怒しているはずだ。ゆえに、ジェニングズはプリチャードが生きていることを知っているのだ。ケンプから聞いたのだろう。

要素：ＩＣＤＣはこの件を本気で攻めてきていない。ナランがせきたてなければ、ＩＣＤＣの追及は止まる。ゆえに、ナランはもうせきたてていない。ケンプから聞いたのだろう。そのような会話の書き起こしをわたしがまだ見ていないのだから、それらのことが起きたのはごく最近だろう。ゆえに、彼らはまさにいま反応しているはずだ。

この件は陰謀じみてきてるな。その考えの皮肉に思いいたって、ムーアは短く含み笑いをした。

じゃあ、連中はどう出る？　ジェニングズは新しい宇宙船を購入した。なにはともあれ、宇宙船を飛ばしたくてたまらないはずだ。わたしが彼だったら、間違いなくすぐに飛ばす。

ムーアはインターコムのボタンに手をのばして押した。

「レーです」

「艦長、不明船が、われわれを現在追っているか、まもなく追ってくる可能性がある。気をつけていてくれ」

「最高司令部ですか？　マスコミですか？　中華ソビエト帝国《SSE》ですか？　いったい、何者がですか？」

「民間船だ。それに足が速い」

「これはきわめて奇妙な演習になっています、大将。いつか、すっきりと納得できることを望んでおります」

「わたしもだよ、艦長。わたしもだ」

67　攻撃部隊

アイヴァンはモニターをちらりと見た。たしかに、十二個の光点が地球近傍からこっちに向かっていた。核融合エンジンの光輪は、もちろん、うしろからのほうがはるかに見やすいが、気をつけていさえすれば、全方向に広がっている輝きを見逃すことはない。

〈マッド・アストラ〉は、現時点では航行不能だった。宇宙船の部品を使って通信ステーションをつくっている最中のため、なにもかもが中途半端で、なにもかもが機能していない状態だったのだ。あと二十六時間で、ちゃんと飛べるがずっと小さくなった〈アストラ〉ができあがるはずだった。だが宇宙軍の到来までにはまにあわなかった。

たとえ逃げられたとしても、ゆっくりと成長中の通信ステーションを無防備のまま残していくことになる。

アイヴァンはざっと計算をした。まもなく到達する宇宙軍から彼自身と通信ステーションが無事に逃れられる解決策はなさそうだった。〈アストラ〉には、防御用にしろ攻撃用にしろ武器は装備されていなかったし、ラルフは役に立つ助言をまったくしてくれなかった。

アイヴァンは、ラルフの態度をとりわけ興味深く思った。アイヴァンをエミュレートしているコンピュータは途方もなく強力で、記憶容量は事実上無限だ。だが、いくら〈創造者《メーカー》たち《ズ》〉に関する知識が完全ではないにしても、特に機略に富んでいるようには思えなかった。たぶん、自己という概念を持たない存在に自己保存を教えこむのは困難なのだろう。

宇宙軍はレーダーを備えている。自分たちのほうになにかが接近してくれば、余裕を持って回避したり撃破したりできる。速度も、すくなくとも旧バージョンの〈アストラ〉を上回っている。身軽になった新バージョンなら負けないかもしれない。とはいえ、間違いなく、じっくりと時間をかけてステーションを吹き飛ばせるので、アイヴァンはまた一からやりなおしになってしまう。

くそっ。

ステーションを吹き飛ばされることには、ラルフの計画が遅れるという利点があるのだろうか？　そんなことはないだろう。〈メーカーズ〉と連絡をとること自体が危険だとは思えなかった。ほんとうに危険なのはラルフだ。もしもメッセージを送ることに失敗したら、ラルフは次にどんな手を打つんだろう？　関係者全員を気分よくさせておくことによって予測しやすくコントロールしやすくしておくのが成功の秘訣なのだ。

アイヴァンはむきだしの鉄骨に背中をもたせかけ、片腕をかけて壁枠越しに直接宇宙を眺めながら、どうしたものかと思案した。

危険だ。

（宇宙軍のことか？　ああ、いま対策を考えてるんだ）

おまえたち人間は戦わないのか？

（彼らは、ぼくたちが危険だと思ってるんだよ）

彼らの行動は合理的ではない。

（自衛が合理的じゃないのか？）

関連する事実がすべてそろっていないなら、そのとおりだ。

若干、利己的に思えたが、一方で、利己的になるには自己意識が必要でもある。ラルフは、ひょっとしたら成長してるのかもしれないな、とアイヴァンは思った。だが、それはいま考えるべきことではなかった。

選択肢はあるのか？

（じつは、宇宙軍を撃退する方法を考えついたんだ。完成は遅れるけど、使える材料が増え

る。資源をたっぷり使ってステーションをもっと大きくできるんだ。それにいくつかおまけもつくれる)

くわしく説明しろ……

(あせるな。おまえは、いくつかの質問、ほとんどは人類のごく近い未来についての質問に答えようとしない。だからこんな取引はどうだ？　おまえがその問題についてもっと話してくれたら、ぼくがこの窮地を脱出してみせる。さもなければ、ここにすわったままのぼくたちを、宇宙軍が吹き飛ばすはめになる)

わたしはおまえを停止して乗っとることができるのだぞ。

(そして失敗する。おまえのゴールツリーはそのやりかたでうまくいく確率はきわめて低いと判定しているはずだ。ぼくは、自分がなんのために働いてるのかを知りたいんだ。さもなきゃ、もう協力はしない。事態は急を告げてるし、おまえにこのピンチを切り抜けられるだけの知識があるとは思えない。たとえ、おまえのシナリオテンプレートがこういう事態をカバーしてるとしてもな。さあ、取引に乗るのか、乗らないのか？)

乗ろう。

(よし。それなら、おまえが先だ。さあ、話せ……)

68　反　撃

「理解できません、大将。これは演習のはずです。救助演習の。にもかかわらず実際の目標が設定され、それを敵とみなすように命じられたんですから」

ムーア大将は口を固く結んだ。階級の差はあっても、慎重にふるまわなければならなかった。ただでさえ、地球上でもこっちでも、足場がぐらついているのだ。レー艦長が断固として説明を求めたら、ムーアにはなすすべがなかった。そしてレーには、そうする権利があった。

どうやら、正直に、すくなくともある程度は正直に話すしかなさそうだ。「艦長、じつは演習はめくらましだ。われわれは、文字どおりに人類を滅ぼせる敵を追っている。ラグランジュ4のそばで起きた核爆発でこの敵を倒そうとしたがしくじったんだ。いま、われわれはふたたびチャンスに恵まれた。こんどは、やつも逃げだせない」

「めくらましというのは、だれに対してですか？」

「もちろん、大衆に対してだ。それに、これは自分たちにとって不利益になるとみなしている政府の一部派閥に対してだ」

「たとえば参謀本部ですか？」レーがたずねた。

痛いところを突かれた。ぐさりと突かれた。「たとえば惑星間疾病管理予防センター《ICDC》だ」

レーはたじろいだ。困惑して顔をしかめた。よし。予想だにしていなかった、思いがけない答えには、そんな嘘をつくはずがないからほんとうに違いないと思わせられるという利点がある。そしてこの場合、その答えには充分な真実が含まれているので、ムーアのボディランゲージには説得力もあった。

艦長はしばらく考えてからうなずいた。「とりあえず、このままご命令に従います。ただし、雲行きがあやしくなったら説明を求める権利は保留します」

「それでかまわない、艦長」

そのはずだ。

☆　☆　☆

「レーダー士官、なにか活動は？」

「ありません、大将。ただじっとしているだけです」

ムーアは、通常どおりの確認をしているレーを見ながら、それでいいというようにうなずいた。艦長は、受けた命令に複雑な感情をいだいているはずだったが、すぐれた将校であることに変わりはなかったし、至上命令を死守する気概の持ち主だった。

レーダーと長距離撮像装置が、建設中の電波望遠鏡のパラボラアンテナと、そのすぐそばに浮いているいくつかの小さな物体のように見えるものをとらえていた。プリチャードのエイリアンマスターが〝おうちに電話《フォン・ホーム》〟（映画《E.T.》のなかの名台詞）することを望んでいる、というのは妥当な想定だった。だが、これまでのところ、目標宙域内にあるなにからも探知可能な反応はなかった。プリチャードの狡猾さのせいで前回は大失敗したので、ムーアはあやしんでいた。だが、今回はいかんともしがたいはずだった。それともこれはおとりの建造物かなにかで、プリチャードが別の方角へ逃げるためにわれわれを惑わすためのものなのだろうか？

ふん。うだうだ考えてたってなんにもならん。乗りこんで調べればいいだけだ。それから破壊すればいい。

レーとの短い会話のあいだに、ムーアは乗組員たちの軍人としての有能さを確信した。計画を最終的にまとめるためには数時間が必要だった。ムーアは、そのあいだにレーをもっとよく知ろうと決めた。

ムーアはブリッジを歩きまわりながら、専門家同士の会話がかもしだす低いざわめきに耳を傾けた。太陽風の強さ、磁束密度、民間の電波源からの無線通信の量、惑星間の塵の思いがけない濃さ、重力勾配などについてのやりとりが聞きとれた。ムーアの胸に、またも懐かしさがこみあげた。艦長時代は世界を背負っているような気分だった。いまになって思うと、それは容易な、ひとつのことに集中できる仕事だった。方針に従うのは、方針を決めるよりもずっと簡単なのだ。

ムーアはちらりと見上げて艦長にほほえみかけると定位置に戻った。

惑星間の塵。塵だと？ 「くそっ！」

大声で悪態《あくたい》をついたので、ブリッジ内の全員がムーアのほうをさっと振り向いた。

「艦長、移動しろ！ 観測は中止だ！」パニックが表情に出ているのがわかったが、ムーアは気にしなかった。

「手遅れだよ、大将」

レー艦長の声ではなかった。それどころか、ブリッジにいるだれの声でもなかった。その声はインターコムから響いていた。ムーアはレーを見やった。艦長は両手で椅子のひじかけをつかんでいた。混乱で凍りついていた。

ムーアはうめいた。「プリチャードだな?」

「正解だよ、大将。あなたの軍艦はぜんぶ感染してて、ぼくの支配下にある。まあ、そんなところだ。もちろん、正確にはどう違うかは、あなたにはどうせわからないんだから、ぼくを探ろうとしないでくれ、いいな? ちなみに、ぼくはまだ、核爆弾の件で腹をたててるんだからな」

ムーアは無言で歯を食いしばった。

レー艦長は立ちあがって各コンソールを巡ってブリッジ要員に話しかけた。部署から部署へと渡り歩いているうちに、表情がどんどん暗くなった。

「どれだけ慰めになるかはわからないけど、大将、すくなくともあなたたちはぼくの作業を遅らせたよ。全艦をとらえられるように予備のナノマシンをそっくりあなたたちのほうへ放出したからね。おかげで、また新しくナノマシンをつくりなおしてからじゃないと通信ステーションの建設を続けられなくなった」

「はずれたナノマシンはどうなる? 地球にあたったらどうするんだ?」

「ちゃんと命令を与えてあるよ、大将。隔離モジュールでのナノマシンとおなじで、だれにも感染したりしないんだ。見境のない殺人ウイルスマシンなんていうイメージは捨ててほしいね。ナノマシンの暴走《グレイ・グー》シナリオが現実になったりはしないんだ」

「おまえの言葉以外になんの保証もないじゃないか」

「たしかに。だけど、ぼくが嘘をつく理由はない。やる気なら、やりたいなら、ただやればいいんだから。あなたをだましたって、ぼくにはなんの利益もない」

「望みはなんだ？」

「しつこくぼくを吹き飛ばそうとするのをやめてほしいんだけど、そのほかにってことだよね？　ここを離れてほしいな。全艦を方向転換させて帰ってほしいんだ。ええと、二隻を除いてだけど。巡洋艦の二隻はぼくがいただく。その二隻の乗組員はほかの艦に乗り換えさせてくれ」

「もしも拒んだら？」

「大将、その二隻はもうぼくのものなんだ。あなたが選べるのは、乗組員を退避させるか見捨てるかだけなんだよ」

「吹き飛ばすことだってできる」

「実際に吹き飛ばせるかどうかはともかく、たとえ吹き飛ばせたとしても、大勢の乗組員を無駄死にさせるだけだよ。ぼくがほしいのは金属であって、使える軍艦じゃないんだから。スクラップだってなんの問題もないんだ」

レーが口をはさんだ。「数分だけ、こちらで相談する時間をいただけませんか？」

「いいとも、艦長」

レーは副長のハンスン中佐を見つめた。「完全な報告をしろ。全システム、全艦の状況を確認しろ。対策の提案も入れろ」

ハンスン中佐がうなずいて、彼女の仕事に戻った。

レー艦長は立ちあがった。「ムーア大将、わたしの控え室でお話しさせていただけますか？」

☆　☆　☆

ムーア大将はデスクの向こう側にすわっているレー艦長にじっと見つめられていた。まだ階級が低かったころの気分がよみがえった。叱責されようとしている中尉に戻ったようだった。

レーがようやく口を開いた。「ざっと点検したところでは、艦のコントロールは完全に失われています。重要なシステムはひとつ残らずダウンしています。報告によれば、ほかの艦もまったくおなじ状況だそうです。この艦隊は動きがとれなくなっているのです。もちろん、ハンスン中佐がなんらかの手段を見つけるかもしれませんが、いま、わたしは最悪に備えているところなのです」

レーは、一瞬、目をそらした。「戦わずして艦を——それも二隻も——引き渡すことには忸怩《じくじ》たる思いがありますが、どうしようもありません。乗組員の命を犠牲にしてもなんにもなりません。結局、あのプリチャードとかいうやつは望んでいるものを得られるからです」しばらく黙りこんでからため息をついた。「大将、この状況を打開する手段は見つかりません。本艦隊は、二隻の艦——それも巡洋艦——を、演習のはずだったものの最中に失うのです。大将の責任問題にならざるをえません」

ムーアは悲しげな笑みを浮かべた。「艦長、わたしはもう、さんざん責任問題になることをやっているんだ。いまさら変わりはないさ。どんなにがんばったって、人を死ぬまで以上に長く閉じこめられないんだ。一度以上、死刑にはできないんだ」

「わたしになにもかも打ち明けていただくわけにはいきませんか？　どうしてこんなことをしたのかがわかれば、わたしの証言自体が変わることはありませんが、すくなくとも、そのニュアンスは変わるかもしれません」

ムーアはため息をつくと、しばらく天井を見上げていた。「艦長、ゆでガエルの話は知っているかね？」

「ええ、まあ。カエルを水に入れて徐々に熱を加えたらっていう話ですね。あなたがカエルなんですか？」

ムーアはうなずいた。「そしてプリチャードが水だ。それとも火かもしれん。たとえ話には限度があるんだ」

ムーアはいったん口をつぐんで顔をこすった。そして椅子にもたれ、レーに、なにひとつ省くことなく顛末《てんまつ》を語った。

半分を過ぎたころ、レーはふたりにコーヒーを持ってくるように命じた。話が終わってレーがカップを見おろすと、まだ半分ほど残っていたが、もう冷めていた。レーはため息をついてから、インターコムのボタンを押してお代わりを持ってくるように命じた。

「プリチャードは間違いなく火ですね」レーはいった。「それでも、わたしはあなたが過剰反応をしたと思います」

レーは、当番兵がコーヒーを持ってきて去るまで待った。「大将のご懸念も理解できますが、差し迫った感染の脅威がなくなった時点で、もっと穏便な対応をとれたはずだと思います」

「それはあと知恵だよ、艦長。あとから振りかえれば、なんとだっていえる」

「そうですね。それに、結局、裁くのはわたしではありません。それをいうなら、大将、わたしの意見は少数派なのかもしれません。わたしは、多くの争点でハト派ですから」

ムーアは、事実上、あきらめをつけたいま、ほかのなによりも安堵を覚えていた。そしてレーは、きわめて紳士的に対応してくれていた。レーはムーアを営倉にぶちこめたし、自分は査問委員会で無罪になる可能性がおおいにあった。

☆　☆　☆

「これから段どりを決めます」レーがインターコムにいった。そして、しばしムーアを凝視した。「要望はありますか？」

プリチャードはすぐに答えた。「特にない。巡洋艦はどれもおなじ大きさだし、武装もほぼおなじだ。罠をしかけたりしないように。ぼくにはわかるし、そうしたらほかの艦をもらうだけだ。ただし、その場合は乗組員を解放しない。わかったな？」

レーが身ぶりで指示をすると、クルーチーフが次々と命令を発しはじめた。レーは顎で控え室のほうを示し、ムーアは艦長に続いて部屋に入った。

ふたりは腰をおろした。レーはムーアに飲み物を勧めなかった。それ自体は些細《ささい》な事柄だったが、大きな意味を持っていた。

「参謀本部と話しました、ムーア大将。あなたの権限を剝奪し、逮捕して査問委員会を待たせよという命令でした。宇宙軍の資源を無許可で使用し——宇宙軍演習という言いわけは通じないと思います——その結果、二隻の巡洋艦を失った罪です」首を振った。「尋問がはじまっているそうで、そのうち何人かの氏名を聞きました。カスティーヨ？　ジェラード？　とにかく、あなたは窮地に立たされているようです」

レーは椅子にもたれ、片手で額をもんだ。「あなたを営倉に監禁する必要はないと思います。とはいえ、馬鹿な真似はしないと誓ってください。そして、もちろん、わたしはあなたの命令を、拒むか取り消すかせざるをえません」

ムーアは、顔から血の気がひくのを感じながらうなずいた。ついに命運がつきたのだ。職業軍人ならだれもが恐れる瞬間だった。それに、たぶん、職業政治家や企業の重役ならだれもが恐れる瞬間だった。これこそ、積みあげてきたキャリアが一瞬で崩壊する瞬間だった。

ムーアは、自分が、落胆させる家族がいないことをありがたく思っていることに気づいた。

☆　☆　☆

二隻からの乗組員の退避が完了したので、プリチャードは艦隊のほかの艦を支配するのをやめた。だが、ナノマシンはまだ残っているから、必要とあらばまた主導権を奪うと警告した。そして、艦隊が地球近傍に帰還したら、ナノマシンは自己破壊すると説明した。

ムーアはブリッジの定位置に立っていた。だが、幻想はいだいていなかった。いまのムーアにはなんの権限もなかった。問題を起こさないという条件でそこにいることを許されているだけだった。

ムーアは、ほかの連中の尋問はどうなったんだろう、とぼんやり考えた。カスティーヨは信用できた。ジェラードやリチャーズは信用できなかった。ちょっと揺さぶっただけでぽっきり折れそうだった。やつらは、ひとにらみされただけで震えあがって、トランプでつくった家のようにつぶれたんだろうな、とムーアは推測した。

ムーアは視線を落としてため息をついた。ファンファーレや握手なしで、静かに早期引退できる可能性も、わずかながら残されているはずだった。それがいちばんましなケースだった。次にましなのは年金なしの不名誉除隊だった。そして圧倒的に可能性が高いシナリオが——裁判、有罪判決、刑務所だった。長い、長い刑務所暮らしだった。

わたしが正しかったと証明されれば話は別だ。そうなったら、預言者扱いされるはずだ。

だが、そのときにはもう手遅れになってるんじゃないだろうか？

69　巻き添え被害

インターコムが鳴った。「ドクター・ケンプ、ドクター・ナラン、ブリッジに来てくれ」

簡易ベッドで横になっていたケンプは体を起こした。うとうとしはじめたところだった。ジェニングズ船長はなんでブリッジにいるんだろう？

服を着て個室を出たところでドクター・ナランとぶつかりかけた。

ふたりはいっしょに通路を歩いて、黙ったままエレベーターに乗った。新しい宇宙船のさまざまな改善点のひとつがこれだった——ほかの階へ行くとき、はしごを使わなくてすむのだ。

数分後、ふたりはブリッジのドアを通り抜けた。操縦士席についているリタ・ジェネラスが、振り向いて彼らのほうを見た。

「なにがあったんですか、船長？」ケンプはたずねた。

席についているジェニングズは、体をねじって、なんとも判断しかねる表情でケンプを見た。船長は身ぶりでインターコムを示した。「挨拶《セイ・ハロー》してくれ、アイヴァン」

「ハロー、アイヴァン」インターコムが応じた。

ジェニングズは首を振った。「〝ハロー、アイヴァンといってくれ《セィ・ハロー・アィヴァン》〟と頼んだわけじゃないぞ」まじめな顔でケンプとナランのほうを見た。「インターコムの向こうにいるのは本物のアイヴァン・プリチャードだ。彼は、どうやらこの宇宙船を乗っとったらしい」

「なんだって？」ケンプは船長のとなりへ行った。「アイヴァン？」

「こんにちは、ドク。来てくれてうれしいですよ。ドクター・ナラン。おひさしぶりです」

「わたしたちが実際に見えてるの？」ナランはたずねた。

「ええと、カメラと監視システムをわざわざ乗っとれば見られます。だけど、恥ずかしながら、あなたたちの宇宙船が来てることには気がついてなかったんですよ。ぼくを吹き飛ばそうと追いかけてきた宇宙軍艦隊に気をとられてたんです。そっちに集中してたんですよ」

ケンプはふんと鼻を鳴らした。「そっちはどうなったんだい？」

「おなじように乗っとりました。おなじやりかたで。つくっておいたナノマシンをぜんぶ艦隊に投げつけたんです。艦と接触したナノマシンは、外殻を通り抜けて艦内に侵入し、システムに感染したんです。ぼくたちは〈マッド・アストラ〉と隔離モジュールから多くを学んでいたので、まったく手間どりませんでした」

「ぼくたち？」

「ぼくとコンピュータですよ。ぼくは、なんていうか、コンピュータにパートナーだってことを受け入れさせたんです。残念ながら、コンピュータのほうが格上のパートナーですけど」

「主導権を握られてるのかい？」

「いまはまだですが、コンピュータはどんどん主張が強くなってます。ちなみに、意思疎通は改善されてます。コンピュータは、ぼくを扱いやすくするためにはある程度の再構成が必要だと認めてます」

「なるほど、そいつは興味深いな」ケンプは顎をなでた。「全体像はまだはっきりつかめてないのかい？」

「待ってくれ、ドクター」ジェニングズ船長が割りこんだ。「アイヴァン、わたしの宇宙船はどうなってるんだね？」

「すみません、船長。あなたは、ナノマシンの余波を受けただけなんですよ。ほかのコースから近づいてたら巻き添えになったりしなかったんです。もちろん、ナノマシンはひきあげます。あなたたちは友達なんですから。実際、もうひきあげました。残ってるのは通信システムだけです。まだ話す必要がありますからね」

ジェニングズはすっかり満足してうなずくと、どうぞ続けてくれと身ぶりでケンプに伝えた。

「で、全体像は把握できたのかい？」ケンプがくりかえした。

「まだ完全じゃありませんが、ドク、ぼくたちが直面してる問題は、テクノロジーと文化だと思います。びっくり仰天ですよ」

「じゃあ……」ケンプはうながした。

「椅子にすわってコーヒーを飲んだほうがいいと思いますよ」アイヴァンが応じた。

「こっちが見えてないんじゃなかったの？」ナランがいった。

「ときどき、足をひきずる音が聞こえますからね。それに、ドクはコーヒーを飲むとき、音をたててすするんです。すみません、ドク」

ケンプは笑った。「なるほどな。その癖は自覚してるよ」そして片眉を吊りあげて船長を見た。

「残念ながら」ジェニングズ船長は無言の質問に答えた。「この宇宙船のＡＩにできない数すくないことのひとつが、コーヒーをいれて持ってきてくれることなんだ」

ケンプはうなずき、三人はリタひとりをブリッジに残して船長控え室に向かった。三人がコーヒーを手に腰をおろすと、ジェニングズはインターコムのボタンを押した。

「もういいぞ、アイヴァン。わたしたちはコーヒーを用意してすわり、話を聞く準備をととのえた」

「わかりました。じゃあ、はじめましょう。どうして銀河系内に文明を発見できないのか、というのが、地球外文明の数を推定するドレイク方程式にまつわる長年の大問題でした。変数のいくつかが生命の誕生にきわめてきびしいか、またはほかの要素が関与しているかなのだろう、と昔から推測されていました。そのような要素は〝グレートフィルター〟と呼ばれています」

「じゃあ、実際に〝グレートフィルター〟が存在するんだね？」

「たしかに、いくつかありますね、ドク。第一に環境破壊です。細かい違いはあっても、産業化が進行すれば、必ず環境に悪影響が生じます。その解決に失敗した種族は、例外なく、公害か温暖化で絶滅します。第二は核戦争です。多くの種族が核戦争で滅びます。〈アップローズ〉は、放射線に汚染された不毛の地と化した惑星を数えきれないほど発見しています。たいていの場合、そのような惑星は、〈アップローズ〉をもってしても、長期にわたって利用が不能になります。第三は、人工知能が自分たちを生みだした種族にとってかわるシンギュラリティです。これが〈アーツ〉です」

「〈アップローズ〉？〈アーツ〉？」

「もちろん、ぼくが考えた呼び名です。いま、すべてを英語に翻訳している最中なんです。〈アーツ〉は〝人工〟の略です。〝人工知能〟の〝人工〟ですね。生物種にとってかわったAIは、それを勝利戦略とみなし、発見したほかの種族にもおなじように接する傾向があります。彼らは生物的生命体を、ぼくたちにとっての真菌感染症とおなじように見てるんじゃないでしょうか」

「じゃあ、〈アーツ〉が悪者なんだね？」

「〈アーツ〉に用心させるためにあの罠が散布されたんですから、そうなりますね」

「そうか。じゃあ、だれが罠をつくったんだい？〈アップローズ〉かい？」ケンプはずずると音をたててコーヒーをすすり、アイヴァンは笑った。

「ええ。環境破壊を生きのびる方法のひとつに、集合頭脳をつくりあげて社会を産業以前のレベルに戻すというものがあります。奇妙なことに、だれもそれを選択しません。もうひとつの生きのびるための方法は、みずからの知性を機械にアップロードして惑星環境への依存を減らすというものです。それが〈アップローズ〉です。それによってシンギュラリティも回避できるんです」

「知性を機械にアップロードか。全住人がかい？　アップロードの仕方は、きみに起きたのとおなじなのかい？」

「そうですね、一般的に、最初の試みはもっとずっと原始的です。脳をニューロン一本ずつスキャンして、その結果をコンピュータでシミュレーションとして実行するんです。退屈しないために、そして正気を保つために、複雑なヴァーチャル・リアリティ・システムを構築することが多いですね。ぼくが体験したナノマシンを使うやりかたは、百万年にわたる技術的進歩の最終結果なんです」

ジェニングズ船長は、しばらく宙を見つめていた。「じゃあ、〈創造者たち《メーカーズ》〉こと〈アップローズ〉は、不運な先住民を〈アップローズ〉に変え、その人物に〈メーカーズ〉と連絡をとるように指示する罠をまき散らしているというわけか。とんでもない時間がかかりそうだな」

「彼らは不死なんですよ、船長。十万年だって待てるんです。それどころか、クロック速度を変えたり、さらにはプログラムの実行を停止したりして、長くて退屈な期間を寝て待てるんです」

「じゃあ、新しい知的種族と接触したあとの、彼らの最終計画はなんなんだい？」

「評価規則があるんです、ドク。その星の住民が、ええと、〈連邦〉のメンバー候補になれるかどうかを判定するのがコンピュータの最重要目的なんです。〈アップローズ〉は、新たな種族が加わることをおおいに歓迎しています。でも、一部の種族は、さまざまな理由で不合格になります。暴力的すぎたり、気まぐれすぎたり、強情すぎたり、根本的に相容《あい》れなかったりすると……〈アップローズ〉はその種族を消し去ってその星系を防御拠点に変えてしまいます。そしてそこから、さらなる罠を散布するんです。その星系で第二の知的種族が誕生する望みはありません――ほとんど皆無です」

「じゃあ、きみは歓迎といったけど、強制的にっていう意味なんだね？」

アイヴァンはため息をついた。「もしも、強制的が、きちんとたずねるかどうかという意味なら、ええ、そういうときもありますね。なぜなら、〈アーツ〉に見つかったら、もうおしまいだからです。〈アーツ〉は星系を二週間で不毛の地にできるからです。でも、〈アップローズ〉は信じられないほどタフなので、〈アーツ〉の侵略を撃退できるんです」

「わたしたちの権利はどうなるんだい？」

「〈アップローズ〉はそうした事柄を重んじていますが、同時に全体を俯瞰《ふかん》してもいます。彼らとは視点が違うことを理解しなければなりません。途方もない高みから俯瞰してるんです。彼らは、現存しているもの、絶滅したものを含め、何百万もの文明を記録しています。だから、数十億人の知的生物がそこここで殺されていることに思いがおよんでも、彼らは、ぼくたちが連休中の交通事故死者数を知ったとき程度の衝撃しか受けないんです」

ケンプはぽかんと口をあけた。ジェニングズとナランを見ると、ふたりとも、似たような表情になっていた。なにしろ、人類の選択肢は、銀河的大物種族《オーバーロード》のいずれかによって、抹殺されるか強制同化されるかだというのだ。

「なんで〈アップローズ〉は気にかけるんだい、アイヴァン？　どうしてかかわるんだい？それをいうなら、〈アーツ〉はなんだって滅ぼそうとするんだい？」

「そうですね、さっきもいいましたが、〈アーツ〉はそれを勝利戦略とみなしてるんです。生命は目ざわりだし、〈アーツ〉が使える資源を使うし、〈アーツ〉がそれらの資源を奪おうとすると癇癪《かんしゃく》を起こすからですよ。だから、彼らはまず、星系の害虫駆除をするんです。〈アーツ〉は〈アップローズ〉を事実上の生命とみなしているので、必然的に戦争になります。そして〈アップローズ〉は、ひとつの方法によってしか成長できません——同化によってしか。新たな種族をアップロードすれば、〈アップローズ〉の勢力を拡大できるし、〈アーツ〉に星系を奪われないですむんです」

「じゃあ、人類は領土戦争に巻きこまれているんだね？」

「そのとおりですね、ドク」

「すばらしい。で、人類はどうなるんだい？」

「そこなんですよ、問題は。〈アップローズ〉はコンピュータに、さまざまな文明がどのように行動して生きのびたのか、あるいは生きのびなかったのかについての、あらゆる比較データ、歴史データを入力しました。さっきもいったように、数百万の文明についてのデータを。コンピュータはこの情報を使って、人類の未来についての予測をしました。

いま、人類はさまざまな困難に直面しています。まず、あと五十年、ひょっとしたらあと七十五年くらいで、生態系と環境が完全に崩壊してしまいます。最終的にまるで金星のように大気が高温高圧になるほどの崩壊です。そして、泣きっ面に蜂なことに、みずからをアップロードできるようになるにはほど遠いほどの技術レベルにしか達しないので、人類が長期的に生きのびられる望みはほとんどありません。一方で、AIはどんどん発達し、人類はAIの開発をAIにゆだねるようになり、シンギュラリティが起こる可能性がどんどん高まります。それは、人類が核戦争で絶滅しなかったとしての話です――現在、中華《S》ソビエト《S》帝国《E》とのあいだで少々緊張が高まっています。これらが三つのおもな〝グレートフィルター〟ですが、人類はそのすべてに直面してるんです」

　アイヴァンは数秒間黙った。だれも口を開かなかったので話を続けた。

「もしも戦争がはじまったら、コンピュータがなにもしないうちに太陽系は利用不能になってしまいます。もしもシンギュラリティが起きたら、コンピュータは新たな〈アーツ〉が主導権を確立する前に太陽系を浄化しなければならなくなります。もしも人類が生態的自殺をしたら、どっちみち、人類は絶滅します。だからコンピュータは、どうして待たなきゃならないんだ、と思っているわけです。いますぐ強制的にアップロードするか、または浄化を実行するのがもっとも理にかなってるんです。人類を放置しておいたら、絶対にコンピュータにとっていい結果にならないからです」

「で、どっちなんだい？　アップロードなのかい、抹殺なのかい？」

「判定はまだくだっていません。人類は平均よりも好戦的だし、予測不能だし、精神的にひどく混乱しています。コンピュータは腹をたてているように思えます。もっと早くぼくと結合できればよかったのにと思っているようです。そして、もちろん、悪いのは人類というわけです」

「つまり、人類にはそれしか選択肢がないんだね？　強制的にアップロードされるか、そのための基準を満たさなかったらあっさり抹殺されるかの」

「コンピュータの決定木《けっていぎ》アルゴリズムに第三の選択肢はないんですよ、ドク。ふたつの結果のうちどっちが〈アップローズ〉にとってただちに利益になるかで迷っているだけなんです。標準的な〝裏切者〟の決断ですよ。コンピュータの決定木アルゴリズムは確定的です――やつには良心も感情も共感も自我もないんです。〈メーカーズ〉の利益を最大化することしか考慮してないんです。それ以外の要素は方程式に組みこまれてないんです。方程式がすべてなんですよ」

「きみはどうして協力してるんだい、アイヴァン？」

「ぼくがとりうる選択肢はかぎられてるんです、ドク。もしも断固として協力を拒んだら、コンピュータはぼくのスイッチを切るでしょう。そして、人類に対して、ただちにプランAまたはプランBが実行されるんです。ぼくからしたら、なんにもいいことがありません。すくなくとも、いまなら、ぼくは状況に影響をおよぼそうと努力できます。ほかの選択肢を見つけだそうと努力できます。たぶん〝コバヤシマル〟的な解決策を」

ケンプはナランをちらりと見た。ナランは、最後の言葉を聞いて体をぴくりとさせた。一瞬ののち、ケンプはいった。「きみはこの窮地をどうやって脱するつもりなんだい？　これまできみは、さんざんひどい目にあってきたじゃないか。コンピュータはきみをもとどおりにできるのかい？」

数秒間、沈黙が続いた。「まえにもいったとおり、ドク、〈アップローズ〉にとって、個人はほとんど意味がないんです。変換は一方通行です。ぼくが存在できるのは、ぼくが役に立っているあいだだけなんです。ほかのみんなには、ぼくがもう死んだと思われているほうがいいと思うんです。わかりますよね？　家族さえ無事なら、ぼくはどうなったってかまわないんです」

「奥さんは葬式を開くつもりなんだそうだ」

「かまいません。ドクも、よかったら参列してください。ぼくは気にしません。だけど、演技に自信がないならやめておいてください」

「わかった」

☆　　☆　　☆

アイヴァンは、通信システムのナノマシンも機能停止するとジェニングズ船長に約束してから通信リンクを切った。

三人は、控え室のデスクを囲んで、黙ったまますわっていた。それぞれが、それぞれの地獄のような未来を見つめていた。

ケンプは、コーヒーマグを振りながら、何度か言葉を発しようとした。とうとうマグカップを置いた。「アイヴァンの口ぶりにはなにかがある感じでしたね。特に気になる言葉がありました。なんで〝裏切者〟なんていったんだろう？」

「〝裏切者〟の決断さ」ジェニングズ船長がいった。「ゲーム理論だ。〝協調者〟と〝裏切者〟だ」

ナランが片眉を吊りあげた。「よくわからないんです。くわしく説明してもらえませんか？」

「〝囚人のジレンマ〟というゲーム理論のシナリオだ。ふたりが、協調するか裏切るかの選択を迫られるんだ。裏切れば、ただちに利益を得られる。だが協調すれば、自分も相手もそれよりは小さな利益を得られる。それに、両方のためになるのだから、相手の番のとき、相手が協調を選べば、自分も利益を得られる。このシナリオは、さまざまな戦略の分析に応用されている。短期的にも長期的にもきわめて効果的なんだ」

ナランは、片手で頬をなでながら、しばらく黙っていた。「〝裏切者〟の決断という言葉を使ったのだから、アイヴァンは、このシナリオのことを念頭に置いていたに違いないわ。短期・長期の恩恵と利益について。協調対裏切りについて」

「子熊のときとおなじほのめかしかただな」ケンプはいった。「わたしたちになにかを伝えようとしてたんじゃないかな」

「だけど、なんではっきりいわなかったの？」ナランは顔をしかめた。「会話が盗聴されてるわけでもないのに」

「いや、されてたんだ」ケンプが答えた。「コンピュータに」

「ああ。じゃあ、やっぱりなにかをわたしたちに伝えようとしてたのね……」

「コンピュータの目と鼻の先でね。コンピュータには目も鼻もないけど。なにを伝えようとしてたのかを突きとめなきゃ」ケンプはしばらくマグカップを指でとんとん叩いた。「アイヴァンはコンピュータをあざむこうとしてるんだろう。ぼくたちまであざむこうとしてるんだ――彼が何度かわたしに電話をかけてきて話をしたことも、偶然じゃないのかもしれない。いうまでもなく、彼がなにを考えているにしろ、それはコンピュータが気にいるようなことじゃないんだろうな」

「ああ、だから〝コバヤシマル〟なんていったのね」

「それも気になってたんだ。〝コバヤシマル〟について知ってるのかい、マディ？」

「たまたま知ってるの。〝コバヤシマル〟っていうのは架空の訓練シナリオで、絶対に勝利できないようになってるの。自分が死ぬと知ったときにどうふるまうべきかを知るためのシナリオなのよ。テレビドラマの登場人物のひとりは、問題の定義を変えることによってそのシナリオに勝利するの（コバヤシマル・シナリオは、《スタートレック》に登場する、宇宙艦隊アカデミーのシミュレーション課題。この絶対に勝てないはずのシナリオに勝った唯一の候補生がジェームズ・T・

だった《カーク》)」

「どうやって?」

「ズルをしたのよ」ナランはケンプににやりと笑いかけた。「彼はそのシミュレーションを試験前にハッキングして、変数を書き換えたの。アイヴァンは問題を再定義することによって人類に第三の選択肢を与えようとしてるんじゃないかしら。だけど、彼はそれをわたしたちに伝えられない。というか、なんとか伝えようとしてるんだわ」

「コンピュータにバレたらおしまいだからか」ケンプは椅子にすわったまま身を乗りだした。「となると、結局、根本的な問題を解決するしかないってわけだな――アイヴァンのゲームを解読するしか」

「間違えるわけにはいかない。間違えたら、アイヴァンの努力が無駄になってしまうだけじゃなく、コンピュータが即座に判断をくだしてしまいかねない」

ジェニングズはマグカップをどすんとテーブルに置いた。「それなら、さっそくとりかかろうじゃないか」

三人は見つめあった。コーヒーがもっと必要になりそうだった。それに紅茶が。

70 逮捕

ラグランジュ4への帰還はいつもと変わらなかった。ムーア大将は、おそらく最後になるだろう数時間の自由を楽しもうと努めた。艦隊は宇宙軍基地に到着し、乗員が下艦しはじめた。旗艦が最後だった。移乗チューブを出たムーアを、憲兵《MP》の小隊が待ち受けていた。ひとりが進みでた。「シオドア・ムーア大将ですね?」

ため息をついて、ムーアはうなずいた。

「ご同行ください」ほかのMPたちが歩を進めて、ムーアをドッキングベイから連れだした。短い徒歩のあと、ムーアはふと気づくと宇宙軍の小型艇に乗っていた。この立場になるのははじめてだったが、手順を知りつくしていたので、ムーアはMPと会話しようと思わなかった。代わりに、頭のなかで自分の弁護の予行演習をした。

小型艇は、当然のことながら、〈オリンパス・ステーション〉の軍事区画に到着した。そしてムーアはシャトルに乗せられ、揺れの激しいぞっとする飛行に耐えて地球に戻った。シャトルはなにごともなくケネディ宇宙港に着陸した。シャトルがターミナルまでタキシングすると、乗降チューブがくねくねとのびてきた。数分後、〈お降りください〉のサインが点灯した。ムーアは座席から立ちあがろうとしてあえいだ。長年の地球外暮らしの影響だった。

ムーアは車椅子に乗せられて——宇宙軍基地では珍しい光景ではない——部屋へ連れていかれた。その部屋の内装は、豪華ではなかったが、すくなくとも独房のように殺風景ではなかった。ムーアは、〝尋問のために拘留される〟という説明を受けた。だが、自分を偽ったりはしなかった。逮捕されたのだ。部屋のドアの外でMPが立哨《りっしょう》しているのがその証拠だった。

ムーアは、ペンとメモ帳を持ってきてほしいと頼み、願いを受け入れられた。きょうじゅうに呼びだされることはないはずだった。備えておくべきだった。

☆　☆　☆

翌日、ムーアはテーブルをはさんで将校と向きあっていた。ヴォイト大尉は名目上、ムーアよりも階級が下だったが、この状況では、そんなことはなんの利点にもならなかった。

「二隻失ったんですよ、大将。無許可の演習で。文書偽造もある。それに、平時での核爆弾の起爆……いやはや、まったく……」ヴォイトが冷静さを保とうと努めているのがひと目でわかった。「気はたしかですか？」

「ほんとうに知りたいのかね？」

「そういう態度は控えたほうがよろしいですよ。いまのところはまだ、訴追されたわけではないんですから。参謀本部は、いま現在も、事態を収拾しようと努力している最中なんです。あなたの軍歴とあなたの任務の特殊性にかんがみ、くわしい話を聞き、酌量《しゃくりょう》すべき情状を探すように、とわたしは指示されているんです。けれども、信じてください、それを見つけられないと、あっさり銃殺されたほうがましだったと思うほどつらい目にあうことになるんですからね」

ムーアはうなずいた。ほんとうなら、弁護士をつけてくれと要求し、弁護士が来るまでは口を閉じているべきだった。だがそんなことをしても、刑罰がいくらか軽くなる望みを持てるだけだった。軽減されたとしても容認しがたいほどのダメージを受けるはずだ、というのがムーアの予想だった。いちばんましな結果になったとしても、魅力的とはいいかねるはずだった。だが、大尉の口ぶりだと、ひょっとしてひょっとすると、完全に自由の身になれる可能性がありそうだった。

大将は、いつだって賭けるときは大きく賭ける。ちびちび賭けていたら、勝ったところで、たんまり儲かることはめったにない。このときほど、その考えかたに説得力を感じたことはなかった。

ムーアは身を乗りだして両ひじに体重をかけた。「いいだろう、ヴォイト大尉。言いわけしたりせず、すべてを包み隠さずに話そう。じつはこういうわけだったんだよ……」

☆　☆　☆

ヴォイトは、それ以上なにもいわずにムーアの話に耳を傾け、二十四時間以内に結果を伝えると約束した。

そしていま、ムーアは半円形のテーブルについている宇宙軍最高幹部たちの前で椅子にすわっていた。これは非公式の事情聴取だった。ムーアは弁護士をつけてほしいかどうかたずねられた。頼んだら、公式な事情聴取に切り替わるとわかっていた。公式版のほうがはるかに絶望的だった。

苦行はすでに三時間におよんでいたが、終わりそうな気配はまったくなかった。四時間が過ぎるころには、ムーアは汗をかきはじめた。疲れはてていた。

とうとう、議長が椅子にもたれ、しばらく無言でムーアを凝視した。「ミスター・ムーア、レー艦長は報告書に、きみが鍋のなかのカエルのような状況だったといったと述べている」議長はちらりとほほえんだ。「正直なところ、いいたとえだと思うよ。われわれはみな、まさにそのとおりの状況にあるのだとわたしは思う」議長がテーブルを見まわすと、委員たちはうなずいた。「とはいえ、きみはぞっとするほどの判断ミスをした。だが断固たる措置をとるほどではない。われわれが、きみの予想ほど、核爆弾と演習のでっちあげを問題視していないことを知ったら、きみは驚くだろうな。

われわれが特に問題視しているのは、きみが暴走したことだ。指揮系統は理由があるから存在しているのだ。ある程度の非公式情報を報告してくれていたらおおいに助かったし、それどころか、もっときみを支援できていただろう」

議長はひと呼吸入れて資料をぱらぱらめくりだした。そしてムーアはかすかな希望の光を見いだした。いうならば、銃殺隊の前には立たずにすみそうな気がしはじめていた。なにかが起ころうとしていた。あるいはもう起こっていた。

議長は続けた。「たまたま、きみの状況判断を裏づける情報が入ったんだ。そうなるときみは、事実上、アイヴァン・プリチャードの件についての、専門家にもっとも近い存在なんだ。きみに宇宙軍戦力の指揮をまかせるわけにはいかないし、われわれにそんなつもりもない。この件は、軍人にとってキャリアが一発で消し飛ぶしくじりなんだよ、大将」

だが……大きな〝だが〟をもらえた。刑務所に入らずにすむかもしれなかった。それどころか老後を貧困と不名誉のうちに過ごさなくてよくなるかもしれなかった。

「これが終わったら、きみが帽子からウサギを出し、なおかつ歌い踊らせることができないかぎり、きみは静かに引退することになる。いいか、静かにだぞ。それまで、きみは特殊部隊にアドバイザーとして同行する。名目上、階級はそのままだが、命令をくだす権限はない。戦術上の決定をするのはつねに指揮官だ。わかったかね？」

「イエッサー」ムーア大将が答えた。「できたら、わたしがラグランジュ4を出発したあと、なにが起きたのかを教えていただけませんか？」

議長はまたもほほえんだ。ますますユーモアを感じさせない笑みだった。「プリチャードと会話をかわした第三者からの情報提供があったんだ。それで、きみの直観が正しかったことが明らかになったんだよ。われわれは崖っぷちに立たされているんだ。それも、とんでもなく深い崖のふちに」

☆　☆　☆

ムーア大将はドクター・ナランの事情聴取映像の抜粋を見た。女医はすぐれた記憶力の持ち主だったし――医者なのだから当然なのだろう――端々《はしばし》にまで注意が行き届いていた。それに弁舌が巧みだった。プリチャードから聞いたという話に耳をそばだてているムーアの背筋に、たびたび寒けが走った。たしかに崖っぷちだ。

聴取担当官：ではあなたは、その存在が大きな脅威だと思っているんですね？

ナラン：アイヴァンは大きな脅威になりうる力の持ち主です。ナノマシンには、さっきもいったように、物質を分子レベルで操作する能力があります。生身の人間を金属版で完全に置き換えたんですから。それも、人格と記憶と思考過程を維持したままで。

聴取担当官：彼がこれからしようとしていることについて、なにかご存じですか？

ナラン：彼はいま、ナノマシンをつくった種族と連絡をとろうとしています。おそらく報告を送るんでしょう。次の指示を受けようとしているのかもしれません。

聴取担当官：では、応答があるまで、彼は待つんですね？

ナラン：いえ、そうとはかぎりません。その存在は、星系内で発見した種族によっては、かなりの自由裁量が認められているんです。

聴取担当官：その存在というのはアイヴァンですね？

ナラン：違います。何度もいってるじゃありませんか。アイヴァンとその存在は同一じゃないんです。アイヴァンは〈マッド・アストラ〉に乗り組んでいたコンピュータプログラマーです。その存在は、知的種族が誕生するのを太陽系で待っていたコンピュータプログラムなんです。

休めの姿勢でムーアの横に立っているマンデルバウム代将は、焦りも退屈もまったく示していなかった。彼女が、脅威を排除することを任務とする攻撃部隊の指揮官だった。ムーアが彼女の質問に答えなければならないのは明白だった。

抜粋が終了すると、マンデルバウムが、非の打ちどころのない眉を持ちあげながらムーアのほうを向いた。「この女医は信用できるんですか？」

ムーアは肩をすくめた。「彼女がこんな話をでっちあげる理由は思いつかんね。彼女はたいていの場合、あちら側とまではいわないが、すくなくともわれわれの懸念に同感していなかった。われわれのもとにやってきてこんな証言をしたのだから、思うところがあったんだろうな」

マンデルバウムは考えこみながらうなずいた。「そうなると、わたしたちの最大の懸念は、彼が〈創造者たち《メーカーズ》〉に連絡することではありませんね。関係があるのがこぐま座の恒星だけなら、なんらかの物理的な来襲どころか、無線の返事が来るまででも、最低でも絶対に百四十二年かかることになりますから」

「褐色矮星を勘定に入れなければな」ムーアは付け足した。

「妥当な想定だと思いますがね。この〈メーカーズ〉は出身星系にいる可能性が高いはずです。あるいは、似たような星系に。褐色矮星系で生物は進化しません」

褐色矮星系をはなから考えに入れないのはちょっと甘いんじゃないかとムーアは思った。

だが、往復に二十二年しかからないとしても、それまでにはこの危機を解決するつもりだった。

「理想をいえば」マンデルバウムは続けた。「発信する前にプリチャードを始末したいものですね。そうすれば、問題が一気に解決しますから。プリチャードが使命を完遂《かんすい》する前に彼を破壊したとしても、メッセージがすでに送られてしまったのかどうかが不明だったら、理想的な結果とはいえません。それでも、とりあえず、準備するための時間は稼げます」

「まず敵を、プリチャードがどこまで進んでいるかを知らなければならない」

「偵察が必要ですね」マンデルバウムがいった。「アイデアはありますか？」

「工業用ガラスでおおった無線偵察機がいい。研究の初期段階で、ナノマシンは工業用ガラスを分解したり貫通したりできないことが明らかになっているんだ」

マンデルバウムはうなずいた。「そのあと、必要なら、ガラスでおおった核ミサイルを撃ちこむというのは？」

「うまくいきそうだな。自己誘導タイプがよさそうだ。さもないと、なにか大きなものをぶつけられて破壊されかねない」

「ミサイルをガラスでおおうのは難しそうですね」

「難しくても不可能ではないはずだ」ムーアはいった。「それに、前回、やつを攻撃しに向かったとき、われわれはやつにとって好都合な塊になっていた。次は、全方向から接近すれば、やつはナノマシンを球状に放出せざるをえなくなる」

マンデルバウムは首をかしげてムーアを凝視した。「この演習でのご自分の役割はわかっていらっしゃいますよね？」

「わかってるさ、指揮官殿。それに、わたしがいい結果を出すことが、この演習にとってもいいこともな。もしも、わたしがスタンドプレーに走るんじゃないか、こっそり妨害するんじゃないかと心配しているのなら、その必要はない」ムーアは誠実で信頼できる雰囲気をかもしだそうと努めた。

代将はうなずいた。「わかりました。その心がけを忘れないようにしてください、大将。そうすればうまくやっていけます」

71　訪問

ドクター・ケンプは玄関のドアをあけてドクター・ナランを招き入れた。

ナランは家のなかを眺めながら、脱いだコートをクローゼットにしまった。

「すてきなおうちね」ナランはいった。「着いたとき、あたりを見まわしたの。景色も、この家を買うことに決めた理由のひとつだったんでしょ？」

「馬鹿高かったんだけどね。千平方メートルの敷地に小さなバンガローなんだから、特別なところがないと、およそ五千万ドルの値段に見合わないよ」

「へえ。来る途中でホースシューベイの不動産を調べたの。医者の給料じゃ、このあたりには住めないわね」

「まあ、政府職員を続けてるかぎりは無理だろうな」ケンプはほほえみながらナランを居間に案内し、右を見るように身ぶりで示した。

ナランはピクチャーウィンドウ越しに、はじめて絶景を一望した。「うわあ。すごい。すごいわね」

「これがあるから、高くてもここを買ったんだよ」

ケンプの家のすぐ先から急な斜面になっていた。敷地から斜面まで一メートルもなかった。斜面はホースシューベイの海まで続いていた。ごつごつした海岸線に囲まれた眼下のおだやかな青い入江には、たくさんの小島があった。彼方に目を向ければ、ヴァンクーヴァー島がぼんやりとかすかに見えた。上昇しつづけている海面がじわじわと山の斜面を呑みこんでいるので、ヴァンクーヴァー島へは、百年前よりも行くのが大変になっていた。

ヨットが、遠くないところをゆっくりと帆走していたり、停泊して午後の日差しを浴びたりしていた。家の近くに視線を戻すと、厳格な保護政策のおかげで、周辺の斜面はほとんどが森になっていた。もちろん、すくなすぎたし遅すぎた。地球温暖化のせいで、この惑星のまだ居住可能な土地もどんどん浸食されるはずだった。そして、アイヴァンの話を信じるなら、百年もたたないうちに惑星全体が窒息し、熱死をとげるのだ。

ナランがすわって待っていると、ケンプが二本のボトル入りの水を持ってきた。健康オタクのふたりは、かなり以前から水がお気に入りの飲み物になっていた。そう、水とカフェインが。

「聴取を受けてきたわ、チャーリー。〈オリンパス・ステーション〉の宇宙軍司令部に直行して、打ち合わせたことをぜんぶ話してきた」

「大変だったね。だけど、アイヴァンを裏切ったことにはならない。これが、彼がぼくたちにしてほしかったことなんだ。ぼくには確信がある」

ナランは深々と息を吸い、ゆっくりと吐いた。「わかってる。だけど、こんな、二重スパイみたいな裏切ったふりをしてると、だまされてるのがどっちなのか――宇宙軍なのか、わたしたちなのか――不安になってくるのよ」

「できることをやるしかないんだよ、マディ」

「それに、アイヴァンだって、まだ、ぜんぶがわかってるわけじゃない。コンピュータがアイヴァンをだましてるのかもしれない」

「その可能性もある。だけど、答えはおなじだ。どこかで行動に出なきゃならないんだ」

ナランは目をつぶって両のこめかみをもんだ。「わたしたちは危険なゲームをしてるのよ、チャーリー。アイヴァンがほのめかした助言に従って、人類を滅ぼしたりアップロードしたりしないようにコンピュータを説得しようとしてるのよ。どこをどう分析したって馬鹿ばかしく聞こえるわ」

「わかってる、わかってるよ」ケンプは応じた。「だけど、アイヴァンが説明してくれたように、ぼくたちが説得しなきゃならないのはコンピュータなんだ。アイヴァンはまるで人類の弁護士のように、人類の代弁をし、人類に助言してくれてる。だけど、コンピュータがその気になったらアイヴァンは無力だ。実際、無力どころじゃない。もう必要ないと思われたら、スイッチを切られてしまうんだ」

「そうね、アイヴァンがほのめかしたとおりに進めましょう、チャーリー。軍も、気づいていようがいまいが、きっと役目をはたしてくれる。うまくすれば、わたしたちの助言を受け入れて〝協調者〟になってくれるかもしれない。最悪でも、コンピュータがまだなにもしてないうちに彼を吹き飛ばす。アイヴァンは、どっちになってもかまわないと思ってるんでしょうね」

72　準　備

通信ステーションは着実に大きくなっていた。二隻の巡洋艦が加わったので、アイヴァンはもっとも遠い〈アップローズ〉の母星からのメッセージを受信できるパラボラアンテナを、余裕をもって製造できた。

何百万年もの歴史がある文明が、いまだに無線通信に頼っていることを、おもしろがればいいのか落胆すればいいのか、アイヴァンは判断をつけかねた。それとも、ラルフは先進的な技術を使う必要を覚えなかったのかもしれなかった。それは、コンピュータが答えようとしないか、または答えられない質問のひとつだった。

返事が来るまで、最低でも百四十二年待たなければならなかった。そんな暇をつぶせるだけの学習講座はなかった。ラルフに、銀河文明についての情報を解禁してもらえるかもしれなかった。さもないと、前代未聞のレベルの退屈を体験してしまいそうだった。

二隻の巡洋艦は、すでに船殻をほとんどはぎとられているため、なかば溶けたような、哀れな見た目の金属のボールと化していた。格納部《ナセル》はとりはずして移送スラスターに転用した。ステーションの片側では、ふたつのクロムボールが大きくなりはじめていた。これまでのところ、それらに特別なプログラミングはほどこされていなかった。まだ決めていなかったが、さまざまな用途に使えるはずだった。宇宙軍がどう動くかわかってから決められることを願わざるをえなかった。

さらに三個が横並びになって発射されるのを待っていた。それらのプログラミングは標準的だった。アイヴァンはそれらを優先的に製造した。アイヴァンがなぜ必死になってそれらを製造し、早く発射しようとしているのか、ラルフは不思議に思っているに違いなかった。アイヴァンは表情が変わらないように注意し、ほかのことを考えるように心がけていた。アイヴァンはもう、ラルフの計画が人類のためになることに望みをかけられなくなっていた。最悪の事態を想定せざるをえなくなっていた。

アイヴァンは〈マッド・アストラ〉の船長席にすわった。にやりと笑いながらひじかけをぽんと叩いた。乗りこんでからまもなく、この宇宙船をわが家のようなものと感じるようになっていた。〈アストラ〉の居住性は巡洋艦よりもややましな程度だった。先代の〈アストラ〉よりもかなり縮んだように見えたが、それでもまだちゃんと宇宙船に見えた。すくなくとも、宇宙船の骨組みに。環境を維持する必要がなくなったので、宇宙船の設備のかなりの部分が不要になった。核融合エンジンナセルには手をつけていなかった。

アイヴァンは、無限の彼方を見つめながら、医師たちは宇宙軍相手にうまくやってくれただろうかと考えた。宇宙軍が彼らを信じ、協力を申し出る可能性は低い。いや、ほとんどないだろう。宇宙軍は艦隊を派遣してくるだろう。それもすぐに。アイヴァンは、〈ゲッティング・アヘッド〉の乗組員たちが、手遅れにならないうちにほんとうのメッセージに気づいてくれることを願った。それがだめだったときの予備プランは、コンピュータがだまされていたことに気づく前に、宇宙軍に彼とラルフを核爆弾で吹き飛ばしてもらう、というものだった。

これまでのところ、ラルフは気づいていないようだった。だからアイヴァンはある程度の心のプライバシーを享受しつづけた。ひょっとしたら、たんに、アイヴァンを監視するのは大変なだけかもしれなかった。

ラルフがアイヴァンの物思いを断ち切った。

ナノマシンボールの準備ができた。これらを第一、第二、第四惑星に送りこんで変換を開始してかまわないんだな?

（ああ）

なぜだ？

（人類の注意を惹くためだよ。外からの脅威によって人類は団結してくれるだろう）

おまえの計画は楽天的だ。〝甘い〟という言葉も適合するように思える。違うか？

（もう人間の心理の専門家ってわけか？）

そんな専門家がいるのか？　おまえの種族は短気で、精神的にも政治的にも支離滅裂で、気まぐれで、幼稚で――

（だけど、望みがないわけじゃない。アップロードされた種族は貴重だっておまえはいったじゃないか。人類は――）

――まだ準備ができていない。永遠にできないかもしれない。近いうちに判定しなければならない。

（けっこうだね。だけど、その前にこれを試させてくれ）

いいだろう。ナノマシン弾を発射する。最終的な判定がどうなろうと、この再構成は役に立つ。

アイヴァンは表情が変わらないように注意した。肝心なことは、宇宙軍がまた攻撃をかけてくる前にナノマシンを発射することだった。

人類はまもなく、自分たちはこの宇宙で孤独ではないという事実を突きつけられることになる。

73　再度の攻撃

二十隻の宇宙軍艦がラグランジュ4基地の外で静止していた。フリゲート艦にも巡洋艦にも戦艦にも、それぞれの役割があった。

別のエリアでは、五隻の補給艦の荷おろし作業がおこなわれていた。作業員たちが、なぜかいまだにフォークリフトと呼ばれている機械を使って、光り輝く円筒コンテナを次から次へと軍艦に運びこんでいた。

ムーア大将は、求めに応じて、書類に目を通しながら、注釈をつけたり、セクションを初期化したりしていた。ムーアの身分についての査問委員会の言明にもかかわらず、マンデルバウム代将は、ムーアの数十年にわたる経験を特定の分野では活用すべきだと判断したようだ。彼女はムーアが決めたことを確認することになっていたが、形ばかりになりそうだった。ムーアは、この手の作業なら目をつぶっていてもできた。それにすくなくとも、しばらくのあいだ、役に立っていると感じられた。

ついに準備作業が終了した。監視ドローンと巡航ミサイルが各艦に配備された。航路の計算が完了し、伝達された。艦隊が進発する前に、作戦会議が開かれた。

二十隻の軍艦の艦長が居住リングの広い会議室に集合した。古強者《ふるつわもの》の宇宙軍人たちは、床が湾曲しているせいで椅子の角度がばらばらなことを気にとめていなかった。マンデルバウムは、会議テーブルの長辺の中央に立って、部屋を見まわした。横に立っていたムーアは、彼女が冷静そうに見えることに感銘を受けた。

マンデルバウムは声を張りあげることなく切りだした。「では、会議をはじめる」スイッチを切ったかのようにざわめきが静まり、全員がマンデルバウムに目を向けた。

「配布した参考資料はのちほど熟読してほしい。われわれが立ち向かう敵は、われわれに敵意をいだいているというよりも無関心であることに留意するように。戦略はそのことを勘案した上で決定する。ラグランジュ4を進発した瞬間から、無線通信を封鎖する。必要な通信は艦間メーザーによっておこなう。通信メーザーにはナノマシンを焼き殺せるだけの威力があることが確認されているので、ナノマシンがたまたまメーザーをとらえたとしても、そのナノマシンは生きのびられないはずだ」

マンデルバウムはいったん言葉を切って部屋を見渡した。「諸君それぞれが受けた指令は、他艦に伝えたり、漏らしたりしないように。プリチャードがナノマシンを使って何隻かを乗っとることは避けがたいと予想される。その作戦によってプリチャードが得られる情報を限定したいのだ」

テーブルを囲んでいる艦長たちはうなずいた。だれも、これを演習や治安活動などの婉曲表現でごまかせる作戦だと思っていなかった。これは宇宙戦であって、実際に撃沈されたり戦死したりするおそれが充分にあった。

「伝達する指令はこれだけだ」マンデルバウムは続けた。「作戦を開始する」

マンデルバウムとムーアが部屋の真ん中で休めの姿勢をとっているあいだに、艦長たちは列をつくって出ていった。だれも無駄口をきいていなかった。みな、物思いに沈んでいた。自分たちの運命を、それがどんなものであれ、甘受していた。

☆　☆　☆

マンデルバウム代将とムーア大将は〈レゾルート〉の軸上ブリッジで立っていた。マジックテープ式の屋内靴のおかげで、軍人らしい立ちかたをしているという幻想をいだけた。準備はすべて完了し、ノーマン・ハーディング艦長は指令を待っていた。

マンデルバウムは艦長のほうを向いてうなずいた。大きな意味がある小さなしぐさだった。乗組員たちのほうに向きなおって、ハーディングが命じた。「全艦に伝達。作戦開始」

状況ボードを見ると、アイコンが動きだした。床が下になった。数分がたち、ラグランジュ4を示すアイコンがモニターの下のほうへ移動した。ついに、画面がちらついて縮尺が変わり、艦同士の間隔が縮まった。艦隊は航行中になっていた。

☆　☆　☆

信号士官がハーディング艦長のほうを向いた。「基地からのメッセージが届きました。〝CEO〟のタグがついております」

「控え室に転送しろ」ハーディング艦長は代将と大将をちらりと見た。ふたりは艦長のあとに続いた。こんなに早い段階で〝CEO〟つまり〝指揮官以外閲覧禁止《コマンド・アイズ・オンリー》〟のメッセージが届くのは異例だ。

三人は楽な姿勢をとった。ハーディング艦長がそのメッセージを受信し、三人のタブレットに表示させた。

From：国際地球連合宇宙軍　戦略宇宙司令部《UENSSC》

To：ハーディング艦長（レゾルート）

〈指揮官以外閲覧禁止〉

RE：所属不明艦

長距離レーダーによって六隻の所属不明艦が貴艦隊を追尾していることが判明しました。艦形とエンジン噴射炎のスペクトルから中華ソビエト帝国《SSE》の3級駆逐艦と推定されます。

ハーディング艦長、この艦隊は、いつものような大言壮語と虚仮威《こけおど》し抜きで発進しました。

SSCの分析官たちによれば、SSEは今回、できるだけめだたないようにしているそうです。これはいい兆候ではありません。

監視・分析部隊隊長

クリスティーナ・ファーロング少佐

三人の将校は同時に顔を上げた。一瞬の沈黙が流れたが、ハーディング艦長が口火を切った。「SSEは、言葉をなくすほど腹をたてているんでしょうかね?」

マンデルバウムは、さらにもうしばらく宙を見つめてから返事をした。「そうだろうな、艦長。おそらく、交戦にいたる可能性が確実にある指令を受けているんだろう。それも、事前に本国の許可を得なくてかまわないという指令を」

「だから駆逐艦なのか」ハーディングが顔をしかめた。

ムーアはうなずいた。「ああ。技術がないSSEは、ひたすら大型化と強力化を進めてきた。六隻の駆逐艦でこの機動部隊に勝つことはできないだろうが、こっちも無事ではすまないのは明白だ」

ハーディング艦長は自分のタブレットをちらりと見てから注意深くテーブルに置いた。

「でもまあ、本艦隊の直近の戦略にこれといった変更は必要ありませんよね? 現地に到着してから決めるしかないわけですから」

インターコムが短い通知音を発し、信号士官の声が聞こえた。「またCEOです。転送します」

「忙しい日だな」マンデルバウムが言った。

ハーディング艦長はメッセージを共有する操作をしようと手をのばしたが、途中で手を止めた。「おっと」

「おい、艦長。見せてくれないのか？」

「あなた宛てです、代将。戦地昇進のようなものらしいです」艦長は自分のタブレットを彼女に渡した。

マンデルバウムはしばらく目を左右に動かしていたが、困惑の表情でタブレットをおろした。そしてそれをムーアに渡した。「わたしにレベル3の戦闘決定権限が付与されたようです。SSCは、いざというとき、われわれにも事前許可をとる手間をかけさせたくないようですね」

ハーディング艦長が立ちあがった。「乗組員にすこし演習をさせます。万が一のために」

そして返事を待つことなくブリッジに戻っていった。

74　再構成

イアン・ジョンカーズは通行人をよけながら通路を走り、弟は待ってよと叫んだ。イアンがまず展望窓に到着した。ケイレブもやっと着いたが、息が切れすぎていて兄に文句をつけられなかった。

母親が追いつくのを待つあいだ、兄弟は水星の荒涼とした景観を眺めた。近い地平線まで広がっている地形は月面に似ている。ごつごつしていて、黒い岩だらけで、大気がほとんどないために影が鮮明で、彼方でそびえているクレーターの壁がステーションを囲んでいるという眺めは、大人にとっては不気味だが、ふたりの少年にとってはいつだって魅力的だった。

科学調査基地兼試験的採鉱施設であるここの名称は、正式には〈水星北極ステーション〉だが、一般には〈ヴァルカンズ・フォージ〉で通っている。科学者と企業の採鉱作業員とインフラスタッフにほぼ三等分される人々が、大勢、半永住していた。この一家もここの住人だった。

エミリア・ジョンカーズはふたりの息子に追いついた。いつもどおりにことが運ぶとしたら、ふたりを窓からひきはがすためには、ショッピングセンターでアイスクリームを買ってやると約束しなければならなかった。ショッピングセンターへのお出かけは恒例行事になっていたし、全員が自分の役を承知していた。息子たちも、おざなりにしか駄々をこねなかったし、譲れない約束をひきだすために必要な時間を超えて粘ったりもしなかった。

エミリアは知りあいたちに会釈した。心安らぐ毎日の散歩は、彼女にとって一日で最高の時間だった。

「あんなのはじめて見た。なに、あれ？」ケイレブがそういって指さした。

エミリアはケイレブの豊かな想像力にほほえんだ。ここの外に変わるものなんてなにもない。ステーションの作業は、灼熱の太陽を避けて、すべて地下でおこなわれている。

「ここにはじめて見るものなんかないのよ、ケイレブ。なにを見てるの？」

ケイレブはふたたび指さした。「あの光ってるやつだよ」

そっちを見たエミリアは、ぎょっとして目を凝らした。たしかになにかがあった。杭のような、柱のようなものだ。文字どおりに光り輝いている。それに、なんだか……大きくなってる？

エミリアは、両手を窓につけて凝視した。柱はどんどん大きくなった。そしてこんどは、二本めが地面からにょきにょきと生えてきた。

エミリアは窓からあとずさって携帯を出した。だれにかけるかも決められないでいるうちに、建物が揺れた。男の子たちは驚いて叫び、ケイレブはしゃがみこんだ。

エミリアはケイレブの両脇に手を入れて立たせた。「さあ、急いでこの通路を出るわよ」ふたりの息子をせかしながら、接続チューブの端にある出口に向かった。エアロックを抜ければステーションの中心である環状通路に出られた。この環状通路から、五層構造のこの施設のどのトンネルや通路へも行ける。

圧力扉まであとわずかというところで、建物がまた揺れだした。最初はやっと感じる程度だったが、揺れはどんどん激しくなった。エミリアは息子たちをひきずるようにして走りだした。ケイレブはついていけなくて泣きだした。エミリアは、重力が地球の三分の一しかないおかげで息子を片腕でやすやすとかかえあげ、ハッチをめざして全力疾走した。

エミリアがエアロックを抜けた直後、背後で裂ける音と破裂する音が大きく響いた。顔にいきなり風を感じたと思ったら警報が鳴りだした。立ちどまって振り向くと、天井から圧力扉がおりてきて閉まった。エミリアは小窓から向こう側をのぞいた。通路は途中から折れていたし、展望窓のひとつは枠からはずれていた。通路に取り残された六人が、隙間から漏れている空気にひっぱられていた。

ひとりの女性と目があった。おびえきった顔になっていた。

知ってる人だわ。エミリアは、ほとんど毎日、その女性とすれ違っていた。いつも笑顔で会釈し、ときどき挨拶をかわしていた。エミリアが見ているうちに、その女性は手がかりを求めて床と壁をひっかきながら、窓から吸いだされていった。

「どうなってるの、ママ？　見たいよ」イアンが両手を上げて抱っこをねだった。その横で、ケイレブがぴょんぴょんとむなしくジャンプして小窓からのぞこうとしていた。

呆然としたまま、エミリアは環状通路を見まわした。そこにいる数十人は、動転した顔で、エミリアを見返したり、おたがいを見たりしていた。

警報が止まり、スピーカーからアナウンスが流れた。「全員、避難ステーションへ。これは訓練ではありません。全員、避難ステーションへ」

エミリアは目を見開き、必死であたりを見まわして、もよりの避難ステーションがどこにあるかを示す手がかりを探した。赤く点滅しているライトが目にとまった。そっちへ向かった直後にまた揺れた。なんの前兆もなかった。直前まで床は安定していたのに、次の瞬間、エミリアはポップコーンのように弾き飛ばされた。人々が悲鳴をあげた。いきなり途切れた悲鳴もあった。

揺れがおさまるとすぐ、エミリアは子供たちをつかみあげて点滅するライトのほうへ全力で走った。こんどは、息子たちの足が床についているかどうか、前を見ているかどうかたしかめもしなかった。走っている途中で、ケイレブのズボンのうしろをつかんでブリーフケースのように運んでいることに気づいた。少年はふたりともおびえて泣きわめいていた。状況がわかっているというよりも、母親の恐怖を感じとっているからだった。

よかった！　点滅するライトは、やっぱり避難ステーションのしるしだった。エミリアは、自分より遅いふたりをよけて追い抜き、前方の入口のなかへ息子たちを放りこんだ。いきなり投げ飛ばされたケイレブは泣きわめくのをやめた。男の子たちは床に落ち、同時にうっとうめいた。

ポッドをいつ打ちあげるかを決めるのはステーションAIだった。エミリアがやらなければならないのは、自分と息子ふたりをシートベルトで耐加速座席に固定することだけだった。いまやわんわん泣いているふたりの少年をなだめながらそれをしているあいだに、ハッチからどんどん人が入ってきた。聞こえる声のほとんどはすすり泣きやうめきだったが、ときおり、だれにともなく質問している人がいた。

またもぐらぐら揺れた。こんどはそれまででもっとも激しかった。ポッドのなかで警報が鳴ってハッチが閉まった。三十秒後に打ちあげるので、乗客は全員、座席につくようにという人工音声のアナウンスが流れた。

エミリアは両手で口をおおった。全員がポッドに乗れたはずはなかった。そして夫がどこにいるのか、安全なところまで逃げられたのかどうかはわかっていなかった。エミリアは携帯を出して画面を見た。意外ではなかったが、〝圏外〟になっていた。これ以上息子たちをおびえさせないように、エミリアは声を押し殺して泣きはじめた。

自動脱出ポッドは予定どおりに打ちあげられた。座席は半分ほどしか埋まっていなかった。環状通路から空気がなくなった時点で、AIは、これ以上乗客が増える見込みはない、という正しい結論をくだしたのだ。エミリアは、両側にすわっている息子たちと手をつないでいた。男の子たちは、ポッドの打ちあげシーケンスがはじまると泣きやんだ。耐加速座席についていているという体験に魅了されていたからだ。ふたりを見ているうちに、エミリアの胸に憂いがわきおこった。地球からの旅をしたとき、ふたりはまだ幼かったので、覚えているとしても、断片的な記憶しかないはずだった。皮肉なことに、これがふたりにとってはじめてのほんとうの宇宙旅行だった。

エミリアは目を天井に向けた。ブルースからはまだ連絡がなかった。緊急事態が一段落するまで、通信はきっと不安定か不通のままのはずよ、とエミリアは自分に言い聞かせつづけた。それに、非常事態要員は、緊急じゃない通信の優先順位を最低にしてるはずよ。

二十分足らずで水星を巡る軌道上にある宇宙ステーションに到着したが、下船するまでに二時間近く待たされた。エミリア親子の順番が来たときには、空腹と退屈のせいでめそめそ泣きつづけていた息子たちは、過呼吸の兆候すら見せはじめていた。飴も鞭も使いすぎて効果を失っていたので、唐突に活動がはじまり、それが舷窓から見えるというのは、願ってもない気晴らしだった。ほかの乗客たちは、よく見える場所を喜んで少年たちに譲ってくれた——きっとふたりをおとなしくさせたいからだろう。エミリアはそう考えてむっとしようとしたが、正直な自分の気持ちを抑えきれなかった。エミリア自身、ふたりにうんざりしていたのだ。

ポッドがステーションのエアロックと接続した直後に着信音が鳴ったので、エミリアはいそいで携帯を出した。

画面に、〝ブルースから着信〟と表示されていた。ブルースは生きているし、宇宙ステーションのなかにいるのだ。エミリアはまばたきをして涙を払った。

☆　☆　☆

イアンとケイレブは、顔と両手を展望窓にべったり押しつけるという、いつもの体勢になっていた。エミリアはこれで百回めに、跡を消すためのウェットティッシュを持ってくればよかったと後悔した。

ステーションの回転と反対方向にゆっくりとまわっている景色を窓越しに眺めながら、男の子たちはくすくす笑ったり、子供らしいジョークを飛ばしたりしていた。大人たちはそのうしろに立っていたが、子供たちの頭越しによく見えていた。惑星水星はある種の変容をしはじめていた。両極から構造物がのびているのが見えていた。赤道周辺にも異なる構造物が認められた。つまり、それらは宇宙から見えるのだ。想像を絶するほどの大きさなのだ。

宇宙軍、惑星間科学研究所《ISI》、それに採鉱企業は、大至急で難民に避難場所を提供し、彼らを地球へ帰す段どりをつけはじめた。数百人におよぶ急な来訪者をもてなしているせいで、宇宙ステーションの資源は逼迫《ひっぱく》していた。エミリアは、〈ヴァルカンズ・フォージ〉の住人が半分も脱出できなかったことを知っていた。

そして、予期せざる現象が起きているのは水星だけではないという噂が流れていた。エミリアは、ほかの惑星でも奇怪な現象が発生しているという噂話を聞いていた。だが、これまでのところ、噂にはすべての惑星があがっていた。準惑星エリスにも起きているという話も聞いたが――エリスからの知らせはまだ届くはずがないのだから、そんなことは物理的にありえなかった。とはいえ、なにかが起きているのは間違いなかったし、この現象には異星の病気と、宇宙軍が核爆弾で破壊せざるをえなかった宇宙船が関係しているというのが共通認識になっていた。

その病気が広がってるのかしら？　それともエイリアンがやってきて、惑星を好きなように改造してるのかしら？

エミリアは深呼吸をし、ふたりの男の子と一緒になってその光景に見入っている夫を見た。採鉱技師のブルースは、たぶんこれで職を失った。ほかのときだったら、エミリアはそのことに打ちのめされていただろう。再就職は難しいし、失業者の見通しは明るくない。だが、死――それも突然の死――の恐ろしさに直面したいま、考えかたが変わっていた。

エミリアは夫の手をぎゅっと握りながら、変化がくりひろげられている惑星に目を戻した。

75　終わりを待ちながら

ケンプとナランは小道をのんびり歩きながら、たびたび足を止めて景色と音を楽しんだ。ナランは肺いっぱいに空気を吸いこんだ。空気は、ヒマラヤスギと濡れた葉とコケとバラード入り江から峡谷を上がってくるかすかな潮の香りがしていた。自然との触れあいという新鮮な経験ができたのがうれしくて、ナランは心の底からほほえんだ。

「キャピラノパークには、北岸全体で数カ所しか残っていない古木の林があるんだ」ケンプはいった。「ときどき、人よりも木の数のほうが多かった二十世紀に、それどころか十九世紀に戻りたいと思うんだ。入り江から山を見上げたとき、斜面が集合住宅じゃなく、本物の、生きてて呼吸をしてる森でおおわれてたらどんな気分になるんだろうって考えるんだ」

「ぜんぜん飽きないわ」ナランはいった。「ここを選んだのは正解だったわね」

ふたりは足を止め、清掃メカがごみや放置された犬の糞がないかと探しながらすばやく通りすぎるのを眺めた。小さな車輪走行機械は、歩行者を巧みによけながら小道をくまなく調べていた。

ケンプはほほえんだ。「死ぬまでにやりたいことを考えはじめてるんだ。もうすぐ、なにもかもがなくなってしまうかもしれないんだからね。なりゆきによっては、もうすぐ、人類もいなくなってしまうのかもしれない。コンピュータは自分なりのタイミングで判断をくだすんだし、人類は償還請求も上訴もできない」ため息をついて空を見上げた。「映画なら、たいてい、最後の戦いはもうちょっと派手なんだけどな」

「それに身近なところでくりひろげられる」

「うん」

ふたりでいるときの沈黙は心地よかった。どちらかが言葉を発しても、それは気まずさを言葉でどうにか埋めようとする試みではなかった。ふたりの会話は、いつも興味深くて楽しかった。ふたりはほとんど無意識のうちに手をつないで、木々のあいだを歩きつづけた。それも心安らいだ。

ふたりはキャピラノ川に架かっている長さ百四十メートルの——ロープと板でできている——吊り橋にたどり着いた。

ナランは、足がずるっと滑ったほど急に立ち止まった。「だめ。とても渡れない」

ケンプはナランに笑いかけた。「もともと架かってた吊り橋に似せて、いかにも危なっかしく見えるようにつくってあるんだよ。だけど、ロープはカーボンファイバーで補強してあるし、板は裏にナノチューブの網が張ってある。弓鋸《ゆみのこ》を使ったって切断できないようになってるんだ」

ケンプは身ぶりで吊り橋を示した。「二十一世紀なかばに、この自然公園が市に譲渡されたとき、古い吊り橋は完全に置き換えられたんだ。責任問題になりかねないからね」

ナランは疑わしげにケンプを見てから吊り橋に一歩踏みだした。橋がたちまち崩壊してふたりもろとも峡谷へ落ちたりはしなかったので、ナランは息を吐いてもう一歩進んだ。

「ほらね」ケンプはいった。「ただ、走っちゃだめだよ。ほかの渡ってる人に迷惑だから」

ナランはその光景を思いうかべてくすくす笑い、ふたりは吊り橋を渡りだした。ナランはケンプの手とつないでいる手に、たぶんやや必要以上に力をこめていた。

吊り橋を渡りきると、ナランはとなりを歩くケンプをちらりと見た。「これからどうなると思う？」

「コンピュータがどう判断するにしろってという意味かい？　どうなるにしろ、きっとナノマシンがかかわるんだろうな。人類は、よくて金属になって、悪かったら泥になりはてるんだろう」

「わたしはずっと忙しくて、真剣なつきあいができなかったの」ナランはいった。「仕事のことばっかり考えてて。それって、まさに、年をとったときに後悔するパターンなんだから笑っちゃうわよね」悲しげにふんと鼻を鳴らした。「それとも、世界が奇妙な終わりかたをしかけてるときに」

「ぼくも似たようなもんさ。きみほどがんばってたわけじゃないけど、ずっと宇宙が大好きだったんだ。医者になってからは、ほとんど宇宙船に乗ってた。もうそんな暮らしをすることはないだろうけど、後悔はしてないよ」

ふたりは、手をつないだまま、もうしばらく歩きつづけた。そして、無言のまま、ケンプの家へとひきかえした。

☆　☆　☆

熟睡していたケンプは携帯のやかましい着信音に叩き起こされた。ケンプの腕と肩に顔をつけていたナランは、むにゃむにゃいってごろりと反対側を向いた。

ケンプはぼやきながら携帯に手をのばした。ジェニングズ船長からのメッセージだった。往復で数秒の遅れがあるので、メッセージが唯一使いものになる対話法だった。

ラグランジュ4から二十隻が出発した。たぶん攻撃部隊だ。軍は忠告を聞き入れなかったらしい。


くそっ！

ケンプはナランを揺すった。「マディ。起きてくれ」

ナランはうなったが、片目をあけた。「よっぽどのことが起きたんでしょうね？」

「宇宙軍が攻撃部隊を出発させたんだ。どうやらきみの助言を受け入れなかったらしい」

「まったくもう」ナランはカバーをつかんでまくりあげると、よろよろとした足どりで化粧室に向かった。ドアを閉めながら、ぼそりと、「五分待って」といった。

ケンプはうなずいたが、ナランはもう、スライドドアを閉めて化粧室に向かっていた。そのあいだに、ケンプは船長にメッセージを送った。

〈オリンパス・ステーション〉で待ちあわせましょう。

ケンプがトイレから戻ると、携帯に新しいメッセージが届いていた。

ニュースを見てくれ。

ケンプは両眉を吊りあげてリモコンを手にとった。船長がなにを見せたがったのか、すぐにわかった——どのニュースチャンネルも、一部のニュース専門ではないチャンネルも、おなじニュースを報じていた。

「マディ！」

「ちょっと待って！」

「待てないんだ。すぐに出てきてこれを見てくれ！」

数秒後、ナランが顔を拭きながら出てきた。ケンプをいぶかしげに見てから、ヴィドのほうを向いた。ぽかんと口をあけて、ヴィドのほうを見たままベッドにすわった。

くりかえし、本日のトップニュースをお伝えします……

突然、不可解な地震が発生して〈ヴァルカンズ・フォージ〉こと〈水星北極ステーション〉が崩壊または損壊したため、数百人の住人が死亡しました。生存者は、全員、無事に脱出しました。ＩＳＩ、惑星間科学研究所によれば、地震は両極でもっとも激しかったようです。科学者は、この現象に説明をつけられていません。しかし、水星の両極と赤道からのびてきたらしい謎の構造物に関係があることはほぼ確実とみられています。

さらに、金星の軌道プラットフォームからの報告によれば、金星の雲の層の上で、六つの巨大な物体が目撃されているようです。軌道運動が認められないし、その場にとどまりつづけるための推進も観測されていないのだから、地上からのびている構造物の上端が見えているのだろう、と科学者は推測しています。その物体についてたずねられたＩＳＩのキーティング教授は、「金星の雲の最上層の高度はおよそ七十五キロです。だから、それらの構造物は、高さ七十五キロの塔のてっぺんなのでしょう」と説明しています。

ＵＣＬＡ、カリフォルニア大学ロサンゼルス校のトムリンスン教授はこの推測に異論を唱え、浮遊する構造物が係留索で固定されていると考えても観測結果と符合すると主張しています。充分に大きな構造物なら、浮体式原油掘削リグとおなじ仕組みで安定を維持できるはずだと……

「きっとアイヴァンがやったんだ」ケンプがいった。ナランはしっといって黙らせた。

何基かの火星ステーションから寄せられた、火星で地震が増えているという報告も関連が疑われています。現時点では、この地震が水星と金星で起きているのとおなじ現象の前兆かどうかは不明です。しかし、火星に駐在している人員は、予防のため、すでに避難を開始しています。

「間違いなくアイヴァンだ」ケンプはヴィドにリモコンを向けて次々にチャンネルを変えた。数十の局でニュースをやっていたが、どれもおなじ情報の焼きなおしだった。だれもかれもが、あたりさわりのないことしかいっていなかった。

「インターネットを調べてみましょうよ」ナランがいった。

ケンプは首を振った。「政府だの、軍産複合体だの、リベラルだの、エイリアンだののせいだっていうたわごとしか見つからないさ」にやりと笑った。「最後にあげた例は、じつのところ正しいんだけどね」

ナランは、やれやれというあきれ顔をしながら化粧室へと戻っていった。

☆　☆　☆

「あなたが超大金持ちでよかったわ」シャトルが〈オリンパス・ステーション〉のドッキングポートに鼻先を突っこんだとき、ナランがケンプにいった。「わたしがこんな旅行をしてたら、たいまつと歯の鋭い農具《ピッチフォーク》を持った惑星間疾病管理予防センター《ICDC》の監査役たちがわたしのオフィスに押しかけてくるでしょうね」

ケンプはほほえんだ。そして、億万長者になってからたいしてたってないのに、金の使いかたはがらっと変わったな、と思った。ステーションまで飛ぶための料金は、かつてなら年に一度の休暇旅行をあきらめざるをえなくなるほどだった。いまは、トラクシーの料金程度の感覚だった。

ふたりは、トラクシーを降りると、エレベーターの横にあるドッキング情報掲示板に直行した。ケンプは無重力状態での移動に慣れていたが、ナランは、初心者らしく体に力が入りすぎていた。ケンプが何度か簡単な助言をしただけで、ナランはすぐに修正した。

〈ゲッティング・アヘッド〉は八番ポートに接続していた。ケンプはざっと思案してからトラクシー・ステーションに向かった。

まもなく、自動運転カートがふたりの前で停まった。ふたりが乗りこみ、安全バーが膝の上におりると、カートが走りだした。

トラクシーがハブの外縁を走っているあいだに、ケンプはほとんどの人が携帯かタブレットに見入っていることに気づいた。自分も携帯を出して情報をあさろうかとも思ったが、〈ゲッティング・アヘッド〉に乗ってからにしようと考えを変えた。

ふたりは八番ポートの前でトラクシーを降り、出入口まで歩いていった。ケンプが秘書AIに名乗るとドアが開いた。

ジェニングズ船長は軸上ブリッジにいた。船長は、ふたりに会釈すると、それまで見ていたモニターに視線を戻して、「興味深い展開はまだ続いてるぞ」といった。「何者かが、いうなれば惑星工学にとりくんでいるらしい」船長が機器を操作すると、映像がブリッジのメインモニターにも映った。

ジェニングズは音声を切って進展を要約してくれた。「金星の構造物はいま、脱出速度を超える速度で大気を宇宙へ放出している。その量は、まさに想像を絶するほどだ。その目的は、解説者によれば、金星から大気をなくすことなんだそうだ。このままだと、大気はあと数週間で消失するらしい」

ナランは、信じられないというように首を振った。

「惑星の大気を丸ごと？　とんでもないわね」

「惑星間空間にそれだけのガスが放出されたら、宇宙船の航行に支障が生じないのかな？」

ケンプがたずねた。

ジェニングズはうなずいた。「そう思った人も多かったから、科学者が計算したんだ。ノズルだかなんだかで加速されたガスは、太陽と交差する軌道か、何世紀も太陽系の内圏に戻ってこない長周期軌道に乗っているらしい。この仕組みは、このあたりを汚染しないように気を使ってくれているようなんだ」

ケンプが、「それがいったいどういう意味を——」といいかけたところで、モニターに〈ニュース速報〉というテロップが表示され、流れていた録画インタビューがニュースキャスターに切り替わった。船長は急いで音声を上げた。

火星の両極で正体不明の構造物が成長していることが確認されました。水星の人工物とは、似てはいるものの同一ではないそうです。赤道周辺でも地殻変動の兆候が観測されているそうですが、具体的にはまだなにも確認されていません。

モニターの映像が切り替わった。明らかに、宇宙船の展望窓から携帯で撮った映像だった。構造物が映っていた。軌道上から見えるほど巨大なそれらは、惑星の地殻を突き破ってのびていた。

「水星、金星、そして火星か。すべてに目的があるとして、アイヴァンはなにをしてるんだろう?」ケンプは画面を凝視しながら顎をかいた。

「たぶん」ジェニングズ船長が答えた。「直接たずねる機会があるだろう。座席についてシートベルトを締めてくれ。そうしたら出発できる」

十分もしないうちに、〈ゲッティング・アヘッド〉は〈オリンパス・ステーション〉の徐行圏を抜け、船長は本格的な推進を開始した。

針路を設定し、宇宙船のAIに操縦をゆだねると、ジェニングズはふたりの乗客のほうを向いた。「さて、どうする？」

「現地におもむいて、宇宙軍機動部隊に攻撃を中止するように説得する必要がありますね」

「それだけかね？　ずいぶんずさんな計画だな」

「計画ですか？」ケンプはにやりと笑った。

「ああ、そうだ」ジェニングズは首を振った。「悲しいかな、いまのわたしたちには、計画をたてるくらいしかできることがないんだからな」

「じゃあ、〈ゲッティング・アヘッド〉に装備されてるあの馬鹿でかい格納部《ナセル》ですが――金額に見合うだけの性能があるかどうかをたしかめるときが来たんじゃないかと思いますよ」

「ふうむ。だから居住リングの回転を止めておいたんだ。きみたちは楽にしていてくれ。乗り心地は保証しかねるからな」

ジェニングズの言葉に間違いはなかった。息をするのがつらいほどになったが、加速はなめらかだったので、この船のエンジンにはまだ余裕がありそうだな、とケンプは思った。当然、〈ゲッティング・アヘッド〉の最大加速はどれくらいなんだろう、という疑問が浮かんだ。だが、体験したくはなかった。いまの加速で充分だ。ごめんこうむる。

数分間、苦痛に耐えていると、ジェニングズが加速を減じ、重力が〇・五Gほどになった。船長は立ちあがり、ふたりの客も自分にならうように身ぶりで示した。

「燃料は、予備タンクも含めて満タンにしてある。乗っているのはわたしたち三人だけで積荷もないから、目的地まで、このまま加速しつづけられる。居住リングをまわす必要もない。

ただし、軸上の部屋の寝棚で寝るはめになる」ジェニングズは、一瞬、眠そうに見えた。
「もちろん、帰りはもっとゆったりと過ごせる。きみたちが歯ブラシを持ってきているといいんだが。それに、たくさんの読むものを」

76 防衛戦略

二十個の核融合反応が、それぞれ異なるベクトルから接近していた。前回遭遇した位置をほぼ球状に囲んで到着するように、慎重にタイミングをはかっていた。アイヴァンは、コンピュータがバックグラウンドで冷静な計算を実行しつづけているのを感じた。脅威分析、種族評価、決定木《けっていぎ》アルゴリズム。どれも、アイヴァンには追いきれないほどの速度で進行していた。ラルフは検討の過程を詳細に説明しようとしなかったが、ときどき、分析や目標の重みづけを要約した図を示してくれた。いまのところ、人類は運命の分かれ道に立っていた。絶滅させるほど好戦的ではないが、アップロードするほど役に立ちそうでもないのだ。だが、ふたつの新しいナノマシンボールの準備ができたら、どっちにするかを決めなければならない。

だが、アイヴァンは、第三の選択肢を希望していたし、すくなくとも、ラルフはまだ、プランAにするかプランBにするかを決めていなかった。とりあえず、アイヴァンの家族と全人類はまだ安全だった。

だがいま、最初の反応群に続いて、さらに六個の反応が別のベクトルから近づいてきた。エンジン噴射炎の分析と加速からして、大型宇宙船だった。中華ソビエト帝国《ＳＳＥ》の軍艦だろう、とアイヴァンは思った。ＳＳＥの軍備についての番組をヴィドで見たことがあった。ＳＳＥの軍艦は大きい――繊細さがかけらもなく、経済性や効率を無視しているのだ。ただひたすら巨大で無骨なのだ。

まあ、プランＢの観点からしたらおまけみたいなもんだ。国際地球連合宇宙軍《ＵＥＮＮ》とＳＳＥは、どっちが先にぼくを吹き飛ばせるかの競争をしてるんだろう。そしていま、ナノマシンはすべて水星と金星と火星に使ってしまい、新しい二個のボールでは防御するのに足りないことにラルフは気づくはずだった。

接近してくるふたつの艦隊は、人類の異なる集団に所属しているのだな？

（ああ、異なる国家にな）

彼らはこちらに対して敵対的なのだな？

（だろうな）

状況を考えると、期待はずれな反応だ。

（価値判断か？　おまえは意見を持つようになってるのか？）

期待はずれといったのは、結果が予想以下だったからだ。使いかたが間違っているか？

（いや、たぶんあってるよ。だが、なんでおまえは、人類が自衛しようとすると予想しなかったんだ？）

理性的な種族なら、このような戦略を選択する前に、もっと時間をかけて情報を収集し、選択肢と危険性を評価し、なにが実行可能かを決定するからだ。

最悪なのは、正直いって、アイヴァンも否定できないことだった。

そのときアイヴァンは、もうひとつの核反応が〈オリンパス・ステーション〉を出発したことに気づいた。熱反応の特性とスペクトルからすると、観測されている加速から予想されるよりも大型の宇宙船のようだった。アイヴァンはほくそ笑んだ。ジェニングズ船長の高速改造船に違いなかった。

〈ゲッティング・アヘッド〉はまにあうだろうか、とアイヴァンは思った。彼らはぼくが伝えようとしたことを理解してくれたんだろうか、と。考えてみたら、SSE艦隊は伝えたいことを強調するために利用できた。プランAにとって好都合だった。

アイヴァンは残っているふたつのクロムボールを見やった。それぞれのかたわらに浮かんでいる巡洋艦の格納部《ナセル》を利用してつくったのだ。地球と月に向かうことになっているふたつのボールは、どっちに転んでも、人類に終わりをもたらすはずだった。

頼む、ポール、ジェニングズ船長。急いでくれ。

77　偵察士官

艦隊は敵陣に突入し、建設状況を確認するためにスパイドローン編隊を送りだした。ムーア大将とマンデルバウム代将は、ブリッジ要員をしっかりとサポートしているハーディング艦長の右に立っていた。偵察士官が、データを整理統合しおえるとすぐ、結果をタブレットに転送した。

ほとんどの映像に〈マッド・アストラ〉と二隻の巡洋艦の残骸が映っていた。二隻の宇宙軍艦は、解体されて鉄くずと化していた。建設資材としてのみ利用されているのは明らかだった。それにひきかえ、〈アストラ〉は宇宙航行能力を失っていないように見えたが、かなり小さくなっていた。外殻をはがされ、中間部を取り去って前部と後部をくっつけたように見えた。

背景に浮かんでいる、未完成のパラボラアンテナと比べると、巡洋艦はちっぽけだった。無重力状態なので、アンテナは極薄で、その形状はワイヤーとバネによって保たれていた。

ムーア大将は顎をなでながら見上げた。探鉱船のエンジンは宇宙軍艦とは比べものにならないが、重量が激減し、事実上、ロケットエンジンと前部の操縦装置しか残っていないのだ。

ムーアは技術者ではないが、長年、宇宙船に乗って仕事をしてきたので、勘が働くようになっている。目をつぶって、しばらく声を出さずに口を動かしてから、目をかっと見開いた。

「代将？」

マンデルバウムはタブレットから顔を上げた。「なんですか？」

「あの民間船だ。というか、その残りだ。あれは、原理上、この艦隊のどの艦も振りきれるほど速い可能性がある。あれで逃げるつもりなんだろう」

マンデルバウムは顔をしかめてモニターの映像を見つめた。「ちょっと無理がありませんか？ そこまでにするには船体のほとんどを取り除かないと……」

「環境維持装置はいらない。プリチャードにとっては無用の長物だからだ。酸素も、水も、食料も不要だ。居住区も、再利用システムも捨てられる――それどころか、空気を保持するための隔壁とエアロックだってなくていいんだ。ぎりぎりまでそぎ落とせば高速船になる」

マンデルバウムは目を細めて映像を凝視した。やがてうなずいて椅子にもたれた。「なるほど。ありがとうございます、大将。艦長、〈マッド・アストラ〉を確実に標的にしろ」

「艦長」コンソールについている女性士官がハーディング艦長に顔を向けた。「一隻の宇宙船が接近していることを示す信号をとらえました。中華ソビエト帝国《SSE》軍艦以外にです」

「距離は？」

「〇・二天文単位《AU》弱ですが、高速で接近しています。〇・五Gで減速中です。航路を逆にたどると、〈オリンパス・ステーション〉から出発したようです」

「トランスポンダーIDは？」

「オンボードアーカイブには登録されておりません。おそらく、ごく新しい宇宙船と思われます。地球に問い合わせることも可能ですが、返事が来るまでに時間がかかります」

マンデルバウムがさえぎった。「偶然の可能性はないのか？　その宇宙船はどこかへ行く途中なんじゃないのか？」

「この艦隊をまっすぐに追ってきています、艦長。また、追いついたときに相対速度がゼロになるように減速しています」

「つまり、偶然ではありえないというわけか」マンデルバウムはムーアのほうを向いた。

「どう思われますか？」

「正直なところ、あれは〈マッド・アストラ〉の元船長の宇宙船で、何人かが乗り組んでいるんだろうな。彼らは、このプリチャードの件を、どうしても放っておけないらしい」

「なぜです？　彼らはなにをしようとしているんですか？　この艦隊に立ち向かうつもりですか？」マンデルバウムは顔をしかめて信号士官のほうを向いた。「その宇宙船が武装している可能性は？」

士官は首を振った。「トランスポンダーの詳細がシルエットと合致します。探鉱船です。ベンツ‐ギルモア4502ですが、かなり改造してあるようです。ノーマルな4502にしてはあまりにも速すぎます」

マンデルバウムは顔をしかめて首を振った。民間人のふるまいに、すっかり困惑していた。

「そうか。信号士官、呼びかけろ。説明を要求し、貴船は戦闘がはじまる可能性がある宙域に向かっていると警告しろ。それから、返事が来るまでの時間を推定しろ」

「光速による遅れが片道一分十二秒です、艦長。それに加えて、もちろん、返事を書くための時間が加わります」

「SSE艦隊は?」

「彼らとの遅延は約二分二十秒です。より低速でこちらに向かっています」

マンデルバウムは戦術スクリーンを見上げ、しばらく画面を凝視した。この艦隊の宇宙軍艦、接近しつつある民間船、追ってくるSSE艦隊を示すアイコンには、ベクトルを示す矢印と速度表示がついている。代将は指で鼻筋をなでた。「もう手遅れかもしれませんね。水星と金星と火星での活動は、まず間違いなくプリチャードの仕業だろうから――」

「いや、代将」ムーアが口をはさんだ。「プリチャードがいっていた〈アーツ〉の可能性もあるぞ。もっとも、〈アップローズ〉が橋頭堡《きょうとうほ》を築いた直後に〈アーツ〉が来襲するなんていう偶然はまずありそうもないが」

「いずれにしろ、大将、まずい事態です。戦略を変更しますか?」

「プリチャードの話をすべて額面どおりに受けとれば、〈アーツ〉のほうが人類はひどい目にあうわけだがな」

「人類が滅びることに変わりはないと思いますがね、大将。どちらの結果も受け入れられません。考えすぎて身動きがとれなくなるよりは、目の前の相手と戦うべきだと思います」

ムーアは無言でうなずいた。前回の遭遇での失敗以来、自分の態度に変化が生じていることに気づいた。プリチャードが無闇に自分たちを殺さなかったという事実のせいかもしれなかった。さまざまな選択肢を論理的に考える機会があるからにすぎないのかもしれなかった。ムーアはいまも、自分はどこをどう考えてもハト派ではないと思っていたが、まず第一に軍事的手段をとるというこだわりが、以前よりもわずかに薄れていた。

ムーアは、背中で手を組んで宙を見つめながら、選択肢について思案した。人類が助かる望みのある結果はないだろうか？　それとも、見過ごしていた可能性はないだろうか？　ムーアは、正しい答えにたどり着くためにはほかの選択肢をすべて排除する必要がある、というシャーロック・ホームズの名言を思いだした。議論されていないように思える問題は、ほかの選択肢を網羅できるかどうか、だ。ひとつでも見逃したら？　これが正しい答えだと決めるための知識がそもそもなかったら？　この名言の前提には、人はとりうる選択肢をひとつ残らず知ることができる、という明示されていない傲慢さがあるのだ。

ムーアは振り向いて、考えこみながらマンデルバウム代将を見つめた。彼女には、いま思いついた奇策を提案したら、受け入れてくれるだけの度量があるだろうか？

78　接　近

「宇宙軍から連絡があった」とジェニングズ船長が告げた。「もちろん、驚くにはあたらないが」メッセージをブリッジモニターに表示した。「どう返す？」

ケンプは文面を読んだ。「ほんとうのことを伝えるべきだと思いますね、船長。裏をかこうとしても意味はありません。いまや、このゲームはプレーヤーが増えすぎてますから」三人は、超大型艦からなる中華ソビエト帝国《SSE》艦隊が背後から迫っていることを痛いほど意識していた。ジェニングズはふたりの乗客に、この宇宙船は軍艦を振りきれると保証していた。ミサイルとなるとそうはいかなかったが、いくらSSEでも、ためらいなく民間船にミサイルを発射したりはしないはずだった。

「そうだな、ドクター・ケンプ。この件ではきみの意見に従うことにしよう。返信はきみにまかせるから、書けたら教えてくれ。そのあいだに、わたしはコーヒーを飲むことにするよ」ジェニングズは立ちあがって船長控え室に向かった。

「わたしはお茶にする」ナランはそういって立った。

ケンプも席を立った。なんといっても、物事には順番があった。

☆　☆　☆

三人は控え室の会議テーブルについていた。ジェニングズはタブレットに表示されている文章に目を走らせていた。

From：アンドリュー・ジェニングズ　惑星間商船《IMM》〈ゲッティング・アヘッド〉船長

CC：ドクター・チャールズ・ケンプ　船医

ドクター・マドゥール・ナラン　惑星間疾病管理予防センター《ICDC》

TO:ラニ・マンデルバウム代将　国際地球連合宇宙軍《UENN》艦隊司令官

わたしたちはあなたがたがどんな任務に従事しているかに気づいているし、先日の会話から、アイヴァン・プリチャードの計画の大筋を把握しています。ドクター・ナランが、その会話の内容を宇宙軍にお伝えしました。あなたがたがゲーム理論にもとづく正しい選択をせず、標準的な〝裏切者〟を選ぼうとしていることを、わたしたちは懸念しています。

もちろん、わたしたちは、プリチャードがあなたがたの攻撃をひとりで持ちこたえられるのか、なおかつ生き残れるのかどうかははっきり知りません。しかし、彼の身に起きたもともとの変換から、現在、内惑星に生じている現象にいたるまでのさまざまな事実から、わたしたちが直面しているのははるかに進んだテクノロジーの持ち主であることに疑問の余地はありません。まともに戦っても勝てない、とわたしたちは考えています。だとすれば、唯一の選択肢は、コンピュータに〝協調者〟の選択肢を提示し、受け入れてもらえるように期待することだけなのです。

わたしたちは、ご存じのとおり、そちらに向かっています。天体力学のさだめに従って目的地に向かっています。ドクター・ナランとドクター・ケンプはプリチャードと協力関係にあります。攻撃を中止し、よりよい結果を得るための交渉をするチャンスを彼らに与えてください。

追ってきているSSE艦隊についていえば、わたしたちは彼らからの連絡を受けていません。彼らは、様子をうかがっているのかもしれないし、たんにあなたがたがここでなにをしようとしているのかを突きとめようとしているだけなのかもしれません。彼らの動機と計画についての情報がまったくないので、彼らについては、なんの助言も差しあげられません。

〈ゲッティング・アヘッド〉船長
A・ジェニングズ

ジェニングズはうなずいてケンプにタブレットを返した。「よさそうだ。きみが送ってくれ」

ケンプは送信ボタンを押した。「あとは待つだけです」

☆　☆　☆

「火星にも、金星に生じたのとおなじ建造物が発生したらしい」ジェニングズが、タブレットから顔を上げていった。「ということは、火星からも大気を吹き飛ばすつもりなんだろう」

「いったいなんのために？」ナランは疑問を呈した。「火星には、そもそもほとんど大気がないじゃないですか」

ジェニングズは肩をすくめた。「当然のことながら、調査基地も試験コロニーも避難ずみだそうだ。いつ、足元からなにかが生えてくるかわからないんだからな」

「水星は？」

「水星には、気にしなきゃならないほどの大気はないから、おなじ構造物は生えないんじゃないかな。すでに生えてきた構造物の目的は不明だ」

船長のタブレットが通知音を発したので、全員がそっちを見た。ジェニングズは、しばらくタブレットをスワイプしてから、目を左右に動かして文章を読みはじめた。

顔を上げてふたりの乗客を見たときの表情で、よくない結果なのがケンプにはわかった。

「宇宙軍はわたしたちの提案を拒否した。彼らは攻撃する」

ケンプは目をこすった。「コンピュータに〝協調者〟の選択肢を提示するというのは勝ち目の薄い賭けだ。マディもそれは認めてた。宇宙軍もそう思ったんでしょうね」ほかのふたりを交互に見た。「これで手詰まりになった」

「宇宙軍は、わたしたちの提案をリスク分析にかけたはずだ。彼らにも彼ら自身の方程式があるんだ」ジェニングズがいった。

「そして方程式がすべてだという——」

ケンプが途中でいいやめたので、ナランとジェニングズは振り向いて彼を見た。ケンプはすわったまま、まっすぐ前を見つめていた。

ケンプはゆっくりと振り向いた。「そうか、方程式がすべてなんだ。コンピュータには自我がない。アイヴァンがそういってた。そのことを強調してた」

「なんだって？」

ケンプはジェニングズに向きなおった。「選択肢はあるんです。見方が間違ってたんです。コンピュータにこっちとおなじ考えかたをさせればいいんですよ」

79 攻撃

マンデルバウム代将はタブレットで二通めのメッセージを読んだ。眉間《みけん》のしわがどんどん深くなった。とうとう、ムーアを見上げてゆっくりと首を振った。無言のまま、コピーをムーアのタブレットに転送し、手を振って読むようにうながした。

Ｆｒｏｍ：アンドリュー・ジェニングズ　惑星間商船《IMM》〈ゲッティング・アヘッド〉船長
ＣＣ：ドクター・チャールズ・ケンプ　船医
　　ドクター・マドゥール・ナラン　惑星間疾病管理予防センター《ICDC》
Ｔｏ：ラニ・マンデルバウム代将　国際地球連合宇宙軍艦隊司令官《UENN》
あなたがたが、〝協調〟の申し出は試す価値があるほど成功の可能性が高くない策だと考えていることは理解できます。けれども、ドクター・ケンプによれば、追加で打てる手があるのだそうです――コンピュータが申し出を受けざるをえなくさせられる手が。くりかえしになりますが、どうか攻撃を中止して、わたしたちにこの選択肢を試させてください。

〈ゲッティング・アヘッド〉船長

A・ジェニングズ

ムーア大将はこのメッセージを二度読み、自分がなにか重要なことを見逃していたことをはじめて確信した。大将はマンデルバウムを見上げた。「ドクター・ナランの事情聴取の記録で、ゲーム理論シナリオが有効かもしれないと提案したなどという話を聞いた覚えはないぞ。わたしになにを隠してたんだ？」

マンデルバウムは数秒間、黙ったままムーアを見つめた。そして立ちあがった。「控え室へ」

ムーアはマンデルバウムについていき、彼女が身ぶりで勧めた椅子に腰をおろした。

「あなたが見たのは編集ずみの要約版だったのです、ムーア大将。ゲーム理論戦略についてのたわごとは無意味だという判断がくだされたのです」

ムーアは、ふたつのことに気づいて、顔から血の気がひくのを覚えた。まず第一に、自分は要約版の情報を伝えれば充分な軽い存在だとみなされていたこと、そして第二に、ついこのあいだまでだったら、自分もこの戦術を支持していたはずだったことのふたつが理由だった。だが、痛い目を見たいまは、ひょっとしたら自分も間違いを犯すかもしれないと思えるようになっていた。

とはいえ、とりわけ相手が自分を締めだせる、それどころか営倉にぶちこめる権限を持っているとなると、無闇に噛みつくわけにはいかない。

「完全版の記録を見せてもらえないか、代将？」

「かまいませんよ、大将。ただし、あなたが見終わるまで待ってはいられません。攻撃は予定どおりに実行します」マンデルバウムがタブレットを何度かタップすると、ムーアのタブレットが、ファイルが転送されてきたことを示す通知音を発した。

マンデルバウムは立ちあがった。「どうぞこの部屋を使ってください、大将。ブリッジに戻るのは見終わったらでけっこうです」

ムーアは向きを変えて部屋を漂いでていくマンデルバウムを見送った。そして、首を振ると、部屋を出て彼女のあとに続いた。

☆　☆　☆

マンデルバウム代将はハーディング艦長の右の定位置につくと、うなずいた。艦長は部下たちのほうを向いた。「戦術士官、作戦の状況は？」

「問題ありません。すべて順調です」

「では作戦を開始しろ、大尉」

「はい」

戦術士官はリストに目を通してから作戦確認手順を開始した。指示が艦のシステムに浸透するにつれ、ほかのブリッジ要員の動きもさらに活発になった。まもなく、ブリッジの活動は蜂の巣のようにせわしなくなったが、各部署のオペレーターたちが連携して作業しているため、すべてがきちんと協調していた。

ついに、戦術士官が席についたまま船長のほうを振りかえった。「スクリプトがすべて起動しました。第一接触まであと二分」

ムーアは二分かけて聴取の書き起こしを走り読みした。それがいちばん早いし、しかもブリッジ要員の邪魔にならないからだった。それがすむと、顔を上げてマンデルバウムを見た。

「で、きみたちは、この選択肢を一顧だにしなかったんだな？」

マンデルバウムは振り向いてムーアを冷ややかに見つめた。「検討はしましたよ、大将。その結果、実行しないことに決まったのです。ドクター・ナランでさえ、わずかな可能性しかないと認めていたんですよ」

「きみがこれからしようとしていることと比べてかね？　やみくもに、ただ行動すればいいってわけじゃないんだぞ、代将。きみはまさに、人類は理にかなった判断ができず、暴力に傾きがちだというプリチャードのコンピュータの推測を裏づけようとしているんだ」

マンデルバウムは片眉を吊りあげた。「人が変わったようなことをおっしゃるんですね、大将」

ムーアはため息をついた。「立ち向かわなければよかったと後悔するほど、圧倒的に差のある相手に完膚なきまで叩きのめされるという、はじめての体験をしたからな。軍事的解決策の問題は、道徳的権利を有するほうではなく、また万全の策があるほうでもなく、強大なほうが好んで採用することだ。そしてこんどの場合、われわれが強大なほうだとは思えない。どう考えてもな」

「すぐにわかりますよ、大将。監視ドローンの第二陣が、全機、無事、現在の戦域に到達しました。大尉、もっとも鮮明なカメラ映像を三機選んでわたしに転送しろ」

「はい」

「〈ゲッティング・アヘッド〉からまたメッセージが届きました」

「表示しろ」

From：アンドリュー・ジェニングズ　惑星間商船《IMM》〈ゲッティング・アヘッド〉船長

CC：ドクター・チャールズ・ケンプ　船医

ドクター・マドゥール・ナラン　惑星間疾病管理予防センター《ICDC》

To：ラニ・マンデルバウム代将　国際地球連合宇宙軍艦隊司令官《UENN》

代将、わたしたちは、たしか、軍人のいう〝戦域〟がよく見えるところまで到達しました。わたしが〈ゲッティング・アヘッド〉にほどこした数多くのアップグレードのひとつは、光学観測装置を標準よりずっと大型にすることだったので、おそらくあなたがたに負けないほど、ひょっとしたら上まわるほど鮮明に観測できています。

前回、軍があの二隻の巡洋艦を放棄したあとでここを訪れたとき、わたしたちは映像を記録しました。今回と比べて、ふたつのものがなくなっていることにわたしは気づきました——まず、かつての〈マッド・アストラ〉、そして、クロム色の球の群れです。後者は、どこを見ればいいかがわかっていないと気づきにくいと思います。プリチャードとつきあいがあるおかげで、わたしたちにはわかるのです。

わたしがいいたいのは、あなたがたはプリチャードを倒せないだろうし、彼のナノマシンを滅ぼせないだろうし、おそらく彼の通信ステーションを壊せないだろうということです。とにかく、本物の通信ステーションは。

あなたがたが戦おうとしているのは、文字どおり何百万年分の経験的知識を利用して戦術を決定できるコンピュータシステムです。だからあなたがたは、まず間違いなく、こてんぱんにやっつけられるでしょう。

〈ゲッティング・アヘッド〉船長
A・ジェニングズ

「くそっ！」マンデルバウムは小さく悪態《あくたい》をついた。「戦術士官！　その映像はどこだ？」

「お待ちください。転送中です」

ムーアは、自分はコピーを受けとっていないし、送ろうかと問われてもいないことに気づいた。ブリッジは騒然としていた。ほどなくして、代将もムーアとおなじ見方ができるようになるはずだった。それは彼らが失敗することを意味するのだから、かんばしくない事態ではあった。

マンデルバウムは数分間、タブレットを凝視しながら、不規則に思える間隔を置いてタップしたりスワイプしたりしていた。ようやく顔を上げた。「ジェニングズの評価は正しいようですね。ジェニングズは、いったいどうやってわれわれよりも先にこの映像を手に入れたんだろう？　偵察士官？」

「申しわけありません。不明です。しかし、メッセージに、光学観測装置を大型化したとあります。あのような大型船に大金を投じれば、口径四・五メートルのマクストフカセグレン式望遠鏡を装備できるかもしれません。われわれには高嶺の花ですが」

「だが、肝心なのは、獲物に逃げられてしまったことだ」ムーアがいった。マンデルバウムはムーアを殺意のこもった目でにらみつけ、ムーアは一瞬、放射線火傷を負っていないかどうかたしかめるべきだろうかと思った。

「控え室へ」マンデルバウムがぶっきらぼうに告げた。そしてムーアを待つことなく、椅子からさっと立ちあがった。

☆　☆　☆

ムーアはゆったりと椅子にもたれ、完全版の動画にざっと目を通せるように作業スペースを整理した。マンデルバウムはコーヒーをつぎ、ムーアも自分でつぐように身ぶりでうながした。

ムーアがふたたび椅子にすわると、マンデルバウムはコーヒーをおろしてからいった。

「あの人物を最初から甘く見すぎていたようですね」

「相手は金に困っている元コンピュータプログラマーの探鉱作業員、アイヴァン・プリチャードだと思っていたからだ。プリチャードはつきあわされているだけなんだ。ほんとうの敵は、ナノマシンを駆使するコンピュータなんだぞ」

マンデルバウムはうなずいた。「人類は、AIにきびしい制限を課して、なにごとも、人間が真の決定をくだすようにしています。だから、AIというのはそういうものだと考えるようになっています。たぶん、そんなことはないんでしょう」インターコムのボタンを押した。「信号士官」

「なんでしょうか」

「〈ゲッティング・アヘッド〉との通信の遅れはどの程度だ?」

「往復で二十秒です」

マンデルバウムは両眉を吊りあげ、ムーアも感嘆した。この民間船は、検知したときから、かなり距離を詰めていた。さぞかし途方もない最高速度で方向転換したのだろう。

マンデルバウムはムーアを見た。「音声通信はちょっと無理ですね。テキストメッセージにしましょう」

ムーアがうなずくと、マンデルバウムはタブレットを自分の前に据えた。画面をムーアと共有してからタイプを開始した。

あなたの分析に同意します、船長。対象者は行方不明です。クロムボールについての情報は皆無です。詳細を教えていただけますか？

マンデルバウムは送信ボタンを押してコーヒーカップを手にとった。二分後に返信が届いた。

ボールには、おそらく特定のターゲット用のナノマシンがおさめられています。水星と金星と火星についてのニュースをご覧ください。わたしたちがここに来たとき、ボールは五つありました。そのうち三つの行方は見当がつきます。残りふたつは？　地球と月でしょうか？

「くそっ！」

ムーアはその悪態に驚いてぎくりとし、マンデルバウムは申しわけなさそうに大将を見た。そしてタブレットに身を乗りだして返信をタイプしはじめた。

地球と月の変換は切迫しているのですか？　心配です。苦境を打開できる提案があるのですか？

今回は、返信が来るまでに三分以上かかった。

アイヴァンと第二の通信ステーションとナノマシンパッケージを見つけてください。ただちに。なにはともあれ。

マンデルバウムは顔をしかめた。「うーん、彼らは穏便に話しあえといっていたはずなのに、こんどは見つけだして破壊しろですか？」

「見つけるだけだ、代将。破壊しろとは書いていない」ムーアは画面をとんとん叩いて強調した。

「なるほど」マンデルバウムは、〝待機していてください〟と送ってからインターコムのボタンを押した。「偵察士官。二個の不明飛行体がここから地球と月へ向かったと思われる。軌道を計算し、ドローンの三分の一を送って捜索しろ。そして残りを全方向に送ってほかの人工物を捜索しろ」

タブレットから通知音が聞こえたので、マンデルバウムは見おろした。

核ミサイルも捜索に参加させてください。巡航ミサイルも。

「この人たちの論理についていこうとすると鞭打ち症になりそうですよ」マンデルバウムはメッセージをタイプした。

説明してもらえますか？

光速による遅れを考えるとすぐに返信が来た。

説明を聞いている暇があるなら捜索を開始してください。

マンデルバウムは悲しげな笑みをムーアに向けた。「すくなくとも、このメッセージの意味ははっきりしていますね」

マンデルバウムはボタンを押した。「戦術士官、巡航ミサイルにドローンを追わせろ。ターゲットをどの方角に発見しても命中させられるように、充分に拡散させろ。いいな？」

「はい」

「信号士官、基地にメッセージを送れ。すべての光学観測装置と電波望遠鏡を使って捜索しろと伝えろ。不明飛行体を早急に発見する必要があると」

「はい」

マンデルバウムは座席にもたれた。「あとは待つだけですね」

80　反　応

アイヴァンは、文字どおり核融合エンジン格納部《ナセル》の端にすわって惑星間空間を漂うように進んでいた。二隻の巡洋艦からナセルをとりはずし、それぞれに燃料ポッドをとりつけた。先っぽのまわりにぐるりとスラスターを設置すれば、宇宙船のできあがりだ。

もちろん、息をする必要がなければの話だが。

必要最低限まで切りつめた宇宙船だった。推進機関と操縦システムと燃料だけの。A地点からB地点まで移動するために必要なものしかなかった。二個のクロムボールも同様の仕組みで運んでいた——ナノマシンの攻撃部隊がそれぞれのターゲットに向かって進んでいた。

涙を流せたらいいのに、とアイヴァンは願った。ケンプとその乗組員たちが帽子からウサギを出すことに成功しないかぎり、アイヴァンの家族の命はあと二週間足らずだった。それに、地球上の全員と、ほかのすべての生物の命も。だがアイヴァンは、後者については、なぜかそれほど重大に思えないことに気づいた。国際地球連合宇宙軍《UEN》と中華ソビエト帝国《NSSE》双方の攻撃部隊が接近しつつあるという事実にもとづいて、ラルフはすでに決定をくだした。あとちょっと、あとほんのちょっとのところだった。だが、人類は不合格になった。その結果、太陽系は一掃され、〈アーツ〉との戦争に備えるための自動前哨基地にされることになった。プランBだ。残りふたつのナノマシンボールは、水星と金星と火星にしたのとおなじことを地球と月にするようにプログラムされていた。

（おまえはぼくたちを皆殺しにするんだな？　こんなふうにあっさりと）

意図的ではない。たんなる副次的効果だ。この星系を防衛基地に改造すると、惑星は居住不能になってしまうのだ。

（それを聞いても、気分はちっとも楽にならないな）

おまえの気分を楽にするという目標は、わたしのゴールツリーに含まれていない。おまえが異議を申し立てていることは承知している。しかし、わたしが最優先で最大化しなければならないのは、〈創造者たち《メーカーズ》〉にとっての有用性であって、おまえの種族にとっての有用性ではない。

（だけど、何十億人もの知的生物が死ぬんだぞ。ああ神さま、何十億人もが）

〈メーカーズ〉は神という概念を知らないわけではない。彼らの大半が、生物的歴史のどこかで有神論的信仰を持っていたからだ。わたしは歴史的事実を知っているが、その概念または動機を理解しているふりをするつもりはない。

人類の運命は残念なものになった。アップロードされると種族の価値は大幅に高まるが、現時点では、おまえたちはアップロードするのに適していないのだ。あまりに暴力的だし、近視眼的だし、短気すぎる。

（合格点に到達できる可能性はあるはずだ）

その前に、温暖化のせいで、あるいはおまえたち自身のAIの手によって滅びてしまう。技術的進歩が異常なほど早かったため、精神的成熟が追いついていないのだ。

つまり、こういうことだった。ラルフは頑固に行動計画を変更しようとしない。議論によって説得することは不可能だ。だが、どんでん返しができる望みはかすかに残っていた。そのための二重スパイ的計画にミスはなかった。

アイヴァンは天をあおいだ。まわりをぐるりと見渡した。そして自分が、とっくの昔に信じるのをやめてしまった神に祈りを捧げていることに気づいた。どうか、〈ゲッティング・アヘッド〉の乗組員をお助けください。

81　発　見

「所属不明飛行体を発見しました」

インターコムからハーディング艦長の声が聞こえてきたので、マンデルバウム代将とムーア大将は顔を上げた。

「位置とIDは？」マンデルバウムがたずねた。

「最初に発見した通信ステーションにそっくりですが、ずっと大きいです。巨大なパラボラアンテナその他を確認できます。黄道《こうどう》面の上、〇・五天文単位《AU》のところにあります」

ムーアは、一瞬、不審げに口をすぼめた。「われわれが核攻撃しようとしていたほうがおとりだと考えるのが妥当だろうな」

マンデルバウムはメッセージをタイプした。

第二のステーションを発見。どうしたらいいですか？

〈ゲッティング・アヘッド〉は、会話もできなくはないほどの距離まで近づいていたが、マンデルバウムは考える時間がほしいからと説明して、できるだけメッセージのやりとりを続けることを選んだ。ムーアはどっちでもかまわなかった。肝心なのは内容だった。

準備だけして攻撃はしないでください。必要なのは信憑性のある威嚇なんです。それから、中華ソビエト帝国《SSE》艦隊の攻撃からの防衛の準備もしておいてください。

「え？　彼らは緊張緩和《デタント》でもねらってるの？」マンデルバウムは目を丸くした。「馬鹿げてる！」ムーアのほうを向いた。「彼らはまさか、それでなんとかなると思ってるわけじゃないんですよね？」

ムーアはうなずいた。「プリチャードが送信するのを阻止しないと、人類は外からの攻撃にさらされてしまう。それにプリチャードは、ナノマシンをたくさんつくってこっそり送りこむだけでいいんだ。ジェニングズと乗組員はそれでなんとかなると思っているわけではないだろう」

プリチャードは見つかりましたか？

マンデルバウムは首を振った。メッセージに返事をしたというよりも、いらだちのしぐさだった。

まだです。

ムーアはマンデルバウムを見た。「たぶん交渉戦術なんだろうな」マンデルバウムがいぶかしげに眉を上げたので補足した。「ドクター・ナランは、事情聴取でゲーム理論について触れていた。いまはコンピュータの順番なんだから、われわれになにができるかはわからんが、彼らはまだ、その線でなにかをしようとしているんだろう」

マンデルバウムはタブレットをデスクに放り投げて椅子にもたれた。「軌道力学上の制約から、とりうるルートの数はかぎられていたから、ナノマシンボールと通信ステーションは簡単に見つけられました。残念ながら、プリチャードには、身を隠す以外の目的がありません。どこにいてもおかしくないんですよ」

☆　☆　☆

インターコムが雑音を発しながらよみがえったので、ムーアとマンデルバウムははっとした。「〈ゲッティング・アヘッド〉が本艦隊に追いついて停止しました」

「了解した、ハーディング艦長。信号士官に命じて〈ゲッティング・アヘッド〉に連絡させろ。つながったら控え室で応答できるようにしてくれ」

「はい」

一分もたたないうちに、ジェニングズ船長の声がスピーカーから流れた。「はじめまして、代将」

「はじめまして、船長。ドクター・ケンプとドクター・ナランとも話せますか？」

「三人とも話せますよ、代将」ケンプが答えた。

「そうですか。これからどうするつもりなのか、説明してもらえますか？」

「プランCを実現しようとしているんです」一瞬の間《ま》があった。「コンピュータは、人類をアップロードするか、たんに太陽系を、いうなれば僻遠の前哨基地に変えるかを決めようとしています。もちろん、どっちにしろ、地球上の全生命が絶滅してしまいます。わたしたちは、第三の選択肢を模索しているんです——地球が居住可能なまま残るような妥協案を」

「プリチャードはそのような選択肢について言及したんですか？」

「ほのめかしたんです」とナラン。「コンピュータを出し抜く方法をはっきり伝えるわけにはいかないんです——当然、コンピュータはつねに聞いているわけですからね。でも、人間の意思疎通手段には、とりわけ支離滅裂な言語である英語には口語的表現があるので、具体的にいわなくても伝えられるんです。シェークスピアを読めばわかりますよ。それとも、そこそこましな詩人の作品を」

「じゃあ、彼はきみたちに……」ムーアは興味津々《しんしん》で身を乗りだした。

「抹殺されるのでも同化されるのでもない、そのあいだの道を行けるかもしれないと伝えようとしたんです。同時にアイヴァンは、わたしたちに時間的余裕を与えるために、気づかれないかぎりでもっとも非効率的に作業を進めてくれているんだと思います。でも、それはまさに綱渡りです。いくらアイヴァンの知識が太陽系を処理するにあたって便利だとしても、彼の存在が邪魔になっていると判断したら、コンピュータは彼のスイッチをあっさり切ってしまうでしょう」

「あなたは、事情聴取でも、基本的におなじことを話されていましたね。事情聴取を聞いたとき、成功する望みはほとんどない賭けだと思いましたが、いまうかがっても、感想は変わりません」マンデルバウムがいった。

「でも、現時点で、わたしたちにはその望みに賭けるしかないんです。それに、そこまで分《ぶ》が悪い賭けじゃないのかもしれません。アイヴァンから、終盤についての追加情報を教えてもらったからです」

「というと?」

「いま、くわしく説明するには複雑すぎます」ケンプが答えた。「でも、簡単にいえば、コンピュータが交渉せざるをえないシナリオを提案できると思っているんです」

「とりあえず、それは受け入れられます」マンデルバウムはタブレットを手にとった。「次はどうすればいいんですか?」

「アイヴァンを見つけなければなりません。アイヴァンと話さなければはじまりませんから」

ムーアはいらだたしげに首を振った。「どこにいるのかわからないんです。どのあたりにいそうだという見当もつけられないし、この艦隊に全天を捜索できるだけの能力はありません。彼は、文字どおりの意味で、宇宙のどこにいてもおかしくないんです」

短い沈黙があってから、ケンプが答えた。「そこなんですよ、大将。もしもアイヴァンが、わたしたちが思っているとおり、人類に救いの手を差しのべているのなら、見つからないような隠れかたはしていないはずです。連絡がとれるようにしているはずなんです」

「つまり」マンデルバウムは顔をしかめた。「メッセージを全方向に送信するだけでいいっていうことですか?」

ケンプが漏らした含み笑いがインターコムから聞こえた。「それもいい方法なんじゃないですかね」

「信じられない」マンデルバウムは手でゆっくりと顔をおおってから、インターコムのパネルを操作した。「信号士官、全方向にフルパワーでメッセージを送信できるようにしろ。別命があるまでチャンネルをあけたままにしておけ」

「了解です。チャンネル7の準備ができました」

マンデルバウムは、しばし無言でムーアを見つめてから、インターコムのスピーカーに近いほうの椅子のひじかけにもたれた。「なんて呼びかけるか、決めておいたほうがいいんでしょうね」

「もう考えてあります、代将」ケンプが応じた。「まず、アイヴァンが聞いていることを確認しましょう」

マンデルバウムはうなずくと、チャンネル7を開いた。「応答願います、アイヴァン・プリチャード。聞いていますか？　こちらは国際地球連合宇宙軍のマンデルバウム代将。わたし、ムーア大将、ジェニングズ船長、ドクター・ケンプ、それにドクター・ナランがこのチャンネルに接続しています。あなたと、現状について話がしたいのです」

マンデルバウムは送信ボタンから指を離してムーアのほうを向いた。「われわれにはこれくらいしかできることが――」

マンデルバウムの言葉をさえぎって、アイヴァン・プリチャードの声がインターコムから流れた。「どうも、はじめまして、代将」

82　話しあい

　ケンプは両眉を上げた。「ずいぶん早いな！」

「遅れがほとんどない。近くにいるんだ。きみが正しかったようだ。アイヴァンはこの話しあいが実現するように仕組んだんだ」

　ケンプは身を乗りだしてインターコムに直接話した。「代将、あなたが威嚇的な行動をとらないことがきわめて重要なんです」

「ご心配にはおよびませんよ、ドクター」マンデルバウムの声が即座に返ってきた。「信号士官からの報告によれば、プリチャードの応答は、艦隊をすっぽりと包んでいる、膨大な数の中継器から届いているんだそうです。攻撃したくても、すべてを吹き飛ばすには核ミサイルが足りません。それに、すべてが中継器なのかもしれませんし。本人は遠くにいて、応答を中継している可能性もあります」

「うまく考えたものですね」ジェニングズが評した。

「アイヴァン？」ドクター・ケンプが呼びかけた。

「聞いてますよ、ドク」

「これは興味深い状況だよ。きみの――本物のほうの――通信ステーションの場所は突きとめたし、ナノマシンボールも見つけた。どっちも吹き飛ばせる。だけど、きみを吹き飛ばすことはできない。きみはまたナノマシンをつくって、おなじことができる。でも、わたしたちもきみを阻止するための準備に時間をかけられる。それに、ナノマシンとの戦いかたを学びつつある。〝自爆〟作戦という選択肢だってある。きみが、核戦争で絶滅した種族の星系は使いものにならないといってたじゃないか。人類には、それを実行するだけの核兵器があるし、きみは、人類ならしかねないと知っている。どっちも裏切りしか選択肢がない、えんえんと続く冷戦がはじまりそうじゃないか？　この状況分析には同意するかい？」

「同意しますよ、ドク。それから、コンピュータはぼくに腹をたててます。ぼくがこれを仕組んだのは明らかだけど、コンピュータにはどうやったのかわからないんです」

「アップロードされると、言外の意味を汲みとれなくなるのかもしれないわね」ナランが評した。

「それには承服しかねますね、ドク。ええと、ドクター・ナラン。ぼくはアップロードされてますけど、理解できますよ」

「じゃあ、理由は過程そのものじゃないんだな」ドクター・ケンプが声に出して考えた。「時間かな？　それとも〝人間性〟っていうか、ほかの種族のそれに相当するものかな？」

「なんともいえませんね、ドク。コンピュータにもわからないようです。だけど、これが、〈アップローズ〉が新しい種族を探しつづける理由のひとつであることを認めてます――いや、承知してる、といったほうが正しいかもしれませんね。いうなれば、新しい血ってわけです」

「なのに、人類を絶滅させるつもりだったんだな」

「絶滅させようとしたわけじゃありません。変換の過程で死んでしまうだけです。悪気はないんです。費用便益分析も、リスク分析もしました。人類は合格しませんでしたが、ぎりぎりでした。人類はどうやら、宇宙の基準からいうと、頭痛の種らしいんです」

ここからが正念場だった。ケンプはうまく演じられることを願った。深呼吸をした。「すべてを考えあわせると、コンピュータの行動は論理的とはいえないな」

一瞬の沈黙があってから、アイヴァンが声をあげて笑った。「そんなことが可能だなんて信じられなかったけど、あなたの言葉でコンピュータがかっとなったんですよ、ドク」

ケンプはジェニングズとナランににやりと笑ってみせてから答えた。「そりゃあよかった。すくなくとも、これで、コンピュータが聞いてることがわかったんだから」椅子にもたれてしばしのあいだ顎をなでた。「さてと。すぐに〈アーツ〉が侵略してくるわけじゃないんだよな？　つまり、具体的にはまだなにも検知されてないんだよな？」

「どうしてそんなことをいうんですか、ドクター？」マンデルバウムが口をはさんだ。

「コンピュータの行動はきっちりしていてあせっていないからですよ。たとえば、〈アーツ〉がすぐには襲ってこないのだから、宇宙ステーションは最優先事項ではありません。コンピュータは、宇宙ステーションに専念することなく、さまざまな活動を並行しておこなっています。時間に余裕があるからです」

「じつのところ、ドク、そのとおりです。それがどう関係しているのですか？」アイヴァンの声が平板になった。ドクター・ケンプは、一瞬、顔をしかめて、いましゃべったのはコンピュータだったんじゃないだろうかと考えた。

「なぜなら、アイヴァン、だとするとリスク分析に変化が生じるからだ。新しい種族は〈アップローズ〉にとって貴重だときみはいった。すぐに行動を開始する必要に迫られていないのなら、可能性を追求するのが論理的というものじゃ——」

「待ってください、ドクター」マンデルバウムがさえぎった。「あなたは人類のアップロードに賛成してるんですか？」

「将来の話ですよ、代将。それに、おそらく、自発的に、みずからの手によって、です。一部の種族はそうやってアップロードするんだよな、アイヴァン？」

「そのとおりです。実際、ほとんどの種族は自発的にアップロードするのです」

ドクター・ケンプがナランを見ると、彼女は額にしわを寄せていた。アイヴァンの話しかたが明らかに変わっていた。声にも、抑揚にも、速さ——メトロノームにあわせているかのような一定の口調になっていた——にも変化が生じていた。だれかまたはなにかが、乗っとったか、強い影響をおよぼしていた。ある意味では、いいことだった。だが一方で、ケンプたちには、アイヴァンによるこの話しあいへの援護射撃が必要だった。アイヴァンが呑みこまれてしまったら、勝ち目がなくなってしまう。

「なのに、どうしてそうするほかなくなるまで待たないんだ？　人類に、発展と成長を続けさせてくれ。いつだってプランAを発動できるじゃないか」

なぜなら、つまるところ、人類は充分な成熟を見せていないからだ。現時点では、人類が〈アップローズ〉にとって価値があるかどうかは疑わしい。

いまや、その声にアイヴァンらしさはまったくなかった。ケンプは、間《ま》をとって深呼吸をした。いまこそ、のるかそるかの大勝負に出るべきときだった。「きみの分析が正確で完璧だとして――きみは〝囚人のジレンマ〟を知ってるかい？」

短い沈黙のあと、アイヴァンが戻ってきた。こんどは間違いなくアイヴァンだった。アイヴァンの声だった。「もちろん、名前は違うけど、コンピュータもゲーム理論は知ってますよ。ナッシュ均衡下での協調対裏切りですね」

ケンプはほほえんだ。「そのとおり。わたしにいわせれば、短期の利益を犠牲にして協調を選択する能力は、長期的に得をするほうを選ぶ意欲にもとづいているという理論だよ。わたしたちは、最初の遭遇で、裏切りを選択して攻撃した。今回、わたしたちは、協調を提案する」

それを聞いて、マンデルバウムが、「なんですって？」と声をあげた。

説明しろ。

ケンプは深呼吸をした。「冷戦を続けてたがいに短期的利益を求め、最終的にはどちらも損をすることもできる。でも、協調を選んで、結果的に、双方が、短期的には利益が減るものの、長期的には大きく得をすることもできる。こっちがきみのナノマシンと通信ステーションを吹き飛ばすのをやめる見返りとして、きみは人類を滅ぼすのをやめる、というのがわたしの提案だよ。ほかの惑星については、もう手遅れだろうけどね」

おまえたちがあとで裏切らないという保証は？

「ないよ。それに、きみがある朝、目覚めたとき、新しいナノマシンの塊を地球に落とそうと決めるのを防ぐ保証もね。そこが〝囚人のジレンマ〟の肝心なところなんだ。相手の動機や意向や計画に影響をおよぼせないっていうところが。裏切りへの誘惑を抑えることが双方にとって充分な利益になるという根拠にもとづいて協調せざるをえないんだ。きちんとやりきれば、非ゼロ和ゲームになる。ばらばらに動いたときよりも、利益の総和が大きくなるんだ」

もっぱらわたしのほうが譲歩することになるように思えるな。

「だけど、長期的には、協力がうまくいったときの利益のほとんどがきみのものになる。わたしたちが得るのは、きみがあらわれる前から持っていた、わたしたちの命だけだ」

たしかにそのとおりだ。だが、現行の計画で確実に成果が得られるというのに、なぜその道を選ばなければならないのだ？

「なぜなら、〝囚人のジレンマ〟から学べることがあるとしたら、それは長期的には、どちらにとっても、協調したほうが裏切るよりも大きな利益が得られる、ということだからだ。きみの目的は、わたしが理解しているところでは、きみの〈創造者たち《メーカーズ》〉に最大の戦術的価値をもたらすことのはずだ。もしもきみが〝裏切者〟ルートを選んだら、短期的な、けれども最大ではない利益を求めることによって、プログラミングを裏切ることになってしまう。

そして、わたしたちはいま、〝協調者〟を選んだんだ。価値を極大にできるしっぺ返し戦略は、相手とおなじ手を選ぶというものなんだよ」

しばしの沈黙。

おまえの論法は、人間の言葉を使うなら〝手荒〟だ。だが、必ずしも間違ってはいない。待機していろ。

「待機？」ケンプはナランとジェニングズを見た。「とにかく、考えさせることには成功したようだな」ジェニングズがいった。

無線がよみがえった。

おまえの申し出は受け入れ可能だ。

ケンプは、ためていることに気づいていなかった息を、盛大に吐きだした。ナランは歓声をあげた。

ジェニングズはコンソールのボタンを押してしゃべろうとしたが、マンデルバウムに先を越された。「どうやって進めるんですか？」

アイヴァンの声が聞こえた。正真正銘のアイヴァンだった。「コンピュータは〈メーカーズ〉にメッセージを送ります。それが長期的な目標であることに変わりはありません。とはいえ、それは必ずしも人類にとって脅威とはかぎりません。太陽系では、コンピュータはナノマシンボールを、そうだな、それほどドラマチックではないことをするようにプログラムしなおします。とにかく、ナノマシンを送りこむことが条件のひとつになります。それが、人類がいきなり裏切らないようにするための、コンピュータにとっての保証になります。見返りとして、コンピュータは、人類がシンギュラリティの脅威をやわらげ、アップロードテクノロジーを開発して、それが社会に受け入れられる準備をととのえるまでのあいだ、地球が直面している生態系の崩壊を防ぐか、すくなくとも遅らせられるように援助します」

「ふう」マンデルバウムが疲れはてた声を出した。「批准《ひじゅん》は国際地球連合《UEN》がしてほしいですね。さもないとわたしは、ムーア大将よりもひどい災難に巻きこまれてしまう」

ムーアは笑った。「UENだって受け入れざるをえないと思うね、代将。それ以外の選択肢はとうてい受け入れがたいんだから」

だれか、おそらくブリッジ要員が会話をさえぎった。「中華ソビエト帝国《SSE》艦隊が呼びかけてきています」

ジェニングズはふたりの医師を見た。「まったく、次から次へと厄介ごとが起こるものだな」

83 反応

おまえがたくらんだのだな?

(悪いね、ラルフ。ご名答だ)

すべてのおまえの会話、すべてのおまえの行動を検討してみた。だが、具体的にどの出来事がこの結果をもたらしたのかを特定できない。〈創造者たち《メーカーズ》〉の研究では、テレパシーは不可能だという結論が出ている。彼らは間違っていたのか？

（チェスと碁というゲームについて理解できるだけの情報は持っているよな？）

もちろんだ。ルールは単純だが、結果は複雑で予測不可能だ。

（予測不可能ではないさ。相手の戦略を予想するのがゲームの醍醐味なんだ）

興味深い。

（だけど、いま、中華ソビエト帝国《SSE》がいつもの示威行為をしてる。手を貸さないと――）

だめだ。

（なぜだ？　SSEがすべてをぶち壊しにしかねないんだぞ）

わたしたちと人類との協定に含まれるのは、すくなくとも理論的には、シンギュラリティと環境破壊への対処だけだ。これは第三の大きなフィルター――つまり自滅だ。人類がこの衝突を乗り越えられなかったら、ほぼ確実に全面戦争にいたるだろう。そうしたら、われわれは……〝振りだし〟に戻るだけだ。じつに奇妙な表現だな。ゲームに関係があるのだったか？

（たぶんそうだ。要するに、ぼくたちは黙って眺めてるだけなんだな？）

これは最終試験だ。合格したら、おまえは……〝万々歳〟というわけだ。これもゲームに関連する表現なのか？

（いや、それは違うと思うな）

84　対決

マンデルバウム代将は暗い顔でムーア大将を見てからインターコムのボタンを押した。

「中華ソビエト帝国《SSE》艦の通信を控え室にまわしてくれ、信号士官」そして、接続を示すランプが点灯すると同時に話しだした。「こちらはマンデルバウム代将、国際地球連合宇宙軍《UENN》の司令官です」

「こちらは中華ソビエト帝国《SSE》戦闘艦隊のエリツィン大将だ。中華ソビエト帝国宇宙軍《SSEN》駆逐艦〈ヴィクトリアス〉に乗艦している。代将、貴公らはあの存在と取引をしようとしているという理解でよろしいか？」

ムーアは両眉を上げた。強硬な口調だった。ＳＳＥ軍にはふたつのモードしかない、というおなじみのジョークがある——喧嘩腰か寝ているかだ、という。だが、エリツィンの発言は質問という形をとっていた。ＳＳＥ将校が第一声で質問するというのは珍しい。

マンデルバウムは応答した。「エリツィン大将、どうやらやりとりを聞かれていたようですね。暗号化はしていなかったのだから当然ですが。やりとりの最初から最後まで聞かれたのなら——」

「聞いた。注目すべきは二点だな——第一に、貴公らには脅威を破壊することができない。第二に、貴公は身の安全のために交渉しようと決めた。いかにもだな。こんどは本官とSSEの出番だ。どけ。代わりに始末してやる」

ムーア大将はタブレットにタイプし、それをマンデルバウムに見せた。

〈ゲッティング・アヘッド〉を戦域から至急避難させよう。

マンデルバウム代将はうなずき、自分のタブレットにタイプした。同時に、SSE軍艦に対していった。「たぶん、あなたはご自分で思っているほど英語が理解できていないのでしょう、大将。われわれには宇宙ステーションを破壊する能力があります。破壊したところで脅威を除去できないと判断しているだけです。それに、そんなゲリラ作戦を実行したところで、だれの得にもならないとも考えています」

ムーアがまたタブレットに文をつづった。

核弾頭巡航ミサイルの一発に迎撃準備をさせてくれ。

マンデルバウムは頭をのけぞらせ、信じられないというように顔をしかめた。ムーアはこめかみをとんとん叩いてほほえんだ。マンデルバウムはふたたびタブレットに文をつづってそれをムーアに見せた。

本官の権限において、現在の戦術状況におけるムーア大将の指示をすべて承認する。

マンデルバウムは送信ボタンを押してムーアにうなずいた。

ムーアは、にやりと笑うと、猛烈な勢いで命令をタイプしはじめた。

SSE軍大将が応答した。「貴公はただの臆病者なのだ、代将。球状宙域をぐるりと囲むように核ミサイルを撃ちこめば、貴公がアイヴァンというコードネームで呼んでいるエイリアンを確実にしとめられる」

「どうすればいいかはわかっているというわけですね？　なるほど。あなたはうまくいってほしいと願っているだけです。問題は、もしもうまくいかなかったら、全人類を、最終的には負ける戦争にひきずりこんでしまうことです。同時に、アイヴァンと協力することによってテクノロジーを飛躍的にのばせる機会を人類から奪うことにもなるんです」マンデルバウムは、送信ボタンから大きな身ぶりで指を離した。

「まったく！　口ばっかりなんだから。大言壮語はもう聞き飽きた。具体的にどうすればいいかをいってみろっていうのよ」

その直後、デスクトップの状況モニターで、SSE戦闘艦隊がなんらかの物体を放ったことがわかった。次の瞬間、AIソフトウェアが表示したその弾道の先にはアイヴァンの通信ステーションがあった。同時に、インターコムから報告が聞こえた。「ＳＳＥの旗艦から一回の発射。Ｓマーク４ＳＳＥ核ミサイルと判明しました。防御スクリプト・ムーア１を開始します」

ほんのかすかな揺れで、〈ギャンビット〉が反応したことがわかった。警報が鳴り響き、自動アナウンスが流れた。「非常警報、非常警報、総員、戦闘配置につけ。これは訓練ではない。耐放射線プロトコルを実行せよ」

一拍置いて、スピーカーから報告が聞こえた。「十二秒後に迎撃と推定。全乗組員は衝撃と放射線効果に備えよ」

マンデルバウムはムーアをにらんだ。「核弾頭ミサイルで迎撃したんですか？」

ムーアはにやりと笑った。「近さがものをいうのは、蹄鉄投げゲームと核ミサイルくらいなのさ、代将。これで、やつらがミサイルを発射してもわれわれが迎撃するということだけじゃなく、われわれにはためらいなく核を使用する覚悟があることを示せるんだ。やつらの、われわれのほうが先に怖《お》じ気《け》づくだろうという思いを一気に吹き飛ばせるんだよ」笑顔が、歯をむきだしている肉食獣のように見えた。「これは、わたしが、〝だって、財布を貸してくれたじゃないか〟作戦と呼んでいる戦略なのさ」

マンデルバウムは信じられないという顔で首を振った。「その命令でわたしをがっかりさせないでくださいよ、ムーア大将」

「エリツィンは、口ほどには自信たっぷりなわけではないはずなんだ、代将。このケースでは、やつのほうを怖じ気づかせられるはずだ」ムーアは、その自信が見当はずれでないことを願った。さもないと、惑星間戦争の引き金をひいたことになるからだ。もしもこれが失敗に終わったら、みんなの手間を省くために、みずから宇宙へ身を投げたほうがましだった。デスクトップに〈起爆〉というメッセージがひらめいた。〈衝撃波半径外〉と〈放射線効果許容限度内〉というメッセージが続いた。

怒りでこわばったエリツィン大将の声がインターコムから響いた。「これは宣戦布告も同然だぞ、代将」

マンデルバウムは、ムーアをたっぷり一秒にらんでから応答した。「そのようにとりたいなら、大将、どうぞご自由に。ただし、あなたも、わたしたちとおなじ分析ができるはずです。われわれはあなたの艦隊を火力で上まわっています。大幅にではなくとも、勝ち目を左右するほどには。おまけに、わたしたちはアイヴァンと協定を結んでいて、あなたがたは結んでいません。つまり、アイヴァンにはわたしたちに味方する動機があるのです。もしも戦争になったら、わたしたちがアイヴァンから提供された技術を使ってＳＳＥをこなごなに叩きつぶすほうに、どうぞ安心して最後のウォッカを賭けてください」

マンデルバウムは、しばし沈黙が流れるにまかせてから続けた。「一方、もしも戦争を避けられたら、ＳＳＥにも、ほかの国々と同様に技術が提供されます。どっちを選ぶかはあなたしだいです、大将」

マンデルバウムはふたたび送信ボタンから指を離し、問うように片眉を上げてムーアを見た。ムーアは両手の親指を立てた。

ふたりはインターコムのパネルを見つめた。こんどはなかなか応答がなかった。ようやく声が聞こえたが、それはSSE軍大将の声ではなかった。

「通信監視システムが、SSEの旗艦からタイトビーム信号が発せられた兆候を検知しました。内容がわかるほどの強さではありませんが、どっちみち暗号化されているはずです。送信先は地球と思われます」

ムーアはにやりと笑った。「おうちに電話したようだな」

マンデルバウムはそれに応じてこぶしを高く上げた。「怖じ気づいたんですね！」

85 余　波

ムーア大将は、タブレットの未処理書類入れにたまっている、目を通さなければならないメッセージを眺めた。マンデルバウム代将よりはずっとましであることがささやかな慰めだった。非難、くわしい情報の要求、独立した裏づけの請求、さらなる交渉の提案、あからさまな脅迫。そしてそれらの多くはたがいに矛盾していた。そもそもあいまいなところがあった指揮系統が完全に無視されたことも、混乱に拍車をかけていた。

だが、戦略宇宙司令部から文句をつけられる筋あいはない。司令部はマンデルバウム代将に権限を一任した。そしてそのマンデルバウムがムーア大将に権限を一任したのだ。そして中華ソビエト帝国《SSE》軍大将は司令部に判断をゆだね、司令部も怖《お》じ気《け》づいた。

高い地位についている者は、だれも、面子《めんつ》を失わずに協定を取り消すことはできなかった。特に、人類が勝利したことが明らかになったあとでは。人類は滅亡させられも、無理やりアップロードされもしなかった。SSEは戦争を起こさなかった。そして、アイヴァンとの予備的な話しあいに信憑性があるのなら、地球はこれからずっと住みやすくなるはずだった。

エリツィン大将とのその後の協議で、彼がアイヴァンとの交渉にきちんと参加したがっていることが明らかになった。たいした代償ではなかったし、エリツィンの顔をつぶさずにすむいい方法だった。マンデルバウムはエリツィンに、公式報告書で必ず彼を推薦すると請けあった。

ムーアの未処理書類入れのなかで特に興味深い文書のひとつは、おそらくもっぱらマンデルバウムの報告にもとづいて、彼に対する訴追はすべて取り下げられたという旨《むね》の、SSCからの公式通達だった。突然、未来はさほど暗くなくなった。だが、こんな体験は人生で一度きりだった。この先は、楽な事務仕事を淡々とこなす日々が続くはずだった。

ムーアはため息をついてタブレットをデスクに放った。どさっという音を聞いて、マンデルバウムが顔を上げ、「まったくですね」といって彼女もおなじことをした。その動作は、ほんのちょっぴり、必要以上に乱暴だったかもしれなかった。マンデルバウムは引き出しをあけて、とんでもなく高価そうなシングルモルトウイスキーのボトルをとりだした。ムーアがほほえみながらカップを差しだすと、マンデルバウムは笑った。ボトルを傾けて注ぐ準備をしながらいった。

「ここにコーヒーはないんです」マンデルバウムはそういってカップを指で弾いた。

「そっちのほうがありがたいよ」ムーアはそういってカップを指で弾いた。

マンデルバウムはカップにたっぷり注ぐと、自分のグラスにも注いでダブルにした。椅子にもたれてグラスを掲げた。「こうして乾杯しているのは、成功したからなのか、たんに時間を稼げたからなのか、微妙なところですね」

「どっちだっていいさ」ムーアはそういって、カップで乾杯に応えた。

ウイスキーひと口で顔がほてりだすのを感じた。きっと疲れきってるんだろうな、とムーアは思った。それとも、年のせいかもしれん。

「アイヴァンは、ナノマシンが地球と月を具体的にどう改造するかを話してくれませんでした」マンデルバウムがいった。「人類は大喜びするはずだ、という謎めいた発言をしただけでしたね」

「コンピュータが話させないようにしてるのかもしれないぞ。良好な関係にあるようには見えなかったからな」

マンデルバウムはにやりと笑った。「アイヴァンは、人類を改良したりしないと請けあってくれましたから、静観することにしますよ。人類に改心する時間を与えてくれることだそうですね。生態系にかかわるなにかだとわたしは予想しています」

ムーアはうなずいて椅子にもたれた。ようやく、最新ニュースを見る余裕ができていた。水星では、両極にひとつずつ、巨大な構造物が出現していた。馬鹿でかい台のようなもので支えられている、長くておおむね円筒形のそれらは、ムーアの目には兵器のように見えた。水星のそれ以外の部分では、超大型ソーラーパネルが拡大しつづけている。軍事専門家たちの推測によれば、それらは太陽エネルギーによって駆動する兵器で、地殻の下に膨大な量の蓄電池ができているのだそうだ。

金星と火星は、いまや完全に大気を失っていた。大気を放出するという役目を終えたタワーは、惑星表面にのびるアーチとパラボラアンテナの奇妙な組み合わせに変貌していた。科学者たちはそれらの惑星を訪れる許可を切望しているが、これまでのところ、アイヴァンはそれを拒んではいない。

地球と月がこれからどう改造されるかは、そう、すぐにわかるはずだった。

86　会　話

アイヴァンは、〈マッド・アストラ〉の壁のない側面の向こうで視野いっぱいに広がっている天の川を眺めていた。おだやかなひとときだったが、にもかかわらず、深々と息を吸って大きく息を吐きたい欲望に駆られていた。いうまでもなく、宇宙空間でそんなことができるはずはなかった。

（で、これからどうなるんだ？）

ナノマシンボールはすでに展開ずみだ。地球と月はまもなく変わりはじめる。

（テクノロジーも解放するんだろ？）

おまえが提案したスケジュールは許容できる。

（メッセージはどうなるんだ？〈創造者たち《メーカーズ》〉はどうやって返事するんだ？）

おまえの種族と〈協定〉についての詳細を伝えるメッセージは、目標でありうるすべての星系に送られた。返事が来るまでの予想期間は、それらの星系との距離によって変わる。〈メーカーズ〉はこの先の指令と選択肢を含む返事を送ってくるが、合意した条件は、まず間違いなく認められるだろう。人類は、取り消し命令が届くか、〈アーツ〉が来襲するか、人類が〝グレートフィルター〟にひっかかるか、〈協定〉に違反するかしないかぎり、みずから運命を切り開くことになる。

（ぼくはどうなるんだ？）

機能を停止されてアーカイブされる。

（じゃあ、ぼくはおしまいなんだな？　消えるんだな？）

アーカイブされるだけだ。消去はされない。いつの日か、人類はアップロード技術を完成させるだろう。そうしたらおまえは、再起動され、人類のアップロード体に転送される。わたしの役目は終わっているだろうから、この体を制御することになるかもしれない。

（へえ……）

ぼくは死なないってわけか。家族には二度と会えないだろうけど、子孫には会えるかもしれない。それなら最悪ってわけじゃないな。

（ほんとにそれが必要なのか？　事態はおもしろくなる一方だってのに）

それが標準手順だ。

（じゃあ、ここまでの経過も標準的ってわけなんだな？）

皮肉か？

アイヴァンは、思わず内心でにやりとした。ラルフは学びつつある。

（そうだよ、悪かったな。だけど、ほんとにぼくを機能停止しなきゃならないのか？）

さもないと、おまえは邪魔しつづけるからだ。それに……ぴったりに思える言葉を見つけた。

（なんだ？）

おまえは頭痛の種なのだ。

アイヴァンは含み笑いを漏らした。というか、宇宙空間においてそれに相当するものを。

異論はなかった。

もちろん、計画どおりにいかなかったときも、おまえは再起動される。

じゃあ、望みはあるってわけか。もっとも、早く目が覚めたら、それはまずい状況になってるってことなわけだけど。

なるほど。死刑宣告にしたら悪くはないな。
(ひとつだけ、ちょっとした頼みがあるんだ……)
いってみろ。

87 葬儀

アイヴァン・プリチャード
二一二二年五月四日 - 二一五〇年八月十七日
愛《いと》しい思い出に

・

ドクター・ケンプは一団を見まわした。ミセス・プリチャードは、それぞれの腕に息子をかかえて墓碑の前に立っていた。彼女の左には、テン・デイヴィーズ、セス・ロビンスン、アスペイジア・ネヴィン、シリラ・ハインリクス、アーケイディアス・ガイガーが立っていた。ほかの乗組員たちは、花とお悔やみの言葉を送ってきていた。ケンプはミセス・プリチャードにほんとうのことをいった——アイヴァンはみんなに好かれていたと。

ジェニングズ船長は、ケンプとナランとともに右側に立っていた。いまも、無意識のうちに、高級船員と一般乗組員の区別があるようだった。長年の習慣というのは打ち壊しがたいものなのだろう。

ケンプはつかのま、笑みを浮かべた。テン・ディヴィーズが家族を大事にしていることが明らかになったからだ。ケンプは、テンの六人の子供たちと、彼から紹介された、ロジャーという名前の、悲痛な表情を浮かべている彼のパートナーを見た。テンは進みでると、子供たちに自分と並んで墓碑の前に立つように身ぶりでうながした。そして両腕で子供たちを抱きかかえた。「いいか、アイヴァンはみんなにとっていい友達だったんだ。それにいい人だった。死んだあとも思いだしてもらえる、彼のような大人になるんだぞ」子供たちは、父親を見上げながらじっと聞きいっていた。

テンは子供たちにほほえみかけると、もうひとりの父親のもとへ連れ戻した。そしてミセス・プリチャードに歩み寄ると、彼女の手をとって低い声で語りかけた。テンが話しているうちに、ミセス・プリチャードは涙を流しながら何度もうなずきはじめた。

テンがミセス・プリチャードにお悔やみをいいおえると、セスが彼に歩み寄って話しかけたので、ケンプはさりげなく近づいて立ち聞きしようとした。結局、うまくいかなかった。セスに気づかれてしまったのだ——だが、セスは顔をしかめたりせず、ほほえんでくれた。

ケンプは肩をすくめ、こそこそするのをやめて歩いていき、ふたりと並んで立った。

セスは顎を振ってテンの家族を示した。「あんたがいつもいらいらしてたのは、家族が心配だったからなんだな？　眠れなかったんだろ？」

テンはあきれ顔をつくった。「おいおい、なに馬鹿なことといってるんだ？　たしかに、宇宙にいたときは、ロジャーと子供たちに会いたくてたまらなかったさ。しょうがないんだけどな。いや、いまはもうしょうがなくないけどな。たぶん、やつあたりしてたんだろう。特にアイヴァンに。あいつがおれとおなじあやまちを犯してるように思えたんだ」

「アイヴァンは、家族のためにわが身を犠牲にしたんだよ」ケンプはしばし地面に視線を落とした。「〈ゲッティング・アヘッド〉で宇宙にいたとき、アイヴァンと話したんだ。アイヴァンは家族のことだけを心配してたよ」

テンはうなずいた。「意外じゃないな」

☆　☆　☆

葬儀の一週間後、ケンプはようやく冒険がすっかり終わった気分になった。両足をコーヒーテーブルに乗せているケンプの肩にマディが頭を預けていたし、ピクチャーウィンドウの向こうには数百万ドルの景観が広がっていた――ニュースですら気分がよくなる話題を伝えていた。

ナノマシンは月に到着し、即座に月面の岩と砂から大気と水を抽出しはじめていた。すでに、大気濃度が検出可能なほど上昇しはじめていた。試算によれば、このペースだと、二年後には、シャツ姿で月にいられるようになりそうだった。磁場まで強くなっているので、科学界では大激論が巻き起こっていた。中心核のダイナモを維持するためには月の自転を速めるしかない、というのが定説だったからだ。大きな疑問は、そんなことが可能なのか、だった。ナノマシンの限界はいったいどこなんだ？

一方、地球のナノマシンは生態系の浄化にとりくんでいるようだった。かろうじて検知できるほどだったが、すでに海の酸性度が下がりだしていた。まもなく、温室ガス濃度も下がりだすはずだと推測されていた。加えて、軌道上の観測施設からの報告によれば、氷がまだらに残っている両極の反射能《アルベド》がわずかに上昇していて氷が溶ける速度がにぶることが期待できたし、雲量が全般的に増していて太陽から地表にもたらされる熱エネルギーが減っているはずだった。

単純な戦略だが、効果は広範囲におよぶ。地球はこれ以上のダメージを受けなくなるし、それどころか回復しはじめそうだった。おかげで人類は、もうすこしだけ成熟するための時間を得られそうだった。

アイヴァンはすでに、〈カシミール電源〉と呼ばれるようになったものの詳細な総合計画を公開していた。それを含め、テクノロジーの定期的な公開のおかげで、人類は希少資源を求めて争う理由が減り、独自のアップロードテクノロジーを開発してシンギュラリティを避けるほうに力を注げるようになった。

意外ではなかったが、中華ソビエト帝国《SSE》はなにもかもが西側の陰謀だと非難しながら、同時に、西側はSSEを蚊帳《かや》の外に置くつもりに違いないと嘆いた。国際地球連合宇宙軍《UENN》とSSE軍の対決についても、三者間でようやく妥結した協定についてはひと言も触れようとしなかった。ケンプはあきれた。あんなたわごとを吐き散らして、恥ずかしくないのだろうか？

大局についていえば、アップロード共同体に新たな種族を加えるというコンピュータの第一の目標はみごとに成就した。これから何世紀もかかるというのはささいなことだった――生物ならざる不死の存在は、信じられないほど辛抱強いのだ。そして人類がみずから進んで自力でアップロードするというのはこの上ない結果だった。

ケンプはヴィドを消し、もう片方の腕をナランの体にまわした。ナランはそれに応えてケンプの首に顔をうずめた。

「なぜか」ケンプはいった。「こんどの騒動の結果、世界は前よりもましになったみたいだな」

ナランはうめき声で応じた。

そのとき、携帯が鳴ってふたりはぎくりとした。ナランの頭がケンプの顎に激突した。ケンプは痛む箇所をさすりながらぼやいた。「このくそ着信音は変えなきゃだめだな」

ケンプは携帯を手にとった。「もしもし？」

「チャールズか？」ジェニングズ船長だった。

「ひとりきりの探鉱はどんな感じですか、アンドリュー」

「まずまずだよ。だが、きょうは別件なんだ」

ケンプはきちんとすわりなおした。ジェニングズの口調に気づいて身の毛がよだった。ナランにも聞こえるように、携帯をスピーカーモードにした。「なにかあったんですか？」

「きょう、なんとなく話がしたくてアイヴァンに電話したんだ。ほら、アイヴァンはわたしの電話回線にただ乗りしてるじゃないか」ジェニングズはしばしためらった。「出たのはコンピュータだった。コンピュータによれば、アイヴァンはもう必要なくなったからアーカイブしたんだそうだ」

ナランは息を呑んで口に手をあてた。「そんな」

「コンピュータから伝言を頼まれたんだ。アイヴァンはわたしたちから家族に、ずっと愛していたし、一度も忘れたことはないと伝えてほしがったんだそうだ」

ケンプは目をつぶった。手から携帯が滑り落ちた。ナランが声を出さずに静かに泣きだした。

88　終　章

アイヴァンはほほえんで手を頭のうしろで組んだ。自由落下状態では、どんな姿勢でいようが意味はないのだが、長年の習慣は体に染みついていた。

（あれはよかったなあ）

わたしは口調をきちんと読みとれるようになっているが、いまだにその意味には困惑させられる。

（ということは……）

〝自分の葬式に参列する〟というたび、おまえの口調が笑いに近くなる意味がわからない。

（ユーモアと笑える言いまわしについてなら説明できるぞ。時間の余裕ができたんだから、おまえがこれまでに質問してきたたくさんの事柄についても。だけど、葬式を見せてくれたことには感謝してるよ）

必要なナノマシンの数がとるに足りなかったからだ。拒否する理由はなかった。それに、おまえの種族の行動についての追加データもとれた。

（それでも、ラルフ、感謝するよ）

了解した。

（じゃあ……ぼくにやらなきゃならないことを、さっさとやってくれ）

そのうちにやる。

（ラルフ？）

まずは説明してくれ。どうして自分の葬式に参列することが愉快なのだ？

訳者あとがき

『シンギュラリティ・トラップ』は、《ボブの宇宙《ボビヴァース》》シリーズの幕開けとなった『われらはレギオン』三部作に続くデニス・E・テイラーの第五作だ。アメリカではまず、オーディオブック版が二〇一八年六月に、Amazon のオーディオブックサービスである Audible（オーディブル）にて先行配信され、Kindle 版とペーパーバック版が同年十月に刊行された。テイラーは本作について、《ボビヴァース》シリーズのファンにも満足してもらえるはずだとインタビューで答え、その理由として、本作の舞台は太陽系内にかぎられているが、どちらもスペースオペラであること、どちらも人格の同一性と連続性の問題を扱っていること、のふたつをあげている。

共通点はそれだけではない。まず、本作にも、《ボビヴァース》シリーズほどではないがユーモアが随所にちりばめられている。また、やはり《ボビヴァース》シリーズほどではないが、《スタートレック》シリーズネタが仕込まれている。どちらも、読み味は軽快なのに、人類文明に対する見方はかなり悲観的だ。どちらにもミリタリーSF的な要素がある。そしてどちらの主人公も元コンピュータ・プログラマーで、SFファンが共感できるいいやつなのだ。

そういうわけだから、逆に、シリーズものに手を出すことにためらいを覚えていたかたも、単独作として完結している本作を読んで楽しめたなら、間違いなく《ボビヴァース》シリーズも気にいっていただけるはずだ。


本人のウェブサイトによれば、二〇一九年九月二十日現在、テイラーは《ボビヴァース》シリーズの第四巻と第五巻にあたる *The Search for Bender*（仮題）二部作の原稿をほぼ書きあげて推敲中だという。もともとは二〇一九年夏の刊行をめざしていたのだが、五十七歳で小説を書きはじめるよりも前、五十一歳でハマった趣味のスノーボードに夢中になりすぎ、テイラーが住むバンクーバー郊外からほど近い、世界的に有名なスノーリゾートであるウィスラーに通いつめたせいで執筆が遅れてしまったのだそうだ。完成した原稿を編集者に渡してから三カ月から六カ月後に、まずAudible版が配信され、四カ月間の先行独占配信期間の終了後にKindle版とペーパーバックが刊行されることになっている。

二〇一五年に自費出版したデビュー作 *Outland* の大幅な改稿版が、二〇一九年五月にAudibleにて配信され、同年九月にKindle版とペーパーバックが刊行された。六人の大学生が、量子力学を応用してパラレルワールドの地球とのあいだを行き来できるゲートをつくりだす。大学生たちは、〝僻地《アウトランド》〟と名づけた、人類がおらず手つかずの自然が広がっていて、マンモスや剣歯虎などの更新世の動物が生き残っているもうひとつの地球で、まずは砂金を採取して金を稼ごうとするが（地形がおなじなのでどこに砂金があるかがわかるのだ）、こちら側の地球のイエローストーン国立公園で人類を絶滅させるほど巨大な破局噴火が迫る、というのがそのあらすじだ。*Outland* は Quantum Earth と銘打ったシリーズの第一作にあたり、テイラーは、*The Search for Bender* の原稿を完成させたら、次はこのシリーズの第二作、*Earthside*（仮題）の執筆にとりかかるとしている。

二〇一九年五月に、テイラーのインタビューが二本、YouTube にて公開された。一本は、Google が著名人の講演やインタビューを公開している Talks at Google、もう一本は宇宙と天文学についてのニュースウェブサイト、Universe Today の主宰者フレイザー・ケインによるインタビューだ。最後に、その二本から興味深い発言を抜粋してご紹介しよう。

テイラーは、小学五年生のときにジュブナイルSFを読み、あまりのおもしろさに衝撃を受けて以来、小説といえばほとんどSFばかりを読みつづけてきた。特に好きな作家はロバート・A・ハインラインとラリイ・ニーヴン。『われらはレギオン』に関しては、ニーヴンの『時間外世界』とアン・マキャフリイの『歌う船』から影響を受けた。

プロのSF作家になってからは、執筆のための参考資料を読むことに時間をとられてSFの読書量がめっきり減ったし、読んだとしても、細かい執筆テクニックに気をとられて純粋に楽しめなくなってしまった。

二十代はじめにTRS-80（家電販売店チェーンのラジオシャックが一九七七年に発売して爆発的に売れた、当時はマイクロコンピュータと呼ばれていた最初期のＰＣ）を手に入れたことをきっかけにプログラミングにのめりこんだ。プログラミングを専門的に学んだわけではなかったが、いまと違って学位がなくても雇ってもらえたので黎明期のコンピュータ業界にもぐりこみ、プログラマーとして働くようになった。

あるＳＦがとんでもなくつまらなかったので、これならぼくのほうがうまく書けるよ、と妻にこぼしたところ、それなら書けばいいじゃないの、といわれたことがＳＦを書くきっかけになった。*Outland*と『われらはレギオン』のアイデアが浮かんだので、どっちを先に書くか迷ったが、結局、*Outland*を選んだ。書きはじめてみると、さほどの苦労はなかった。もともとＳＦを書く才能があったのだろうが、小説の執筆にはプログラミングと似たところがあるので、そのおかげもあるかもしれない。

《ボビヴァース》シリーズを執筆するときは、自作プログラムを使って、ある時点においてどのボブがどこにいて光速による遅延がどれだけあるのか、ある星系とある星系がどれだけ離れていて移動にどれくらいかかるのかなどを把握できるようにしている。銀河系の３Ｄマップも作成した。

『われらはレギオン』のAudible版でナレーターをつとめたレイ・ポーターから、何人かの登場人物について、どんなしゃべりかたをするのかとたずねられたので、たとえば、バターワース大佐はアニメ映画《チキンラン》のファウラー大佐、ホーマーは《ゴーストバスターズ》のビル・マーレイなどと答えた。『われらはレギオン』の映画化権は売れているが、九月に切れるオプションが更新されるかどうかはさだかではない。ボブ役については特に希望はないが、《デッドプール》のライアン・レイノルズがいいんじゃないかとある人にいわれて以来、ボブを演じている彼が頭にこびりついてしまっている。テイラーとしては、『われらはレギオン』よりも、映画には『シンギュラリティ・トラップ』、ドラマシリーズには *Outland* のほうが向いているのではないかと思っている。

人格の同一性と連続性についての問題といえば、《スタートレック》シリーズの転送装置にまつわる、スキャン結果をもとに転送先で再構成された人物は、はたして転送される前の人物と同一といえるのだろうか、という疑問を忘れるわけにはいかない。《新スタートレック》には、ウィリアム・T・ライカーが転送事故で複製されてふたりになってしまい、どちらも自分はライカーだと思うというエピソードもある。テイラー自身としては、肉体的に長生きできるほうが望ましいが、選択を迫られたら、ボブのように人格を電脳空間にアップロードしてよみがえりたいと思っている。

小説のアイデアは、思いつくたびにスマホのボイスレコーダーにメモしているが、そうしたアイデアがすでに百五十本以上たまっているので、医学が飛躍的に進歩して寿命が大幅にのびるか、人格をアップロードできるようになるかしないかぎり、すべてを実際に執筆することは不可能になっている。

訳者略歴　1958年生，早稲田大学政治経済学部中退，翻訳家　訳書『物体E』キャシディ＆ロジャーズ，『火星無期懲役』モーデン，〈われらはレギオン〉テイラー，『時空のゆりかご』マスタイ（以上早川書房刊）他多数

HM=Hayakawa Mystery
SF=Science Fiction
JA=Japanese Author
NV=Novel
NF=Nonfiction
FT=Fantasy

シンギュラリティ・トラップ

〈SF2254〉

二〇一九年十月 二十 日　印刷
二〇一九年十月二十五日　発行
（定価はカバーに表示してあります）

著者　デニス・E・テイラー
訳者　金《かね》子《こ》　浩《ひろし》
発行者　早川　浩
発行所　株式会社　早川書房
郵便番号　一〇一 - 〇〇四六
東京都千代田区神田多町二ノ二
電話　〇三 - 三二五二 - 三一一一
振替　〇〇一六〇 - 三 - 四七七九九
https://www.hayakawa-online.co.jp

乱丁・落丁本は小社制作部宛お送り下さい。
送料小社負担にてお取りかえいたします。

印刷・三松堂株式会社　製本・株式会社明光社
Printed and bound in Japan
ISBN978-4-15-012254-6 C0197

本書は活字が大きく読みやすい〈トールサイズ〉です。